No. 7 Nanhai Road

南海路 7 号

海洋科学界的陈年旧事

薛原 著

山东画报出版社

图书在版编目（CIP）数据

南海路7号/ 薛原著. —济南：山东画报出版社，
2016.1
　ISBN 978-7-5474-1626-6

Ⅰ.①南… Ⅱ.①薛… Ⅲ.① 散文集－中国－当代
Ⅳ.①I267

中国版本图书馆CIP数据核字（2015）第193266号

责任编辑 秦　超
装帧设计 宋晓明
主管部门 山东出版传媒股份有限公司
出版发行 山东画报出版社
　　　社　　址 济南市经九路胜利大街39号 邮编 250001
　　　电　　话 总编室（0531）82098470
　　　　　　　　市场部（0531）82098479 82098476(传真)
　　　网　　址 http://www.hbcbs.com.cn
　　　电子信箱 hbcb@sdpress.com.cn
印　　刷 山东临沂新华印刷物流集团
规　　格 160毫米×230毫米
　　　　　　22.5印张 85幅图 350千字
版　　次 2016年1月第1版
印　　次 2016年1月第1次印刷
定　　价 39.00元

如有印装质量问题，请与出版社总编室联系调换。

目　录

青岛海边的几个门牌号（代序）　1

潮涨潮落寻贝人　1

老人与标本　3

潮涨潮落寻贝人　23

显微镜下的太阳　43

苗壮的碱蓬　58

大苍　67

张老师　75

苗青民博士　80

"托福"袁勇　89

那一代人的"检讨"　95

童第周的党证与轶事　97

吴尚勤的"绝密"小传　104

张玺的自述与检讨　146

毛汉礼的入党申请书　196

档案"干净"的曾呈奎　243

张兆瑾的一张任命书　255

孙自平的红色人生　283

显微镜下的"微粒"　295

显微镜下的"微粒"　297

我的海岸旅行　300

"科学一号"船上的读书　305

人生写一本寂寞的书　317

寻访宋春舫　320

留恋之矢　326

实验室里的"作家"　332

一边做助手，一边做梦　335

渴望靠港　340

恐惧与孤独（代跋）　345

青岛海边的几个门牌号（代序）

南海路 7 号

南海路 7 号是中国科学院海洋研究所的所在地，临海的"生物楼"二楼海洋地质室 211 房间，留下了我的青春记忆——我在那儿工作了 15 年。现在的生物楼，与 20 年前相比，早已装扮一新，记忆中生物楼的走廊里总是暗淡拥挤，贴墙排列的资料柜陈旧斑驳，像是蒙着历史的灰尘。只有五层的"生物楼"是大院里的主楼，1983 年冬天我刚参加工作来到 211 房间时，赵老师自豪地说，别小看了生物楼，你看看墙有多厚，当初盖大楼时可以盖高些，地基打得很结实，为什么不盖高呢？——为了防备战争。我们海洋所建在海边，打起仗来容易遭到炮火，这样厚实的墙就是炮轰也不容易轰塌。更让我开眼界的是到职工澡堂洗澡，老师带着我去，说我们的澡堂是防原子弹的。原来职工澡堂建在地下室，沿着楼梯往下走，心里直打怵，灯光昏暗，水气弥漫，一间间地下室，一个个大水池，像是一间间水牢。老师说，你猜得不错，"文革"时这里就是关押人的牢房。

与生物楼比邻的是"水族楼"，里面有一个"人工海洋"，是我们招待从外地来的师友的保留节目。当初来了外单位的同行，往往先领着他们参观位于生物楼一楼的标本陈列室，然后就是人工海洋。每次带人参观，

青岛南海路7号

就要到生物楼三楼的标本室去找马先生，马先生一辈子的精力都给了海洋生物标本。从马先生那儿拿到钥匙，老先生总是再三叮咛，标本怕晒，看完了标本一定别忘了拉上窗帘、关好灯、锁好门。在"生物楼"里当时还有许多老先生，大多是从事海洋生物分类学的，几乎一位老先生就是一门"学科"。

说起海洋所的老先生，几乎就是大半部新中国的海洋科学史，譬如童第周、曾呈奎、张玺、毛汉礼、刘瑞玉、齐钟彦……与海洋生物学相比，我们地质室所属的学科年轻许多，老先生只有一位张兆瑾先生，是清华大学20世纪30年代初的毕业生。瘦小的老先生还是清华大学校友会的副主席。据说老先生的拉丁文非常了得，但在我的印象里，老先生几乎不参与具体的课题项目了。我们地质室当时的几位权威还只是副研究员，也就是副教授，都是新中国成立后培养的大学生，譬如秦蕴珊、赵一阳、金翔龙和陈丽蓉等人。十多年后秦蕴珊和金翔龙当选了院士，不过金翔龙早已调到了杭州。那时微机还是稀罕物，秦先生让我在稿纸上写了几行字让他看看，说写得不错。于是，我就开始为他们抄写文稿了。当时的"副研"已很难得，每个月还发额外的花生油票和鸡蛋票。不像现在，博导和研究员满大院都是了。

那些年外地来了朋友，在海洋所的小饭店吃过了晚饭，往往领着他们在海水浴场的沙滩上漫步，说这是我们招待朋友的"大客厅"，然后再漫步到八大关，说这是我们的"后花园"。说这话时，谁能想到后来我会离开这儿呢。

鱼山路 36 号·童第周故居

老山东大学对于青岛来说，是挂在嘴上永远的骄傲和遗憾。与冯沅君、陆侃如、萧涤非等文科教授相比，童第周先生是理科名家的代表。尤其是新中国建立后，以童先生为首创建了中国科学院水生生物研究所青岛海洋生物研究室——后来发展成规模为全国海洋科研机构第一的中国科学院海洋研究所。作为海洋研究所的创建者，童先生担任所长一职的时间从 20 世纪 50 年代直到 70 年代，"文革"结束后他担任中国科学院副院长和全国政协副主席。其实，童先生当时除了担任海洋研究所所长，他还是中国科学院生物学部主任，还在科学院京区的动物研究所兼任着职务，并已移家定居北京。他对青岛的海洋所更多是"遥控"领导，他真正在青岛的生活还是在老山大时期。从这个意义上讲，鱼山路 36 号老山大宿舍挂上童先生的故居铭牌顺理成章。

童先生并非严格意义上的海洋生物学家，他是一位胚胎学和发育生物学家。如果查阅一下《中国大百科全书·海洋科学卷》，不难发现，中国海洋科学家条目里并没有收入童先生的大名，"童第周"条目出现在大百科全书的《生物学卷》里。海洋研究所的生物学研究在当年主要是海洋植物和海洋动物（又分海洋脊椎动物和无脊椎动物）的分类学，在这些"显学"之外，还有一个小小的"分支"——发育生物学，这就是童先生的"嫡系"学科了。童先生于青岛的意义，更多的是一个象征，一种从历史的昨天走到今天的科学与文化的传承的象征。就像童先生的科研工作从早年直到晚年始终贯穿着一条清晰的线索，是属于遗传与发育生物学的一个很专门的领域。

童先生的一则轶事令人印象难忘：童先生早年在比利时布鲁塞尔大学留学时，和他住在一栋公寓里的一位舞文弄墨的诗人在餐桌上以傲慢的口吻嘲笑了中国的落后和中国人的愚昧。童先生愤怒了，对这位诗人说，你代表你的国家，我代表我的国家，我们来比一比，看看是我们中国人聪明还是你们这些洋人聪明。童先生要和诗人比试的是文学写作。后来在女房东的劝说下，那位诗人向童先生道了歉，童先生也收回了要放弃生物学改行文学的宣战，仍回到了实验室里。对这则轶事，除了童先生强烈的民族自尊心外，更令人感叹的是，假如当年童先生一怒之下改行从事了文学创作，还会有童第周与我们这座"海洋科学城"的不解之缘吗？

莱阳路 28 号·张玺故居

张玺先生与青岛有"缘"，早在 1935 年春天，他就来到了青岛，在当时的青岛市长沈鸿烈的资助下，张玺和他的助手开始了第一次青岛胶州湾海洋动物调查。这也是我国学者组织的第一次海洋动物综合性考察，对于学科建设有着开拓性意义。

1950 年夏天，作为原北平研究院动物学研究所所长的张玺先生带领着原班人马来到了青岛，与从老山东大学出来的童第周、曾呈奎一起，创建了中国科学院水生生物研究所青岛海洋生物研究室，即中国科学院海洋研究所的前身。莱阳路 28 号就是当初他们工作和生活的场所之一。

张玺先生来青岛工作并非他的本意，是服从新中国成立后科研部门统一布局和建设的需要。张先生的夫人和子女都没有来青岛，他是孤身一人率领着老部下们来青岛创业的。但来到青岛后，他渐渐习惯并喜欢上了这座城市。对于新中国的海洋科学事业，张玺先生为人称道的贡献是走出学术象牙塔的实用的贝类学，他的《贝类学纲要》一书是我国第一部系统论述贝类动物学的专著。他还组织领导了我国海洋无脊椎动物的调查，全面查清了我国海域蕴藏的无脊椎动物资源。

其实，对于我们来说，历数张玺先生的学术贡献已显得多余，倒是有一件张先生的轶事值得我们思索。张玺先生是 1921 年赴法国留学的。那时，在法国的中国留学生之间碰撞着各种各样的思潮，那是一群有着格外敏感的爱国心的热血青年。在里昂的咖啡馆里，张玺曾听过周恩来慷慨激昂的演讲，他是带着好奇心来听这些年轻共产党人的演讲的。在纷繁多样的主张中，张玺没有走革命的道路，而是决心踏踏实实地学到一门学问。像张玺这样的选择，在当时，被称为科学救国派。不过，在后来"知识分子思想改造"运动中，张玺先生解剖自己的思想时，曾说过这样的话，大意是他在法国留学时因为自己是"公费生"，便感受不到"勤工俭学"同学的艰难，也就缺少对"革命"的向往——当时在法国"勤工俭学"的青年大多选择了走上共产主义道路。

张玺先生于 1967 年 7 月 10 日在青岛去世。他的弟子说，要是没有"文革"，以张先生的性格该是个活大岁数的人。

福山路 36 号·毛汉礼故居

作为一名物理海洋学家，毛汉礼恐怕难为一般读者了解。除了在百花苑文化名人雕塑园内矗立的一座毛先生的青铜雕像，现在再在福山路 36 号挂上毛汉礼故居的铭牌，也许是毛先生在海洋科学界之外亮相于我们这座城市的寥寥无几的一个"机遇"了。百花苑内的毛汉礼雕像表现的是毛先生于 20 世纪 40 年代留学美国时的形象，一身西装的毛汉礼显得风华正茂。其实，晚年的毛先生，留给人们的印象，更多的是对中国传统文化的浸染。譬如，上世纪 80 年代初，身为中国科学院海洋研究所副所长的毛先生，与新中国建国后 50 年代培养的那一代学者相比，在日常工作中，一个习惯上的小区别就是，毛先生批阅文件或留言致书往往都是握一管秃笔，写一手流利的毛笔字。这也是毛先生那一代老学者的特点，中西结合，文理兼通。有一张上世纪 80 年代初期海洋研究所几位主要领导的合影，也能反映毛先生晚年的传统色彩。大家都是西服领带，惟有毛先生是典型中式的对襟襻扣罩褂。

"物理海洋科学"距离我们过于遥远,倒是毛汉礼先生当年从海外归来的轶事更能激发我们的想象。抗战胜利后,毛汉礼赴美国留学,拿到博士学位后,任职于美国的著名海洋研究机构。新中国成立后,毛先生回国的努力遭遇到美国政府的阻挠,直到1954年,在周恩来总理的干预下,毛先生的归来才得以实现——周总理签字用朝鲜战场上被我们志愿军抓获的美军战俘作为交换,才使得毛先生能够启程回国。从这则轶事也能看出,新中国的领袖们对科学家的重视和渴求。

毛先生的学术贡献毋需多谈,像毛先生这样的科学家,对于新中国的意义,更多的在于开宗立派,奠定一门学科的成长,"中国物理海洋学"与毛汉礼的名字密不可分。中国的海洋科学,20世纪50年代末到60年代初的"全国海洋普查"是一件摸清我国沿海"家底"和奠基学科大厦的"战役",毛先生就是这场"战役"的一位主要指挥员。如果说海洋普查是"务实",学术著述是"务虚",那么毛先生归国后编著的《海洋科学》,则对培养人才和学科建设有"开山"的作用。

福山路36号是海洋研究所的一幢老宿舍楼,毛先生在这里住了很多年,"文革"后毛先生又搬到了也处于福山路上的新建的另一幢宿舍楼上。若说"故居",自然还是36号的老楼老屋。对于这片宿舍楼来说,挂上毛汉礼故居的铭牌其意义并不在于"名人效应",而是对于我们这座城市来说,人文精神的张扬和文化底蕴的建设不仅仅在于如"老舍故居"、"梁实秋故居"、"沈从文故居"等等文学大师的"遗迹"保存,"当代"的海洋科学及其已走入历史的学科"掌门人",其人其事其"影",也已融入城市的文化传统中,"海洋科学"所蕴涵的城市文化更是我们青岛这座"海洋科学城"的精神财富。

齐河路5号 · "古巴楼"

齐河路5号这栋风格独特的小楼为何叫"古巴楼"?其实我并不知道。

这栋小楼是海洋研究所的宿舍楼，据说当年是给苏联专家修建的，建筑风格是体现古巴的建筑特色，因此被称为"古巴楼"。但楼盖好以后，中苏关系破裂，也就变成了宿舍楼。当然，住到这栋楼里的绝非等闲之辈，例如，这栋小楼里住着曾呈奎，曾先生是海洋所创办人之一，被誉为"中国海带之父"；这栋楼里还住着齐钟彦先生，齐先生是张玺先生的学术传人，在他的努力下实现了张先生未竟的念想——成立了中国贝类学会。齐先生是首任中国贝类学会的会长，是一位在贝类学研究上几十年如一日默默耕耘着的老学者……这栋楼里还曾住过当年的海洋所的党委书记孙自平，一位一直到 20 世纪 90 年代仍被海洋所的许多老师怀念的老干部。孙书记的革命资历很老，在海洋所的科技工作者中享有很高的威望，"文革"中含冤自杀了。

对我来说，这栋小楼还有着特殊的"亲切"，因为这栋楼上还住着秦蕴珊、陈丽蓉夫妇。正因为这对夫妻科学家，我才对这栋小楼有特殊的印象，因为我 1983 年冬进入中科院海洋所时，被分配到海洋地质研究室，而当时的研究室主任就是秦先生（秦先生担任海洋所副所长，研究室主任是兼任）。当时我们海洋地质室，在海洋所属于老先生稀有的"年青研究室"，资历"老"的，主要是几位"副研"：秦蕴珊、赵一阳、陈丽蓉等。他们属于新中国培养的第一代海洋地质科学家。记得有一次我们研究室的支部书记让我给秦先生送一封信，说送到秦所长家。我问秦所长家住在哪里？支部书记说，你沿着南海路到黄海饭店，再走到齐河路就看到古巴楼了。当时，黄海饭店是新建起的"地标"性建筑，但是我不知道啥是"古巴楼"。支部书记感叹我不知道"古巴楼"，说海洋所的人还有不知道古巴楼的？！我确实不知道，也由此对这栋楼有了一种神秘的认识。

这栋小楼，当年住着两位中科院的院士，这就是曾呈奎和秦蕴珊。边上不远邻近百花苑，曾是中科院青岛休养所的院落。现在，那个院落里盖起了一栋体量虽然不大但看上去很端庄的"院士楼"，海洋所的院士们都住进了这栋崭新的院士楼。与院士楼相比，历经风雨的"古巴楼"显得落寞了许多，但却依然是一道别致的老风景。

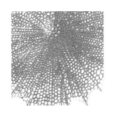

潮涨潮落寻贝人

老人与标本

　　在南海路 7 号，海洋生物标本室是值得骄傲的，其收藏的海洋生物标本在中国乃至亚洲都是最丰富的。现在已经有了专门的标本馆，但在相当长的时间里，标本室是散布在生物楼里的。

　　标本室可以说是马绣同一手建立的。

　　我认识马先生是在 1984 年，当时我正为我们海洋地质室集体撰写的

马绣同（左）20 世纪 30 年代在青岛海边。

马绣同在工作。

第一部专著《渤海地质》做誊清文稿工作。一天，主持具体编写统稿的Z先生递给我一摞我刚誊清的稿子，让我拿着到标本室找马老——马绣同先生再审查一遍。我打听着来到三楼的标本室，那时马老办公的地方就在标本室里面。我沿着显得拥挤的走道向里走——两边的橱排成了墙，听到敲英文打字机键盘的声音，循声过去，看到一位头发已花白的老人正坐在桌前敲着一台旧式英文打字机。我问："马绣同老师在吗？"老人停住手，头略一侧，摘下眼镜，说："我就是，你有什么事？"我说明来意，他接过稿子看看，说："你明天来拿。"第二天下午，我来到标本室，马老把稿子递过来，又拿过一张打着英文字母的信笺说，我已经校对一遍，没什么问题，这是我打的一份英文名，下面画上横线就代表斜体，也就是拉丁文名。手写的字母容易看错，你拿回去一个个剪下来贴上去吧。我拿回去后，Z先生感叹不已，老先生就是老先生。

《渤海地质》完成后，经Z先生的安排，我找到马先生取来钥匙——马先生再三叮嘱离开时一定要拉上窗帘锁好门，陪着从北京来的该书的责任编辑参观了一楼的标本陈列室。好大的一把铜锁，开门时我暗自一惊。一踏进这间标本室，一股浓浓的福尔马林气味扑面而来。房间里光线昏暗，深色厚实的窗帘拉得密密的，一排排放置标本的大玻璃门橱肃然矗立着，打开灯，拉开窗帘，房间里亮堂起来。

我从此知道了在海洋研究所有这样一个标本室。

十多年间，我成了这间标本室的常客。尤其在夏天，我曾带着许多外地师友来过这里，每次取钥匙也不再通过马先生，而是找他的助手张素萍。

这期间时常遇到马先生，马先生总是拎着一个小黑皮包，不管节假日还是星期天都按时上班。外界的变化仿佛与他无关。

后来与马先生突然有了直接的关系，就是在 1997 年 3 月为马先生写过一篇特写《老人与标本》。当时我在文章里写道——

怎么会想到写马先生呢？真正的原因是周末下午接到的一个电话。

电话是党委办公室主任打来的，问我能不能写一篇关于马先生的通讯。因为最近马先生病了，已不能来上班，所领导说这位老先生一手建立了标本室，八十多岁了还天天上班，直到生病了，才不得不待在家里，我们有责任介绍他……我一口应承下来。可真要动笔了，却突然发现自己一直感到熟悉的老人竟然是那么陌生。我通过办公室主任借阅了马先生的档案。翻着那些发黄字迹已模糊的纸张，我的心急剧地跳了起来。马先生本身就是一本大书，一本没有打开的大书，显然，这本大书的内容不是我这篇通讯所能覆盖的……

"分类"这一观念起源于人类的实际需要，远古传说中的神农氏尝百草正是一种分类，对各种生物进行分类是人类认识自然的内在要求。早在古希腊时期，亚里士多德便提出了"属"和"种"的概念，作为生物分类的依据。近代以来，"博物学"所积累的材料已十分惊人。于是一门新的科学出现了，这就是生物分类学。到了 18 世纪，生物分类学在一个瑞典人的工作中达到了前所未有的高峰，这个瑞典人就是林奈。在他看来：知识的第一步，就是要了解事物本身。这意味着对客观事物要具有确切的理解，通过有条理的分类和确切的命名，我们可以区分并认识客观物体……分类和命名是科学的基础。

林奈建立分类原则的基础是拥有大量的标本。

中国现代海洋科学的最初建置也是一座标本馆。

1930 年，蒋丙然、宋春舫两位先生倡议建立青岛水族馆及中国海洋研究所。这一倡议得到了蔡元培、杨杏佛、李石曾诸先生支持，经多方呼吁捐款集资，历时一年多的时间于1932年建成青岛水族馆。这也成为我国现代海洋科学的起源，1936年，在此基础上成立了中国海洋研究所。

随着水族馆的建立，中国现代海洋科学的重心逐步从南方沿海移向了青岛。1935年，一位动物学家率领着一支调查队来到了青岛，开始了胶州湾现代海洋科学意义上的第一次海洋生物调查。这位动物学家就是张玺。

在1935年张玺领导的第一次青岛胶州湾海洋生物调查中，马绣同作为一名见习员参加了这次调查。行前，北京中法大学的一位教授曾公开悬赏：谁要是采集发现了柱头虫，就给谁100块大洋。这在当时，是一笔可观的款子。柱头虫值这个价钱吗？这是因为柱头虫是连结无脊椎动物和脊椎动物之间的生物进化上的桥梁，而在我国当时还没有发现过，只能参照国外学术界的报道，在大学生物学的教学中讲到这里时，并没有实物标本，甚至连一张我们中国学者自己拍照的照片都没有。

正是在这次调查中，马绣同采集到了柱头虫标本。这不能说仅仅是运气，更重要的是他的认真和耐心。当然，马绣同并不认识这就是柱头虫，但对于标本的敏感使得他对于采集到的标本都有一种天生的认真。张玺先生据此发表了一篇论文，宣布在中国沿海采集到了柱头虫标本，从而结束了在生物学教学上只能引用外国资料的历史。

从那时起，马绣同采集标本的认真和管理标本的耐心，给张玺留下了深刻的印象。在北平研究院动物学研究所，采集和管理标本成了马绣同的专业。

1950年，中国科学院水生生物研究所青岛海洋生物研究室在童第周、张玺、曾呈奎等学者的领导下组建成立。作为创建者之一的张玺先生率领着中国科学院动物研究所海洋动物学研究的原班人马来到青岛，其中就有齐钟彦和马绣同。

时间已过去了半个世纪，在已耄耋之年的贝类学家齐钟彦先生的眼里，马绣同依然是他最好的合作伙伴。远的如于1961年面世的张玺与齐钟彦合著的《贝类学纲要》一书，那是我国海洋动物学研究的奠基之作，这其中就凝聚着马绣同的心血。在张玺和齐钟彦等合著的一系列研究专著中——如《中国北方海产经济软体动物》（1965）、《中国经济动物志·海产软体动物》（1962）等，都有马绣同付出的辛勤劳动。近的就更多了，在齐先生主持编写的每一本研究专著中，几乎都有马绣同的名字。

马绣同的主要贡献就是标本的采集和采集回来后的分类收藏管理。在马绣同几十年的工作中，标本采集和管理已成为一门科学，一门由经验和学识创建的科学。

只要来到海边，马绣同先要看海滩上有没有标本。只要注意就会有发现。采集标本需要经验，这要掌握潮水的涨落，月亮的圆缺。近半个世纪的采集，马绣同积累了大量资料和实践经验，在贝类采集和研究工作之余成就了一本书。这就是1982年出版的《我国的贝类及其采集》，这是我国第一本也是唯一一本谈论海产软体动物标本采集的专著。

他多年来每次出野外采集标本时，到达采集地点尚未正式开展工作之前，总是先到海边拣些标本。这是因为许多种贝类死后的遗壳，由于波浪的冲刷常常堆积在高潮线附近，只要仔细寻找就会拣到不少种类的贝壳，特别是一些微型的贝类，如三口螺、小塔螺等。为采集这些小型的贝壳，他还找来极细的筛网做成筛子，从海滩上的泥沙中筛选。每当暴风骤雨之后，他更是来到海边去拣贝壳。因为他知道潮下带栖息的贝类往往经不起巨浪的冲击而被卷到海边上来，这时，平时在潮间带采不到的贝类，就有采到的可能了。他曾在海南岛三亚海滩上，大风之后采到很多平时采不到的标本；而在西沙群岛，正是这种海边的"漫步"，他采集到了不少东西，有一次还拣到了一只很少见的鹦鹉螺的贝壳。在海边拣贝壳，不仅可以采到一些平时采不到的种类，他还从拣到的贝壳的多寡来判断这一海滩栖息的贝类是否丰富，这是坐在实验室无法得到的经验和第一手研究资料。正是这种积累，才使得他不仅仅是一个标本采集者和管理者，而且成为一名实践经验丰富的学者。

马绣同还到菜市场搜集所需的标本。因为沿海地区的居民，每逢农历初一和十五大潮时，许多人——尤其是女人和孩子喜欢到海滩上"赶海"，其中贝类是主要的对象。他们常把采到的东西拿到菜市上去卖，这样，便给了马绣同一个非常好的搜集标本的机会。他还找到规律，去菜市的时间，如果早上低潮就下午去，如果下午低潮就次日早晨去。在菜市上他补充到一些少见和不易采到的种类。但有一些种类，如大竹蛏、总角截蛏、满月蛤和紫蛤等，栖息在较深的泥沙中，不大容易采到，他在菜市上买到时，总是再三询问从哪里采来的，环境如何，借以了解产地。

在他的眼里，海边岩石海滩上的贝类标本也是在有规则地排列着，等待着他去发现，去采集。从海滩岩石，到潮下带，到海中游泳的贝类，到漂浮在海水中的贝类，这一切都是那么有序地存在着，这种有序就是他的经验。

现在来看，我的描写虽然充满文学色彩，但基本上仍客观记录了马先生的行状。当时为了写马先生，我还多次采访了齐钟彦先生。齐先生谈了他眼中的马绣同——

马先生这个人值得好好地写写。马先生最大的特点就是能吃苦，出野外采集标本时，他非常能吃苦，而且很认真，比别人有耐心，当时张（玺）先生最看重他的就是他的这个特点。他是个很有毅力的人，每次出野外时，他都坚持记日记，每天都记，采了什么标本，在哪里采的，环境如何等等。这点我不如他，我做不到天天记。时间长了，有些情况我们都忘记了，但只要问问他就行了。

　　马先生采集标本很认真，他采集的也很多，从北到南，中国沿海他都去了。他掌握了大量的第一手资料，经验也很丰富，标本室的标本，主要是贝类，都经过他的手。当然还有许多是别人采集回来的，但采回来后，都是他一点点整理分门别类地收藏好。对我们来说，没有标本室是不可想象的，发表论文必须要有标本，没有标本怎么能写论文呢？标本都要放好，你文章中出现的、书上写的，都要有据可查，这就需要标本室。有些东西损坏了，可以再恢复，可标本损坏了，却无法恢复，标本室对海洋研究所来说，太重要了，这是真正的宝贝。从他在北平研究院动物学研究所起，他就负责标本采集管理，主要是贝类。当然那时只是几橱子标本，后来搬到了青岛，慢慢地发展起来，马先生贡献很大。

　　马先生不是一般的管理标本，他还深入地研究，主要是对腹足类，他完成了一部关于宝贝科的动物志的编写，还写了许多文章，比如《黄渤海软体动物》的专著，就是我们一起编写的。

　　马绣同的努力当然没有白费，标本室终于有了一个正式名称：中国海洋生物标本馆。尽管这是一座分布在生物楼中的标本馆，但它的馆藏是丰富的，已拥有标本近六十万号，其中最早采集的标本是在 1929 年。这是几代中国海洋生物学家的积累，这在中国乃至亚洲都是足以自豪骄傲的。无脊椎动物标本近四十万号，其中软体动物标本有十余万号，这十余万号标本马绣同都经手"摸"过一遍。

　　对于马绣同和标本室来说，采集标本的一个收获时期是从 1958 年到 1962 年的全国海洋普查。从北方的鸭绿江口，到最南边的热带海域，都留下了马绣同和同事们的足迹，一批批标本被采集了回来，标本室被充添了起来。那是一个收获标本的季节，在生物楼一楼的标本陈列室里，许多标本的标签上，在采集时间一栏里都写着这一段时期。

　　在标本采集和管理中，马绣同成了一位名副其实的专家。1963 年，他被邀请到天津、北京的自然博物馆，为这些博物馆采集收藏的贝类标本鉴定命名。那一年，是他第一次应邀为外单位鉴定标本。

马先生的简历表相对显得简单：

1952 年：技术员；

1957 年：技佐；

1979 年：副总技师；

1985 年：总技师。

在 1987 年马绣同的"退休登记表"上，职务栏里写着副教授，也就是说马先生的职称相当于副教授。

在"简历表"中，马先生漏写了一项内容，这就是 1984 年中国科学院曾授予他"竺可桢野外工作者奖"。

在学者云集的海洋研究所，马绣同的职称属于非主系列，相对来说，属于辅助系列。

在中国科学院编的《科学家名录》里查不到马绣同的名字。

1987 年，马绣同在理论上退休了，那年他已经 75 岁。但实际上，他依然风雨无阻地天天来标本室。在马绣同办理退休手续的前两年，一个年轻人来到标本室，这就是张素萍。马绣同为有一个接替者感到高兴，标本室太需要年轻人了。两年来看着张素萍的工作态度和精神，马绣同放心了，他把自己的经验一点不漏地传授给张素萍。

在海洋所的大院里，与生物楼相对而立，是一栋带着一个玻璃阁楼的三层楼，这就是水族楼，是生物楼的姊妹楼。到了 20 世纪 80 年代末 90 年代初，一栋十五层的高楼拔地而起，这就是物理楼。现在，又一栋近三十层的大楼又快要完工，这就是海洋大厦。从这也可看出，海洋研究所在发展着，变化着，尽管有着许多欲说还休的话题。相对静止的是寂寞的标本室，尽管中国海洋生物标本馆已经成立。标本室留不住年轻人。外面的世界太精彩了，谁愿意待在这清汤寡水的标本室呢？尽管海洋所为了稳定基础，仍然让标本室的管理者吃着皇粮。但这份皇粮对年轻人来说，比起外边，甚至于比起经费充足的课题组，又算什么呢？在种种现实面前，已过不惑之年的张素萍也萌生了离开标本室的念头。但怎么对已在一起工作十余年的马先生谈呢？

张素萍终于在一个下午把自己要离开的决定告诉了马先生。马先生坐在那里，一句话也没说，只是看着窗外。

第二天凌晨，张素萍家里的电话响了起来。

电话是马先生打来的——

马先生在电话中说："小张，你还是不要离开标本室吧，标本室需要你，标本室不能没有人啊！我们在一起已共事了十多年，对你，我是放心的，我请求你，如果你实在要离开标本室，等我老了，不能来上班了，我看不到标本室了，那时你再离开吧……"

听到一个八十多岁的老人在电话中这样的请求，张素萍的眼睛湿润了。

张素萍留了下来，她不知道这一切到底是为了标本室，还是马绣同先生打动了她。

有好长一段时间马先生没来上班了。张素萍提起马先生，眼里洋溢着敬佩，她说起前几天她去探望正在医院里治疗的马先生，老人说："没想到这次生病拖了这么长时间，等过几天身体恢复了，就马上来标本室，还有一些标本，我和你一起来整理一遍，标本室还有许多工作要做……"

张素萍愿意老人好好地在家休养，但她也期待着老人出现在标本室里。

……

记得这篇《老人与标本》在《青岛日报》的"独家采访"专版上刊载后，马先生也出院回家了。张素萍带着我去了马先生家。马先生非常客气，非要从躺着的床上坐起来。接着，马先生让家人给我取来几张老照片。其中一张是当年他们第一次来青岛进行胶州湾海洋调查时与当时的青岛市市长沈鸿烈的合影照片。但这张合影大照片却只有一半，张玺先生和马先生几位站成两排，明显的张先生本来在中间的位置，但另一半被剪掉了。马先生说，张先生旁边的人是沈鸿烈，他俩是站中央的，照片在"文革"时为了不惹麻烦，让他剪掉了沈鸿烈他们的那一半。为了这张合影，张先生

"赵村号"

在被批斗时成了一个多次交代的问题和罪证。

其实在采写《老人与标本》的过程中，给我更深印象的还有一件事。这就是读到马先生档案里的那些思想交代和关于他历史问题的说明和审查等。当然，这些事情我一概略过去了，但却"保存"在我的记忆里。

在马先生的档案里有一份印有"绝密"的《马绣同的鉴定材料》——

马绣同，男，现年 53 岁，家庭出身：富农，本人成分：职员，河北省平乡县人，原有文化程度：乡村师范毕业，现有大学程度，现任中国科学院海洋研究所技佐，级别 8 级，青岛市市南区政协常务委员。系民盟盟员。

历史问题：

据 1957 年海洋生物所为马作的结论草稿中说"经查证马绣同于 1928 年参加国民党为普通党员，于 1933 年断绝联系，已查清。于 1938 年参加本乡我抗日县政府工作，在财务科任会计，并由张滨介绍于同年参加了共产党，1939 年由于当时觉悟不高，革命意志不坚定，脱离党，脱离革命，脱离后未发现有危害革命和危害党的行为"。

一、对党的领导和党的方针政策一般是拥护的，愿意跟着走社会主义道路，但有怀疑动摇。在暂时困难时期，工作情绪一般，说话谨小慎微，胆小怕事，没有暴露抵触不满。但在思想深处是同情资产阶级"三自一包"的反动纲领的。如，他在学习中说："我认为自由市场对人们是方便的，包产到户能刺激农民的积极生产性。"马与党委的关系很疏远，而和资产阶级专家张玺的关系很密切，经常往来，群众反映马是张的"孝子""内政部长""管家人"等。

二、对反帝、反修斗争一般是表示赞成，但思想深处对帝国主义特别是对美帝国主义的反动本质认识不清。在学习中他曾暴露说："帝国主义有吃有喝，为啥还偏要侵略别人？道理上好像懂，但思想上又弄不通。"又说："文件上说帝国主义不会接受教训，但我思想上总感到美帝国主义不敢再打我们了。"马的资产阶级和平主义怕战争、怕死的思想比较严重。他说："我不怕战争，好像不怕，因为打不起来，真打了起来，我就不愿意打了，因为战争要死人，抗日战争死了多少！不打，不怕，打了怕，远打不怕，近打怕。"对反修斗争，马的态度是："修正主义不对，应该反，但与己无关，如何反，反到何时，这是中央的事。"

三、在"四清"运动中的态度及暴露的问题

马在"四清"运动中表现一般，没有发现抵触不满情绪，表示一般的拥护，通过运动，马在思想认识上也有所提高。如他说："对党的方针政策又有了进一步的认识，党对犯错误的人，只要认错改错党就欢迎，党是伟大。"但是马绣同对张玺的资产阶级作风是了解的，但在运动中根本没有揭发，相反在运动中对张的问题有所庇护，如群众揭发张玺搞的形态组的问题，马绣同就不同意群众的揭发。

在运动中群众对马绣同揭发的主要问题是资产阶级名利思想，如马主要是搞标本室的工作，但马为了名利抛弃正业，在张玺指导下忙于写文章，挣稿费，使有些标本采集后长期未加整理。这一问题虽经群众揭发批评了，但并未作深刻检讨，仍认识不足，张玺并为马辩护。

四、平时工作表现和自我改造的态度

马在日常工作中有雇佣观点，当一天和尚撞一天钟。他在检查中说："我为谁服务的问题还不明确，而是认为上班、下班，就是为人民服务。"实际上马的工作没有为人民服务的工作积极热情，处处谨小慎微，怕犯错误，缺乏主人公责任感。

自我改造的态度一般化。马不拒绝参加学习会议，但很少发言，不肯联系思想，没有自我革命的精神，更没有帮助别人改造的精神。马的处世道是"与人无争"的资产阶级观点。

五、结论意见

综合上述表现，马绣同在政治上总地说来，还一般可以接受党的领导，但对党的态度是若即若离，对党的方针政策时有拥护时有怀疑。在"四清"运动中表现一般，只能作一般的自我检查，对别人没有揭发。平时工作一般化，有雇佣观点。对自我改造不是积极的表现。为此，其政治态度原定为资产阶级中中分子，现仍定为中中分子，建议保留其原政协常委的职务。

中共海洋研究所委员会

1965 年 8 月　日

在此"密件"的最后，有手写体的两行字：

此材料有"其政治态度原定为资产阶级中中分子，现仍定为中中分子"，应否定这一结论。

落款为：中科院海洋所人事处。时间为：1986 年 4 月 7 日。

这份鉴定其实是马先生在"四清"运动后组织上给予的鉴定。"四清"运动中，马先生的"自我检查"如下：

自我检查

自解放十余年来在党的教育下虽然不论思想上或行动上都有不同程度的提高，在三年自然灾害困难时期尚经得起考验而未动摇，但这仍距离党对我的要求相差很远，政治觉悟还很低，必须在党的教育下继续加强自我改造。由于过去放松了改造，因为在思想上还存在着一些问题，今将几年来思想上的收获、存在的问题及优缺点总结如下并提出今后努力方向。

一　收获

思想方面：

1．山东省政治学校学习后之收获

在省政校学习之后，不论在思想上政治上都有不同程度的提高并认识到组织上让我去济南学习是对我的重视和培养。学习不仅是使我在政治理论水平上和思想上提高，更重要应该是在政治提高的基础上如何更好地做好工作来报答组织对自己的关怀和培养。因此自济南返青后用毛主席矛盾论遇事抓主要矛盾的话分析了我的工作，标本室的工作应为主要矛盾，研究工作应居次要矛盾，二者不能平衡对待，自此研究的时间即占很少了（大都业余时间进行，结束以前未完成的部分研究工作）。

2．对阶级斗争观点有了进一步的认识

通过"四清"运动揭发出来的大量事实，不但所外，即所内也存在着尖锐的阶级斗争和社会主义和资本主义两条道路的斗争，在党的八届十中全会曾经指出在社会主义过渡整个历史时期都存在着阶级和阶级斗争以及两条道路的斗争。对此，在我思想上也承认存在着阶级和阶级斗争，但我们所内是否也存在着阶级斗争和两条道路的斗争认识的就不清爽了，认为有，一定是会有的，但纵有也不会太严重。但事实与我想的相反，因而使我又受到一次教育和狠狠地敲了一下警钟，使我提高了觉悟对阶级观点有更进一步的认识。

3. 对党的方针政策有了更进一步的认识

通过"四清"运动看到和听到的事实，使我对党是说到哪里做到哪里，坦白从宽抗拒从严的政策，不论在政治上经济上犯过多少罪行、贪污过多少钱款，只要彻底坦白都得到宽大处理，对犯错误的人都细心地耐心地反复说明党的方针政策，循循诱导说服教育使犯有错误的人认识错误而悔改，只要愿意悔改，党都欢迎。因此在运动中对党的"惩前毖后、治病救人"这一方针政策有更进一步的体会，完全是挽救人的运动。不仅仅是从泥潭中挽救了犯错误的人，更重要的挽救了不少已接近泥潭边缘的人，教育了广大群众。因此这次运动不论对任何人都是一次革命和接受教育的运动。

这次运动党中央为什么投百万以上的干部和几年的时间教育大家过好社会主义关，成为一个忠诚而积极的社会主义建设者呢？是为了人民和巩固无产阶级专政，拔掉两个根子（资本主义和修正主义）和改变落后的面貌，使六亿五千万人民过上幸福的生活而逐渐向共产主义过渡。通过"四清"运动之后，全国各条战线上一定会出现新的生产高潮，党中央和毛主席的理想不仅为了解放全中国人民而是要支援全世界受压迫受剥削的人民也得到解放。所以使我进一步认识到这次运动不是为党一己的利益，而是为全国人民和全世界未解放的人民，因为只有我们富强了才有力量使被剥削的人民得到解放。

4. 对科学方针的认识

以往我对于所内的科学方针政策是不大过问的，因为自己大都是作些具体领导分配什么即做什么，至于科学方针似乎同自己的直接关系不大，因而不大过问。"四清"运动我们所在研究方面不少是：不是以任务带动学科的发展而是为科学而科学或为论文而论文，脱离实际脱离生产。在研究计划方面也大都是少数人制订，很少与群众商量，就更谈不到与工农群众相结合了。专家们迷信自己而忽视群众的智慧，事实尚没完全脱离资本主义国家办海洋科学的旧框框，而与党所提出的科学为生产服务、为国防服务的方针是不符合的。通过运动认识到我们所在这方面在很大成分上还存在着社会主义和资本主义两条道路的斗争。

二　在工作方面

我的工作主要是标本室的标本整理工作和前几年（1959—1962）参加全国海洋工作（出海调查及在所内整理鉴定软体动物前鳃类标本）以及写的区系分类论文和软体动物的书（有的是与别人共同著作）。

在工作当中尚能认真负责勤勤恳恳不挑不拣，分配什么工作按部就班工作，在工作中尚能任劳任怨。

同我在一起工作的青年同志几年来通过工作已基本上能独立工作了。

三　存在问题

思想方面：

1. 政治学习较差，缺乏政治挂帅

由于政治学习不够，以致在思想上缺乏政治挂帅，虽然主观上要求进步跟着党走，走社会主义的道路，想做好工作，但十余年来进步很慢，政治觉悟还很低，遇事不能用阶级观点分析，以致对某些问题仍有一些不正确的认识，如阶级斗争、反修斗争的认识都是比较模糊的。虽然通过省政校学习之后在思想上有所提高，但正如所内在运动中揭发出来的问题，最初也是认识不清的。且由于政治学习不够，以致对人提出批评意见较少，运用批评与自我批评的武器较差，而表现性不强；同时思想不够开展，不能站得高看得远，缺乏雄心壮志而且保守，如：如何将标本管理得更好？自己所想的也是仅局限于标本室内，而如何将全室的标本管好，想得较少。

2. 对三面红旗的认识

对三面红旗我是拥护的，没有怀疑。在理论上也知道其优越，而一旦遇到具体问题时，在思想上有时发生矛盾或疑问，而用形而上学的观点看待问题,如过去三年灾害时在工作中发生缺点或错误而与人民公社联系。通过在省政校学习之后认识到自己的错误是把人民公社的制度和工作中的缺点和错误混淆在一起了。通过实践论的学习,认识到作一个新的认识循环往复的"实践认识再实践再认识"的发展过程。在工作中有时出现问题或错误是在所难免的,并认识到党的各项方针政策也都是通过三大革命运动的实践中总结出来的。

对"三自一包"的问题,在未去省政校之前不知道"三自一包"这一名词,自从到农村中去看过,但闻听包产到户,错误地认为如此或者可以刺激农民的积极性,不然怎会包产到户呢?但并未认识到如此会滋长农民的落后势力走向资本主义道路。又如对自由市场的看法。也是只看到有自由市场买东西的方便与自己有利的一面,而未看到有自由市场会给盗窃投机倒把分子以可乘之机来破坏集体经济,这里面存在着严重的两条道路斗争的危害性而未认识到。

3. 对阶级斗争的认识

以往对阶级斗争观点的认识也是比较模糊的,认为已经把地主资本家打倒,即使有少数暗藏的反革命分子他们也无能为力了。通过学习认识到他们的经济基础虽已被消灭,但已被推翻的反动阶级还不甘心死亡,仍妄图复辟死灰复燃,而更进一步认识到资产阶级的思想意识还要影响和侵蚀人,同时世界上还有帝国主义存在,因而在今后长时期内还存在着尖锐而复杂的阶级斗争。

4. 现代修正主义的认识

过去对修正主义仅知其然但对其认识并不清楚,而对反修的前途感到更模糊了,并认为反修是党中央的事与己无关,经过几年来反修斗争教育了广大群众(包括我自己在内),否则有变为修正主义的危险而不是与己无关了。通过学习认识到修正主义的本质(不革命不反帝不要社会主义)及其危害性,检查一下自己的思想,不是没有关系,而且在思想上不管自觉或不自觉,对其观点,如在政治上"和平主义"即有千丝万缕的联系，因为资产阶级个人主义的思想是产生修正主义的根源，因此如不兴社灭资就有可能成为修正主义的俘虏。

最初对反修前途的认识也是比较模糊的，认为只写文章反修，他们不听，对他们又不能实行专政。通过学习分析及我们几年来反修的成绩以及历史上反修都证明马列主义必胜，修正主义必败，是社会发展的必然规律。如国际第一次反修是列宁同考斯基、伯恩斯坦，第二次是斯大林同托洛斯基、布哈林，都取得胜利。在中国历史上，在毛主席的正确领导下同"左"倾冒险主义和右倾机会主义进行激烈的论战取得了中国革命的胜利。因此不论在历史或现阶段的实践，也都证明马列主义必胜修正主义必败的真理。

工作方面

以往认为老老实实、勤勤恳恳、按部就班的工作即是为人民服务了。通过学习，认识到资产阶级个人主义尚未转化为无产阶级立场之前是不可能做到全心全意为人民服务的，即有一时的努力也是在个人利益和集体利益一致的情况下如此，否则便会考虑个人的得失了。如1958年8月标本室成立时让我负责标本室工作，这一任务我是接受，但之后我有一种想法，负责标本室工作责任较大，人员多（10人），管不好要受批评，不如只管贝类标本同时接触的面也窄，有时间做研究工作。这种想法完全是从个人得失方面去考虑的。

1958年12月我参加海洋普查工作，1962年冬回标本室，从1962年冬至1963年9月初在这将近一年时间内，现在检查起来，在时间的安排上是不合适的，我的时间并未完全放在标本室的工作，是用一部分时间去做分类研究工作及编写我所分担的贝类图谱工作。以往认为拿出一部分时间做些研究工作是领导所允许的（标本室成立时），同时认为管理标本需有分类的基础，不然怎样能管理好标本。通过分析为什么愿意接受研究工作是因为符合了个人的名利思想，做研究虽是组织上所允许，但自己却强调了符合个人利益的方面，忽视了将标本管理好之后有时间再去做研究的主要方面。

如何将标本管理好而我所想的也是仅局限于标本室内的标本，其他方面的标本如何管好想得比较少。

优缺点

优点

1．中央提出的方针政策以及所内制订的各项规章制度都是拥护并能遵守执行，在困难时期尚能经得起考验而不动摇。

2．对工作尚能认真负责听从组织调动，在工作中尚能勤勤恳恳任劳任怨。

3．在工作及日常生活中比较谦虚能平等待人，有事能与大家商量，听取众人意见，群众关系比较好。

4．工作中尚能贯彻党的勤俭办科学的方针，平日能注意节约。

缺点

1．政治学习较差，缺乏政治挂帅，因而思想不够开展，而有些保守，对某些问题的看法比较模糊。

2．斗争性不强，运用批评与自我批评较差。

3．在工作中有些轻技术重研究的思想。

4．主动争取组织对自己的帮助不够。

今后努力方向

1．学好毛主席的著作要求，达到活学活用结合。目前先学《为人民服务》《纪念白求恩》《愚公移山》及《实践论》《矛盾论》等。

2．通过学习毛主席著作逐步克服存在的缺点，做好自己的工作，做到毛主席所说的"是彻底地为人民的利益而工作的"人。

3．主动接近组织争取帮助以便加速自我改造。

在该"自我检查"的最后，是小组鉴定：

优点：

1．对党的领导和党的方针政策一般是拥护的，愿意走社会主义道路。

2．工作比较积极、细致，对分工的工作有一定的责任心，能听从领导分配，群众关系比较融洽。

3．"四清"运动中表现一般，尚能检查自己。

缺点：

1．政治上不够开展，有与世无争的思想。缺乏向上级靠拢、争取组织帮助的表现。

2．工作上满足现状，有轻技术、重研究的思想。

3．对政治学习重视不够。

小组长：曾呈奎

1965 年 9 月 16 日

下一栏里是被鉴定人马绣同的签名，并填写上"同意"二字。

最后一栏是"上级组织审查意见"：

同意小组对马绣同做的鉴定。

落款盖章为：中国科学院海洋研究所人事保卫处。时间为：1965年 9 月 24 日。

马先生于 1984 年获得了中国科学院给予野外工作人员的最高奖励——竺可桢野外工作者奖，同年 12 月他重新加入了中国共产党。在他的档案里有几页纸张已变色的手写的稿纸——他自己在 20 世纪 60 年代写的当年脱离共产党的经历，还有一份明显新填写的字迹工整的入党志愿书。记得 1984 年春天，当时地质室的支部书记让我为地质室的一位张老师抄写"事迹"。张老师多年来负责海上地质采样的工作，其中有一份表格要填写，表格是用来申请获得"竺可桢野外工作者奖"。当时有进来找书记的老师看到了，问这是啥表格？书记答："是推荐申请院里竺可桢奖的。"当时是首届。问话的老师听了，说老张能获得吗？所里还有谁申报？书记说："所里好像申报好几位，还有搞标本的老马。"来人舒了一口气，说："肯定是马先生获奖了，别人没戏。"这么多年过去了，至今想起来依然如在眼前。而马先生，也已经去世多年了。南海路 7 号的新标本馆也建成多年了，马先生是没能看到新馆启用的。

潮涨潮落寻贝人

　　1997 年迎春花还没有盛开的时节，我撰写了《老人与标本》——记述和海洋生物标本打了六十多年交道的马绣同老先生和他用人生写就的大书。在写作过程中，我得到了和马先生共事已逾半个世纪的贝类学家齐钟彦教授的帮助。完成了《老人与标本》后，我产生了写一写齐钟彦先生的念头。这个念头渐渐萌芽长大，在我的心里膨胀起来，又一位老人的大书催逼着我铺开了稿纸。可是真要动笔写了，我却突然发现，竟不知从何落墨——齐先生平淡的人生简直没有一点故事。一年的时间要过去了，关于齐先生，我的面前还是一张空白稿纸。1998 年元旦后，便不断有友人问，1998 年是海洋年，你不打算写点什么？我说，还没想好。这样说着，脑海里已清晰地浮现出齐先生那一头银丝和清瘦的脸颊来。是的，我要完成这一篇未写的旧稿，献给国际海洋年。

　　新年后的一天上午，我来到齐钟彦先生的办公室，齐先生正在伏案写着什么。听到我的来意，齐先生微微地笑了起来，已到耄耋之年的老人微笑中含着慈祥。齐先生低声说："嗨，我没有什么好写的，就干了这么点事。"说着，老人又轻声笑笑。我赶紧说："齐先生，你干的事很有意义，我们这一代人很想了解你们这些老人走过的路。"齐先生依然笑笑："没有什么，就是干这个工作嘛。"我说："你能不能介绍一下你的工作呢？"齐

齐钟彦先生 1998 年接受我的采访。

先生沉思了一会,慢慢说道:"我就是跟着张玺先生学着搞了点贝类。"我又问:"在这一点上你和马先生有相似的地方?"齐先生说:"是的,我从跟着张先生起,就一直在做着贝类分类工作。张先生给我的影响很深。"接下来老人依旧微笑着,对我的提问简单地回答着,让我感到了采访的艰难。在他很少的答话中,齐先生再三强调,他没有什么好写的,他提起最多的就是他的导师张玺先生。

问:齐先生,你为何总说张玺先生呢?

齐先生:没有张先生也就没有搞贝类学的我。

问:齐先生,在你眼里,张玺先生是一个怎样的人呢?

齐先生:张先生是一个很随和的人,和我在一起无话不说,知识非常渊博,不只是局限于生物分类学。

问:齐先生,你从张玺先生身上学到了什么呢?

齐先生:从他那儿给了我很多的教益,从做人到治学。

问:齐先生,你能不能谈谈张玺先生的治学特点?

齐先生:张先生不是那种靠着聪明来做事的人,他就是靠着耐心和毅力,一点点地抠。他选定的题目,就一定要完成,追根究底,一直做到查清为止。现在再想想,张先生的这个特点,也正是一个科学家最起码的素质。

当我离开齐先生的办公室时,我忽然明白了,齐先生和张玺是密不可分的,要写齐先生,必须从张玺先生开始。

　　张玺先生，对我来说是一位历史中的人物。我从老一代学者那儿，听到许多关于他的治学和轶事。在《中国大百科全书》中，"张玺"条目，我已逐字细读过，但读着这些简洁规范的辞典文字，对这位中国海洋贝类学的主要奠基人，我仍然无法在脑海中勾画出一位学者的形象来。于是，我翻阅起了一卷卷"尘封的历史"。渐渐的，我的眼前，一代海洋生物学大师从历史的风雨中走来……

　　1897年2月11日张玺出生在河北省平乡县东田固村一个耕读传家的旧礼教家庭里。少年时在家乡私塾念了几年四书五经，学习孔孟，稍长入本县城内高等小学堂。在学三年，他颇知用功，学习中外史地数学，还有物理——当时称"格致"，每次考试，总是名列前茅。17岁高小毕业后，因家庭经济困难，他无力升普通中学，只得在家耕读，农忙下地，秋毕自修，但是仍常常怀念着上学。

　　1915年夏天，张玺巧遇保定一所农业学校招生，因学费少而且还有奖学金，于是张玺立即决定报考，他以优秀成绩被录取。在这所农校四载，为了获得奖学金，他非常勤奋，每次考试成绩总是优秀，这样也解决了求学经济上的困难。毕业时正值"五四"学生爱国运动爆发，张玺的热血沸腾，毫不犹疑地参加了这场学生爱国运动。他感性地认识到非"民主"与"科学"不能救中国。就在那时，受时代潮流的影响，他萌生了走勤工俭学的道路到法国去学本领，回来后报效祖国。原来在1912年，国民党人李石曾和吴稚晖在北京发起留法俭学会，并设留法预备学堂。同年，第一批赴法勤工俭学的学生自北京启程。1915年，蔡元培、吴玉章等又组织了留法勤工俭学会，明确提出了"勤于作工，俭以求学"的口号。"赴法勤工俭学"也影响到了保定。

　　1919年秋，张玺考入保定育德勤工俭学留法班，为赴法留学打好基础。一年后张玺毕业了，碰巧遭遇到河北省罕见的大旱灾，家中无力为他筹借赴法川资，不能启程，他感觉到万分痛苦。就在这一年，赴法留学形成了一个高潮。正在张玺感到无路可走时，他的母校——那所农业学校创设了留法班，规定毕业考试名列甲等前五名者，每月津贴五十元，保送赴法。

张玺因此决定再在母校学习一年。为了解决生活困难，他除了典当衣服之外，在课余闲暇时曾组织同学到四乡收购水果，进行果品加工卖钱，以资生活补助。一年后，张玺毕业时以优秀成绩列为津贴生，学校保送他赴法国里昂中法大学留学。但学校只资助学费，并不承担到法国的路费和路上的生活费。张玺兴奋之余又感到了失望。这时，他得到了许多师友的鼎力帮助，这样才勉强凑够路费，始得成行。

1921年8月13日，张玺由上海搭法国邮船离开祖国。为了节省路费，他选择了四等舱。同船出国的有一百五十余人，统由国民党元老吴稚晖率领。经过一个多月的海上颠簸，终于在9月25日由法国的马赛港登陆，又转乘火车到了里昂，中法大学的校址就建在这儿。

张玺刚到里昂中法大学，正遇着当时的驻法公使与法国政府联手把中国的一部分进步勤工俭学的学生——被认为是"危险分子"，强迫送回祖国。张玺对这些同学非常同情，他突然想，假如他在育德留法班毕业后就来法国，现在亦或被遣送回国。所谓的里昂中法大学其实就是一个学生公寓，学生们在这儿食住，预备法文，然后进入里昂大学的各个学院，由中法大学统一供给学费。当时中法大学校长就是率领他们来法国的吴稚晖。初到里昂，波澜频起。由于他们这群新来的学生中有一部分不是大学当局批准的公费生，于是校方便要他们交饭费，否则亦有强迫送回或者赶出校门的可能。张玺他们二十几个同学曾为了理应得到的公费生待遇，同校方作过激烈的斗争。最终，张玺他们取得了胜利。有了公费保证，张玺能够安心攻读学业了。他在法国的十一年中，大半时间都是在中法大学食住。

第一年，张玺先在中法大学预备法文，并时常出去听讲演。当时的法国各种思潮在这群中国留学生之间互相碰撞，这是一群有着格外敏感的爱国心的热血青年。在里昂，张玺曾听过法国共产党人的公开演讲，在一个咖啡馆里他还听过青年周恩来的演说。对于张玺来说，是一种好奇心促使着他去听这些共产党人的讲演。在留学生中，既有积极投身于共产主义运动的，也有选择了国民党的道路的，在纷繁多样的主张中，像张玺这样的留学生其实是很多的，他们被称为科学救国派。张玺决心踏踏实实地学到一种专门的学问，然后回国为中华民族效劳。

1922 年，张玺进入里昂大学理学院求学，起初学习农学理论，后来他了解到没有生物科学理论的基础，研究不能深入。于是，他又专攻生物科学。

1927 年 10 月，张玺获得硕士学位。接着他进入里昂大学动物研究室，开始研究海洋软体动物。

张玺在 1929 年亦曾出席过在西班牙举行的国际学术会议，在会上他宣读了一篇关于地中海后鳃类动物的学术论文，这是他后来一生学术的起点。他还到南非洲进行了一次长途考察旅行，殖民地黑人的痛苦给了他深深的刺激，这也加深了他科学救国的思想。

在里昂中法大学里，他的生活并不单调，除致力于专业之外，他交往了许多献身学术的留法学生。他们组织过中国生物科学学会，以促进学术交流；后来他和几位朋友还成立了新中国农学会，其中有一位从事植物学研究的河北老乡叫齐雅堂，便是齐钟彦的父亲。他还和各种学科的同学组织过学术讲演会，每周开会一次，轮流报告心得，相互沟通。会员每月交纳五个法郎作为开会时的茶点费用，因而就叫"五方会"。

为研究软体动物，张玺到过巴黎，还在法国沿海的各个实验所实习。

春去秋来，转眼间到了 1931 年的深秋，张玺结束了他的求学，他获得了法国国家博士学位，于 1931 年 12 月启程回国。

1932 年 1 月，张玺进了国立北平研究院动物学研究所作研究工作。张玺发现这儿的设备虽不甚好，但工作惟能随个人的兴趣进行。对这一点他非常高兴。他首先到了山东半岛和厦门沿海，一南一北，沿着海岸进行野外调查研究。工作条件虽然简陋，但研究所学术气氛很浓厚，他的中国海洋软体动物学的研究工作逐步开展起来。

1935 年 5 月，由张玺领导的胶州湾海产动物采集团来到了青岛，开始第一次青岛胶州湾海洋动物调查。这是我国学者组织的第一次海洋动物综合性调查，有着深远的开拓性意义。青岛胶州湾调查，持续了两年，进行了四次海上和沿岸的调查采集，取得了许多重要的生物标本和数据。张玺沉浸在纯科学的道路上，他后来回忆说，当时他的纯技术观点非常浓厚，认为"科学无国界"，常与外国贝类专家通信交换刊物或标本，在法国杂志上发表论文。他把中国的贝类学研究引领到了国际学术界的舞台上。他还同杨钟健、裴文中、侯德封、夏康农、尹赞勋等著名学者在《世界日报》上创办"自然"副刊，以普及科学知识。

1937 年"七七"事变，华北各地相继沦陷，故都也被日寇占领。当时日法尚未冲突，他和同事们把重要图书仪器运至北京的中法大学，整理装箱，由海道经越南运至昆明。然后他们由北京到天津下车搭船，转道越南，最终抵达昆明。

当时的昆明，人力物资极度缺乏，他们进行工作甚为困难。为了进行调查工作方便起见，张玺与云南建设厅合作成立了一个水产试验所，设在滇池西岸山根下，和动物学研究所在一起，由他负责，进行滇池动物的研究，调查云南的湖沼水生经济动物，并试行鱼类人工养殖。张玺在困难中苦苦地支撑着这个小小的研究所。

1945 年 8 月，抗战胜利了。张玺惨淡经营的研究所也有了生机，他把刚刚从大学毕业的老朋友齐雅堂的儿子召到了自己的身边。这是齐钟彦和张玺的"初识"，从此，齐钟彦的人生融汇进了张玺开创的学术世界，齐钟彦的名字也和中国贝类学密不可分地联结在一起。

坐在齐先生的对面，我感到了历史的分量，这是一种宁静人生书写的历史。齐先生是沉静的，他说话也是那样沉静，他坐在他那张陈旧的桌子前，身后是一个古朴的卡片柜，一个一个小抽屉收藏着关于海洋中的宝贝的秘密。我问齐先生这个柜子是啥时候做的？齐先生抬手搔搔耳边的一缕银丝，笑笑说："这是从北京搬来青岛时带过来的，有点年数了。"我坐在齐先生这儿，如同感受着时间的河流，汩汩流水携带走了浑浊的泥沙，留在河床里的是坚硬的石头。我的眼前幻化出一片月牙形的沙滩，潮水涨上来了，又退了回去，沙滩上散布着一枚枚千姿百态的贝壳。有一个孩子奔跑在撒着阳光的沙滩上，不时地弯腰拣拾着让他惊喜的贝壳。孩子的口袋里已塞满了五颜六色的宝贝，他仍然在挑拣着……

我突然想起钱钟书曾说人在回忆时常常会有可惊可喜甚至可怕的想象力，这话用到齐先生的身上显然相差千里，齐先生在回忆往事时呈现出的是可敬的单纯，每一句话都是字斟句酌，就像他从事贝类学分类研究那样，简直是一丝不苟。

问：你当年选择跟着张先生从事贝类学研究，与什么有关呢？

齐先生：一个原因是我学的是生物学，再一个呢和我的家庭有关，我父亲和张先生在法国时是同学，都拿了法国的国家博士。

问：在这之前你就认识张先生吧？

齐先生：认识，张先生是我父亲的老朋友，还有我在大学时，张先生来给我们讲过课。

问：齐先生，你说过你父亲是搞植物学的，而你跟着张先生搞了贝类，你为何当时不去搞植物学呢？

齐先生笑笑：都是生物学嘛。

我尽管采访了齐先生，却无法从齐先生这儿得知他自己的故事。用齐先生的话说，他根本就没有什么，只是一个普通的人，尽心尽力做了力所能及的事情。正是齐先生的普通，让我看到了一种不平凡的人生。为寻觅这种人生的足迹，我又打开了一本关于齐钟彦先生的历史——

齐钟彦，1920年3月12日出生于河北省蠡县大曲堤村。他的曾祖父务农兼做着小生意。他的祖父读书考中了举人。这是一个典型的勤劳起家、培养儿子刻苦读书的家庭。到了他的父亲，家道已破落，成了一个诗书传世长的读书人家了。在齐钟彦4岁时，他的父亲齐雅堂到法国留学攻读植物学。在法国，齐雅堂和张玺结识并成为志同道合的朋友。齐钟彦7岁时，随性情温和的母亲到了北京，寄居在一家中学里服务的外祖父家。

1927年8月齐钟彦入了孔德小学。因为居处迁移，他辗转上过别的两家小学。

1933年夏，齐钟彦小学毕业。接着，他便考入中法大学附属的温泉中学。

学校在北京西郊，学生需要住校，齐钟彦第一次离开了家庭。这年冬天，齐雅堂从法国回到北京，担任中法大学的教授，另外，他先后在北平大学、中国大学等多家大学任过兼任教授。用齐钟彦的话说，在"七七事变"前，他们一家经济完全靠父亲每月的教授薪水，母亲在家中照顾孩子料理家务。在齐钟彦的回忆中，父母生活上非常朴实和节俭，对孩子们的管教特别严格。

1935 年 8 月，齐钟彦考取北平市市立第一中学。少年时代的齐钟彦喜欢打球和收集邮票。当"一二·九"学生运动爆发时，齐钟彦也走在学生游行的队伍中。

"七七事变"，齐钟彦恰好初中毕业。在沦陷后的北京，他又读完了三年高中和两年大学。五年的沦陷区生活给齐钟彦留下了深刻的记忆，当时，他很佩服也很羡慕那些到大后方去的老师和同学，有的同学没有旅费，他就到处去给想法设法筹集。他印象最深的是有一位国文老师到河南去打游击，还有一位同学到河北中部参加游击队。但性情温和、好静不好动的齐钟彦对自己有清醒的认识，他只是压抑着自己的思绪，按部就班地来读书，打好基础，将来努力于中国的建设。在他高中毕业那年，父亲只身随学校迁往昆明。他同母亲和弟弟们仍留在北京。因为不愿意投考日本人办的大学，他暂时进了私立中国大学的生物系，一年后转入辅仁大学生物系。

1941 年秋，父亲来信让他们去昆明。齐钟彦立即跟母亲和弟弟们动身先到了陕西省的宝鸡。因为父亲打算到河南大学教书，让他们先在宝鸡等着他的消息。同时父亲还让他就近到西北农学院读书。后来父亲仍然决定留在昆明，又来信让他们到昆明。

1942 年 2 月，齐钟彦和母亲弟弟们动身经成都、重庆辗转到了昆明。到达昆明后，学校面临暑假，齐钟彦不能即刻入学，而家中又因长期旅行消耗太重，经济很困难。于是，经父亲留法时的老朋友周发歧先生的介绍，齐钟彦便在中法大学的教务科做了临时职员，帮忙招生、整理卷宗，也能贴补一点家用。暑期后齐钟彦本打算入西南联合大学，但因为交涉结果必须要他由二年级读起。齐钟彦不愿意耽误一年，便入了中法大学的生物系。

　　1945 年夏天，齐钟彦从中法大学生物系毕业。他毕业后很快就进了位于昆明西山滇池之畔的北平研究院动物学研究所。齐钟彦来到所里，连他加上，这个研究所只有六七个人。让他高兴的是，这儿的工作环境好像世外桃源，与外界很少联系，是个专心做学问的好地方。齐钟彦到所里没多久，抗战就胜利了，大家都沉浸在对未来的憧憬中。

　　张玺先生对待所里的年青人要求很严格，也很爱护。齐钟彦和另外一个年青人的法文不好，张玺就找来一本法文的小书，每天给他们讲一段，然后让他们翻译出来，这样来提高他们的法文水平。在提高他们法语水平的同时，齐钟彦跟着张玺先生做了昆明湖和其它一些湖泊的淡水软体动物研究。张玺让齐钟彦他们几个年青人实践采集标本，锻炼他们野外调查的能力。在跟随张玺先生"实习"的日子里，有一些工作是独特的，如云南螺蛳的研究。这种螺蛳是云南所特有的，经过调查和研究，他们搞清了它的种类、生活习性和生态分布等。

　　很快，他们就接到通知，准备复员回北京去。张玺领着大家赶紧忙着整理标本和资料等。归路难啊，他们直等到来年的初秋才经上海回到北京。

　　这时，张玺的工作又开始回到海洋贝类学上来，他指导着齐钟彦，把研究方向投到了海洋贝类动物上。

　　1947 年秋天，在张玺先生的安排下，齐钟彦和马绣同来到了青岛。齐钟彦带着张玺先生写给当时在青岛的山东大学生物系童第周教授的信，找到了童先生。张先生的来信是请童先生给予齐钟彦他们提供帮助的。童第周先生很高兴他们的到来，胶州湾的海产动物调查又可以继续了。童先生给他们提供了许多生活上的便利，并派学生协助他们开展野外生物标本采集工作。这是齐钟彦第一次在海边采集生物标本。张玺先生认为一个动物分类学家必须有采集标本的能力，只有看到实际标本，才能真正地搞研究。齐钟彦这也是第一次来青岛，这个海滨城市给齐钟彦留下的印象很美，但他和马绣同都没想到后来会来青岛安家，更没想到会在这儿生活了大半辈子。从那时起，齐钟彦和马绣同在贝类学的世界里相伴着已走过了半个世纪。

1949 年新中国建立后，张玺先生带领着齐钟彦他们几个人，到了北戴河，从北方海域开始，新中国的海洋贝类调查工作有系统地开展起来。

1950 年夏天，在童第周、张玺、曾呈奎的领导下组建成立了中国科学院水生生物研究所青岛海洋生物研究室——即中国科学院海洋研究所的前身。初秋季节，作为创建者之一的张玺先生率领着原北平研究院动物学研究所的原班人马来到青岛，其中有齐钟彦、刘瑞玉和马绣同。

张玺清醒地认识到自己今后的工作重点应放在海产无脊椎动物的资源调查和一些有益贝类生态习性的研究上，当然，这个"自己"，也包括齐钟彦。他们的研究工作逐渐由理论结合实际，走出了纯学术的象牙塔。张玺逐步改变了在法国留学时形成的为个人兴趣而研究的观点。他带领着齐钟彦他们有系统地致力于中国海产软体动物分类学、生活习性和生态学研

齐钟彦 1946 年在北平研究院动物研究所（昆明西山）。

齐钟彦 1949 年在北平研究院动物研究所（北平万牲园）。

齐钟彦 1951 年在莱阳路 28 号海洋生物研究室门前。

1958 年 5 月 27 日，中苏海南岛海洋动物考察团团员合影（海口市）。

1958-1959 年考察中（齐钟彦与马绣同在一起）。

1958年，齐钟彦与中苏考察团团长古丽亚诺娃一起考察。

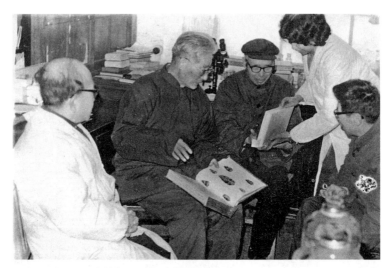

1983年3月，齐钟彦与同事们在海洋所。

究。在工作中，张玺先生统一了大家的认识，这就是必须搞有用的分类学。分类学是一门实用的科学，是直接为社会生产和人们的生活需要服务的，不是单纯地为"分类"而分类。张玺的这一治学思想，促进了我国海洋生物养殖事业的建立和发展。在张玺实用的分类学的思想指导下，我国的海洋贝类分类学开始展开了。为了查清我国海产贝类的分布，他们从北到南，自鸭绿江口起，直到海南岛和西沙群岛，都留下了他们的足迹；对于任何一个有经济价值的软体种类，如：贻贝、蛤蜊、扇贝、牡蛎、鲍鱼等等，几乎都有一个人或一个课题小组在研究着它的分布特点、生态习性和人工养殖；对于那些有害贝类，他们更是投入了大量的力量，调查它们的分布，寻找防治办法。

1953 年，天津塘沽新港的建设者找到了他们。原来海港防波堤上生长的一种叫海笋的贝类动物已成了灾害。海笋能把防波堤的石头凿成很多很深的洞穴，这种小动物对码头有很大的破坏性。张玺听到后非常焦急，立即带领着齐钟彦等人，投入到对这种小动物的研究中，他们从分布于我国的海笋的种类、习性、生活史、繁殖等等各方面进行了详细研究，几年后，他们终于搞清了全国沿海海笋的种类分布特征和生活习性。他们对码头的建设者提出，海笋主要生长在石灰石上，建设码头时不用这种石头，就可避免这种灾害。结论看似简单，可这是好多年的野外调查和实验工作才换回来的，洒下了多少辛勤的汗水。同时，张玺还组织力量研究了另外一种有害的贝类动物——船蛆。船蛆从小便挖凿木材，把木材凿成很深的洞穴，住在里面。它对海洋中的木质建筑物，像码头的木柱、护木，渔民用来支架渔网的网樯，特别是木船，危害很严重。为了查清船蛆的习性，张玺让大家在青岛、海南岛和浙江沿海等不同的海域里放置上一块块木头板，用以观察船蛆的生长。春去秋来，几个寒暑交替，他们摸清了我国各个港口的船蛆种类特征，也找到了防治的办法，最终给码头的建设者们提交了一份满意的答案。

一门"实用"的科学是需要年轻人投入进来的。1953 年，张玺先生在山东大学水产系和生物系开设了一门新课程——贝类学。张先生不在青岛的日子里，就由齐钟彦代替他去讲。正是这次持续一年的讲课，结出了硕果，在齐钟彦的协助下，张玺完成了一部大书——《贝类学纲要》。

到底什么是"贝类学"呢？

贝类学又称软体动物学，是研究软体动物分类、形态、发生、生理和生态等各方面问题的一门科学，它所包括的内容其实很广，研究的问题涉及分类学、解剖学、发生学、生理学和生态学等范围。

贝类学在西文有 Malacology 和 Conchology 两个不同名词，前者是从希腊文 Malakos 而来，是柔软的意思，按字义看，它研究的对象包括所有具贝壳和不具贝壳的种类，而且包括这些种类的贝壳和肉质部分；后者是从拉丁文 Concha 而来，是贝壳的意思，按字义看，它所研究的内容仅限于有贝壳的种类，而且不包括它们的肉质部分。到了近代，学者们应用这两个名词时往往并不严格，因而它们所含的实际内容并没有什么显著的不同。但尽管如此，张玺和齐钟彦还是采用了前者，表明了他们眼中的"贝类学"，是一门内容博大、视野开阔的科学。

这部由张玺和齐钟彦合著于 1961 年面世的《贝类学纲要》，是我国第一本系统论述贝类动物学的专著。这部著作是我国贝类学的奠基之作，具有里程碑的意义。"硕果"不仅仅是一部著作，在听课的学生中，有几位于毕业后直接来到了张先生的身边，从事海洋生物分类学的研究，成为一代学术开拓和传承的中坚力量。张玺很重视后备力量的培养，从 1956 年开始，他招收了攻读贝类学的研究生。毕业于山东大学的张福绥来到了张玺和齐钟彦的身边。张福绥在齐钟彦的具体指导下，开始了海产贝类动物的分类学和生态学研究。

实用的贝类分类学自然要走出象牙塔。

我国出产的贝类品种繁多，资源丰富，为了让社会大众了解我国丰富的海产贝类，张玺和齐钟彦还合作撰写了一本小册子——《我国的贝类》。这本书从生物演化的角度，系统地介绍了我国出产的主要贝类 26 种，如：贻贝、蚶子、珍珠贝、扇贝、宝贝、红螺、鲍鱼、鹦鹉螺、乌贼、章鱼等等，以深入浅出的文字，扼要地介绍了这些海贝的外部形态、内部构造、生活习性、经济价值和养殖方法。书中还配有精美的插图，以帮助读者加深理解。这是一本大学者撰写的小书，体现出了两位学者的科学情怀。

经过十多年的耕耘，张玺和齐钟彦们对我国的海产贝类，尤其是经济贝类，基本上摸清了家底，他们撰写出版了一系列的研究专著，如：《中国北部海产经济软体动物》《中国经济动物志·海产软体动物》《南海的双壳类软体动物》等。一门有用的科学在逐渐发展壮大。

从20世纪50年代到60年代初期，张玺对我国海洋科学还有一个重要的贡献，这就是他组织领导了中国海洋无脊椎动物调查，全面查清了我国海域蕴藏的无脊椎动物资源。张玺还主持了中苏海洋生物考察团，在塘沽、青岛、浙江、广东，特别是海南岛，进行了大范围的考察。齐钟彦协助张玺组织了这次由中苏两国科学家合作进行的考察，采集了大量的生物标本和资料，发展了我国海洋潮间带的生态学研究。在张玺的带领下，中国的贝类学正在健康地发展着。

"文革"爆发了。张玺的"贝类学"搁浅了。1967年7月10日张玺先生在青岛离开了人间。

在我的采访中，只有一次，齐先生的平静从他安详的脸上消失了，老人的目光显得暗淡了下来。齐先生伤感的回忆起张玺先生最后的日子：

> 张先生最初住在科学院青岛疗养所里，张先生来青岛时家并没搬来，他的夫人和子女都在北京。"文革"开始后，疗养所不让住了，他们要给张先生在外面找一间小屋让他一个人住。我找到了当时管房子的人（齐先生充满感情地说到了一位已退休的老工人的名字）。我说，这怎么行呢？张先生一个人怎么生活。后来他们给张先生安排了一间房间，既当办公室又当卧室。在1966年张先生的工资就停了，一个月只发15元生活费，这怎么能够呢？张先生对我说。告诉北京家里吧，让他们给寄点钱来。我说。别告诉，那会牵连他们，我们这几个人的工资还没有停，从这儿解决吧。后来我们的工资也停了，只发一点生活费。就这样大家也过来了。张先生后来不能说话了，晚上我们几个

人轮班在这儿陪他，马绣同先生一个，刘瑞玉先生一个，再就是我，三个人轮流。到了 1967 年，张先生就病逝了。走时一句话也没留下。张先生的身体没有别的毛病，就是血压高，要是没有"文革"，他的性格该是个活大岁数的人。

上世纪 70 年代末，齐钟彦又开始了中国的海产贝类学研究。在 1978 年中国动物学会年会上，齐钟彦充满深情地作了"张玺教授对我国海洋学和动物学研究的贡献"报告。在这篇报告中，他详细总结了张玺先生的学术成果和科学贡献，对张玺先生的一生作了客观的评价。

到了上世纪 80 年代初，中国海洋生物分类学研究迎来了"科学的春天"。在学术界的多方支持下，中国贝类学会成立，齐钟彦担任第一任理事长。齐钟彦感到欣慰的是他实现了张玺先生多年的心愿，张先生生前多想成立起这样一个促进学术交流、团结协作各地学者的学术机构啊。齐钟彦还应邀赴匈牙利、英国、美国等国和香港参加国际软体动物学术会议，他还应邀到美国费城博物馆做研究工作和学术交流。齐钟彦作为中国贝类学的权威代表得到了国际学术界的公认。

经过几十年的努力，在张玺先生所开创的这一项事业中，齐钟彦们承继着学术之火，并让这事业发展壮大。几代人的努力，植出了葱郁茂盛的贝类学大树，中国海的贝类动物资源分布、种类特点、生活习性等等基本调查清楚了。在齐钟彦们的眼里，中国沿海的贝类动物构成了一幅妙不可言的长卷。这是一幅动人的画卷，为了编绘这幅长卷，从北到南，辽阔的海疆撒下了他们勤劳的汗水。齐钟彦和马绣同以及其他的同事，开始整理归纳他们多年来积累的研究成果，在充实起一座收藏丰硕的中国海洋生物标本馆的同时，他们也为学术界奉献出累累硕果。齐钟彦和同事们合作完成出版了《中国沿海软体动物》《中国北方沿海软体动物》等等一批收入他们数十年研究成果的专著。

齐钟彦在 1987 年 2 月办理了退休手续。但实际上，他依然天天来办公室，继续从事他的研究和著述。1997 年当选中国科学院院士的刘瑞玉先生在谈到齐钟彦时，曾这样说："他的为人是对人诚恳，对工作认真负责，从不夸张，能任劳任怨的工作，可谓几十年如一日。"

齐钟彦的学术研究已到了尾声，他期待着能有更多的年轻人投入到这项事业中来，他整理着多年来的研究积累，希望能给后来者留下的东西再多一些。但老人感到了遗憾和困惑，商品大潮也在冲击着研究所，旧有的模式打碎了，新的还没有完善起来，贝类学在许多人眼里已属"黄昏学科"，这儿的寂寞，这儿的清贫，对于满脑子新观念的青年人来说，已少有吸引力了。窗外的商品大潮震动着向往幸福的人们，属于这儿的是仍旧在守望着学术园地的老人。

1988年，齐钟彦和马绣同等合作编著的《中国海产贝类》巨著交到了北京一家专业出版社。这是至今记录中国海产贝类动物最全的一部专著，共收有贝类动物种类1600种，是他们这几十年来的研究总结，但苦于没有经费出版，到现在也未能面世。也有让人欣喜的事情，在海洋研究所的资助下，齐钟彦们的《黄渤海的软体动物》专著出版了，还有就是农业出版社找到他，邀请他们编写《中国的经济软体动物》。齐先生高兴地说，他们不要出版费，所里也给了我们一些支持。现在一个主要的工作就是《中国动物志》的编写工作，也就是靠很少一点经费来维持这些人的工作。

在采访齐先生的过程中，我发现谈到现状时，齐先生的话稍稍多一些，但他谈的仍然很少涉及自己，更多的是关于学科的建设和发展。

问：齐先生，现在有人说传统的贝类学是黄昏学科，你搞了一辈子这个学科，你是否遗憾呢？

齐先生：我做了一辈子的海洋贝类分类工作，并没有感到遗憾，心里想的和其他搞分类学研究的不会有什么不同。分类学并没有走到黄昏，还有很多的工作没有开展，我们其实只是开了个头，做了第一步，查清了中国海有什么，但对于这个海区有这一种贝类而另一个海区为何没有，我们还不知道，这个种和另外一个种间有什么关系，也并不知道，各个种类的演化，从哪儿来的，怎么继续演化，环境意义等等，还有许多工作需要做。可我们这一代人已经力不从心，后继无人，我们的分类学现在就是这个样子。许多人对分类学有一个误解，以为就是知道是些什么就行了，其实分类学是一切的基础，动物的习性、生活和养殖，都无法离开分类学的基础。

问：现在的青年人很少能坐冷板凳搞这样的基础科学了，你感到遗憾吗？

齐先生：后继乏人，看看怎么能不遗憾呢？但对年轻人不愿意做这个工作，我很理解，我们不能给人家找来钱，没有钱，工作也就谈不上。但是也有令人欣慰的事，我的学生在贝类分子生物学上取得了可喜的成绩，对 21 世纪贝类学的发展有重要作用。

问：齐先生，要是让你再回到当年，你还会选择分类学吗？

齐先生（迟疑一下，微微笑着）：难说，现在世界上分类学已有很大的发展了。

问：当时你在选择这个专业时考虑过钱、前途这些事情吗？

齐先生：没考虑这么多，当时想法也简单，就是搞科学研究嘛。

如果说齐钟彦先生作为中国贝类学第一代学术传人完成了学科主要奠基人张玺未竟的学科创建事业，那么，作为第二代学术传人的张福绥教授则把这门传统的学科融入进了时代的潮流中，完成了在商品大潮中这门科学的"转型"。在张福绥和合作者以及他的学生们的努力下，被许多人归入"黄昏学科"的传统贝类学又迎来了新的朝阳。

在 1990 年秋天出版的《中国科学院科学家名录》中，寥寥几行文字，勾勒了张福绥先生的科学历程：

张福绥，海洋研究所研究员，男，山东昌邑人，1927 年 12 月生，1962 年于中科院海洋研究所研究生毕业。主要从事海洋贝类学研究。发表论文 40 余篇，有"中国近海的浮游软体动物""中国贻贝养殖""海湾扇贝引种、育苗及试养"等等。首次系统报告了中国海的浮游软体动物，建立了一些新种、新属、新亚科。协助导师张玺等对中国海软体动物区系进行了亚区级地理区划，并首次提出"中国—日本亚区"。领导的贝类养殖和贝类苗源开发研究取得多项先进水平的成果，如最早将贻贝育苗达到产业化，并开辟了在暖温带浅海建立半人工苗场的方向，为此1978年获全国科学大会奖。成功地研究解决了美国海湾扇贝的引种、育苗、养殖与开发问题，1989年获中科院科技进步一等奖。

张福绥

1990年，张福绥这项美国海湾扇贝的引种、育苗、养殖与开发成果还获得了国家科技进步一等奖。

1995年，张福绥教授荣获被喻为中国的诺贝尔奖的"陈嘉庚农业科学奖"，以表彰他在海湾扇贝养殖业上的贡献。张福绥在20世纪80年代开展起来的扇贝养殖，形成了我国海洋生物养殖事业上的第三次浪潮。在他的努力下，扇贝养殖形成为一项极有发展前途的海洋生物产业。在他获奖后中国科学院海洋研究所为他举行的庆祝会上，年近七旬的张福绥先生深情地说，他取得的这些成绩是与他的导师分不开的，如果没有张玺先生和齐钟彦先生，也就不会有他今天的这些成绩，荣誉也应归属于他的老师和他的合作者们。

现在，张福绥仍在指导着几位研究生，他的扇贝养殖已走上了产业化的道路，这是一条有许多青年学者跟随在他身后的不断涌现新的学科生长点的道路。（张福绥先生于 1999 年当选为中国工程院院士。）

查阅完那些"尘封的历史"，我又来到了齐先生的办公室，其实应该说是齐先生和张福绥先生两个人的办公室。我想再一次感受一遍眼前的历史，两位老人放下了手中的工作，回答着我阅读历史带来的疑惑。这是一间不大的房间，靠窗坐着年近八旬的齐先生，对面靠墙坐着已过七十的张先生，中间放着一张大工作台，房间里还竖立着或高或矮的橱柜。这些桌子橱柜，看上去浸透着历史的斑驳。张先生告诉我，从上世纪 70 年代初，他和齐先生就在这间办公室里了，一眨眼的工夫，快三十年了。我忍不住对着两位老人问："你们一直这样默默地工作着，有什么感想呢？"齐先生微笑着，神态依旧平静安详，张先生摘下老花眼镜接过话说："我们这些人，已经习惯这样生活了，做这些事情只为了科学本身，不是为了其他的东西。当然，我们的工作也希望能让社会了解，这对科学发展来说是件好事，科学是需要社会给予支持的。"

显微镜下的太阳

1

我总是忘不掉谭智源先生留给我的印象，随着时间的推移这印象不仅没有褪色，反而越来越清晰，就像一张保存良好的底片，随时都能冲洗出画面逼真的照片。有几次我鼓足勇气想去谭先生的家看望一下谭先生，但总是在临出门时，又迟疑地缩回脚。我很为自己的迟疑和矛盾而懊丧。有几次发工资时，我给自己找理由到老干部处转一圈，但每次都没碰到谭先生。谭先生很少来单位，谭先生的工资都由邻居给捎回去。有一次，老干处的汪虹问我说，你要找谭先生，我告诉你谭先生的电话号码。我连忙摆摆手，说我没啥事，我有谭先生的电话号码。我也没给谭先生打过电话。有几次我拨通了谭先生的电话，听到谭先生熟悉的一声——喂，我赶紧挂断了电话。我的耳边时常响起和谭先生在生物楼304

谭智源在实验室。

房间工作时谭先生桌上的袖珍录放机放送的音乐，谭先生喜欢听小提琴独奏。我跟着也熟悉了那几支翻来覆去的曲子。我经常一想到这些曲子，就浑身一个激灵，又从回想中解脱出来。我感到谭智源先生的目光时常在审慎盯视着自己，尽管老先生一言不发，我却感到一种说不出的重负。我忘不掉和谭先生在一起的那段生活，如同我无法抹掉当初柳青留给我的希望和痛苦。

2

我已习惯了这黄昏的琴声，不像刚来时，听到这如哭似诉的琴声，浑身感到难耐的瘙痒，再听下去，便昏昏欲睡。我习惯了这琴声，正如我习惯了每天中午拿着掉瓷掉得少皮没毛的饭盆到食堂随便打一份菜，而不去细究饭菜的内容和质量。我虽然已习惯了这黄昏的琴声，但我并不知道这琴声表达的是何种内容何种曲类。直到我伏在显微镜下能画出一幅完整的标本图案时，我才记住了那首《梁祝》的旋律。

我忘记了踏入304房间的确切时间，但我却记住了第一天踏入这间房间的感觉和印象。这间房间门楣上镶着一个小铁牌。这栋大楼的每一个房间都有这样一个小铁牌，每个小铁牌上都是白底红字写着的编号。这间房间门楣上的号码是304。我背着一个旧书包踏入这间房间时，抬头瞧了瞧这个编号。我是由我们课题组的组长G研究员领着来到304房间的。在去之前，G先生说，谭先生要为我们课题组鉴定一批标本，需要一个助手，让我跟着谭先生学学，将来也能简单地鉴定点常见的标本。G先生对伏案工作的谭先生说，谭先生，我给你带来一位年青人，做你的助手。谭先生没有转头，说，谢谢，伸手指了指旁边。G先生对我说，好了，你坐那张椅子，好好跟着谭先生学习。G先生拍拍我的肩膀笑笑就离开了。

我坐的椅子是一把坐上去就发出吱吱嘎嘎声的高背椅。谭先生的椅子也是一把高靠背椅，两把椅子没什么区别，只是谭先生坐在上边没有声响。这把高背椅的年龄恐怕和谭先生的年龄差不多，我暗道。我端详了一阵，才谨慎地坐了下来，一阵吱嘎作响弄得我心惊胆战。我尴尬地侧眼瞧瞧谭先生，谭先生依然如故。我绷紧的神经松弛下来，提着的心也踏实了许多。我放松了身子，安然地听着屁股底下的吱嘎作响。在我还没坐到这把高背椅之前，这把高背椅上堆叠着一摞厚重庄严的大书。这些书大多是硬皮面精装，只是这些书的书脊书边磨损得厉害，看起来斑驳破旧，有一股霉味。

我与谭先生坐在一起，相邻不足一步。我俩都伏身在一张有两张普通写字台长的工作台前。台面上依墙坐立着一个与台面同长的书架，我数了一下，这个书架一共有五格。我想象不出谭先生怎样取最上面一格的书——如果谭先生需要的话，是踩着椅子呢还是爬到工作台上？我想象着老先生取书的动态，心里偷偷一笑。我奇怪地发现这个书架最下一格有一块明显的空地——放着一架袖珍式录放机。

我坐在那局促不安时，谭先生正聚精会神地伏在一架黑色德国制造老式莱卡双筒显微镜上，显得悠然安逸。他知不知道这屋里还有我呢？我想。

这间不大的房间容纳两个人并不显得拥挤，如果没有这些顶天立地的大立橱的话。贴着另一面墙，挨排树着五个顶天立地的大立橱，给整个房间造成了一种过分拥挤让人喘不过气来的感觉。谭先生和我背对着这排立橱，面对着与另一面墙几乎等长的工作台，台上又搁着书架，我在最初的那些日子里，总觉着手脚不知如何放置。

我在 304 房间度过的第一天就这样普普通通地过去了。如果不是在黄昏时给予我的惊讶，我第一天的感觉与印象也就不会如此强烈，如此持久。

窗外的阴影已弥漫到 304 房间，我的肠胃已感到空荡荡的。谭先生依然聚精会神地伏在那架老莱卡上。我心里暗暗叫苦，一丝无法抗拒的困意爬上我的眼角，我不由得打了一个哈欠，赶紧用手捂住，神情间透满尴尬。我侧眼瞧瞧谭先生，谭先生没有丝毫反应，我稍稍安下心来。猛然，一阵让人揪心的旋律回响起来，把我吓了一跳，浑身打了个激灵。我惊讶地抬起头看看谭先生。谭先生已离开老莱卡，头靠在高后背上，鼻梁上的眼镜也已拿开。谭先生微眯着眼睛，双手搭在扶手上，舒意地沉浸在让我惊讶的乐曲中。

你还不去打饭吗？谭先生的声音仿佛从遥远的天边飘来，时间，你自己掌握，不必与我一致。

我忘记了自己如何离开的304房间。

3

一个星期后，谭先生从抽屉里摸出一串钥匙递给我。谭先生示意我打开那一排高大的立橱。我从谭先生的手里接过这串钥匙，我的手禁不住地颤抖。我一个个打开立橱，扑到我眼里的是一格格特制的抽屉——扁扁的，一格压一格，密密麻麻。我的眼睛有些花，我小心谨慎地轻轻拉开一格，发现里面插满一张张压着正方形盖玻片的载玻片。我迟疑了几秒钟扭脸看看谭先生，谭先生点点头。我毅然伸手抽出了一片。我举到眼前，泛黄的加拿大树胶透过盖玻片闪耀着悦目的光彩。我已经知道树胶里封存着的就是谭先生的成果——一种只有在高倍显微镜下才能辨认清楚的微体古生物标本。我想这恐怕就是老先生四十年铢积寸累的收获。

在304房间，我的拘谨渐渐消失了。我隐隐约约感觉到，表情严肃的谭先生其实也为有一位年青人到自己身边来感到欣慰。我并不知道老先生已拟定了一个周详的学习计划，让我争取在较短的时间内掌握这门专业的研究方法，吸取自己多年来的经验和教训，避免一些不必要的弯路。谭先生这几年越来越痛切地认识到自己早年在开始这门专业的研究上，走了许多弯路。回想起这些，谭先生心绪难平，当初既没有足够的参考资料，也缺乏与许多人共同研讨的机会。但又感到幸运，自己这一代人的经历是独特的，在科学历史上，很少人能遇到这样的机会。谭先生对自己当年的选择并不后悔。

当我听到谭先生说自己已成为他的入室弟子，同时也是最后一个关门弟子时，我的心里咯噔一下，下意识地咬咬嘴唇，眼睛紧盯着双筒显微镜镜片，我正观察到一个清晰的标本。

从那一天起，我的日子跟着太阳一步步地转着，每半个月收到一封柳青的回信，给我平淡的日子增添了一种激情。我几乎每周给柳青寄一封五六页长的信，起初我也要求柳青每周给我回一封信，但柳青说，她一天上完课到了晚上头都大了，一周写一封信，哪儿有那么多话啊。于是就两周回一封。我有些生气，但渐渐也习惯了，原谅了柳青。柳青在北京的一所大学里已读到大二了，我和柳青从高中毕业后已交往了两年，每年的暑期寒假，我俩都要聚到一起，当然也不可能天天见面。我有时候想想，也许这就是恋爱吧。但又有些底气不足，毕竟两个人之间没有说破啊，就像一层窗户纸，没捅破时谁能说看清了里面有啥呢。在这前一天，我从老人的面前把那台老莱卡搬到自己的面前，并把自己的眼睛伏了上去顺口说了一句："这镜子挺旧的，我在苍老师那儿用的是一台新从德国进口的。"不知道是谭先生听清了我的话还是他猜到了我的心思，谭先生放开了嗓门说道："旧？你可别小看了这台旧镜子，有意义的很，而且用起来非常舒服，比新造的还要好用。"老先生说着竟抑扬顿挫起来，"这是正宗的德国制造，1940 年新型莱卡，别看那时德国正忙于打仗，这显微镜制造得可丝毫不马虎，这台镜子还是张先生回国时带回来的呢。我看标本就是从这台镜子开始。"谭先生提到的张先生，是我们研究所的奠基人之一，"文革"时去世了。

我已从谭先生的论文中，看到过那些精致奇妙的标本插图。可当我第一次从显微镜中搜寻到这些奇异的标本时，有一种无法言喻的感情充涨着我的内心。这天晚上，我给柳青写了一封长信，足足写了 28 页。在信的末尾，我写到：

> 你还记得我们几个人顶着雪花去看电影《追捕》吗？那首草帽歌让你流了泪。我还想着那支歌的旋律，可惜我不会唱。今天我看了一天标本，尽管眼睛有些生疼，可我的心情很舒畅。你想象不出，我在显微镜下看到了一顶怎样的草帽啊，你只要想想这只是一个细胞，一个极微小的细胞，需要放大将近一千倍才能看清内部的结构，你就不能不感叹大自然的造化了。我这样说，你肯定想象不出来，不是说你

缺乏想象力，而是在大自然的造化面前，再伟大的想象力也显得苍白无力。夏天马上就要到了，你也快放暑假了，到了夏天来我们实验室看看我的这顶草帽吧……

4

那一天，我从书店里意外地遇到一本书，我从书架上拿下书的瞬间，我发现我已把这种微观动物根深蒂固地刻在了脑子里。

竟然把这种单细胞动物的电镜照片用来作了封面图案。我感到惊奇，拿着书有了一种亲切感。我又为设计者的独具匠心感到钦佩，构思实在巧妙。我在买这本书时，还没看内容就做出了决定，我看着封面上的画面情不自禁，谁能想到我和一般的读者不同呢。我听谭先生说，在国内连我也算在内，从事这种单细胞动物研究的只有五个半人，而那"半个人"就是我。看来这本书的封面是从原版直接翻印的，我想。

我喜欢把这本书摆在桌上，并不是这本书多么吸引人，纯粹是为了这张封面上的电镜照片。其实照片上的那个标本细胞结构并不完整，细胞硅质球壳上布满一根根呈放射状的骨针，镂孔的球形壳表面已破损，呈现出内外共有三重球壳。当然，最里面的球核透过第二重球壳的孔眼已模糊不清，但从内向外辐射出连接三重壳的一根根放射梁，这称谓使人想起宫殿的支柱。我喜欢这张照片上的带有残损的球形放射虫标本，我已把这张照片当作自己拍下的"标本"。有了这本书放在桌上，我每天再伏在这台老式莱卡解剖镜上，把戴着近视镜的双眼贴在视域"宽阔"的目镜上，右手如握毛笔般握着用猪鬃作笔尖的挑笔，一个一个的从物镜下的载台上的样品盘里挑选标本时，不再感到浮躁和寂寞，仿佛自己的工作有了回应，尽管这是遥远的回应。我这时候常常想，要是柳青在这儿该有多好啊。

我每天如此操练着，从我挑选的标本上，从我把它们的表面喷涂上金粉——再放到电镜下照相。当这些放大了成百上千倍的单细胞结构呈现在眼前时，我会浑身颤抖，不能自已，这真是大自然的精灵，若不是亲眼看见，谁能相信这只是一个细胞的生命呢？就是这一个细胞竟有了千变万化的不同结构，构成了一个庞大的放射虫家族——这种单细胞动物被命名为放射虫。放射虫，最初定下此名的一定是一位诗人。我想，在这些微小生灵身上，我看到了大自然的韵律，生命的美丽。

《细胞生命的礼赞》封面

我不理解谭先生何以坚持让自己从每一批样品中挑选出各不相同的几种标本来，放在高倍显微镜下绘制"线描"形态结构图，我把这当作老先生的固执。谭先生研究了一辈子放射虫，对每一个标本几乎都是绘制线描图，只是在前几年，才进行了一些标本的显微镜照相。我刚来时，就是跟谭先生学会了显微镜照相。既然理解了老人的心理，我也就挑选出一些比较典型的标本，进行线描绘图。按照谭先生的观点，典型标本应该把传统线描绘图、显微照相和当代电镜照相结合起来，这样才能说明问题，我认为这实在是繁琐哲学。

眼前的这个标本，我已伏在显微镜上绘制大半天了，绘图纸上已有了一个标本的雏形。我既感到兴奋，又有些急躁。这个标本实在有规律极了，形状有些类似那本书封面照片上的那个标本。当然，这是一个完整的标本，在显微镜下，从内到外，也是三个镂孔的同心球，外球壳上均匀地布满大小均一的圆孔。从圆孔中和圆孔缘上放射出无数细小的骨针，玲珑剔透，如一个精致美观的象牙球雕刻。我的笔下已画出了标本的外形，对那些外球壳上相同的一个个圆孔，我并没有全部画上，而是画上了一半，剩余的是空白。我显得有些急躁，由于外球壳保存得太完整无缺，里面的第二重壳就显得朦胧模糊，看不分明，更不要提最内一重球核了。我不断地调整着焦距，不放过任何细节，可还是拿不准内壳的真实结构。这个标本的相同种，我已分别作了显微照相和电镜照相，显微照相显示出内壳的

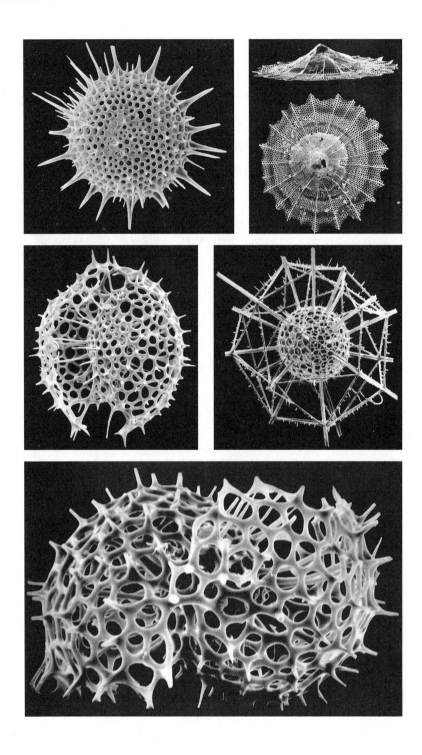

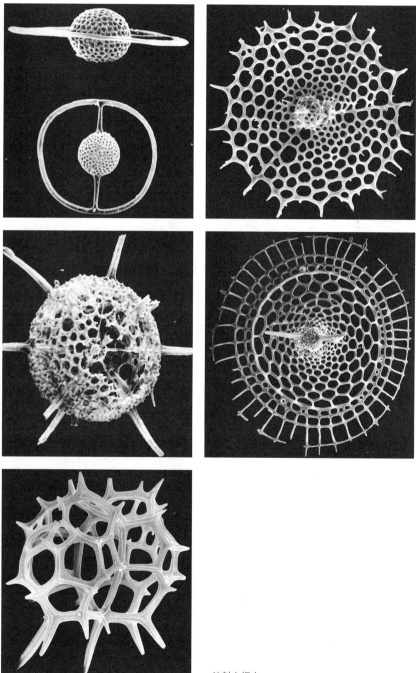

放射虫标本

轮廓，电镜照相拍出了表面的精细结构。其实根据镜下观察到的标本特征，谭先生已经认可了我的鉴定，并给出了准确的定名。有必要再泡在这里一笔笔画吗？我有些不以为然。其实放射虫的形态结构有一个基本原则：辐射对称。这是由几代学者一百多年来总结出来的，作为国内放射虫鼻祖谭先生的关门弟子，我已清楚地牢记这个原则。我看看窗外，黄昏的色调已悄悄地浸染，我灵机一动，手中的笔在绘图网格纸上流利地画了起来，第二重壳符合结构"原则"呈现在纸上。我又在第二重壳的孔眼上，涂上了几笔，画好了一个球核的模糊不清的轮廓。

第二天，我一推门，发现谭先生已到了，正在审视着桌上的绘图。呵，这一幅作品不错。谭先生笑了笑说，你比我年轻时画得好。那时我画这些孔没有你的圆，里面的球核看不清楚，我也不知道该怎么处理。

我的脸唰得红了。

我想已经有了照片……我的声音极小。

"画标本可不是一般的作画，在你这个年龄，我也烦躁画标本，那时还没有照相，一天天画，有心自然成。现在即便有了这些新手段，可还不能代替线画，里面的结构是照相解决不了的。具体到每一个标本，是不能全搬结构原则的。"

谭先生说着，伏身在显微镜前，坐了下来，取过一支挑笔——这支笔的前端是一根极细的银针。他左手轻轻前后左右移动着放这个标本的载物盘，右手拇指和食指夹着插一根银针的挑笔，在载物盘上轻轻触动。我刹那间明白了，这就是谭先生曾对我提起过的对标本进行"手术"。

"你现在来看。"谭先生说着，站了起来，把位置让给我。

我伏在显微镜上，不由得"啊"了一声。显微镜下，那如象牙球般的标本，外球壳已被剥掉，第二重壳已清楚地呈现出来，球壳上有几个略大于一般孔的类圆孔。我抬头看了看谭先生，又看看谭先生手中的挑笔。这个银针，我用它拨开过挤在一起的标本。然后我又伏在显微镜上。

"好，你先起来。"谭先生让我站起来，自己又坐下。

我睁大眼睛紧盯着谭先生的手。谭先生边操作着，边说着动作的要领，一再叮嘱我，这种活是细心事，比姑娘绣花还要细心。我发现，谭先生只要伏在显微镜上看标本，他的脸上的每一道皱褶都显得舒展，也柔和了许多，苍白的脸上也浮现一丝红晕来。

"来，你现在再看看。"谭先生放下笔，坐到边上的另一把椅子上。

我把手扶在镜座上，眼睛一刻不停地盯在目镜上，我有些看呆了。显微镜下的标本，已被剥去了两重壳，只剩下最内里的球核。我发现从球核辐射的放射梁并不是均匀分布的，一切都清楚了。

"做这种手术时，一定要认真，否则就是破坏标本了，这种线画不是搞创作，一定要忠实于标本本身。"谭先生把这根挑笔递给我，说道："这支笔主要是用来解剖标本的，这也是我教你的最后一点手艺，其它的就靠你自己了。"

我小心地把这个"破碎"的象牙球用猪鬃挑笔沾水挑到载玻片上，涂上透明树胶，放到酒精灯上烘烤，然后封上盖玻片。放在显微镜下看去，这个破碎的象牙球，闪耀着乳黄色的光。

我放在桌上的这本书，其实很薄，书名是《细胞生命的礼赞》。

我发现谭先生有时也会不声不响地拿过这本书，随意地翻看着。有几次，我想问问谭先生对这本一个生物学家的科学随笔有何看法？因为在我看来，一个专业学者能在本专业之外写下这样广泛的随感实在太妙了，但我想想还是没有开口。

当我的镜下处理标本能力有所熟练时，谭先生嘱咐我就前一阶段的工作写一篇报告。我很快就完成了一篇工作报告，工作报告不就是我干了些什么吗？我想写这样的报告是否有意义呢，等出了结果再写论文不就得了吗？我很为老人的迂腐和固执感到不以为然。

当我把报告放到谭先生的眼前时，谭先生一愣，怎么这么快就已经写好了？写得倒挺快。我赶紧说，是的，写好了。谭先生盯了一眼我，放下自己的事情，把我的报告拿起来翻了翻，又放回桌子上，坐那儿想了想，没说什么，慢慢起身走到靠窗的一个柜子，弯腰从下面拉出一格抽屉，从里面取出一个牛皮纸大信封，回过身来递给我，说，你看看，这是我以前的工作报告，也许对你有些参考。我们这项工作没别的窍门，就记住两个字：认真，尤其是工作报告不能有丝毫马虎。

我坐下来，一页页翻阅着谭先生的报告，感觉自己的脸色在不断地变红，我知道了什么是真正意义上的工作报告，原来是这样严谨，决不是简单的流水账。

谭先生看到我已看得差不多，说道："基础一定要打好，挑标本和画标本是我们干这一行的基本功。这写报告也是为了打基础，一个不会写报告的人也不可能写出优秀的论文来。年轻时不打好基础，将来什么也是空的。"

5

到了夏天，离柳青回来的日子还差两天，我突然接到通知，让我赶紧准备一下，参加中美合作项目的海上考察任务，明天就上船。

我们研究所的综合性科学考察船"科学一号"是一艘很漂亮的船，我曾在码头上充满向往地观赏过"科学一号"。我还没有乘"科学一号"出过海。我很愿意出海，但这次很不情愿。我匆匆忙忙给柳青留了一封信，嘱托同办公室的小吴，说若有一个姓柳的姑娘来找我，麻烦把这封信给她。小吴意味深长地笑笑，说从海上回来可要好好请客啊，我说，你别瞎想啊。

在"科学一号"考察船上，第一个周末晚餐时，W先生坐在船首大厅里，边吃着自己盘中的饭菜，边喝一口青岛啤酒，到了周末，每人加发一瓶啤酒，滔滔不绝地对同一餐桌上的人讲着，说："这看起来有些残酷，但长痛不如短痛，对谭先生而言，看似悲剧，其实未必，应该说他那一代人已完成了历史使命，该退出舞台了。这样也免得误人子弟。"他说到这儿，抬起头巡视了一圈，与我的目光相交时，含蓄地点点头，说："你知道吗？谭先生当年在文工团里是一名优秀的小提琴手啊，后来才来搞专业研究。"

你说什么？我这是第一次听说，噌地站了起来，对着W先生道："W老师这是真的吗？"W先生脸上浮现一丝笑容，停下手中的叉子——W

先生用餐总是手中握一只叉子，又用左手在嘴上一抹，开口说，谭先生自幼喜欢音乐，但大学里读的却是生物系，大三那年四野南下，来到大学里召兵，谭先生毅然入伍。临下部队时，带兵的政委看他的背包鼓鼓囊囊，问他带了什么？谭先生答，是一把小提琴。政委一听乐了，枪杆子可不是小提琴，你别到连队了，去文工团吧。W 先生说到这儿，身边已围满了人。突然，桌子上的盆碗一阵乒乒叮当，船剧烈地晃了起来，海况立马变得恶劣，有感到不适的就赶快离开了餐厅，我带着疑问也溜回了后舱。

海上生活既紧张又单调，我晕船晕得死去活来。

W 先生好几次端着一碗面条来到我的舱室，强迫着我吃下去。小伙子，越晕船越得吃饭。W 先生说，我们当年是吃一口吐出来，再吃，再吐，就这样练出来了。

海上作业快结束时，天气也好了，海面上整天像镜子一样，我的身子也不难受了。大家说我行，这次出海锻炼出来了，将来能吃海上这碗饭。

回航时，我好奇地跑到 W 先生的舱室，我想看看"首席科学家"的舱室是个什么样子。W 先生住的舱室和船长的舱室紧挨着。W 先生热情地招呼我进来，我有些拘谨地坐到沙发上，四下里看看，觉得也没啥特别，就是比一般的舱室稍大点。W 先生从柜子里摸出两瓶可乐，递给我一瓶。我嘴上说着谢谢，伸手接了过来。

"科学一号"刚离开码头开始本航次考察时，每人发了一箱可乐。我们都是把整箱可乐搬回舱室往地板上一放，开箱摸出一瓶便喝。有来串门玩的，也顺手拿一瓶喝着玩。别说放到现在，距离最后一个考察站位还有一天的航程时，我们几个的可乐早喝光了。我喝着 W 先生的可乐，暗暗感叹，自己真该留下几瓶可乐——现在喝那该多过瘾啊。我痛快地咕嘟咕嘟喝了一大口，嗓眼里嘎嘎直冒气。W 先生拿起那瓶可乐往桌上的一个杯子里倒了一半，放下那瓶可乐再端起杯子，抿了一口可乐，随意问起了我这次出海在船上的感觉如何？我老实地回答说，没想到晕船的滋味这么难受，简直想跳海。W 先生笑了，说我们当年都有过这种经历，出海次数多了，也就适应了。我的一瓶可乐很快喝光了，W 先生把自己没喝的半瓶又递了过来。我忙推辞说，不喝了不喝了。W 先生说，再喝了吧，喝点饮料提提神。W 先生和我又说了几句闲话，不知不觉，话题便扯到了谭先生。

谭先生是个性情中人啊，W 先生感慨说，谭先生在文工团一直是第一小提琴手，还到过朝鲜战场，慰问志愿军，回来后继续拉小提琴。说到这儿，W 先生叹了一口气，要是谭先生不改行，不来搞那种小虫子，恐怕早成大艺术家了，还用得着到处化缘找经费吗？

我从海上回来后，G 先生对我说，我们课题组的分析内容有变化，谭先生那儿我不用去了。我答应着，又来到 304 房间。我敲了一阵，没有回应——门锁着。

后来又有几次我想到 304 房间看看谭先生，可那门总是锁着。

听说谭先生已办理了离休手续，很少再来所里了。但他房间里的东西还没收拾，暂时还没安排别人进去。

城市里下了第一场雪时，我听说谭先生病了。固执的谭先生不让家人把他送进医院，非坚持在家中静养。我几次想去谭先生家中看望老人，我也想借此找机会问问老人当年为什么放弃小提琴来搞这种微小动物的研究。但我却一次也没去成，每一次都有为什么不去的理由。

当我下决心在一个周末去看望谭先生时，与谭先生住同一栋宿舍楼的 L 给我捎来一封信，L 说这是谭先生让我交给你的。我接过来一看，原来是一个大信封，沉甸甸的。我取出一看，愣住了，这是一摞厚厚的装订考究的手绘标本图版，"封面"上只有一个占据三分之二空间的标本线描图，那是一个被谭先生定名为"太阳虫"的标本骨骼结构图。尽管这只是一个细胞，但从细胞的中心规律地向四周"辐射"，如太阳的光芒。我快速地翻找着，但翻遍全册也没有找到谭先生写给我的片言只语。

6

又一个冬天到了，我的生活也上了平静的轨道，我和柳青之间的联系也中断了。元旦前的一天，天上撒下来漫舞的雪片，雪片哗哗撕扯着，旋腾着，很快城市里的一切都被寂静的白色所覆盖，成了银白色的世界。我长这么大第一次见到这样大的雪，感到自己从外到里都融化在这银白色的世界中。

整个冬天就下了这一场雪，仿佛把一个季节的雪都在这一天里憋足了力气一口气下完了。除了这一天，冬天就在沉闷无聊的气氛中过去了。

春天情态万种地来到了，我仍一直没有去看望谭先生。我的桌上放着一摞字迹有些杂乱的手稿，还有几册硬封面已有些磨损不整的笔记本。我每天在黄昏的时候，总要从抽屉里取出这些谭先生的手迹看看，尽管 W 先生有几次看到这些东西并看出了我的目的时，曾不以为然地耸耸肩，临走，扔下一句话，这些东西即使出版了又有谁要呢。我没有言语，面对着这一堆东西，我感到心里沉甸甸的，时间也仿佛凝固了，岁月的河床裸露了出来，自己生命的一部分已融入这凝固的时间的河里。我说不出为什么，但我知道自己始终在生活着，这些东西不仅装饰了我的生活，也构成了别人眼中关于我的一个风景，我不知道这是为谭先生，还是为自己，还是为这个也许已不再有人钻研的专业。

我仍时常回想起 304 房间黄昏时的琴声，尽管那几首熟悉的旋律已很遥远，如同柳青留给我的记忆——一切都已显得模糊朦胧。

茁壮的碱蓬

至今我还清晰地记得当时的情景：1997 年元旦过后不久，我撰写了这篇"茁壮的碱蓬"——

> 40 多岁的他，一张瘦削的脸，刻着太阳的抚爱和风霜的打磨，一副深色框边的眼镜给他的面容添了一点暖色的调子，总是一头短齐的黑发，显得过于倔强，而满脸杂乱蓬生的胡须，又给人一副落拓不羁的神态。一件已褪色的条绒上衣，配一条颜色已难以辨认的裤子，脚上是一双已洗得发白的军用胶鞋，蹬一辆与他一样别致的破自行车，这一切构成了邢军武城市"骑士"的形象。惯于清苦的生活，淡泊于物质，而对自己的理想追求矢志不渝，这就是邢军武，一个理想主义者的画像。

这是一个充满各种诱惑的市场经济世界。邢军武在种种诱惑前，始终保持着自己的执著，让探寻改良盐碱地和海洋"农业"以及对科学本义的探索伴随自己的生命。邢军武是中国科学院海洋研究所的一名实验师，他以他的身体力行在实践着对科学终极价值的呼唤和人生真谛的追求。

邢军武通过多年的博览，为自己磨制了一把开启科学大门的钥匙。在

1980 年代末笔者与邢军武

许多年里，他的眼光始终聚焦到一点，把自己的精力都投入到这里。当时，他不会想到，为此需要承受许多难以承受的磨难。

那是一种极不起眼的野生植物，许多年来，连邢军武的友人都难以理解他何必要把身心精力都倾注到这里，尤其看到他陷入困境之中时。

这种植物就是碱蓬。

但听邢军武讲起碱蓬来，却如诗，如画。

五百多年前的《救荒本草》画下了一幅精美的碱蓬图画，并刻下了碱蓬能用来救饥的文字。这是世界上第一篇论述碱蓬的文献，此后近六百年间，关于这一植物的文献一直非常罕见。在《救荒本草》记述的四百多种植物里，碱蓬似乎没有引起人们的特别注意。如果仔细观察这种不起眼的在盐水里生长的野生植物，就会发现它的生命力非常坚强。一粒细小的种子如果吹入海水中，只要水浅，就可以正常生长；如果长时间淹没在海水中，尽管生长受到抑制，但一旦长出水面，又能蓬勃的生长。一阵风就可以将它的种子吹的四处飞扬，随地滚动甚至于混入土中；但到了初春时节，一阵雨又能使它站稳脚跟准备萌发。

当碱蓬萌发出幼苗，那两片肉乎乎的芽叶是一派鲜艳的玫瑰般的色彩，红得令人赏心悦目难以忘怀。它在蓝色的海水衬托下是那样美丽，它在白茫茫的盐碱地上是那样动人，它给早春的荒漠带来火红的光彩。

从春天到夏天，碱蓬渐渐形成一个个茂密的丛落，在海水中迎着风浪茂盛地生长；而在盐碱地上，碱蓬也同样经历着开花、结子的过程。当秋天来临，碱蓬的色彩渐渐褪去，最终枯死变黄，一直到来年清明，又开始一个新的轮回。

正因了他心中的这一幅幅画面，他才忘记了疲劳，忘记了窗外灯红酒绿的热闹和生活的烦恼。为了调查碱蓬的生态，尤其是为了观察碱蓬发芽的规律，他连续三年在青岛胶州湾沿岸的野地里实地观察，静静地坐在那里，眼睛盯着破土的幼芽，一待就是大半天。四季轮回，他的记录册上已积累了厚实的观察数据，归纳整理，他得出碱蓬发芽一般在清明时节雨后1—3天。结论是如此简单。但为了这样一个简单的结论，邢军武付出的却是并不简单的劳动。是啊，一个真正的学者在从事他的工作时，其实大多数时间是在一种极为平淡的"简单"劳动中度过的。然而正是从这里，他迈出了对这种野生植物深入研究的第一步。

为了观察和采集碱蓬，他经常早出晚归，有时在野外正采集碱蓬的种子时，一场突如其来的大雨会把他浇得浑身湿透；有一次，他正在海边采集，一位老人感到奇怪，说："这不就是盐蒿子吗，你采这个干啥？"邢军武说："这种植物很有用处，那些盐碱地不是不长庄稼吗？可就它能活，大爷，你吃过它吧？""怎么没吃过，闹灾荒的时候，就靠着它来。可现在生活好了，还吃这玩意干啥？最多拌着吃个新鲜。"邢军武笑了，说："大爷，你现在是吃个新鲜，我是要研究个新鲜。"

他还将种子带回到办公室里，找来别人废弃的旧脸盆，将种子栽在浸着海水的泥土中放在窗台上，日夜相伴，仔细观察在室内条件下碱蓬如何发芽。日积月累，他慢慢掌握了碱蓬的生长规律。

每年，他都要沿着胶州湾对碱蓬群落进行观察。他发现碱蓬生活的世界是一个生机盎然的世界，群落中栖息着鸟类、昆虫，还有大量鼠类、蛇类、兔类等等。他进行这一切观察时，代步的工具是他的那辆破自行车。

到了夏天，邢军武高兴的是这正是采集碱蓬最好的季节，这也是他野外采集的紧张时期。每次外出，他都要背着一水壶水，往年他很少背水，因为走到有卖西瓜的地方，他可以买个西瓜。但近几年来，他却不得不背着水壶。因为他已不能享受西瓜。其实，他以前非常喜欢吃西瓜，但就从前几年的一次野外观察回来，他却再也不能吃西瓜了。那一次也是在夏天，他骑车往回赶路，已近黄昏了，路途尚远。他这时又饥又渴，为了节省钱中午饭他就没吃。突然，他高兴地看到前边路边上有个西瓜摊，便赶了过去，摸摸身上的口袋正好还能买个西瓜。于是，他坐在路边，吃起了西瓜，当时的感觉真痛快。可当他回到海洋研究所时，他的肚子就感到不适起来。从此，只要一吃西瓜，肚子非提抗议不可。

有一年夏天的一天，他刚刚到达观察点，太阳毒辣辣地挂在当头上，海水也疲倦了，没有动静。他口干舌燥，微眯起眼睛来，用舌头舔着干裂的嘴唇，正准备弯腰采集时。突然，他感觉有一种轻微的响声，像是在蠕动。他下意识地睁大眼睛，习惯性地用手扶了扶眼镜框，目光四处一扫，他看到一条细长的蛇慢慢地向一丛碱蓬的枝叶间游动。这条蛇周身黄灰色相间，在碱蓬丛中闪现着反光。恐怕它和我一样，也是又热又干吧。它知道我在观察着它吗？他竟然在这条小蛇上，感到一种安慰。

寒来暑往，他对碱蓬已到了痴迷的地步。而进行这一切时，邢军武并不是在承担"课题"任务，相反，在许多人眼里，他这是一种业余嗜好，甚至于是误入歧途。正因为是业余行为，他没有经费支持，而他囊中仅有的那点钱又大多成了旅费，或者去买了书。对于碱蓬这种植物来说，距离正规的海洋科学过于遥远了，尽管海洋研究所的图书馆拥有值得让来访者参观的馆藏，但这方面的资料几乎是空白。购买资料、实验分析、野外观察，这一切都需要钱，钱从哪里来呢？来自他微薄的工资！

在许多人眼中邢军武的行为是一种傻子的做法。的确，在一些"真正"的学者眼中，邢军武又能做出什么来呢？一位朋友看到邢军武的困境和他为此付出的心血和代价，曾关切地问他，你为什么要搞这种野生植物的研究？别浪费你的时间和精力了。朋友的关切是有道理的。其实，对于阅读广泛、技能特出的邢军武来说，他完全没有必要这样如流浪汉般执著于这种野生植物的观察和研究，并不是没有课题组需要和欢迎他。他完全可以参加到一个课题组中承担他所擅长的工作，这样对他来说是很轻松的，也有一份虽不多但相对固定的工资，再利用业余时间发展着他的兴趣和爱好，那样的话，他会活得潇洒自在。邢军武的爱好如同他的阅读，同样是广泛的，甚至显得芜杂，但这种芜杂又是专精的，这就是对中国古代文化典籍和传统的心仪和尊崇。

邢军武在他的研究专著的后记中曾写道："童年给他的印象太深刻了，他无法抹去这记忆，1960 年前后三年的特大饥荒给他留下的印象总是难以忘怀，他常想起那些盐碱地上新堆起的低矮的坟头，想起那些曾被他误认为是很胖的、无精打采的浮肿儿童，他们大多都倒在了那些坟堆底下……"

当然，他衷心企望不要再次遇上这种饥荒，希望这种饥荒能永远消除。然而愿望终归是愿望，它还需要艰辛的努力，需要全社会的协作，需要正确的途径、谨慎的行动和适宜的环境。每当他从一座座豪华酒店的门口路过，看着辉煌的灯火，看着门前排列的高级轿车，看着那些大腹便便、喷着酒气、打着饱嗝，营养过剩胖得发愁的人们，他就想到许多统计表上的人均数字，就想到当年从垃圾堆里拣吃食物的浮肿儿童、干瘪老人和荒野密布的坟堆，就听到那无力的凄惨哀鸣……那是一幅特大饥荒的景象。

于是，他关注的一个最大问题就是土地和粮食。

由此他萌生一个梦想，这就是怎样让辽阔而且在不断扩展着的盐碱荒漠为增进人类的食物而发挥出其潜在的作用。随着年龄和阅历的增长，随着对盐碱地越来越深刻的认识，他的这个梦想越来越清晰，越来越执著。在他那间既是书房又是卧室还是客厅兼及厨房的"赤脚斋"里，他的课题启动了。他从这间既清寒又富足的"赤脚斋"出发了，如同一个在城市里行走的赤脚的人。那时，他已不是任何一个课题组的成员。他是他自己课题的主人。为此，他的代价是沉重的，每月的工资，他除了基本工资以外，已领不到分文！

盐碱地，白花花的盐碱地，是大地上的疮疤。由于不适当的灌溉和水利措施引起的土地盐碱化是一个古老的灾害，而由海水入侵导致的盐碱化则是一个现代的灾害。这些灾害过去并且至今仍在造成严重的后果，威胁到人类的生存。我国可耕地只有约十五亿亩，而盐碱地却有六亿亩。怎样减轻和消除这些灾害的威胁？

邢军武"赤脚"上路了。

他自费，依靠的是他微薄的"基本工资"，开始了华北平原、山东半岛等大面积区域盐碱化和海水入侵的调查。他一次次沿着海岸旅行，一次次在饱受咸水之苦的村庄调查，喝着所到之处打上来的井水，当咽下喉咙的是苦涩的咸水时，更激励了他走下去的决心。他到处收集资料，从北京，从上海，背回一包包的书籍。在广泛调查和归纳中外前人成果的基础上，他的思路渐渐明晰，这就是离开了许多学者从"正规"的科学角度改良盐碱地的学术之路，而是从中国古老文化典籍中寻找新的启示。数千年来我国历代前贤孜孜于备荒救灾的研究与实践，积累了无数宝贵的经验与深刻的理论。这些理论散见于大量典籍之中，邢军武在这历史典籍的海洋中寻觅着，承继着前贤的思想，构建着他的梦想。

在他的研究专著中，反映出近年来华北平原沿海地区海水入侵的原因，这与该平原内陆治理盐碱地、大规模降低地下水位有关。也正是从这里，他与那些学者们在思想上有了明显的差别，从而提出了另外一种思路，"相生相克只在顺逆之间"，这是他认识的起点。

当然，盐碱地的治理和研究并非只有一个邢军武，有许多研究机构和高等学校的教授学者们在持续不断地进行着探索。但邢军武的工作无疑有着独特的价值，他不同于那些学院派学者，他的成果是中西方文化和科学实验碰撞产生的新的思想。

经过前后持续二十年的不懈努力，他找到了许多适合盐碱地生长而又能为人类所利用的野生植物，而碱蓬，这种不起眼的植物，就成了他实践其思想的最好的标本。对碱蓬的情有独钟是有根据的，从碱蓬的生态，它的环境效应，到碱蓬的营养及其经济价值，他找到了开发利用碱蓬的途径。

在邢军武"赤脚"的征途上，许多理解他敬重他的年轻学者给予他许多切实的帮助，这些拥有博士、硕士学位的友人，尽管有着自己的专业，自己的论文撰写和课题研究，但仍然尽其可能的援助着邢军武，如参加他的课题，和他一起到野外观察和采集，向他提供相关资料和信息，帮助他拍摄标本照片，甚至于从自己有限的经费中给予他诸多支持。他也受到过海洋研究所所长基金的支持——资助给他四千元人民币。

1993 年 8 月他的研究专著问世了，这就是由青岛海洋大学出版社出版的《盐碱荒漠与粮食危机》。这是一本学术专著，但很难用自然科学和社会科学的归属来界定它，很想全面介绍一下这本书，却颇感困难，还是抄录本书内容提要中的一句话吧："全书语言生动、内容广泛、思想深刻、见解独到、且博古通今发人深省。"

1996 年，邢军武收到几位在海外留学的友人来信，他们对他取得的成果受到重视表示祝贺。邢军武感到疑惑，这是怎么回事？往下看才知道，原来是人民日报海外版曾刊载了一篇新华社报道，在这篇报道中介绍了邢军武的研究成果。不久，许多朋友来告诉他，在广播中也听到了这种报道，朋友开玩笑："你现在是新闻人物了"。那些日子里，邢军武收到了来自宁夏、青海、甘肃、辽宁和山东一些受盐碱化困扰地区的来信，索取他的研究成果。他有求必应。其实，这时他依然是无"课题"人员，工资依然只是基本工资，每月 240 余元。有好心的人劝他，不要无偿提供资料，他笑笑，说："这是一项事业，需要更多的人参加进来。"

他现在依然在这条路上走着，尽管仍然"赤"着脚，但有了改善，海洋研究所的领导已经决定从研究所的开发研究基金中给予他二万元人民币资助，以便于他继续深入地开展研究。

在他野外采集时，还有一位女性的身影，这就是他的妻子，青岛海军四零一医院的一位内科医生。在家里，她不仅容忍着邢军武种种不合现实的行为，而且已成为他的坚强后盾。这些年来，邢军武每月的那点工资，几乎都用到他自己设立的"课题研究"中了，支撑这个三口之家日常生活所需几乎全靠她的工资。她曾笑着说："我的工资与邢军武相比是很多了，足够养活我和女儿，至于他，人家不承认是靠我养活，他那点钱还不够他买书，看来他是靠空气生存。"有许多友人说，正因为邢军武有了一个好妻子，他才能这样不受干扰，如果换了另一个女人，他还能继续着他的"赤脚"的研究吗？

曾有一位友人看到邢军武艰苦地从事着他的研究，便好心相劝，放弃吧，随便参加到一个课题组中去，境况不就得到改善了吗？邢军武沉默不语。倒是她特意找到这位友人，说："你们的心意我知道，也很高兴邢军武有你们这样一些理解他关心他的朋友，可是别再去对邢军武说了，弄得他也苦恼，他在做他想做的事情，我相信他做的是有价值的，只要他心情高兴，而工作又是有价值的，这就行了。至于工资，虽然我们的生活是很紧张，可也不是到了过不下去的地步，你也知道我们对物质要求很低。"

也许是缘于对事业的共同追求吧，她对邢军武的工作一直持支持和赞赏的态度。在她休假时，她常常也骑一辆自行车，陪着邢军武到野外观察和采集。正是由于这种对自己丈夫的理解和支持，才使得邢军武在探索盐碱地改良的路上走出了一条新的道路。

有一位朋友在一次聚会上，对邢军武说："老邢，在我眼里，你就像一株自由生长的野生植物在那里蓬勃的生长。"这句话得到了大家的共鸣。的确，这正是邢军武的写照。

三九寒冬，青岛正是海风刺骨的季节。

我坐在邢军武的那间没有阳光的小屋里，注视着斜靠在一张破旧三抽桌前的邢军武，他的神情显得有些疲惫。是啊，邢军武不只是生活在他的碱蓬世界里，他还是一个现实中的人，他在自己的追求中感受着欢乐，也感受着烦恼，甚至是痛苦和失望。他没有精力，也没有兴趣去"适应"某些"合理"的现实，他坚守着内心深处的一方净土，在这里，科学是纯粹的，是不带有个人功利色彩的，那是人与自然的对话，那是寻找着人与自然和谐相处的心灵之路。他已习惯于默默地独自上路，科学本身就应是寂寞的独自叩门。我知道他很快又会上路，他是一个永远的旅人，另一部专著已近尾声，一个从碱蓬中提取精华造福社会的工程已开始启动……

"路漫漫其修远兮，吾将上下而求索。"这就是他的精神！

这篇《茁壮的碱蓬》完成后分两天刊载在当时的《青岛生活导报》的大特写版面上。这也是我撰写的第一篇"大特写"，也是与邢军武亦师亦友十多年所记录下的我对他的认识和印象。

1998年春天后我离开了海洋所，与邢军武的交往自然少了下来，但仍关注着他的工作。2001年秋，已经晋职高级工程师的邢军武被中国科学院选派至河南省民权县挂职担任科技副县长，从事科技扶贫。在民权县的两年，他被当地村民称为"绿胶鞋县长"，他买了一辆自行车，穿着一双绿胶鞋，跑遍了民权的各个村落……

最近这十多年里，邢军武的工作依旧还是在盐碱地的植物种植改良，只是足迹更广泛了。他还对《盐碱荒漠与粮食危机》一书进行了修订，增补进去他近些年来的新成果。2011年春天，他的工作更是收获了成果，其《一种在干旱和大风荒漠环境种植耐盐植物的方法》获得国家知识产权局发明专利授权。在邢军武看来，我国有约十四多亿亩盐碱地广泛分布在东北、西北、华北以及中部和沿海地区，由于干旱缺水降雨稀少，土壤和地下水中过高的盐碱含量导致植被缺乏甚至寸草不生。在干旱和大风的影响下，这些荒漠盐碱环境中的盐碱粉尘随风飞扬，对环境造成极大破坏。盐碱粉尘还会在大风的携带下，对数千甚至上万公里之外的周边地区和城市造成广泛的环境与健康危害。他的这种发明方法，通过建立植被消除和控制盐碱荒漠与盐碱尘暴，建立盐碱农业产业，有望改变我国西北、东北、华北、华中以及沿海盐碱地区和周边地区城镇农村的生态环境，克服耕地和淡水资源不足，对提高国家的食物和能源供给能力产生积极影响……

大　苍

　　"你跟着大苍，跟他学有孔虫。"

　　这话言犹在耳，已经过去了三十年。时光真快啊，快得眨眼瞬间一个人的三十年就消逝了。的确是往事并不如烟，一切历历在目，昨晚从抽屉里翻出 20 世纪 80 年代的那些旧照片，懊恼发现，居然没有一张和苍老师的单独合影。怎么会没有一张和苍老师的合影呢？是的，的确没有。想想又怎么会有？跟着大苍——大苍是当年我们海洋研究所地质室的老师们对苍树溪老师的称呼，大家都习惯叫他大苍，的确没有合影的理由：第一，我没有单独跟着他出过野外。那个年代，往往照片留下的都是在野外的拍照，每次出野外前，会领取几卷柯达胶卷，拍摄野外地质风貌外，就是给我们大家拍照。苍老师很少出野外，更别说出海，也就没有和他合影的记忆；第二，从 1984 年秋天开始，十多年间，只要我不出差和出海，大部分时间我都是在海洋所生物楼二楼最东头紧邻厕所的 211 房间，只要苍老师不出国，往往就是我们俩在一起。朝夕相处，又怎么会有合影的念想呢？我拣出几张当年我自己的照片，看着照片上瘦小的自己，当年我真是瘦小啊，与今天的我判若两人。当年那个十八岁出头的我看上去闷闷不乐，当年我的照片几乎没有一张有笑容，几乎都是闷闷不乐。突然意识到苍老师对我的意义，我参加工作后的十多年里，其实正是在苍老师的照拂和庇护

苍树溪

下完成了我踏入社会的第一课。

1983 年暮秋到青岛南海路 7 号中科院海洋所报到后，我成了海洋地质室的一名科研辅助人员。刚走出中学校门的我，还不理解科研辅助人员的含义，接收我的地质室党支部郑书记是一位转业军人，他告诉我，辅助人员就是打杂的，给这些学者专家们服务，要勤快长眼神，不要偷懒。这是我走上社会接受的第一堂培训课。然后他说，你年龄小，还是个小孩，见到这些老师要叫叔叔阿姨。我刚被分配到海洋地质室后（与我一起同时来的另外两名辅助人员都是女孩，被分配到生物化学和海洋植物室），有一段时间我一直坐在地质室支部办公室里。这间办公室很小，我坐在书记对面，旁边还有一张写字桌，是当时海洋所副所长兼地质室主任秦蕴珊老师的，进进出出的人很多，郑书记就不断对进出的老师们介绍说，这是新来的小薛，然后让我叫对方赵叔叔李叔叔黄叔叔陈阿姨何阿姨……在后来的若干年里，我叫这些中年老师们一直是叔叔阿姨。但在最初认识的这些叔叔阿姨里，没有苍老师。当时苍老师还在英国的剑桥大学做访问学者。很快，我离开支部办公室，被分配到地层组，来到 211 房间，然后就呆了下来。我被告知，"等大苍回来，你就跟着大苍，跟他学有孔虫……"我知道了我将来要跟随的老师叫苍树溪，北大地质系古生物学专业毕业的，在我们地层组是主要是研究古生物有孔虫的，现在在英国剑桥大学，已经出去两年，快回来了。

到了初秋，苍老师回来了。我还记得第一次见到他的情景。那天上午，我正伏案抄写书稿——那些年我给我们地质室集体著作誊抄了大量的书稿，例如《中国大百科全书》海洋科学卷里的海洋地质学的若干条目，《渤海地质》、《东海地质》等等，他们不断修改，我就一遍遍抄录。苍老师进来了，我恍然这些老师们为啥要叫他大苍了——苍老师身高一米八多，但却非常瘦，显得更高了，也显得更弱不禁风。从名义上，我成了苍老师的助手。为啥说是名义上呢？因为当时在我们办公室里，除苍老师以外，还有另外五位老师，这五位老师年龄都比苍老师大了几岁，苍老师是1938 年出生的，另外几位也都是 1934 年到 1936 年这几年出生的。这个年龄段也是当时我们地质室的主力，他们多是五十岁上下（研究室一百多人，这个年龄段的要占到三分之二，年青人寥寥无几，也主要是新考来的研究生，当时 80 年代初开始招生的第一批海洋地质学研究生还没有毕业）。我们办公室里除这些老师外，还有一位是秦所长的研究生，由苍老师带。我们办公室当时的座位只能坐四个人，可以想象当时这间房间的拥挤，老师们并不是都在办公室里出现，常在办公室里的，就是苍老师，还有一位北大地理系毕业的赵老师，那些年我主要是跟着赵老师编书，赵老师负责对地质室集体的研究成果做最后统稿，赵老师审稿修改，他确定的，然后给我，我再认认真真地抄录。跟着赵老师，我知道了书稿如何编写，尤其是还跟着他，从北方海岸，一路南下，沿着浙闽海岸，我们做地质旅行……最初几年，我实际上是跟着赵老师跑东跑西，名分上应该跟随的苍老师，却并没有让我干什么活，也就是示范教我如何从显微镜下挑标本——海底沉积物里的微体古生物标本，主要是单细胞动物有孔虫的壳体化石。

渐渐的，生物楼 211 室主要是苍老师和我还有一位研究生呆在这里了。苍老师性格随和，每天我们各自做着自己的事情，同时谈天说地，从苍老师的聊天中，让我见识了另外的世界：他谈当年他们北大的生活，当年他们是五年制，谈他记忆中的大学生活，谈他的同学，谈他眼里的北大的老教授们……尤其是他讲述在剑桥大学的见闻：一位园丁是哲学博士，每次两人在校园里相遇，会谈上一阵老庄哲学；校园里每天遇到的还有一位坐在轮椅上由学生推着进出的物理学家，正是从苍老师的介绍中，我知道了还没有翻译过来的写了《时间简史》的霍金。苍老师说，这样在轮椅上的物理学家，若在我们这里，早就回家了，怎么可能还有课题和岗位……那些年，正是中科院开始改革从基础研究投身应用研究的大潮等等，研究室里的老师们人心惶惶，为"横向任务"和"纵向课题"而奔波。研究室里也经常开会，讨论改革，讨论方向。每次我们地层组开会，往往最后演变成争论，争论最激烈的一方，往往是苍老师。苍老师情绪激动，指点江山，谈到如何让基础研究挣钱，苍老师说："我在剑桥看人家的实验室，几十年没有变化，一张张黑白照片从最初创建实验室到现在的，一个个人物都挂在那里，这就是历史啊，我没看到人家有啥变化，正是没有变化，成果才不断出来！"说到激动时，苍老师说："读读马克思吧，什么是金钱的力量，等你手里有了十万，你会变得信心膨胀，等你有了百万，你会变得胆大妄为，等你有了千万，你眼里就没有了法律……"从苍老师的言论里，我知道了黑格尔的"存在即合理"，我知道了"批判的武器代替不了武器的批判"……

现在回想起来，我没有印象苍老师给我指派过具体的工作要求，他本人是散漫的人，做他的助手，更是自由散漫。苍老师看到我喜欢读书，很是高兴，我们的谈天就更是天马行空。他把自己以前读过的《反杜林论》等书拿给我，说恩格斯这些人的书写得真是好，你若真读懂了，也就大学毕业了。我的桌上总是堆放着我买回来的杂书，苍老师会拿起一本翻翻，然后和我就一些话题漫天谈开来，我们在211室，仿佛不是来做"古海洋"课题的，而是在谈论人文和历史的。我那些年与其说是做助手，不如说是跟着一位兴趣广泛的中年人读书聊天。后来，他看到我买回来一套《史记》，大加赞赏，说："你知道下功夫了，太好了，好好读吧。"在他的这种激励下，那些日子，我把这套《史记》一直摆在桌上显眼处，硬着头皮啃读。结果，我们办公室里的暖瓶没有水了，他会自己拿起暖瓶下楼到水房里打回来。有次我看到他要去打开水，赶紧起来说我去打水。苍老师说："别别，我没事，你快看书吧。"苍老师说这话，并没有丝毫别的含义，他是看到我在读这样的经典为我高兴。有次他很严肃地对他的博士生说（那时苍老师已经是博导）："你要学习小薛，你看他在攻读《史记》。"事后他的同样毕业于北大地质系的博士生很郁闷对我抱怨："这是咋回事，我认真做专业在看显微镜成了不务正业，你在读《史记》成了刻苦攻读还成

20 世纪 90 年代笔者与苍老师及他的学生

了我学习的榜样。"说完,我们俩都笑了。

记得苍老师回国不久,他的剑桥大学的导师要来青岛,这对于苍老师是大事,很是忙碌了一阵。之所以这样说,是因为当时苍老师的住房很是紧张,只有一间 16 平方米的老房子,苍老师的两个女儿当时一个读小学,一个读初中,苍老师和夫人自己打了吊铺晚上睡在上边。为房子问题,那些年苍老师可以说焦头烂额,为了导师来,他把吊铺重新收拾了一遍,把家里也好好收拾了一下。在生活上,苍老师非常简单,也显出他的书生特色。记得有一年我们海洋所礼堂的布面椅子要淘汰换新的,大家有需要的可以去买。我忘记当时如何起念,就自作主张去替苍老师买了四把,好像是 15 元一把,四把花了 60 元。为这事苍老师念叨了好长时间,说我给他办了一件大好事,因为"你黄阿姨可高兴了,说幸亏有小薛",然后苍老师呵呵笑起来,说:"现在家里不用总坐长条椅了。"苍老师家当时是一张饭桌前摆了一个长条凳,再加上两个凳子。为了他剑桥大学的导师来,苍老师特意到所里打了报告,申请买一些建筑材料,在自己家老房子边上建了一个很小的厕所,用苍老师话说,总不能让英国佬跑到院子里的共用厕所去排队吧……

　　我第一次喝咖啡就是在苍老师家。1985 年春节，我们几个年青人照例到老师家拜年。到苍老师家后，苍老师说要请我们喝正宗的英国咖啡，是他从英国带回来的。然后我们看到，他在炉子上用烧水的铝壶煮了一壶咖啡，倒到一个一个杯子里，然后把牛奶倒进壶里，又烧开了，然后一个一个给我们倒上，又拿出方糖（那时看到这样的方糖很是新鲜）。苍老师笑呵呵说："条件虽然和剑桥不同，但原料都是一样的，来，我们也品尝一下英国佬的咖啡。"我们小口喝起来，说实话，咖啡的滋味没有尝到如何好喝，而是那浓浓的奶味让我记忆犹新。从苍老师家出来，带我们来拜年的兄长说："居然在炉子上煮咖啡，这也就是在大苍家才能做出来。"我们都笑起来。那些年，在苍老师家喝咖啡的次数不多，更多的是蹭饭，那时到了苍老师家，遇到吃饭不用客气就上桌吃饭，尤其是遇到苍老师煮了地瓜芋头之类，更是要拿起来吃的。

　　苍老师喜欢聊天，这让我们办公室的气氛总是洋溢着欢乐。苍老师俯身在显微镜上一边鉴定挑选着有孔虫标本一边和我们聊天。这种气氛让我们的工作不显得枯燥，也不觉得单调。有一次我整理抽屉，意外发现一批苍老师当年写的书法，原来是他当年临摹的毛泽东和林彪的字。苍老师笑说，当年，他用毛笔抄录的大字报，贴满中山路一条街。苍老师的毛笔字好，"文革"时被安排抄录了大量的宣传"大字报"，贴满了中山路一条街。还翻出苍老师当年画的毛泽东的画像，苍老师说，他们几个人还在海洋所的院子里做过毛主席的雕塑像……

　　与苍老师聊天内容谈论最多的就是西方哲学家，从黑格尔、叔本华、尼采到马克思、恩格斯还有列宁，苍老师喜欢就一些具体的书谈一些具体的问题。现在想想，他看似漫无目的的谈论，往往最后归结到他自己的主见上，有时候是以一种看似没有观点而只有生活现象罗列陈述，其实最后在这种陈述中，他的意见已经呈现出来。后来，这种方式无形中也影响了我。

　　因为苍老师的缘故，我又有机会结识了他的同学老师，例如北大地质系的李淑鸾教授，一位始终坚持带学生野外实习的性格倔强的老太太。那几年带学生到青岛来，苍老师就会让我陪同李老师，给他们在青岛的野外考察当导游，同时这种交往也让我受益匪浅；再如苍老师的北大同学，当时担任北大地质系主任的李茂松教授，那年李教授来，苍老师还是让我陪着。后来我们去崂山和黄岛时，苍老师也去了，留下了不多的几张我们一起的合影，那几张照片，也是和他相处这么多年少有的合影。后来为了让我开眼界，他联系了他的北大同学，后来担任中科院南京地质古生物所所长的穆西南教授。苍老师说，老穆读书多，思维活跃，名门之后，你去找他会长见识的。在南京古生物所，我常去穆老师家蹭饭，一来是品尝穆夫人的手艺，同为北大同学的穆夫人烧一手江南菜，常常是一边吃一边讲他们的同学故事；二来是在饭后与穆老师聊天。

　　后来，在另一位老师安排下，我跟随无脊椎动物室的谭智源先生学习放射虫。苍老师看到我在学习放射虫，又是很高兴，说："好好学，这些专业将来肯定能用上的，不要看现在有没有用。"他对待专业和年青人的工作不是以自己为中心，而是充分尊重你自己的选择，并不以你选择的工作是否会影响为他干活来考量。再后来，当我的第一本小书出版的时候，苍老师高兴坏了，他的老同学来了，他总是先介绍我，先把我夸赞一番，然后就说我还出版了一本书……起初几年，来了同学，他还介绍我是他的助手，但到后来，他就说这是"我们的作家，他是搞文学的……"那个时候，其实我还一篇文学作品也没发表过，尤其是，我是他课题组里的实验员，给他当助手打杂才是正业，读书写作是典型的不务正业啊。但在苍老师眼里，绝非如此，他看到我沉醉在读书和写作中，不以为忤，而是充满赞赏。现在想想，当年在生物楼211室的读书经历简直有些不可思议。而这一点，恰恰是苍老师在有意和无意中给予的。

　　1998年春天我离开中科院海洋所以后，与苍老师仍然保持着联系，隔上几个月总要与苍老师见面。若时间长了没去他家，苍老师会打电话过来，说想见见你了。接到这样的电话我总是羞愧，其实忙是借口。我知道苍老师喜欢我们这些当年的年青人去他家聊天。我出版的书也会送给他，苍老师都认真看了，看后还要谈他的意见，他这时已经不再是鼓励我如何用功了，而是嘱咐我不要"越界"，又提起他的哥哥，这也是当年他常常在我们办公室谈起来的话题，当时他看到我对西方哲学有兴趣，最初很高兴，谈论也多，但后来看我买的书有一些很敏感，他就提醒我，要小心，并举他哥哥的例子：他的哥哥大学本科学习的是物理学，后来考取了中央党校杨献珍的哲学研究生，"文革"时含冤自杀了……苍老师每次他到总是嘱咐再三，当面，电话，背后，他的关心是发自内心的。

十多年的相处，往事散漫，却依然清晰。关于苍老师，其实可谈的还有很多，但我写下来的却只是一些零散的细枝末叶，但这些小事，却温暖着我的青春记忆，说话激动时往往站起身来的苍老师的样子依然就在眼前。苍老师当年谈起一些老人的离世，往往会加上一句，将来若他老了，千万别躺在床上不能自理，既遭罪也拖累家人。从这点来说，苍老师当年的担心是多余的，也说明苍老师好人好报修炼正果。他是突然摔倒的，送到医院已经人事不省，没过几天，就在昨天凌晨归了道山。

人生遇到良师是大幸福，幸遇苍老师，是我的大幸运。

往事一一刻在心里，苍老师，走好！

苍老师，安息。

您是去了天堂，我不哭。

张老师

张老师已经去世多年了，张老师临终的那一年，正好是七十三岁。记得是 F 君电话告诉我，张老师不行了，已经到了最后。我和 F 君匆匆去了医院，已经是黄昏，张老师已经昏迷不醒。他的女儿轻声唤他说，小薛哥哥来看你了……张老师似乎听见了，眼睛睁开了，嘴里蠕动了几下，然后又昏迷了。那个下午，张老师走了。

1983 年 12 月，我在中科院海洋所地质室的第一份工作就是跟着张老师做的，是去青岛小麦岛上的古地磁实验室。当时张老师他们来要人，说人手不够，能不能让我过去跟着帮忙。我刚参加工作时，是在研究室里和党支部书记坐一间办公室里，那间办公室被称为地质室的支部办公室。郑书记是转业军人，原来是海军航空兵某高炮团的政治部主任，转业到海洋所担任了地质室的支部书记。张老师和古地磁实验室的孙老师——一位性格活泼的老太太（当年觉得孙老师已经是老太太了，其实也就是五十出头，但那个时候，五十多岁的人在我眼里已经是很老了）。他们俩一起来找郑书记，说实验室里人手打点不过来了，还有许多样品在等着测量。郑书记说，那让小薛先跟着你们去吧。郑书记叮嘱我，见到这些中年的男老师叫叔叔，见到女老师叫阿姨。于是，最初的时候，我见到这些五十左右的老师都是叫叔叔阿姨，一直到十多年后，有些才改口叫老师，但像张老师孙老师，我一直叫张叔叔孙阿姨。

当时的小麦岛，属于青岛的郊区。坐公交车到辛家庄，已经是到郊区的感觉，然后再换车继续向东，过了今天青岛大学的正门前的土路，到大麦岛，下车穿过麦子地，再经过一家修造渔轮的船厂，然后踏上一条长长的防浪大坝。大坝连接着一个小岛，也就是小麦岛。当时的小麦岛上只有寥寥几家住户，我们地质室的古地磁实验室就在这个小岛上面。几间平房，据说当年是军队的营房。古地磁实验室分三部分，一是测量古地磁的实验室，一是在边上一间单独的"退磁室"（海底沉积物样品要先经过"退磁"才能测量本身含有的地质年代的"磁"）和实验室相连的是生活区。我们做实验时会在这里住宿，因为从南海路到小麦岛当时很不方便，而且上岛下岛也受限制，因为风浪大的日子，那条连接陆地和小麦岛的大坝往往会被海浪淹没，无法通行。跟着张老师我在岛上呆了一周，天天在退磁室操作，退磁室还有一台地震测量仪，每天看着仪器上的曲线忽高忽低，这才知道，原来海底天天有地震啊。张老师性情温和，在实验室里里里外外像个管家，除了正常的仪器测量之外，还张罗着大家一日三餐。过了一周，这批样品古地磁测量完成之后，我才回到地质室。张老师他们平常不到单位里来，往往是有事才回到单位里来。

1984 年春节刚过，元宵节那天，我们几个年青人跟随着赵老师和张老师坐火车去上海。那也是我第一次坐火车，也是我第一次离开青岛。我们的目的地是上海吴淞口对面的崇明岛。那也是我第一次出野外，我们定点在崇明岛南门港，那也是当时的崇明县县城所在地，我们住在县政府招待所里。张老师负责我们的食宿，当时我们在崇明岛，每天到浙江水文地质大队的两个钻井旁，等着他们的钻探。每钻探上来的泥巴（也就是我们所谓的样品，呈现"柱状"），我们接过来，然后到边上的我们的临时工棚里，张老师主持"分样"：古地磁、粒度、微体古生物、矿物、地球化学、热释光……依照要分析的内容，一一分出来一点泥巴，只有古地磁是"切"好的小小正方体。

那次出野外，在崇明岛一个多月，给我留下了深刻的印象，尤其是张

左1是时任北京大学地质系系主任的李茂松、左2苍老师、左3张老师、左4是我，在小麦岛古地磁实验室海边。

老师，里里外外，他操心最多，因为要照顾我们大家的衣食住行，还要照顾我们的生活。因为多是年青人，到了晚上，张老师还要考虑如何打发我们的时间，隔三差五，张老师就带着我们去电影院看电影，现在还留在记忆中的，有日本电影《蒲田进行曲》《金环蚀》等。后来我随着赵老师先撤离回到了青岛，张老师他们又坚持了一个多月直到野外工作全部结束。

　　一来二去，我和张老师熟悉了。也就知道了张老师毕业于南京大学地理系，一直和赵老师等人一起做中国海平面变化研究。平日，张老师并不来我们地质室的办公室，他和我们在一间办公室，因为平常不来，所以他就显得难见人影，很少在地质室出现。偶尔来办公室，也客客气气。当时在我为专家们誊清的论文中，尤其是我们这个专业组赵老师等人的研究论文，张老师的名字往往出现在第二位。也就是说，张老师不是执笔撰写论文的第一作者，但却是课题组里主要的合作者，张老师是具体承担野外和项目实验数据的提供者。他们的集体研究成果，那几年，多体现在渤海湾西岸晚更新世以来（或15万年以来）海平面变化研究，还有就是长江水下三角洲晚更新世以来的变化研究等，这些项目的研究成果，署名时张老师都是第二位。好像成了惯例，张老师很少是第一位作者署名的。

那几年的春节假期里，张老师总会找一天，把我们这些年青人，主要是跟着他出野外或在实验室工作过的，叫到他家里，让他夫人做上一桌丰盛的菜肴，大家开怀聚餐。张老师夫妇都是江浙人，正是在张老师家，我第一次吃到了许多南方菜，本来在我们这样的传统山东人家里，很少做江浙的一些菜的，例如霉千张烧肉等。

当时在我们办公室里，别的老师，例如赵老师、苍老师等等，都先后成了副研究员和研究员，只有张老师，职称一直是助理研究员。以他的年龄和资历，都应该是副研究员了，但是不行，每次职称评审，对张老师都成了尴尬的结局，每次都是名落孙山。看得出来，尽管张老师表面上没说啥，但神情上很落寞的，一直到 20 世纪 90 年代初，张老师的"副高"职称一直是个问题。到最后，张老师自己都厌倦了这个话题，记得有一次他在办公室里说，他每次一站到申请副高的台上宣读自己的申请报告时，看一眼下边坐着的那些评委，他心里就觉得窝火，自己都气愤自己！后来，张老师的职称问题终于解决了，或许是这一类问题太多了，科学院出台了一项政策，就是对待一些快到退休年龄的人，可以给一个"副高"的头衔，但工资待遇还是原来的。其实就是给一个副研究员的名誉，但这样，至少对张老师这些一直勤恳工作的老师们来说，是一个迟到的安慰。

张老师后来退休了，但一直还在返聘工作着。不过很少到地质室来，他是我们地质室古地磁实验室的创办人之一，署名也是第二位，尽管他里里外外地张罗着。

我后来想，在我们海洋地质室，每个项目和课题组里，除了项目负责人之外，最需要的，其实还是张老师这样做具体工作的人，但是，在用"职称"衡量一个学者身份的唯一晋级体系中，像张老师这样的人，因为署名往往不是第一作者，也不是第一项目负责人，要想晋级副研究员和正研究员，难上加难，甚至于是不可能。这对于张老师这样的人来说，是很摧残精神的。这样的评价体系，不能说不合理，但中国的事情往往不能用合理不合理来解释，往往会有"制度"的不"适应"者，这或许就是张老师在职称问题上的悲剧吧。

若说起张老师的学术贡献，很难说哪几项是他独立完成的。但是，若说到当年我们海洋地质室在渤海湾西岸和长江水下三角洲等等关于海平面变化的研究中的成果，若列举五名主要完成者，张老师往往会排列在第二名或第三名。这样的课题成果，一定是合作的结果，绝非一个人的单打独斗，若没有张老师这样的人，很难想象当年那些课题的进行和工作的开展。但是，最后得到"奖赏"的往往是排名第一位的主要完成者。这也决定了张老师在这个评价体系中是不沾光的，也影响了他在那些年的情绪。

张老师很少有"出头"的行为，记得1985年春天，在青岛我们承办"中国海平面变化"研讨会时，张老师是会务的总管。当时他跑前跑后，嘱咐我们接站时要小心注意的事项，等到南京大学地理系的老教授杨先生和学生乘坐的车次要到时，张老师说他去接站，当时我们很诧异，因为我们几个年青人负责接站。张老师说，杨先生是他老师。杨先生当时七十多岁了，张老师会上会下一直照顾在老先生身边，当时张老师也五十多岁了。至今，我还记得张老师向杨先生请安时的神态。在会上，杨先生发言，预言到2020年，海平面会上升多少多少，那个数字若真验证了，上海等城市也就被淹没了。大家会上就有了不同的声音，吃饭桌上更是对杨先生的发言不以为然。但只有张老师，一言不发，对别人的不同意见也不评论，有问到张老师怎么看杨先生的发言，张老师沉默片刻，才回答，说杨先生是他的老师，老师的发言不管对错，老师都是认真地在发表看法。

这么多年过去了，我一直还记得张老师当年的一些神态和话语，例如第一次在上海，张老师叮嘱我，出门一定要小心，上海的小偷多啊。

苗青民博士

现在想起来小苗当时是过于紧张了，他一来到我住的房间就悄悄对我说："你不要告诉别人，我真倒霉我身上带的钱在上海被小偷偷走了。"我问他丢了多少钱，他哭笑说真是倒霉了，本来不想去外滩却鬼使神差跑去了外滩，结果到了吴淞口等轮渡时一摸口袋钱包丢了——肯定是在外滩时让小偷偷了，他说在外滩迎面遇到几个小青年其中一个还和他撞了一下肩膀。小苗说着涨红了脸，下意识地用手扶了扶眼镜。

这幅场景是1984年3月初的一天黄昏，在崇明岛县城离码头不远的一家招待所的二楼上。小苗刚刚到达，在他到达之前，我们已经在这儿"采样"了大半个月（所谓"采样"就是我们在那儿进行地质钻探，花钱请水文地质队竖钻井架进行钻探，我们对钻探上来的岩芯分别包装）。小苗捎来了他导师秦先生的口信，其中一个内容是让我立即回去，说是有紧急事情让我做，我在崇明岛的工作由他来接替。需要说明的是，我和小苗之间其实不能用"接替"这个词，因为我们的身份不同：他是我们海洋地质研究室为数寥寥的几名硕士研究生之一。当时秦先生等几位导师晋升副研究员还没几年，对于中国科学院海洋研究所这个综合性研究机构来说，生物学是"显学"，历史悠久，拥有的老专家多，但"副研"及其以上也是凤毛麟角，与生物研究室相比，我们地质室还没有招博士的资格。那时的"副研"就和那时的硕士生一样数量并不多,还很金贵,不像现在,职称和学位就像过了季节的时装批量甩卖。

话题扯远了,与小苗的硕士生身份相比,我的身份从数量上和他相似甚至更少,但并非物以稀为贵,这更说明我的无足轻重——我只是一名刚参加工作不久的科辅人员。当时在我们地质室里,人员构成两头尖,中间大——简直是庞大,就像过分夸张的纺锤。在小苗他们这几位师兄师弟身上,寄托了地质室的未来,用秦先生他们几位做导师的话说,未来的中国海洋地质科学就得依靠他们这些年青人了。小苗说来"接替"我实在是抬举了我,其实他是来体验野外"采样"工作的,秦先生希望小苗他们这些研究生要熟悉野外工作过程,获得第一手的资料。用秦先生的话说,搞地质的不出野外怎么行。

我随着刚刚晋升副研的赵老师离开了崇明岛,临别时,小苗又把我拉到一边悄悄叮嘱我回到青岛千万别说他让小偷偷偷包了,他说实在太丢人了,怎么能让小偷给偷包了呢,小苗边说边摇头,又用手扶了扶眼镜。其实,他脸上的眼镜并没滑落,但小苗用手扶眼镜的动作却成了我清晰的印象。小苗长了一副娃娃脸,再加上一副眼镜,说话常常带着笑意,即便说到丢钱脸上也挂着抹不掉的笑容。

小苗带来的口信最主要的就是让赵副研回青,赵老师当时是我们地质室最年轻的副研只有48岁(秦先生当时也刚过半百)。写到这儿,我眼前浮现清晰的一幕:每月发工资的日子,赵老师的夫人就来我们办公室领取赵老师额外享受的油票、蛋票和大米票,副研能多买两斤花生油、五斤鸡蛋和十五斤大米。有一次一位李姓工程师愤愤不平说:"难道副研就能对着油瓶喝花生油?"当然,这是玩笑话了。

让赵老师回来主要是为了著书立说,我们地质室的第一部研究专著《渤海地质》最后统稿的任务落在赵老师的肩上。再者,就是组织由我们地质室负责牵头参加的一项国际合作研究计划,内容是全球海平面变化研究,中国工作组的组长是秦先生,赵老师是秘书长。其中我们地质室参与该项目的一项主要研究课题就是长江水下三角洲的古地理古气候古海平面变化研究。而小苗硕士学位论文的研究内容就是做这方面的题目。

在回青的列车上，坐在我们对面的一位旅客很认真地问赵老师："你是带着儿子出来卖鸡的吧。"他误认穿着邋遢不修边幅的赵老师为农村里的养鸡专业户了，而比赵老师小了 30 岁的我被他理所当然地看做是跟着出来闯荡的儿子了。

又过了将近一个月，小苗他们也结束了野外工作回来了。结果我们办公室的几位老师都知道了小苗在上海被偷钱的遭遇，我正纳闷这是谁说的，见到小苗心里忐忑不安怎么能让他相信我没有对别人说呢？谁知小苗一见到我就笑着说："你走后第二天我就告诉了他们我丢钱了，不就是让小偷偷了吗？哎，破财免灾，说出来我也就不去想了。"小苗说着脸上竟荡漾着快乐，让你觉得他不是丢了钱，而是出门让钱绊了一脚，简直有些兴高采烈。有老师提出让小苗写个报告申请"补助"，让秦先生签字（秦先生当时刚被任命为海洋研究所党委书记兼副所长）。小苗笑说那怎么行呢，谁还遇不到倒霉事啊。

有一段时间我和小苗坐对桌，他伏在显微镜上鉴定微体古生物标本——一种叫有孔虫的单细胞动物的壳体，小苗鉴定的样品就是我们在崇明岛打钻采回来的。之前我们在样品库里"分样"，也就是按照各个专业将样品分成一份份装在塑料薄膜袋里，上边写上"微体古生物"、"粒度"、"地球化学"、"矿物"等等。"分样"时小苗也来参加了，他的热情受到了那些老师们的欢迎。

"微体古生物"是我们办公室（生物楼 211 房间）的主要标志，这是因为苍老师的缘故，苍老师是"微古"有孔虫专家，刚刚结束了在英国剑桥大学的两年访问学者生活，带回来一个"时髦"的新课题，这就是"古海洋学"。原来我们所在的生物楼 211 房间的人主要搞"第四纪"，是研究海平面变化的，属于"古地理"，以赵老师为代表人物，他们先是研究了渤海湾近 15 万年以来的海平面变化，然后把目标又瞄向了长江水下三角洲。

1984 年的生物楼 211 房间可以说在地质室充满了希望，赵老师成了副研，上世纪 60 年代初从北大地质系毕业的苍老师刚从英国留学回来，另一位上世纪 50 年代曾留学苏联的高老师还在美国的伍兹霍尔海洋研究所做访问学者，也是从事"古海洋"。苍老师和高老师还只是助理研究员，但在我们的眼里，他们晋升副研近在咫尺——谁料想后来他们为了职称的晋升历遭波折，僧多粥少。十多年的时间里，人过半百的他们为了副研和正研职称的晋升屡败屡战，一肚子愤怒，上演了种种悲喜剧，最后即便得到了正研的头衔，也已身心疲惫，面临退休的界线了。

小苗进 211 房间就是来跟着苍老师搞有孔虫研究，每天在显微镜下鉴定着古长江水下三角洲的有孔虫。本来秦先生就让小苗从事"微古"专业，可是小苗说他的眼睛戴着眼镜看起显微镜来不方便，还是去搞"沉积"也就是去分析"粒度"（海底沉积物的泥砂粒径）吧。可是做完了"粒度"分析小苗发现了局限性，还是要"搞"有孔虫。秦先生和苍老师说，这年青人本来就让他搞有孔虫的，可他不愿意，我就知道他搞粒度不行的。

我们在崇明岛打了一口钻井，后来在南汇县又打了一口钻井，我和赵老师后来都没去南汇，小苗参加了南汇的打钻。在南汇他们遇到了南黄海地震。小苗告诉我，当时晚上都睡觉了，他还在灯下看书，突然觉得楼房动了起来。原来是地震了，急忙下了楼才发现什么东西也没顾得上拿，手里只是攥着一本书。小苗自嘲说，好像很用功的样子，其实是下意识。

和小苗对桌的日子累计起来大约有两三个月。小苗鉴定标本，我伏案抄稿，1984 年和 1985 年是我抄稿最多的两年。当时的微机还是稀罕物，我们整个研究室 100 多人只有寥寥的一俩台"苹果"微机。以秦先生为学术带头人的整个"沉积"学科的人只有一台微机，放在五楼朝西面海的大房间里，秦先生的几位研究生都集中在那儿。那台"宝贝"由秦先生的大徒弟老翟负责，老翟被小苗他们称为大师兄。（我们地质室当时按两大学科划分，一为"海洋沉积"，包括我们 211 房间的人都属于这一大学科，另一学科是"海洋地质构造和地球物理"，以金先生为首，但人数寥寥。金先生和秦先生是大学同学，是新中国培养的第一批地质学大学生，他们也成了新中国第一批从事海洋地质学的拓荒者。后来金先生调到了杭州，再后来金先生当选了中国工程院院士，当然这是后话了。）

那几年是我们研究室成果"喷发"期——经过了二十多年的工作积累，尤其是又经历了"文革"，正是他们专业劲头高昂的季节。老师们写好了各自负责的专著章节或论文草稿，便由我负责抄写，说得高级一点叫"誊清"。

小苗当时在崇明岛捎话让我赶紧回来，说秦先生有重要事情让我做就是指此。我回到研究室就赶到行政楼找秦所长（尽管秦先生当了党委书记，但我们不叫他秦书记，仍叫他秦所长。），秦所长说，有几篇稿子让你抄。秦先生写一笔极难辨认的"秦体"，因为抄多了他写的文章，连蒙加猜，上挂下连，我已经"认识"了他的字体。于是，他的文章"誊清"任务便落到了我的手上。再加上毕业于北大地理系的赵老师是研究室有名的笔杆子，负责《渤海地质》和稍后的《东海地质》等几部专著的统稿任务，这些著作的誊稿皆由我来承担。于是，我的案头便有了抄不完的文稿。

每天我低着头抄写，小苗趴在镜头上鉴定，苍老师也是伏在一台新进口的镜子上鉴定有孔虫标本，赵老师在那儿审改和写稿。那一段时间效率颇高，苍老师看的样品不同于小苗长江口的浅海样品，而是取自冲绳海槽的深海样品。说来好笑，当时在我浅薄的印象里以为"古海洋"和"古地理"的区别就在于样品海区的深浅，并固执地以为，像苍老师这样从事古海洋要比小苗研究古长江三角洲更有学问得多。

苍老师经常对小苗讲希望他今后把古海洋作为自己的研究方向，他显然希望小苗能参加到他冲绳海槽的课题中。但小苗的论文题目已经确定。那几年，长江水下三角洲和冲绳海槽是我们地质室的重点研究区域，因为渤海、黄海和东海大陆架的调查工作已经结束了，用赵老师的话说，《渤海地质》完成了我们就编写《东海地质》，而《东海地质》的特色就是一副担子一头挑一个筐——如果把东海大陆架比做一副挑担，长江水下三角洲和冲绳海槽就是两头的筐，这也就是我们地质室的成果特色。

在给秦先生他们这些中年老师们抄稿的过程中，我对他们的专业和成果有了大概的了解，那个时期正是他们收获成果的季节，论文内容往往是总结"中国海"的"地质模式",譬如"中国陆架海的沉积模式"、"中国陆架海的碎屑矿物分布模式"、"中国东部沿海的海平面变化"、"中国陆架海的沉积物地球化学模式",等等。

对于秦先生那一代学者来说,20世纪80年代是他们露出锋芒确定学术地位和专业名声的"硕果期",而小苗他们这些研究生相比于导师们来说,既幸运又不幸。幸运的是他们一踏入学术阵地正赶上了为年青人搭建的"快车道",不幸的是他们的导师辈也正在为职称、课题、经费和学术地位而拼搏。在某些境况下可以说是老师和学生争饭吃。譬如苍老师的"副研"和后来的"正研"就是和小苗的同学J一起晋升的,但晋升的滋味却不一样,J享受了三十五岁以下高级职称不受名额限制的优惠,晋升起来一帆风顺,而苍老师却满腹辛酸——其实苍老师与同龄人相比还是幸运的。

那时研究室里几乎每周都要开会,"大锅饭"没有了,国家部委"任务"性质的项目也明显减少了,科研体制要改革了,号召大家自己找课题,原有的业务组也形同虚设,课题组人员开始了自由组合,我们"地层组"十多个人每周开会都是在我们211房间,站着的,两个人挤坐在同一把椅子上的,坐在桌子上的,斜依在资料柜上的,本来就拥挤的211房间更显得不堪。讨论最多的话题就是解放思想,让大家"换脑",那时还没有"与时俱进"的提法,但意思差不多——就是让大家明白,国家不能再包揽着像我们这样的基础类研究所了,要主动投身经济建设的主战场,如何适应科技为经济建设的主战场服务……基础课题、应用项目、"纵向课题"、"横向课题",等等,成了大家谈论的主题。苍老师常常与别人争论起来,苍老师人瘦个高,他在英国的剑桥大学呆了两年刚刚回来,显然还没有思想准备——他回来时满脑袋装的是如何磨光我们的"古海洋"这把科学"利器"。

苍老师曾挥舞着拳头伸着头弯腰跨步上前对正憧憬着"市场化"的G说:"你读没读过马克思,你读没读过恩格斯,当你手里有了十万元你就有比我们都大的胆量,当你有了一百万你眼里就没有法律,当你有了更多的钱你就想买下整个海水浴场了。"有时候苍老师会以他少年时代的痛苦经历拿来做辩论的武器："你知道饥饿的滋味吗？这我可是尝过了，1948 年长春围困的时候，你拿着一根金条换不来一块玉米面窝头，你以为有钱就能解决饥饿！"

这样的学习会往往在没有结果的争论中结束。一个奇怪的现象是，越是从国外回来的中年学者，越在"观念"上不认可我们将要进行的"科研改革"。苍先生最津津乐道的是剑桥大学他所在实验室的"没有变化"：人家几十年就是那个样子，墙上挂满了黑白照片，从几十年前第一任实验室主任、助手，到现在，包括苍老师这样的"访问学者"，照片都挂在那儿，工作一直在延续着，但越是不变越是有了进步，有了科研成果……

小苗他们这些研究生并不参加我们的会，这个时候他们往往躲在图书馆或宿舍里。研究室里的"改革"和"课题组"的动荡并不影响他们这些"天之骄子"。

小苗当时与他的同学相比并不突出，相反在几位优秀同学的对照下有些黯然失色。与他同时期的几位同学要不硕博连读，要不硕士毕业后留所在职读博……只有小苗按部就班，等到硕士毕业了，小苗在研究室里比起同学来感觉要落后了一截，当然并没有人这样说，只能是感觉。在我们的眼里，小苗太老实了，老实的不会"处理"事。苍老师常常替小苗发愁，也为他着急。

那一阵小苗的生活并不顺，许多问题缠着他，恋爱、专业、参加哪个课题组，等等。记得有一次他为了躲避"骚扰"藏进了图书馆的一个角落里，苍老师让我去找他，说："躲避不是办法，哎，小苗啊，你怎么这么不顺。"

我印象深刻的是一次我去宿舍叫他，零乱的宿舍里，小苗睁着眼躺在双层床的下床上，满脸写着愁苦。与他的那些意气风发欲大展宏图的同学相比真是相差悬殊。

很快，小苗结婚了。我送了他一套瓷器，小苗低声说，哎，还不知道将来怎样呢。很快小苗就做了父亲。记得他女儿出生时，我陪着他呆在产房门外，护士拿来一张表让他签字，小苗的手抖动得厉害。等到签完字，小苗蹲了下来，脸色虚白。我才知道小苗还没有吃早饭，当时已近中午了。

等到孩子生了下来，小苗才长出了一口气。

接下来的小苗就忙着联系出国了。别的同学都已经占据了"有利"的位置，并在专业上有了显著的成果，小苗明显落伍了。用苍老师的话说，小苗的确应该出国了，于是，苍老师积极帮着小苗联系出国。

几经周折，小苗终于去了美国的南卡大学。

苍老师曾去过小苗所在的美国实验室，是与小苗的导师合作。苍老师回来说，小苗在那儿很好，而且小苗还劝告苍老师与美国人合作时有些问题别太幼稚了，"哪儿有一上来就把自己手里的牌都亮出来的？"小苗告诫苍老师。

苍老师说小苗现在成熟多了，小苗说起过他初到美国的"挫折"，刚出去时小苗在一家中餐馆刷盘子，在一群刷盘子的留学生中，小苗对自己的打工生活说了一句"真他妈的掉价"，结果遭到了围攻——"我们出国留学本身就是掉价。"诸如此类。小苗没告诉他的美国房东他在中餐馆打工，有一次一起打工的留学生来给他过生日，言谈话语中美国房东得知了小苗打工的"秘密"。当来客走后，房东很严肃地责怪小苗有撒谎之意。这给小苗的自尊心很大的伤害。

过了几年，小苗回来过一次，匆匆忙忙的，在一起吃了一次午饭。当时他的经济状况并不好，闲谈时他还感慨说，临回来前他本想从关系不错的老同学那儿借点钱，可是人家却没借给他，这让他很伤心。"也许怕我将来还不上吧。"小苗笑笑说。当时我问了他一句："美国梦怎么样呢？"他还是笑笑说："还不错吧。"他谈到了他的家庭，他帮助他的夫人实现了美国梦，他那次是回来送女儿到天津他父母家的……我们就见了那一面，他说要做的事太多，他要去医院配两副眼镜，他还要检查身体，因为他总觉得浑身疲惫，他还要买一打衬衫……然后他就匆匆地走了。

转眼间十多年过去了，地质室和整个社会一样发生了显著的变化，从最初的课题自由组合，到积极申报课题，到四处奔波上蹿下跳争取项目和经费，再到课题负责人成了真正意义上的"老板"，等等，尤其变化的是人员的构成，曾几何时，"老人"几乎都退休了，与小苗同时的研究生也基本上出国的出国,调走的调走,当官的当官……当然,大多数还是出国了。

到了1998年春天我也离开了海洋研究所去了一家报社当了副刊编辑。偶尔回到地质室,熟面孔已经不多了。在这期间,地质室最大的变化是终于拥有了一位院士——从所长一职退下来的秦先生当选了中国科学院院士。秦先生也成了地质室惟一一位仍在职的老人。地质室的"硬件"越来越好了,走在走廊上感觉环境实在是今非昔比,以前的地质室成了遥远的记忆,仿佛从现实中给抹掉了。

我与苍老师还保持着联系,从苍老师那儿能得到小苗的消息。每年春节小苗都要打给苍老师问候的电话,电话中介绍着他的情况。苍老师转告给我的消息断断续续,譬如:小苗离婚了,小苗的女儿去了美国,小苗拿到了博士学位……有一次苍老师说到小苗,脸色凝重,说小苗可能要到台湾"中央研究院海洋研究所"。但不久苍老师说到小苗的脸色又柔和了起来,说小苗到台湾的消息不确,确定的消息是小苗改行了,小苗的消息渐渐好了起来,他又拿到了计算机的博士学位,在IBM公司有了一份不错的工作和不菲的年薪……

今年春节时我去苍老师家,苍老师兴奋地拿出了小苗寄来的照片。小苗又结婚了,照片上是阳光灿烂的小苗(尽管已四十出头但小苗的娃娃脸看上去仍变化不大)和一位文静的姑娘。小苗已做了公司里的高级顾问,年薪达到了一百二十余万美元。小苗的成功是可以用"数字化"来体现的……

"托福" 袁勇

是在 1988 年的春天，先是接到一封寄自海洋大学的信，信封上的大字像是要涨满了封皮，顶天立地，满面斜风。寄信人落款：袁勇。我眼前便出现了一个高高大大的形象。他的个子真高啊，也许总要低头和人说话，他给人的感觉总是微微低着头，倾斜着身子，真是字如其人。袁勇在信中说，忘不掉我们在课间的谈话，我送他的两本书让他获益匪浅。其实，他这样说，显然是客气了。袁勇说，他要报考我们这儿的研究生，希望能从我这儿得到"指点"。我和袁勇认识是他读大学一年级时，我恰巧到他们班上去旁听地质学基础课。因为是旁听生，每次进教室时我总是很自觉地在最后面找一个角落坐下。当时在我的眼里，非常羡慕这些同年龄或着比我小一两岁的幸运儿。因为他们也是刚入校的新生，彼此还不熟，并没人发现我这个旁听生，但很快就有人注意我了，其中一个就是袁勇。他在班上很引人注目，其一，他个子最高。其二，每次他的座位边上，总坐着一位眉清目秀的女生。袁勇往往坐在后排，那女生个子不高，却也往往坐在后排。地质系的女生寥寥无几，袁勇显然充当着"护花"的角色。有几位学生对我的态度颇不友好，有一次换了教室，人坐满了，后来的一位男生径直过来叫我让座，是袁勇替我解了围。课间休息时，袁勇也常常过来和我聊天。他很奇怪我怎么来旁听普通地质学，当他得知我来自海洋研究所的海洋地质室时，他的兴趣就更多了，问我的工作，问我们的出海，问我们的实验室……为了回报他的热情，我送了两本书给他，一本是《浅海地质学》，一本是《深海地质学》，都是科学出版社出版的译著。这两本书是科学出版社的李先生送我的——我去北京送我们地质室的专著《渤海地质》书稿时，李先生找了这两本带有科普性质的书给了我。现在想来，当时我把它们送给袁勇，未必都是报答他的友好，恐怕还有炫耀的成分。

我很快给他回了信。稍后，他来找我了，我们俩在海边沙滩上聊了很久，就像是久别重逢的老朋友。送他走时，他来我们大院门口取自行车，突然发现自行车钥匙不见了，他在身上的几个口袋里摸来摸去，传达室的师傅开门扬手说，你别摸了，在我这儿呢。原来我们俩去海边时，袁勇也许太激动了，竟然忘了锁锁，钥匙也没拔就跟着我出了大门。我给袁勇的"指点"就是介绍他认识了苍和高两位导师。其时，苍先生和高先生刚晋升副研，刚有了独立招研究生的资格。那一年，袁勇和北大地质系来的铁钢成了我们生物楼 211 室的新成员，成了苍先生和高先生的弟子。后来袁勇的专业是做放射虫，而我当时正跟着放射虫专家谭先生工作，于是，袁勇在接触放射虫时，便时常地需要我的"指点"。有一次我下班后晚上没有回211 室（那些年除了出差和出海，我一天到晚呆在 211），第二天一上班，袁勇急不可耐地说："昨晚上可把我憋坏了，我真想到你们家的那个大院里去找你，可我又不知道你住在哪个楼上，我第一次有了这么想见到你的冲动。"其时，袁勇正伏在高倍放大镜下"挑"放射虫的标本，苦于没有好办法，他想从我这儿得到省事省力的方法。我告诉他没有好办法，就是耐心和细心。袁勇失望之余，就一门心思伏在放大镜和鉴定标本时使用的显微镜上了。

袁勇属于那种做事很投入，咬定青山不松口的人。除了专业，他苦读英语的架势可以用"疯狂"来形容。他读硕士生第一年在北京中国科学院的研究生院上基础课，1989 年的秋天，袁勇他们这一届研究生结束了在北京的学习陆续回到了所里，但袁勇一直没来"211"，起初我们没觉得什么，后来感觉有些不对头，怎么还不来呢？苍老师像是问我们也像是问自己：难道袁勇不想念书了？直到了暮秋，袁勇才来，含糊解释了几句，说是家里有事，然后就沉下心来做起了专业，专业之外就是攻读"托福"。当时"211"已人满为患，袁勇就占据了他导师高先生的桌子，高先生在我们地质室样品库里隔出的一间屋里找到了安身的位置——因为窗户封死了，像是呆在地下室里。我和袁勇都在做高先生乘俄国考察船参加东太平洋中俄联合考察项目带回来的东太平洋海底热液区的沉积物样品里的放射虫，但我们分析的岩芯不同。我将样品里的放射虫制成标本请谭先生鉴定，然后我根据谭先生的鉴定再来统计每一个样品里的不同放射虫种属的数量，而袁勇自然是一个人来完成这个过程了，当然，有把握不住的他再去请教谭先生。但不知何故，几个月下来，袁勇如同做了无用功——他的岩芯样品里放射虫寥寥无几，无法说明问题，而本来的目的是以放射虫的变化情况做指标来说明环境的演变。这状况显然出乎袁勇意料，他情绪明显低落，不解地问我高老师为何让他做这个孔的岩芯。因为从高老师后来拿出来的采样区地质图上看，这个孔的岩芯所在是明显的火山活动区，沉积物大多是火山碎屑，很难有微体古生物。当然，他不可能去问导师。但很明显，从此之后，他的精力都用在了"托福"上。

那一阵袁勇"祸"不单行，有一次他说我们到沙滩上坐坐吧。我们俩在沙滩上从黄昏直坐到夜幕四合，听涌浪沉重地撞击着礁石。也就是那个黄昏，袁勇袒露了他一直埋藏的心迹。他解释了他为什么没有准时来所里的缘由，他的父亲病了，而他父亲的病用袁勇的话说，有两个诱因，其一，是他姐姐本来已确定国庆节结婚，但他姐姐的男朋友遭遇了"意外"——从正常的生活轨道上突然被"掀翻"了……而袁勇觉得之所以如此，自己脱不掉干系，他说若不是他春天里北京青岛地来回"窜"，若不是他给未来姐夫讲述的那些"新闻"，他姐姐的男朋友恐怕也未必从一个平淡的工程师突然变成了一个"激情"的人……经过了1989年的夏天，一切已无从谈起，姐姐的未来被他毁掉了。其二，他的恋爱遇到了麻烦，他恋爱已五六年的女友就是当初在课堂上总坐在他那身边的那位漂亮的女同学。袁勇说，也许是恋爱时间久了，反而没有了激情，他与生物研究室的一位同学恋上了……这一切都让袁勇苦恼，本来他是住在家里和父母在一起的，但这时候他开始睡在我们"211"了。晚上他将几把椅子连在一起，铺上一件军大衣，再盖上一件大衣，就成了他的卧室。早晨我们来上班时，他往往刚睡醒，草草地洗把脸，又开始了苦读。他背单词的程度几乎走火入魔，一本英汉词典几乎让他背烂了。出国，成了袁勇的目标。他的一切都在为出国准备着，就像一匹奔跑的赛马在追赶着时间。有一天，我们正在"211"里海阔天空的聊天，已当了我们研究室副主任的 J 博士有感于袁勇的牢骚，就顺手写了一张纸条，并将其贴在了 J 的办公桌紧靠的墙上（J 与我对桌而坐），纸上写道："宁做美国的狗，不当中国的人。"落款是袁勇。大家见了一笑了之，J 也笑说："我替袁勇说出心里话。"第二天一上班，苍老师见到了这句话，先是笑了笑，接着说："还是揭下来吧，怎么能这样说呢？"看到老师认真了，袁勇赶紧扯了下来，扔进了废纸筐里。

袁勇的硕士论文没写，在毕业前夕，他联系成功了去美国留学。袁勇对自己的英语颇为得意，他那一阵到了晚上就打越洋电话给美国的导师，对方不管是否接收他，谈话最后都表扬他的英语说得非常优秀。袁勇很满意自己的苦功，他的托福成绩也考得非常好，在他们那一批考托福的研究生中，他的成绩是最高的，与满分已差不了多少。最初，先是美国南部一所大学给他寄来了录取书，但只能先保证他一年的费用，第二年需要再申请。稍后，罗德岛州立大学的邀请函也来了，这位导师可能是刚申请到了一个项目正等着人手，说可以提供整个读研期间的费用。这让袁勇在取舍上颇费了踌躇。因为先前的那位导师是位老太太，袁勇在电话中已感谢并答应了去她那儿。袁勇不想让美国人觉得他是个失信的人。几经斟酌，袁勇还是选择了罗德岛。他说到美国后一定再给"老太太"打个电话，解释一下。说完这话，袁勇的神态轻松了许多。临行前，袁勇向我要了一个唐冠螺，说是做个纪念。再就是，他让我送他一套我和 J 在暗室里冲洗放大的放射虫标本照片和检索目录，说也许去了美国还能用上。

袁勇去美国后我们的联系就渐渐断了，后来又有一位朋友去美国留学，恰好去的是罗德岛，我介绍她去找袁勇。不久，她来信说，感谢我给她介绍了一位好朋友，袁勇说："你是他在海洋所时最好的朋友。"从她的信中我得知袁勇早已经改行了，改学计算机专业了。1995 年，我结婚不久，收到一盒袁勇托人捎带给我的巧克力，说知道我有家了，很为我高兴。再就没有了下文。现在想来有趣，当年我们在一起时，作为一名科研辅助人员，我要应付许多老师们交代的琐事，份内份外，也没法分清楚。袁勇见了，很有些不平，对我说："你要学会拒绝，不要怕难为情。"过了不久，为了一件什么事，袁勇请我帮忙。我手头正好有活，便干脆地拒绝了他。他瞪大眼睛说："你现在可真学会拒绝了啊。"

上面的这篇《"托福"袁勇》是我在 2005 年写的，当时怎么会想起写袁勇，过了将近十年，现在已经想不起缘由了，但肯定是有原因的。其实在 20 世纪 80 年代末和 20 世纪 90 年代初，海洋所的年青研究生们出国留学可以说是争先恐后，袁勇和他的同级及前后级的同学们几乎都在忙着出国的事项，好像谁没出国，就显得很没有出息一样。现在，海洋所的年青研究生们还在如此渴望的联系出国留学吗？

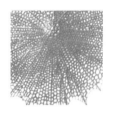

那一代人的"检讨"

童第周的党证与轶事

关于童第周，如果用寥寥数言来介绍的话，可以这样说：童第周（1902—1979），浙江宁波鄞县人。实验胚胎学家。1927 年毕业于复旦大学生物系。1933 年获比利时比京大学科学博士学位。1948 年当选为中央研究院院士，1955 年当选中国科学院院士（学部委员），后任中国科学院发育生物学研究所研究员、中国科学院生物学部主任，中国科学院副院长。中国实验胚胎学的创始人。

童先生的档案并不在青岛。由于童先生后来担任了中国科学院副院长和全国政协的副主席，所以他的档案早已从青岛调往北京。因此，在海洋研究所的档案室里并没有童先生的档案。但是，在他的助手和长期的合作者吴尚勤的档案里，却意外地夹着一枚童先生的党证，这是一枚中国国民党党证。

按照童第周自己的说法，他是在复旦大学求学时加入国民党的。童第周

童第周（复旦读书）时期

童第周的党证

17 岁上中学，21 岁中学毕业。本来他所就读的宁波效实中学毕业生可以直接升入上海圣约翰大学，可是在他毕业那一年，他在老家的长兄病了。他回家乡去管家，一年后也就是 1924 年才去考大学。先考北京大学和南京的东南大学，结果都没有考上。后来就在上海复旦大学做特别旁听生，第二年再考才被录取，在复旦读的是心理学。正是在复旦大学，除了看书之外，他养成了看杂志的习惯。当时邵力子、陈望道等都在复旦教书，他们也是童第周的老师。很明显，童第周受到了这些老师的影响，尤其是他的心理学老师郭任远的影响。郭是留美背景，时任复旦大学的校长。童第周在晚年的回忆中说他的老师郭任远在政治上很落后，但业务上很强，从郭的身上得到了让他终生难忘的教诲，譬如在对待科学的态度上，"一切都要通过实验，通过实验打破前人的学说"。这就是童第周从老师那儿得到的启示。也就是在复旦求学时，童第周加入了国民党。从他的党证上可以看出，颁发党证给他的时间是 1926 年。童第周说："当时共产党尚未公开，我就在这时加入了国民党，以后国共分裂（在我毕业后），我就再没参加过国民党的活动，脱离了国民党。"

　　这枚党证颁发给他的时期，应该是童第周与国民党最"紧密"的时期：

　　从复旦大学毕业，我已经26岁了，当时找不到工作。我的三哥认识陈布雷（当时任浙江省民政厅长）的朋友，请他与陈布雷说说，给我介绍工作。陈布雷有个脾气，一般不介绍人工作，因为效实中学是陈布雷这些人办的，他也认识我。后经人家一说，陈布雷写封信，介绍我到国民党总司令部下属政治处的宣传处任中尉，60元一个月。当时正值宁汉分裂，国共分裂之时，又加上孙传芳攻打南京，我在宣传处。宣传处内乌烟瘴气，工作一个多月，我就离开了。

　　后来我二哥介绍我到浙江桐庐县。该县是个二级县，县长是个老官僚。下面有三个科，第一科是总务科，第二科是财务科，我是第三科建设科科长。别的科长都是老资格，看我像小孩似的。县长就欺负我，对我说："我们县是二级县，工资不太高，每月工资只有30元。"其实给我的工资仅相当于一个科员的工资，别的科长都是80-90元，我也没办法，只好暂时在此等等。

　　北伐战争胜利后，县政府里党的活动很多，我当时就写过一篇文章，送到省党报，文章的内容是不要看不起年青人。县长看到文章后，把有关与县党部有联系的事都统统拿来找我，开始重视我了。

　　那一段时期也是童第周收获爱情的时节。1926年，他由中学老师介绍，认识了后来成为他人生伴侣的叶毓芬。叶当时在宁波女子师范学校念书，他们开始通信，童第周去宁波时就去学校见她。等她师范学校毕业后，童第周设法让她转到复旦大学读生物系，当然，这是后话了。值得一提的是，后来在他的科学生活里，叶毓芬一直充当着他生活和科学伴侣的双重角色。

　　尽管年青的童第周此时得到了重视，但很快他就"逃"走了：工作不到五个月，他写了一封信给他大学的老师蔡堡先生。蔡原是复旦大学的教授，后来到中央大学任生物系主任。蔡收到童第周的信后，立即回信让童第周去中央大学做他的助教。

　　1926年底，童第周辞去桐庐县科长职务，于1927年1月正式到南京中央大学教书。可以说，童第周迈出后来从事科学一生的决定性一步是从做蔡堡先生的助教开始的，从此，童第周进入了教育和科研领域。

1930 年，在中央大学当助教的童第周借了 1000 块钱去了比利时首都布鲁塞尔大学留学。也正是在这里，童第周遭遇了作为弱国国民的屈辱：在比利时，童第周租了一个阁楼住，房东老太太对他很友善。房客中有一位"白俄"，是学经济学的，已经学了三年，当着童第周的面骂中国人无能。童第周反唇相讥说："从明天起，我也学经济学，看看谁先得到博士学位。"房东老太太对"白俄"说："你不能和童比，你来了三年，连一张便条都写不好，而童却能写文章……"

1934 年童第周拿到了博士学位，1935 年和夫人来到青岛，在山东大学任教。这也是童先生和青岛结缘的开始。

关于蔡堡教授，童第周在晚年回忆给自己影响最大的几位老师时提到了三位，其中一位就是蔡堡。第一位就是郭任远先生，"此人政治上不好，但在业务上对我影响很大。他告诉我们应如何学习，最重要是看杂志"。第二位是蔡翘先生，后来担任中国人民解放军军事医学科学院副院长，早年从美国回来就到复旦大学教书。第三位就是蔡堡先生，后来在杭州大学当教授，"他对我在业务上影响很大，搞科学研究很认真，治学严谨，一丝不苟。他写的书很多，教课很严，人很厚道。他使我走上了科学的道路。叶毓芬当助教时，就住在他家……"两位蔡先生，童第周直到晚年仍保持着和他们的来往。

从童第周晚年的回忆里，能看出他当年从一名国民党基层官员转业到学术道路上来的心路历程，而这枚褪色的党证就给他的转变留下了一个清晰的注脚。从另一个层面上说，尽管国共分裂后童第周脱离了国民党，走上了学术的道路，但这枚国民党的党证一直留在童第周的身边，并最终进入了其助手的旧档案里。

童第周自 1935 年和夫人来到青岛，除了抗战时到了西南，抗战胜利后又回到青岛，仍在山东大学任教，于 1948 年被选为中央研究院院士。1949 年后，童第周先任山东大学生物系主任，后又担任副校长。不久，与曾呈奎等一起创建了海洋生物研究室。1955 年他被聘为中国科学院的

童第周在工作

第一届学部委员，并在 1956 年担任了生物学地学部副主任。1956 年，他和家人去了北京，住进了中关村 14 号楼。在北京时的童第周，生活是丰富的，他喜欢逛琉璃厂，买回一些价格能接受的字画。他也喜欢交友，除了同行外，还有画家和诗人。

自 1956 年到北京居住后，在青岛的研究课题主要是通过他的助手吴尚勤实现的。譬如在文昌鱼的研究上，就是证明了文昌鱼属于无脊椎动物和脊椎动物之间的过渡类型。这个结果意味着在动物进化过程中，童第周和吴尚勤等人的研究有了自己的地位。

在 1957 年的"反右"运动中，华罗庚、钱伟长、曾昭抡等教授就科研、教育体制和知识分子政策等问题联名提出了一个建议。童第周虽没有在意见书上签字，却因出席了此讨论会，也被牵连进去，后来因为周恩来总理的保护，才避免了被打成"右派"。

没有被打成"右派"的童第周在"文革"时自然也成了"反动学术权威"，被迫搬出了中关村 14 号楼，住进了一个 9 平方米的小房子。

20 世纪 70 年代，也就是"文革"后期，童第周逐渐活跃起来，这得

童第周与张玺

益于美籍华人牛满江。童第周与牛满江的合作具体做了什么样的项目，现在有论者说"童第周与美籍科学家合作的意义不在于如何评价他们的实验成果，而在于冲破了那时对国际科技交流设置的重重障碍……"而且不提美籍科学家的名字。不提"美籍科学家"的名字，估计与今天有许多人对牛满江提出了置疑和批评有关。

20 世纪 70 年代，甚至到 80 年代，牛满江的名字频繁地在国内媒体上出现。关于牛满江，简单地介绍：1944 年被选派到美国进修，1962 年他 51 岁时在美国一普通高校晋升为教授。据说，他的主要科研成果用通俗的语言来表述，就是发现了攻克癌症的办法。但他做的实验别人重复操作之后，得不到他所说的结果。连他身边的工作人员都证实，他的实验是纸上谈兵。1967 年他到台湾，称"癌症不是绝症了，核酸可把病治好，牛满江实验收效，试管里溢出奇妙"等。台湾的主要报纸都在显著位置刊载了关于牛满江的长篇报道，蒋介石、蒋经国、严家淦等人先后会见了他，并在 1970 选聘他为"中央研究院院士"。1973 年他与美国驻华联络处首任主任布鲁斯同机到达北京，然后开始与童第周合作开展科研。

　　正是与牛满江的合作，童第周当年也时常出现在高层领导人接见牛满江的会见镜头中。譬如周恩来、邓小平等都接见过牛满江，而童第周作为合作者始终坐陪。直到童第周去世，他与牛满江的合作一直进行着。近年来牛满江的名字逐渐淡出了人们的视野。

吴尚勤的"绝密"小传

  作为中国实验胚胎学创始人的童第周先生在实验胚胎学上的一个主要贡献就是金鱼的遗传变异研究和文昌鱼的研究。记得前些年当西方的学者试管培育"克隆"出的羊成功时，我熟悉的几位海洋生物学者曾说，其实在金鱼的遗传和培育上，童先生和他的合作者早就"克隆"成功了，应该说童先生和他的研究集体是生物"克隆"技术的先驱者。其实，在童先生

吴尚勤与童第周夫妇

当年的合作者中，最重要的一位就是曾为中科院海洋所研究员的女实验生物学家吴尚勤先生。有一张很著名的照片，几乎印在所有介绍中科院海洋所的图书和小册子里，照片上是童先生和他的夫人还有一位助手在实验室里，其中那位助手正伏在显微镜上——这位助手就是年青时的吴尚勤。

20世纪80年代初，在青岛中科院海洋所的大院里，经常能看到一位矮小干练的老太太，后背有些前倾，走路却很敏捷，步履匆匆，在她的实验室里带领着研究生在忙碌着。老太太就是吴尚勤研究员，当时的研究员还非常稀罕，能带博士生的就更少了，而吴老太太就是非常稀少的研究员之一，在当时的海洋研究所，她是和曾呈奎、毛汉礼两位学部委员（当时还不叫院士）齐名的人物。老太太素以治学严格著称，尤其在对待实验上，更是苛刻得令一般人却步。后来当"改革"的大潮也把老太太推到了"科技转化为生产力"第一线时，老太太的身影也就出现在沿海的一些养殖场里。

可以说，在海洋研究所，没有童第周，也就没有吴尚勤。

在吴先生的档案里，有一份打印的标有"绝密"字样的吴尚勤的"小传"。这份当年"绝密"的《吴尚勤小传》打印于1958年12月26日，

吴尚勤

吴尚勤档案

除了封面外（封面上印着醒目的"绝密"二字），只有薄薄的三页，内容也很简洁。这应该是 1957 年"反右"运动后"组织"上给吴尚勤的"整风"结论，今天看上去实在是印刻着时代的烙印。《小传》起首是简单的介绍：

> 吴尚勤，女，1921 年 7 月生，汉族，大学毕业，江苏省吴县人，家住苏州碧风坊 52 号，地主出身，职员成分，现任中国科学院海洋生物研究所实验生物组副研究员。

接下来分成五部分，分别为"简历"、"业务专长、业务水平、重要著作"、"解放前后政治思想情况及其现在工作表现"、"正风运动中的表现"和"社会关系"。其中"正风运动"的"正"估计是"整"字之误。"简历"寥寥几行：

> 1945 年 7 月中央大学医学院毕业。
> 1945 年 7 月—1949 年 7 月中央大学医学院解剖科任助教。
> 1949 年 7 月—1950 年 7 月山东大学动物系任助教。
> 1950 年 7 月—现在　中国科学院海洋生物研究所任助理研究员、副研究员。

从简历中可知，吴尚勤是跟随着童第周先生从山东大学（当时的山东大学还在青岛，吴在那儿任童先生的助教）来到新创办的海洋生物研究所（童先生是该所最重要的创办人），正如在第二部分的业务所长的评介中所写：吴尚勤在海洋生物所（海洋研究所的前身）已有六七年的研究工作，主要研究对象是文昌鱼和硬骨鱼、船蛆和对虾，"目前基本上具有独立进行研究工作的能力，并能在业务方面提出较正确的见解"，她的重要著作"都是在童第周先生的指导下进行的，皆是合作写的文章"。所谓"合作"都是和童先生合作的。其中最主要的合作文章就是《金鱼卵中组织物质地位的研究》《鱼类早期发长的研究》《经离心作用后，鱼卵子分割的研究》

《文昌鱼胚胎分裂球分离后的发长能力》，还有一份标有"内部资料"的《船蛆防除总结报告》。对这份"小传"来说，上述内容显然不是最主要的，尽管从中不难看出，吴尚勤其时已经是童先生不可或缺的合作助手，而且是业务骨干，其时的副研究员身份已表明吴尚勤所拥有的学术地位。

对这份"小传"的重点所在自然是下面的内容，先是"解放前后政治思想情况及其现在工作表现"：

1945年7月中央大学毕业后我在校任助教时，对国民党政府感到无能，失去信心，但由于国民党的宣传，认为共产党太野蛮，手段毒辣老是盼望着国民党能改良，不能的话也盼望着有个第三党出来走中间路线，但该（人——笔者加）对学生运动发出感慨，他们不好好念书，偏要参加这种活动，浪费了时间，为他们可惜，对于反饥饿认为要求太过分了，吃着大米饭怎么还要反饥饿呢？认为游行是多余的，学生挨了打还不是自讨苦吃？所以自己就对学生运动不问不管，老是闷在实验室内，做自己的实验和研究。（这一部分内容"小传"上标明是摘自吴尚勤写的"自传"——笔者注）

南京解放后，对党抱有怀疑和惧怕心理，后来经过学习，见到了解放军纪律严明，其本人看法稍有改变，但又认为进步的人是投机，看不起他们。1949年调来山东大学动物系，对业务很看重，对政治学习非常讨厌，以为这是浪费时间影响业务，对我政府宣布一边倒和中苏友好条约的缔结心里很烦，不以为然。1952年反贪污时群众对吴提意见较多，本人态度消极，在肃反学习时说："反胡风带来了陈（似乎是"阵"字之误——笔者）台风"。

在工作中特别是对搞业务尚能积极努力，肯钻研，但对培养青年干部方面有些放任，抓得不紧，缺乏计划性，而且本人也有保守思想和拖拉现象。

这一部分内容无疑是根据本人交代和群众意见做出的思想情况和工作

表现，从中也能看出一心钻研业务的吴尚勤在时代转折点上的思想变化和1950 年代在"群众"眼中的形象。

接下来的内容虽然不多，但却是"小传"最核心的内容——"正（应为整）风运动中的表现"：

> 该（此处仍然缺"人"，在同时期不同人的档案中，都以"该"来指代"该人"——笔者）在正风鸣放中无公开的反动言论，但右倾情绪较为严重，对某些右派言论有共鸣，思想极其落后。该曾怀疑民主人士是有职无权，党对非党人士不信任等。反右斗争开始吴亦不积极，观望看风向，到运动后期表现较为积极一些，一般尚能发言批判，但并未接触思想，交心时表现一般，能对别人进行批评，但检查自己方面不深刻，故政治态度为中右。

这一段内容可以说是给吴尚勤定了性："中右"。还好没有打上"右派"的帽子，估计童先生的保护起了作用，毕竟当时身为中科院海洋生物研究所所长的童第周不可能希望自己的得力助手被打成"右派"。

在第五部分的"社会关系"中，没有列出吴尚勤在档案中自己列出的那些没有"历史问题"的直系亲属和其他亲戚朋友，而是单单捡出了明显有历史问题的两个人：一个是已去了台湾在"解放前为伪陈纳德飞虎队通讯技术员"的"表妹夫"，一个是曾担任"蒋匪空军三路司令部参谋长及国防部二厅副厅长"的"姑夫的哥哥"，并注明是"1944 年在成都认识来往密切，解放后去了台湾"。

在这份"小传"最后的空白处，写有两行钢笔字：

> 小传中"政治态度为中右"属不当之词，连同与此有关的"正风运动中的表现"一段一并撤销。

在这两行字上，盖着大红的单位人事部门的公章。落款时间是：1986

年4月。

像是为这份"绝密小传"做注解，档案中有一份吴尚勤写于1958年10月的"整风思想总结"——

思想总结

一、一年来，通过整风运动，反右斗争，以及双反运动的体会

1. 我还是资产阶级知识分子，需要改变立场

解放以来，由于国家建设的突飞猛进，经济的稳定以及国际地位的空前提高，使我对党和政府衷心佩服，对社会主义制度的优越性也有所体会，所以在党的领导下走社会主义道路，似已没有问题。因此在整风以前，我没有考虑过立场问题，总认为思想问题是有的，需要慢慢地改。

在大鸣大放时所有的右派言论，除了葛佩琪以外，我都没有感觉到是在向党进攻，只觉得这样提意见，不大合适，感觉不到其中所存在的尖锐的阶级斗争。反右斗争开始时，我老觉得它与业务之间有矛盾，太费时间，没有积极投入，为什么我对向党的进攻感不到切肤之痛，不能勇敢地站出来捍卫党的利益？主要是因为我没有同党站在一起。

在对右派进行分析批判的时候，给我教育很大，许多右派言论，我不反对，有些在思想上还有共鸣。在民主党派内进行一般整风的时候，一开始说我是资产阶级知识分子时，我心里很不自在，逐渐的，我认识了，虽然我拿着工会会员证，脑子里装的还是资产阶级那一套，立场还没有改变，如果不迅速改变，要改造思想是不可能的。

怎样才能改变立场？处理任何事情，都要符合工人阶级的利益，要考虑到集体，要考虑党的利益。

2. 整风运动要时常进行

当整风运动进行了几个月后，我产生了以往思想，认为这种方式对改进工作的确有好处，就是太费时间，耽误了工作，怎么样？又听说以后时常要整风，那工作还做不做？最近大跃进的情况，给我教育

很大，没有整风运动做基础，不解放思想，怎么能跃进？现在真是一天当二十年，这是一年来整风的收获，我的想法，太短视了。

3．使我体会到什么是群众路线

以往我也曾听说过，党的基本方针是群众路线，可是为什么？我有些模糊，当党从侧面向群众了解情况的时候，我就想为什么不干脆当面问问，有人向党汇报，就感觉这些人爱搬弄是非，有些问题交给群众讨论，我又觉得很费时间，很麻烦，不体会党和群众之间的血肉关系以及群众的智慧，必须了解群众，关心群众，才能发动群众，只要群众一起来，没有办不到的事情，群众不动更大的本领也不行。这次大跃进中农民的成就，就是最好的范例，最大的专家，与群众一比，我就显得渺小了。

4．要用辩证的方法，处理问题

我处理事情比较生硬而任性，容易走极端，主观上认为这样对，就坚持这样搞，很少考虑到效果，也很少想到时间、地点和群众的反映，把对与错绝对化了。其实所谓正确，也是辩证的，对党的事业有利就是正确的。假使一个意见，在群众还不能接受的条件下提出来，虽然本质不坏，但是却引起了不好的反映和后果，那么在那个时候提，就是不正确，当我们组里在双反时辩论胚胎组的方向的时候，对于是否是必须走实验胚胎的方向，如何对待任务和学科发展的关系等问题。如果现在拿来讨论，问题并不难解决，可是在当时，却因为这些而引起了许多不愉快，讨论很久也没有得到解决。

5．对民主党派的看法

1956年我加入民盟，当时是抱着加速自我改造的愿望而进去的，入盟以后，主观上觉得帮助很少，反而浪费时间，很不满意。盟内出了很多右派，反右时，别人对民盟也有些特殊的看法，因而感到冤枉，有退盟思想，经过民盟一般整风而得到了批判，在处理右派的时候，党团员是右派，都要开除，但民主党派成员的右派，则要看情节轻重，留一部分在盟内，我对这点很想不通，为什么民主党派对成员的要求就要比党团低？就有点不服气。其实，不服气也没用，不行就是不行，唯一的出路就是加速改造，而且民主党派的组织与党还是有本质上的区别，它是要通过组织来改造它的成员的。既然是进行改造的组织，那么留一部分右派在里面也没有什么不好。所以认为同右派在一起而感觉不光彩，那也是个人主义的想法。

二、学习总路线后的体会

1．我们要建立革命的英雄主义

要力争上游，就是要争第一，并且在大跃进的形势下，上下游时常在变化，处在上游的，顷刻之间，就可能成为下游。因此，就非鼓足干劲力争上游不可，这种社会竞赛和个人英雄主义之间，有着本质的区别。在这种竞赛中，首先要明确，争上游，不是为了名利，而是为了更好地建设社会主义。其次，必须要有虚心的态度来学先进，赶先进，必须要能欣赏和学习别人的优点，同时还需要能彼此关心，帮助别人，先进带领落后的精神。以往我是个人英雄主义突出的人，必须首先明确了为谁服务，改变立场，才能很好地参加这种社会主义竞赛。一定要改变只见别人缺点不见优点的毛病，虚心地向别人学习。

2．红与专的问题

红与专是缺一不可的，但对我这个旧知识分子来说，红是首要，如果红不透，那么为谁服务就不明确，工作就会迷失方向。白色专家对社会主义建设就不明确，工作就会迷失方向，白色专家对社会主义建设不但没有好处，而且有坏处。一切都要政治挂帅，但政治挂帅，不仅仅是拥护党的领导，听取党的指示，而必须从我们的思想上彻底改造，用马克思列宁主义来武装自己。红不应该停留在口号上，而是应该贯彻在工作中去，任何工作，都应考虑到集体的利益、社会主义的利益。

3．研究为生产服务，任务带动学科发展的原则

我们实验胚胎方面，以往多来做基本理论的工作，为生产解决问题的工作很少，三反时，曾经受到了批判，但是对理论联系实际了解

还是不深刻，所以并没有贯彻到工作中去。这几年来，有所转变，但是还不够彻底，虽然认为首先要完成生产上交下的任务，但是时常受正统思想的影响，不能坚持。在任务带动学科发展上，也表现出动摇，主要还是因为在思想上，在面向生产这方面，还不够明确，时常也用实验胚胎难以结合生产来原谅自己。其实，生产上的问题，一般都是综合性的，很难与哪一学科刚刚吻合，需要努力争取，面向生产的工作领域，需要去开阔。实验胚胎可以与医学或畜牧业结合，也可与其他部门结合，苏联就是这样，为何我们就不能？在学习苏联方面，我也曾强调苏联在形态建成原理方面工作很少，因而对学习苏联就不积极，就没有想想为何苏联在这方面不发展？社会主义建设对它的要求怎样？如果老早考虑到这些，我们就应该变动我们的工作内容使之面向生产。

4. 培养干部的方式

以往我们组培养干部的方式，是古典式的，学院式的，先是学习外文，读经典著作，练习技术，然后跟着导师做个小题目。这样就需要好几年，而且很少结合生产实践，远不能符合多快好省的要求，需要彻底改变。现在我们需要的是会解实际问题的干部，那么我们就应该通过实际工作来培养，来提高。我们自己要改变路线，更不能在培养青年方面走以往的老路，我们需要培养他们勇敢地负担起生产中的问题，而不是把他们推在一边。

同时，我们应该相信青年，发挥他们的积极性，放手让他们去工作。放手，不等于不管，应该随时关心他们，随时看到他们工作中的问题和需要，及时帮助他们解决。在工作顺利时，要贯彻不断革命的精神，及时提出新的指标，否则工作就会停顿，精神就会涣散。在遇到困难的时候，更要鼓励他们，使他们不致泄气。以往我对年轻同志，有时管得太多，没有鼓励他们敢想敢说敢做，束缚了他们的思想。有时又太放松，不管他们，不关心他们。这些片面之处，都需加以纠正。

5. 需要解放思想

近几年来，我对科学面向生产逐渐有一点了解，但是因为自己思想还不够明确，对本组的方向，除了觉得应该抓起手边生产上所提出的问题，提不出别的意见。

最近一年，也许是受了工农大跃进的影响，我逐渐感觉到我们不仅要做与生产有关的工作，而且不能把它看作简单的工作，随便带着做做就行，必须要有专人负责去做。另外，实验胚胎，不应再坐着等待任务，而必须开阔道路，主动地去和生产结合。这个想法，与领导的意志有些不一致的。当然在处理具体问题上就会发生一些困难，我的想法也不一定对。但是不管谁是谁非，我却没有坚持，态度却是波浪式的，有时很坚决，有时思想很乱，心里很复杂，甚至很痛苦，为什么？主要有二个原因：（1）多年来我受着领导的教导和培养，我很感激他，现在我们看法有些不一致，在发生争论的时候，心上很不自在，多多少少还有一点知识私有的观念。（2）1941年我在成都患肺病，领导对我的照顾，等于父母，这是我思想上的包袱，它束缚着我，好像我们之间，不应该有争论似的。我这种思想，不仅是资本主义个人主义的，而且还是封建的。这便是考验我如何对待集体利益和个人利益之间的矛盾。我应该听党的话，坚持走科学为生产服务的道路，哪怕暂时有些意见不能统一，只要坚持团结——批评——团结，抱着与人为善的态度，我相信，过些时，在彼此提高的基础上，意见还是会一致的。当然，我还是应该多考虑别人的意见，不要坚持错误的观点。

在这份"整风思想总结"中吴尚勤所提到的与"领导"意见分歧，"领导"应该是指童第周先生。看得出来，童先生仍坚持做基础研究，但在科研必须为生产直接服务的压力下，吴尚勤不得不为自己寻找辩护的理由。而在这份总结中，也是她第一次提出与童先生在此问题上的不同意见。

在"整风思想总结"之后，是一份由别人抄写的记录吴尚勤"向党交心"的104条言论——

1.刚解放的时候，我盼望中立，既不倒向英美，也不倒向苏联，这样才能避免战争，中苏互助条约缔结时，我实在不明白为什么要这样。

2.刚解放的时候，看到报上报导工厂超额完成任务，觉得把计划定低一点，到年终来个超额，没有什么了不起！

3.解放后，优待起义的反动军官，像龙云、刘文辉等都被优待起来，心里觉得太便宜他们了。

4.解放后不久，看苏联电影觉得不像是娱乐，像上政治课。

5.解放后批判摩根的遗传学，我觉得有点过火。

6.列别辛斯卡娅的新细胞学说证据还不够，要求大家学习，未免过早。

7.李森科对待反对学派的态度不应扣帽子。

8.刚解放时，老干部都喜欢穿脏的棉大衣，我认为以往条件不好，只能脏些，进城以后，有条件弄干净，应该讲卫生了，为何还要这样脏呢？

9.1950年我路过济南，遇到一位高中同学，她是去延安参加革命的，她是供给制，家里没有暖壶，小孩没有棉衣，言语中有些不通，要我带信给她上海的姐姐要毛线。这件事使我想到，老干部有时思想也有问题！

10.土改时我很担心，我表兄要被斗。后来知道他被评为开明地主，很高兴。

11.三反时，讨论清点实验室器材，我认为 e.p. 的药品，不应倒出称量，L 同志就大拍桌子，说我抗拒三反，与我争吵起来。后来工作室要我检讨，我觉得这是用大帽子压人，不服气。

12.三反运动中，斗争 C 时叫他跪下，要 Z 举着木凳站着，我觉得是在用体罚，不符合政策。

13.三反时将娄康后隔离反省，登报检查我们家，我心里不痛快。

14.三反结束时，徐、艾二同志找我谈话，说明三反中对娄康后的手段都是群众要求，他们是出于不得已。我听了很生气，觉得他们二人，太不能担当起责任来，不管错还是对，不应推在群众身上。

15．三反后，我对徐、艾二同志有意见，认为他们处理事情不够公平，但因当时本所仅有徐恭昭同志一个党员，我没有提出来，觉得提了也没有用。后来日子久了，这种心理也逐渐冲淡，但并没有完全消失。

16．三反后，所里每晚都有值班的，谁到办公室去要登记，我心里不痛快，因此晚上不到不得已，不上实验室来。

17．三反后，大概过了快二年，在一次小组会上，徐恭昭同志说，娄康后是经得起考验的。我心里很反感，这样的考验还是少来点好，说起来容易，受起来够呛。

18．三反后，国家建设的突飞猛进，抗美援朝的胜利等一系列的事情，使我佩服共产党，愿意跟着党走，也体会到社会主义制度的优越性，但是觉得我们海生室（海洋生物研究室）的党员徐恭昭同志，却不是那样的大公无私，我不满意。

19．思改（知识分子思想改造）后，海生室评过一次薪，先由主任做了一次报告，再进行小组讨论。在小组开会时积极分子和徐恭昭同志都没有来，后来一起都来了，我心里很生气，这样的事前布置，不管评我多少薪金，我也不乐意。

20．三反运动以后，我把积极分子分成两类，一类是真正积极的维护党的利益的，另一类则是表面积极，实则是为了个人利益，为进步而进步，因此还有个别的人，是把自己的进步建立在别人的痛苦上的。

21．三反时，批判实验胚胎工作不联系实际，我当时并没有想通，只认为要联系实际那我就归队当大夫去好了。后来艾提同志又同我谈，说童先生的工作还是需要继续，要我安心工作。我心里有些纳闷，我实在还不体会理论结合实际的真正意义。

22．前年八月我去上海工作，见到朱冼先生，他对思改时青年同志对他工作的批判有些牢骚。我对他很表同情，认为青年同志做得太过火了。

23．朱冼先生以往不被重视，我为他叫屈，后来苏联专家提出来，我很痛快。

24．看到苏联史密特所里胚胎学书中对 Spemann 工作的批判，我觉得有些过分。

25．三反后，我很想离开青岛海生室。

26．生物系课程改革后，取消了比较解剖学一课。我心里不同意，觉得这门课非常重要，而高教部是教条地学习苏联。

27．苏联开始批判忽视形态学以后，我心里很愉快。

28．过年过节，排的值班名单中每天都有党员，我觉得对非党人员不够信任。

29．党员同志彼此很亲密，而当我们到，则较疏远客气，使我觉得我是外人。

30．人民代表大会的名额，为什么要分配给各民主党派，我始终想不明白。

31．知识分子报告发表后，党员同志对老专家都很客气，我感到他们是在贯彻党的政策，并非从心里佩服老科学家。这种勉强的尊敬，有时使我很难受。

32．党员同志犯了错误，除非十分严重，都留在党内进行批判，不拿到群众中去，我觉得不大公平。

33．保密的范围似乎是太宽了，像我们这个不牵扯国防又不是联系重要建设的科学研究机构的人员数目也要保密，其实，我们不说别人也知道。

34．"四害"中麻雀是否是一害，我还有怀疑，因为老科学家里意见也未统一。

35．棉布供应，我觉得应该平均，为什么北京地区要比别地方多？

36．最近买不到鸡蛋，我对青岛的物资调配很有意见。

37．每次走过合作食堂，见到许多人排队买饭吃，就怀疑是否粮食供应的标准定得太低了，为何要那么多人不够吃呢？

38．到医院看病，一等就是半天，心里很别扭，老想找个熟大夫，私自解决问题。

39．每年过节，要把毒品、易燃品都收入仓库，办公室贴上封条，我觉得为什么要弄得这样如临大敌呢？

40．张荣理、严绍颐同志来室后，对工作没有信心。对我们做的实验胚胎学一些工作表示怀疑，我对他们的培养也放松了，认为既然对工作没有信心，培养也困难。

41．每次买公债，我们都在所里选购，街道上还来动员选购，我就觉得不耐烦。今年山东救灾捐款，街道上也来捐，我就嫌麻烦。

42．我的表兄，三反时曾受过检查，隔离反省八个月，后来弄清了，没有贪污，这八个月，机关没有给他工资。他对此事很不满意，每次他提起此事，终劝他不要计较了，从大处着眼着想，但对党能弄清这件事没有信心。

43．肃反时，表兄又被斗，后来证明没有问题，他心里不痛快，我也同情，他想调职，我也表示同意。

44．同志们找我看病，我心里很嘀咕，看好了没有什么，万一出了毛病后那就糟糕，追究责任，可了不得。

45．斯大林同志去世时，我很担心苏联要乱，缺少了这位领导会发生困难，没有理解党的集体领导的原则。

46．波兰向美帝借款，我很不高兴，觉得他们实在丢社会主义阵营的脸，又想为什么社会主义国家不借给他们呢？

47．在北京乘坐公共汽车，车子因为省油，到站时要溜车，走得很慢，我心里老想，为了省油浪费时间，到底值不值得？

48．一位朋友的儿子去年高中毕业，没有考上大学，我没有鼓励他去农村参加劳动。

49．第一批肃反运动中被斗的人，我有同情心。主要是因为三反时我也被斗过。

50．我认为我们所里存在着重男轻女的封建残余思想，以前党支书L同志就有这种思想，他对我和娄康后的看法不同，评奖中也表现得不公平，认为娄康后就应该比我多。娄康后当选为先进工作者后，我心里很不痛快。

51．当国务院公布要劝多子女的、不很称职的妇女动员回家，我很不服气，我认为子女多，应男女双方负责，不称职，那恐怕也不限于女同志，为什么一定要劝女的回家，而不叫男的回家呢？

52．我对不少革命后又回家闹离婚的同志不满意。参加革命的期间爱人在家负担了全部责任，度过了苦难的岁月，最后要离婚，真是忘恩负义。

53．我对H的婚姻问题很有意见，老叫老王替他介绍对象，为什么党内不给他批评。

54．我觉得J和L二位同志之间有些矛盾，为什么在党内不设法解决？

55．1956年我曾有过入党的要求，也参加过党课学习，接着为了评奖和选先进生产者，思想上发生波动，因为我感到自己的个人主义思想还很厉害，如果不丢掉，即使入了党也很痛苦，这种政治自卑感，使我不敢提出入党申请。再者我又想，我和娄康后同时申请，不会都被批准，万一二人中一人留在党外，有些保密的资料如何处理，家里会不会感到别扭？

56．我对社会活动不愿参加，工会工作也很被动，我觉得它影响业务。

57．1956年我因组内培干问题心里很苦闷，因此向童先生提出要求参加研究生考试，逃避现实。

58．我对党对党外人士的信任有怀疑，因此在大鸣大放时，右派说有职无权时，我对郭院长（郭沫若）在任国务院副总理时的职权发生了怀疑。

59．储安平的党天下谬论发表后，我觉得他说12位副总理都是党员那是事实，但说党天下那也不一定对，只有党员才能负此重任。

60．右派向党进攻时，我只感到有些谩骂的方式，不符合与人为善的原则，有些意见我不大同意，但是没有觉察到这是进攻。

61．章伯钧提的政治设计院，我是搞不清，但是他说人代会上讨论时都是拿出成品来，我倒觉得是事实，但也没有什么不好。

62．罗隆基提出的平反委员会，我对他的领导是谁都没有注意，有什么企图？只觉得三反、肃反中，有些人受了委屈，平一平，搞搞清楚也可以，在山大成立三反、肃反委员会时，我还觉得他们行动很快，很好。

63．高教部一度公布以后选派留学生要采用考试制，我看了很满意，认为表现要紧，业务也极重要，而且还需要有竞争（后来高教部又更正了）。

64．反右斗争开始时，我因实验工作忙，觉得太费时间，运动与业务有矛盾，不积极。后来，虽有好转，但对右派的仇恨仍不强烈。

65．大鸣大放时本所民主党派召开一次座谈会上，当时王壁曾同志在会上发言，内容是说，他在三反后心情非常暗淡，主要是感到徐恭昭同志的作风，使他寒心。王壁曾三反时是积极分子，尚且有这种心理，使我闷在心里的不满情绪，马上冒了出来，情绪非常激动，虽然我话只说到给徐他们提意见为止，但思想里是有许多怨气要出的。

66．反右时，我觉得批判右派分子是应该的，但是把右派的一切都否定，例如说钱伟长的弹性力学也不行，我觉得有些过火。

67．反右后，在街上遇到右派分子沈福彭，我就不知道究竟应该怎样对待他，打招呼呢，还是不理他？我决定不了。

68．山东省委书记夏征农同志在山大做报告，把右派分子陆侃如放在台上做活教材，我心里想他坐在那里多难受，何必如此呢！

69．我虽然加入了民盟，但对它的性质仍不很明白，我时常要用比较高的标准来要求它的成员，来与党和团员相比。

70. 我入民盟以后，很不满意，觉得在组织中没有得到教育、提高。反而浪费了很多时间，有退盟思想，但不敢提出，怕受批评。

71. 反右斗争时，H、L等同志，曾怀疑本所盟小组在大鸣大放中曾有计划地向党进攻的安排，这是右派分子W说的。我当时心里很生气，觉得为什么这些党员，那么相信右派分子，而不相信我们呢？

72. 大鸣大放时，右派分子说党群之间有沟有隔，我虽然不觉得沟墙怎样厚，但是感到我与党之间是有距离的。

73. 党内右派分子处理后要清除出去，民主党派的右派分子则大部都留着，我很不满意。

74. 我对苏联这几年反党集团的揭发，总感到为何他们这样动荡不定？赫鲁晓夫同志有没有个人英雄主义？

75. 在报上看不见重要人物的名字时，我就感到是不是又出了问题？

76. 民盟被右派一把持，我认为统战部要负相当大的责任。

77. 党号召青年人尊敬老科学家，为了贯彻政策，青年人对老科学家面子上很好，但是这种尊敬勉强得很。

78. 对本所领导对G的态度，认为太迁就了，没有好处。

79. 选举区人民代表时对选举人了解不清楚，没有主动地去搞清楚，马马虎虎就选上了。

80. 合作化高潮时，我喜欢到私人商店去买东西，那儿可以挑选，不愿意去合作社买。

81. 公费医疗制度，我觉得太早了，造成了医院的拥挤。

82. 党的政策，大的方针我都同意，但在具体措施上，我总要发挥些自由思想考虑考虑。

83. 《再论无产阶级专政历史经验》发表后，《参考消息》上谈到中国是苏联的卫星乎？太阳乎？我很得意，真好像中国要成为老大哥了。

84. 童先生受到别人的批评时，我心里觉得不好受。

85．华岗被批评后，思想上转不过来，总觉得自己还是跟他学了一点政治理论基础。

86．杨校长的时事报告不及华岗的过瘾。

87．我家以前的保姆与香港有联系，人事科要我们解雇。我虽然执行了，但心里感到惋惜。

88．尽量避免与L打交道，深怕他再一发火，我又要倒霉，再检讨。

89．首长报告后，小组座谈，不管报告作的好不好，总有人说受到启发很大，我觉得是拍马屁。

90．党支部不止一次地说对工会、民主党派不够重视，但始终见不到加强这方面的表现，检查是官样文章。

91．"成绩是主要的，缺点是难免的"成了公式了。

92．对人处事很尖锐，大家都怕我。

93．处事不从阶级利益来分析，凭主观经验。

94．主观、固执，没有群众观念。

95．对人处事只凭愿望，不考虑效果。

96．只见到别人缺点，很少见到优点，对人批评多，表扬少，但自己却光爱听表扬，不愿受批评。

97．对同志亦得理不让，非常尖锐，甚至忘了对方还是同志。

98．培养干部与实验工作之间，存在时间的矛盾，与其二面都做不好，还不如先搞业务，放松培养干部。

99．附着物生活史我认为要专人做，童（童第周）却不同意，他认为要个人分担做，生态方面又嫌太慢，不解决问题。我夹在中间实在困难，童先生自己不参加实际工作，哪能体会到工作中的困难。

100．责己宽，责人严。

101．几年来对组的工作面太广，量太大，有些意见，曾向童师提过，没有改善。反而童师觉得是我要这样搞的，我觉得很冤枉。

102．我对童先生干部培养问题不明确，很有意见。

103．喊斯大林万岁，总不如喊毛主席万岁来得痛快。

104. 民盟、九三都来动员我加入，我弄得很为难，党支部为什么不管他们这样乱呢？

看得出来，这些"向党交心"的记录是事后整理抄写的，最后一页下端标明"复制单位"，然后盖着一个长条章"中国科学院海洋研究所"，而且还注明"原材料附后"，不过这些"原材料"已经没有了。正是在"向党交心"的基础上，吴尚勤才写出了"整风思想总结"。

自 传

我的家庭是一个累世官宦的书香大族，到父亲身上才转换为留学的半新旧式的情形。虽然很多的叔伯和弟兄们都进了洋学堂，可是潜意识上还保留着旧的传统——觉得男孩子应该好好念书，这样可以升官发财，保持门阀。而女孩子呢？只要是长得漂亮、懂规矩够得上做个官太太就行了，有没有学问那是另外一回事。何况：多念了书是会拔掉了家族的秀气的，影响了男孩子们的前途。所以我开始是在家塾里念书的，后来才转进了普通小学。

父亲非常懦弱，母亲在我五岁那年被庸医误治而去世。大哥因受了祖母和家人的溺爱，不愿读书，待在家里装少爷，不到廿岁，就抽大烟，从此堕落了。姐姐很早就出嫁，我在继母的威严下孤单地生活着，于是变得沉默忧郁，可是有着一个倔强的心理——你们觉得女孩子不行，我就得做给你们看到底行不行？我要同男孩子一样做事！给你们瞧瞧我的厉害！

中学求学的一段过程是艰苦的，斗争也开始了。先是阻止、软禁，到初三那年，更加厉害了，父亲宣布不再给我学费。可是我靠着学校的奖学金渡过了难关，直到"七七"事变，我上完了高中两年。

京沪沦陷后，我因爱国心的驱使，梦想着到内地去。终于花了一年的功夫，当了家庭教师，将薪金积成旅费，只身跑到四川，投入了祖国的怀抱，不再受日本帝国主义者的直接迫害。当时我考进中大医学院想当一个好医生，去为病人服务。这是因为我多年怀念着母亲的爱而使我走上这条道路。那时我觉得只有自己往上爬，出人头地才有出路啊！

二年级的下半年，我读了童第周先生的胚胎学，立刻对它发生了兴趣。我老是想着，人应该学前人（故）的知识，假使我们能够探得生命的起源，假使在生命起始的时候（胚胎），将它发生时环境的条件改变了，应是可以引起变异很大的后果？能解决基本的问题，不是比医治一个人的疾病来得更有意义？因此，我就改变了自己努力求学的方向了，每天晚上到胚胎实验室里去做点工作。

好容易熬到毕业，我被留在母校解剖科做助教以代替征调（当时刚毕业的医生要调在军队中服务一年），接着胜利了（按：抗日战争胜利），学校从四川迁回南京。差不多一年没有工作。后来花费在修建和布置实验室上的工作时间也很多。但是还没有完备的时候解放大军已迫近长江，逼得在国民党反动派领导下的学校当局又要装箱应变，准备逃窜。虽然这几年童师（按：童第周先生）不断地在信函中指示研究题目、工作方法，可是我简直就没有做出像样的成绩来。南京解放后，我才真正静心地做点工作。我懂得光顾自己努力而不管环境改造的想法是错误的，是幻想的，实际上是做不了什么事的。廿多年以来自以为了不起的斗争是太可笑了，是完全以个人为出发而单独和旧家庭旧思想去反抗，不会收到多大的效果的。假使当时能将眼光看远，范围扩大，团结多数人，以妇女解放和社会改造为前提，我一定会做的比现在有意义，也不会感到孤单了。

以往的生活圈子太小了，除了几个靠近的同学、亲戚以外，我没有参加任何党团，也没有参加什么歌咏队剧团和科学团体，只感到自己被迫害，没想到世界上多少人过着比我还不如的日子，只知道家庭革命而没想到这家庭所在的社会更应该改造。自己仅知道警惕远离一般所谓堕落的人，而忘记了负起去改造他们的责任，因此时常会觉得苦恼、孤单。解放后我来到青岛，经过思想政治教育的学习，看到了大众的要求，我应该在科学的内容上对他们服务，在社会改造上尽一份力量。那样我会得到更多的朋友，会过得更快活，而且我日思夜想去研究的科学也会得到保障，不至于像以前那样动摇不定了。为了更好地尽我对社会服务的责任，我想和童第周先生合作，在他的指导下做点研究工作，这是我要进海洋生物研究室的志愿。

一九五〇年六月

这份自传是吴在进海洋生物研究室时写的。

在后来的思想改造和整风中，吴又写了一份详细的"自传"，这份自传写在500字一面的"山东大学稿纸"上，共10页——

吴尚勤，江苏省吴县人，家住苏州碧凤坊52号，现任中国科学院水生生物研究所青岛海洋生物研究室助理研究员。我的家庭是一个十足封建式的大家庭，七八房住在一起，大约有百人左右。祖上一向是读书做官的，据说在清代末年，我家就一连出了三个状元，长辈就老拿这些来鼓励我们。每房经济是独立的。我们一部分，当我出生的时候，有祖母、父母、兄、姐和我六个人，住着近二十间房子，有田六百亩，完全租给佃户，由账房经管收租，每年约收白米三百石。父亲是日本留学生，在苏州农业学校任教，月薪约二百元左右，家里雇一个车夫和三个女佣人。

1927年母亲因病去世，娶来继母，又生了一弟一妹。我和继母处得很坏，姑母非常疼我，所以我常住在姑母家，连学费都是由姑母出。我和自己家的情感和联系越来越少了。姑母家也是个地主，过着剥削生活。哥哥比我大很多，很早就抽大烟堕落了，因此家庭经济状况渐坏，田产也变卖了，只在继母手中还保持着一部分。1936年姐姐出嫁，1937年继母去世，1938年哥哥也去世。父亲就同弟妹避居到上海，一直到胜利后才迁回苏州。抗战开始后，父亲就不做事了。1938年我到四川去读书，对家里的情况更不明了。1948年妹妹结婚，1949

年春弟弟去世。他死后父亲才告诉我家里还有田产四百亩，这是他准备给弟弟的。这些地，土改时已全部分出。在土改前施行减租减息，要交粮当时没有现粮得变卖东西来缴。父亲患了半身不遂病，不能办，时常把我从学校里叫回来。我心里很不服气，因为在以前，我家是十分重男轻女，不光生活上不平等，连学费父亲都不肯给，现在田产成了累的时候倒反要我东奔西跑，我是一肚子的有气。后来分田的时候，我倒觉得轻松愉快了。分析当时的心理，并不是拥护土改政策，因为我当时对土改还不十分明了，光知道剥削农民是不对，对于流血斗争我是不赞成的，我之所以高兴完全出于自私的报复心理。幼年我并没有受到多少土地剥削的"恩惠"，现在大家都没有，大有"幸灾乐祸"的意思，一直到学习土地改革以后，我才明白过来。房屋在城里，没有分掉，出租了一部分，父亲即靠房租生活。今春父亲去世，房子都请一位亲戚住着，言明不要房租，光代交地价税。所以我对家庭是没有负担的。

这样一个家庭在我的个性中给了我如下的影响：

1. 自小优越而轻视劳动。

2. 自小被父母宠爱，因此，性格急躁。

3. 继母对我不好，我感觉很委屈，但也没法表示，因此决心向上爬，总有一天，我能念好了书，自立谋生，不再受她的压迫了。

4. 家里重男轻女，我很愤恨，要争男女平等，光知道赌气消极抵抗，但是找不到合适正确的途径。

我在七岁那年开始进私塾念书，读论语孟子，只背不讲，一天到晚，闷在书房里，也没有星期日，非常难受。先生很厉害，用体罚。我实在忍受不了，同我外甥策划反抗。有一天，就在书房中大闹起来，结果我们从书房里解放出来，进了新式小学。

小学是省立苏女师附小，功课很严，有一位自然教员钱达三先生，时常同我讲自然现象和伟人故事，对我学业上的启发很大，增强了我向上爬的决心。学校里除了灌输一点狭义的爱国思想以外，我就不记得有别的了。"九一八"事变时，我对日本人非常痛恨，有时也想去打日本鬼子，但是觉得念好书比打日本还要紧，还有用（因为小孩子还拿不了枪）。对蒋介石是非常崇拜的，当时对他的作风、政府的方针、政策，还完全不懂得。

1932 年，我被保送入苏州女子师范初中部。校长陈淑，做事非常专制，她把我们管得非常呆板，训育主任孙起孟（现任政务院副秘书长）和国文教员曹养吾（已故）思想比较先进，受学生的爱戴。1935 年春，我们因为反对会考，争民主，在他们两人领导下，发动了驱逐校长的风潮。当时我是班长，也混在里面闹得很厉害，觉得不会考很舒服（我是毕业班学生），换了校长，总不至于像陈淑那样专制了。结果我的文凭被扣发，孙起孟被省政府通缉，他同我表兄是好朋友，在我家躲避了好几天，后来潜逃到贵阳。这些我知道，但是对于这次学潮的意义，可说完全不知道，连想都没想过。

1935 年，我没有文凭，只好以同等学力考入了省立苏州中学高中部，校长是邵鹤亭，功课非常紧，整天拿会考来威胁我们。表面上民主、活泼，暗地里迫害。我平常很用功，不管闲事，不参加活动的。但是因为性情急躁，爱说正义感的话，就被训育主任范澄宁叫去训了一顿，要我好好反省，不要被反革命分子利用。当时我的思想很糊涂，觉得非常冤枉，也不想反抗，不想追求正理，反而觉得以后少说话算了，免得人家疑心，远避比较先进的同学，光顾念书了。这完全是小资产阶级独善其身的办法。当时我对政治完全没有认识，听人家说共产党是土匪，我很怕。对日本人是很恨的，对国民党弄不清楚，光知道蒋介石是领袖，他很要紧。西安事变时，我对他的内幕不明白，很为老蒋担心，觉得没有了他，就好像家里没有了家长就会很糟糕的。

七七事变，上海不久也打起来，学校停办了，我就同姑母避难到乡下。当时我也曾想参加救护队工作，可是家里十分反对，其实我之想参加工作，也不过是感情冲动，风头主义，真要我在枪林弹雨之中去工作，有生命危险，我也有点害怕，家里既然反对，我便顺水推船不去了。这完全因为我认识不清楚、意志不坚定、自私自利的思想所造成的。

苏州沦陷后，我家迁到了上海，在租界里苟安。1938年秋，我以同等学力参加统一招生，考入了中央大学医学院，即在12月初瞒着父亲经香港、海防，而至云广。当时没有别的想法，光是想念书。入校以后，我不参加任何活动，埋头于书本。第二年起，又迁到成都（当时中央大学医学院在成都与华西大学医学院合作）。觉得在这样困难的年月，政府还给我们公费，实在太照顾我们了。我们只有把书念好，才对得起政府，别的什么都不管。几年中，中大曾换过好几次校长（罗家伦、顾孟余……），我连这些都弄不大清楚，糊涂到极点。起初，我对于战局还关心，觉得抗战完全是蒋介石领导的，后来又迷信美国的实力，以为幸能有美国参战救了中国，否则日本会将中国完全吞了的。最后，愈来愈麻木了，报纸也不看了。要不是日本飞机老来轰炸，简直会将抗战这件事完全忘掉了。1940年起，我便跟着童第周先生做实验胚胎的研究。我发现了自己的兴趣，从此，精神有了寄托，整天闷在实验室中，纯技术观点大大地发展了。

1945年我从医学院毕业，即被留用在本校当解剖科的助教，月薪120元（后来到1949年离开，月薪是180元）。恰巧日本投降，我很兴奋，这下子我们可过太平日子了，对于蒋介石愈加崇拜。胜利完全是他的功劳。国共谈判的决裂，接收大员的贪污等等一连串的事使我慢慢地对国民党讨厌，对政府失去信心，表示不满。对共产党呢，听了国民党的宣传，也没有好感，觉得他们太野蛮，手段太毒辣，有点受不了，对共产主义根本不了解，所以老盼望国民党能够改良，不能的话，也盼望有第三政党出来走中间路线。这种错误的思想的根本在于平时抱着不问政治的心，所以就不懂得政治，不懂得革命，而且还以为不管什么政党，还不都是一样的争权夺利。自己家是地主，一向没吃过苦，过着不劳动的剥削生活，听了共产党，自私心一来，当然就害怕了。

在中大教了四年书，学生当中，前进分子很多，我很同情他们。我之所以同情，并不是因为他们思想正确，而是觉得他们书念得好，我成见很深，比较偏心好学生的，有时还为他们可惜，要不是他们参加活动，书会念得更好的，可惜他们浪费了时间了。当时先进学生也曾企图与我靠拢，可是我老表示我并不反对革命，不过我不来管这些闲事，只求教好书，做好实验、研究，我便很满足了，所以老闷在实验室中，纯技术观念完全操纵着我。反饥饿学潮高涨时，我有点反感，觉得他们请求太过分，怎么能全面公费呢，吃了大米饭还要反饥饿？对于这种运动的政治意义我没有去追问。南京四一游行后，学生挨了特务的打，我很同情他们也曾出力为他们医治，可是我老觉得这次游行是多余的，眼看着共产党军队就要渡江，反动派马上要逃跑，再来游行还不是自讨苦吃，这种思想完全在于我平时抱着做客的思想，没有一点主人翁态度，虽然对于政府是不满意，可是我是研究科学的，政治我是完全不管，革命让人家来好了，我不参加，我是在等待胜利而不是去争取胜利。

南京解放后，我对共产党是抱着怀疑和惧怕的心理，受了国民党的宣传，觉得共产党是喜欢杀人放火的，没有情感的。后来看了解放军的纪律，经过了初步的学习，我稍稍有了一点了解，不大怕了。可是，我还是很顽固，觉得解放还不是同以前一样的改朝换代，一般前进的人，都觉得他们是投机，没有好感，甚至看不起他们。就没有想到即便是投机，他们的出发点虽然不纯洁，但是在革命事业中是有着一定的效果的，何况在革命的熔炉中，不良的思想会慢慢地熔化而向着正确的方向前进了。

1949年我因中大方面没有人领导工作而到山东大学动物系当助教，介绍人是童第周，月薪200元。对于业务，我很重视，对于政治学习非常讨厌，以为这是浪费时间，它会影响我的工作，最主要的原因，是纯技术观点太深，愈不学习，愈不想学习了。

1950年秋，我由童第周先生介绍到中国科学院青岛海洋生物研究室当助理研究员，起初我还是一样地不肯学习，只管做研究，不参加活动，做客思想很盛，开口就说"你们工会""你们行政上""你们共产党"，老自以为清高，不问政治。在近二年中，来回的在津浦线上走了好几趟，每次都感觉到在进步，这使我惊骇，这是在国民党时代所想象不到的。事实启发了我，加上一年来财政经济的好转，慢慢地使我对这个政府有了信心，感到了工人阶级力量的伟大，马列主义有道理，想去学习他的理论，甚至也想放弃做客而来参加这个队伍，爱为理想的幸福世界而努力。

在刚解放的时候，我还存在着一种错误幻想，希望我国可以保持中立，不需要参加任何集团。因为我实在对战争厌恶了，而且觉得第三次世界大战必然要爆发，能不参加，最为理想。当政府宣布一边倒，中苏友好条约缔结的时候，我心里很烦，很不以为然，这种错误思想的来源是：（1）不懂得共产主义的国际性；（2）恐美病在发作，迷信美帝的实力；（3）自私自利，不想去争取和平而在等待和平。经过了抗美援朝一连串的事实，到现在我才真正的明白过来，事实纠正了我的错误思想。

对于学习，虽然我已慢慢地由厌恶而进步到感觉需要，但是遇到工作紧张的时候，我就会表示勉强，不愿意去学了。这是纯技术观念在作怪。其实，只要平时把时间把握得紧，学习并不一定会影响业务。党史学习开始的时候，我想这么卅年的历史，还值得花那么多的工夫去学习，真是小题大做。经过这次学习，我才真正体会到花这些时间的代价和学习的重要，没有政治思想，研究工作的方向是把握不准的。通过检讨和批评，我发现了很多不正确的作风，它的思想根源和纠正的方法：

（1）我成见很深，只要这个人看了不顺眼，或者有些事情做得不大合适，我就会对他所有的事情都不满意，相处就很不客气，态度很坏，遇事就会不合作。这种作风如果发展起来，会把事情弄得很糟糕，结果处事是对人不对事，是非真伪都辨不清楚。现在我学到了怎样分别敌友，完全要以是非来决定敌人，我们是要打整的，一点不留情面。是朋友都应当和善相处，团结合作好好地提意见，帮助别人进步，接受人家的批评，时常检讨自己，不要老以为自己对了。

（2）我对人相当热心，做事也很负责，不大怕艰难，总能坚持到底的，可是个人英雄主义的作风很盛，什么事情都想搞得比别人好，要拔尖，喜欢强调个人兴趣，而不顾大局，没有兴趣的事或者没有十分把握的事，即使很要紧，我也不去做。这种作风在资本主义自由竞争的原则下，可以通行，但是在有计划的工作中，就要不得。所以以后应该多考虑事情的是非、人民的需要，而不应该太任性了。

（3）工作时老觉得自己很对，不看见自己的缺点，不肯接受批评，这种作风我决心慢慢地改掉。

（4）纯技术观点很深，因为不问政治，结果就不懂得政治，就会被欺骗，甚至走向反革命而不自觉，非常危险。除努力学习以外，我还决心每天看报纸。

（5）做事比较有条理，有计划，可是领袖欲很强，会很不自觉地发号施令起来，自己很有主见，不顾大家的意思，往往弄得脱离群众，独断独行，假如能多多采纳群众的意见，事情就比较好办了。我应牢记"从群众中来，到群众中去"的这句话。

从这份自传中，不难看出，上文提到的那份标有"绝密"字样的吴尚勤的"小传"——即组织上在"反右"后给她做的政治"鉴定"，关于她的思想鉴定，都来自她自己对自己思想的剖析。

对于吴尚勤的"固执"，在她档案中的各种鉴定表中，随处可见。另外，更能看出，吴尚勤也在努力学习着政治，以适应时代环境的要求。譬如：在一张手写的"中国科学院工作人员 1953 年年终鉴定表"中，分甲乙两部分列出了吴尚勤"一年来的提高"和"个人优缺点"——

甲 一年来的提高:

1. 业务方面:初步能抱着字典,阅读俄文专业书籍,船蛆方面的文献收集和阅读较多。

2. 政治思想方面:认识到政治学习的重要,初步体会到政治学习的重要,初步体会到马列主义在科学研究工作中的指导作用。喜欢阅读理论书籍,对"组织"的观念有了改变,渐渐地由害怕组织而觉得它的确能帮助进步了。

乙 个人优缺点

1. 优点:工作仔细,有耐心,有果断,责任心重。对人热心,肯帮助人。自高自大和固执的缺点,今年略有改造。

2. 缺点:对本组工作方向,信心不够,因而工作情绪较前降低。三反后,思想不够开展,与某些同志中间,总觉得存在着隔阂,没有主动地去解决,而消极地避免与其交往。

吴尚勤对自己"自高自大和固执"的缺点的"改造"始终没有放松,虽然在"政治上不够开展",但她的追求进步还是得到了组织上的认可,并在1963年被组织上安排为青岛市政协委员。档案中有一份1963年4月中共海洋所委员会对她的鉴定和安排意见,对其政治历史作出了审查结论:"尚未发现历史上有政治问题。"对其政治态度作出的结论是:

吴尚勤解放前对国民党失去信心,但也不相信共产党,希望有个中间路线,对学生运动不过问,埋头学习做研究。解放初期对党还是怀疑害怕,经过几次运动认识有提高,但对政治不大关心,看重业务工作,整风前历次运动中抱中间态度,1957年整风鸣放时,无错误言论,表现一般,曾怀疑民主人士有职有权,党对非党人士不信任等。反右斗争开始时,有些观望,运动后期表现还积极,能针对问题对右派分子进行批评。交心运动中也表现一般,暴露的问题不多。但自大跃进以后表现进步较快,比过去靠拢组织,1960年参加山东省妇女代表会后感激组织对她的信任，情绪比较高。生产救灾运动中，她虽有关节炎，但情绪还稳定，和青年同志一道捞海菜（为食堂搞代食品）。这两年来，有进步，对政治学习比较关心，她自己订了好几份报刊杂志，但在学习会上发言很少，不大暴露思想，对三面红旗基本是拥护的，重大问题也都愿意找党委谈谈。在反对修正主义的学习中，一般都正面发言，未发现她有不正确的言论。政治上不够开展，其政治态度表现为中中。

对其工作表现和业务专长的鉴定为：

吴专长于实验胚胎学，是著名的实验胚胎学家童第周的学生，业务水平较高。在研究工作上认真负责，严肃刻苦，在副研究员中是比较突出的。解放后十余年来，她总是亲自动手深入地进行实验，为了抓紧生物繁殖季节，多做些工作，她常常带病坚持工作到深夜。由于对待研究工作态度严肃，肯于钻研，因而近几年来她的水平提高较快，不但在实验胚胎学方面具备了教高的理论水平，而且她的显微操作技术水平也很高。

目前，国内实验胚胎方面的专家为数不多，主要力量即童第周等人。解放后，吴一直与童在一起工作，即集中精力，从事文昌鱼及硬骨鱼早期分化的研究，在胚胎早期分化的研究方面达到了较高的水平，曾与童共同发表了不少这方面的论文，所发表的论文都具有较高的水平，论文并有独特的见解与论证。她对青年干部的培养要求严格，但放手不够，因此几年来培养的人才不多，她比较专心于研究工作，对社会工作不够关心。

最后的"安排意见"为：

吴在实验胚胎学的研究上，在国内有较高的水平，在学术界有一定的代表性，曾出席过山东省妇女代表会，我们意见，可以安排为市政协委员。

在这份鉴定材料的最后，有两行手写的钢笔字：

此鉴定材料中"政治态度现为中中"为不当之词，特此证明。1986年4月1日。（海洋所"人事处"章）

档案中有一份"在'四清'运动中吴尚勤的检查"，标明"记录"二字，时间是1965年4月24日。从字体上看显然出自别人之手，有的字空着，譬如"毛遂自荐"的"遂"字，说明记录者此字"忘记"了如何写，不过通篇看来，字体隽秀工整，抄写在普通信纸上，共有九页，圆珠笔抄写，背面有复写纸的印痕，应该是吴尚勤在海洋所"高研组"会上发言的记录整理稿：

一、政治上：

这几年，我政治上稀里糊涂，反修斗争前，我脑子里没有阶级斗争概念，反修以后，对阶级存在，阶级斗争激烈有一点了解，但阶级斗争在我身上怎样？在海洋所表现我看不出来。运动中大字报使我看到海洋所阶级斗争很尖锐，在我身上也尖锐，过去我只想政治上能过得去就行了，每次运动我都怕搞到我头上来，所以想最好我能在运动中顺利过去就好了，如何提高我是没考虑的，对干部我是抓他们的工作，偶然谈谈思想，也是围绕他的工作，至于大是大非我是很少谈的。我认为对青年来说思想问题有党支部管，我没这个水平，对干部的估价就是抓业务。对政治学习，我认为过去我们组（高研组）学习浪费时间，工作忙就不来了，偶然发发言，也不接触思想，所里让我参加政协，给我提供机会，但我经常不去。1960年在济南开"三八"积极分子会，我不愿去，临走前，孙自平说"你先去开，到时打电报叫你回来"。所以我只去了四天，所里来了电报（共开八天）就回来了。政治挂帅我认为是空的，我就一个人，学习了政治，我就要少学业务，怎么以红带专，我解决不了，在所内我只管自己的小摊子，我认为过去高（？）、孙两所长本身不团结，我怕说话不注意，夹在里面不合适。我认为室主任最好叫党员干，我叫娄培养刘健当室主任，我们就可不管行政事了。对知识分子改造问题经常提，我都觉得听烦了。以后谁一说，我就反感，我们就因为沾了资产阶级知识分子的帽子，就倒了霉了，整天改造，改造，特别是张玺，也说要改造，我就反感，心想你整天不干工作，光说要别人改造。刘健说改造，我想，你党员毛病也不少，你就不改造，光改造我们。这个问题的根源是什么呢？（1）我背了出身不好的包袱，我认为我出身不好，党不会信任我的，如"三反"时检查娄康后说有一个□（此处空缺），问娄拿了没有，就到娄家检查。我就想，假如出身好，就不会不相信我们。反右时，几次要我交代，我想我又没说反党的话，为什么叫我交代？就因为出身不好，所以我想政治上不求什么。（2）我家庭是大地主，我在家费了不少力才念了书，感到很委屈，我在家是被压迫的，还得背这个剥削阶级的包袱，到底家庭给我多大影响我很少想。（3）我认为改造是人家来改造我，我很少想自己应改造，改造是为了什么我也不考虑，被人家一批，就想你比我强不了多少，我要改造吗？我对改造是没有个标准的，这个问题直到运动中才有了初步认识，毛主席六条标准就是改造的标准，过去我可是没有去想过。

二、工作上：

我在工作上长期是很苦恼的，因为我是学医的，后来搞了实验胚胎。解放初期，苏联批判实验胚胎，因而我也受点批判，我同苏联观点不一致，但当时对苏一边倒，我也不敢说，到底做不做下去，青年也没信心，所以我很苦闷。"三反"后一度考虑归队，回去搞医，去给人看病。我与童第周谈过，领导未同意。后来批判过去了，又出来了个胚胎如何联系实际的问题，当时又找不到如何联系，怎么办呢？

我一方面搞一些生产上需要的，但又与胚胎不相干的，一方面搞理论研究，所以我一面搞了文昌鱼的细胞分裂，一面搞了对虾、船蛆，我认为这是交了账了，说得过去了。但做下去后又出了问题，这两方面工作是两码事，性质两样，牵扯的知识也是两套，精力上也不足。1956年以后，对虾、船蛆工作，娄康后他们逐渐接过去了，我就转回实验胚胎。但工作与海洋结合不多，与医学结合多，因而又产生了这项工作能否在海洋所发展的困惑，我很苦恼。我来海洋所结合生产的工作，我参加了三项，即船蛆、对虾培苗、附着物防除。但一样也未搞好。船蛆工作如何推广，我也没考虑。对虾工作向生产过渡时意见不一致。我一看情况太复杂，我对付不了，就不管了。在附着物防除中，也是意见不一致，我也干脆算了，反正这些工作不在我胚胎（工作）之内，你们去搞吧！在这三项工作中，我思想上有无问题呢？过去我认为我已经常结合生产，没有大问题。现在检查，我是存在很大问题的，如这三项工作是密切结合生产的，我遇到困难就回来了，但对细胞分化工作，困难远比这三项多得多，但我仍坚持搞下去。另外，我思想上认为，三项工作做得再好也代表不了胚胎的水平，代表胚胎水平的是细胞分化工作。在工作中，我们习惯于在实验室搞，至于出去搞，听听外面的是没有的，在遇到困难时，我是不依靠党，不依靠群众，我认为跟党谈也谈不清，有了问题我就闷在心里，也不跟群众谈。因为我认为海洋所对搞海洋生物看法不一，我与大家看法也不一致，你谈了，他说你吹牛，因而我谁也不说，我也没有相信依靠党，依靠群众能解决问题。1958年我曾与张致一共同提出离开海洋所，结果张走了，我留下来了，这些对青年影响也很大。

三、个人英雄主义：

这在我身上是很突出的，很危险的，过去每次谈都没挖根，表现在：（1）我在工作中处理事时总希望要好，实质是很危险的，在接受任务时，首先考虑的是我能否完成，有多少把握，没把握就不做，有时明明某件事我做合适，但自己不提，让别人提我，万一做坏了，不是我毛（遂）

自荐，是你们让我做的。如对虾培苗，我心里很有数，非让我做不可，我就不说话，等到真正产卵后，打电报把我从北京叫回来，这样我认为比我自己要做好得多。对培养干部，我自己的干部一定要培养好，否则我面子不好看，表面上我抓他们业务，实质上怕他们不好，丢了我面子。对我的工作，我老有一个不安的根子，到海洋所待不住，所以工作动力上也有点想我这个工作不能不做好，否则在海洋所就存在不下去。（2）我有好几点，人家是碰不得的，碰到了我就非跟人家拼了不成。如有人说"女的不行"，我就非跟他拼了不成。如船蛆得奖后，大家进行奖金分配，我得了一部分。在金鱼研究上，我又得了一些奖金，加起来我的奖金比娄多。李 XX 说："怎么评了半天，吴比娄的奖金还多。"我一听就气得不得了，说为了什么，我就应该比娄少，就对娄说："以后你们船蛆工作我就不干了。"张致一走后，不让我走，说照顾我，我也很火，认为为什么要留我照顾娄康后，为什么不能让娄跟着我。所以只要有一点不符我的要求，我就可以不顾大局，不考虑工作，跟我谈事顺着我就行，不顺我什么也不行。对待别人我也抱着以霸反霸的态度，谁对我厉害，我也对他厉害。毛汉礼是我所一霸，我就不理你。刘瑞玉是动物室一霸，在谈工作中，我就先制服他。对我室刘健，我也很霸，心想你霸别人可以，霸我可不行，你想占我房子，不好好跟我说，我就不给你，至于这样做是否影响他的威信，我也不考虑，这样也影响了协作关系。更危险的是很容易发展到被人利用，谁摸到我脾气，就很容易利用我，因为我不从全局，只从自己出发。我这种表现的形成是有思想根源的，解放前，我在家受压迫，我当时认为我是反封建的，出发点是为了争男女平等，我在家不平等不服气，我逃出了封建家庭，又跳进了个人主义的泥坑。我在学校的成绩好，一直是被老师捧的，大学时童先生对我帮助很大，他顺着我的脾气把我拉上来，他从不碰我不能碰的地方，所以我能跟童合得来。因此这样下去是很危险的，容易被人利用。

在 1965 年夏天，吴尚勤在"四清"运动后填写的印有"中共中央组织部 1963 年制"的"干部鉴定表"中，又亲笔填写了书面的"自我检查"——

Ⅰ 近年来的收获

1. 政治上：

解放以后，由于党的不断教育，社会主义建设中的成就、国际地位的提高等，使我对党的信任逐渐增强，主观上愿意跟着党走。社会主义的优越性也在现实生活中给了我教育，我深深体会到只有走社会主义道路，中国人民才能挣脱一穷二白的困境，才能改变落后的面貌。

在三年自然灾害的困难时期，生活上的困难并没有使我动摇，我经受了考验，没有影响工作情绪。并且由于自然灾害的恢复远比我想象得要快，在克服困难时，党与群众之间的相互信任，都使我更热爱、更信任党，对毛主席的英明也更加佩服了。

反修斗争是另一个增强我对党信任的过程。一开始，由于我对修正主义的真面目认识不清楚，我的确有点担心，怕树敌过多，不好对付，可是我还是原则性地接受了反修方针的。通过一系列的事实，使我思想上逐渐明确，修正主义非反不可，对修正主义不可存有幻想。我切使觉得毛主席不仅是我国革命的领袖，而且是全世界被压迫民族革命的旗手。中国人民为有这样的领袖感到自豪，同时也感到中国人民的责任重大。

2. 业务上：

经过几年的探索，对胚胎细胞分化中核质关系和蛋白质形成过程的重要性体会比较深刻，对它的解决在生产上可能产生的影响也看得比较清楚。由于几项技术关键的细胞核的移植、肌肉蛋白的提取和超微量鉴定的解决为开展这方面工作准备了条件，因而信心足，干劲大，工作中事业心强，大胆泼辣，积极负责，能吃苦耐劳，坚持并克服困难，带领青年，共同前进。

在对虾养殖和附着物防除工作中，也能及时地完成所承担的任务，解决了对虾室内培苗的关键，藤壶的生活史和幼虫培育，药物筛选等方法，为这些工作的进一步开展打下基础。

Ⅱ 存在问题

把业务突出政治之上：以往认为一个科学工作者，只要拥护党社会主义，肯勤勤恳恳地工作，多考虑工作，少考虑个人，就能为人民服务，也就是为人民服务。因此，我就埋头业务，不问政治。

1. 具体表现：

（1）不愿参加社会活动：政协、民盟的会议，避免参加，就怕耽误了时间，连开积极分子代表会也是人去心不去。脑子里全是工作，不开完就跑回来了。

（2）所里的事不闻不问。只要不影响我的工作，我都可以没有意义。

（3）觉得室的领导、组的领导，最好还是让党员来负担，便于做思想工作，也便于与行政部门联系。因此想争取一名党员来负责胚胎组，同时也劝娄康后多培养刘健，以便来负责实验室。

（4）强调高研组的政治学习不好，讨论不接触思想，时间浪费不少，收效不大，因而参加学习很勉强。即便参加，事先亦少准备，若与工作有矛盾，即干脆不去。

（5）自己在政治上的要求是只要不作为批判重点，过得去即行，害怕搞运动，盼望安定下来做工作。每次运动，都盼望赶快过去。

2. 思想根源：

（1）对剥削家庭对自己思想上的影响认识不足：出身于封建地主家庭，但是以往心里觉得自己在家里是个被压迫者，求学阶段，生活很艰苦，解放后，背了个出身不好的包袱，心里感到冤枉，没有意识到我之所以背叛家庭，并不是出于对剥削可耻的认识，而主要还是受不了不平等的待遇，而想反抗。出发点还是个人主义的，在上中学和大学时，主要是靠奖学金和贷金，在这方面，我过多地夸大了个人努力的作用，没有考虑到这些都是反动统治阶级笼络知识分子的手段。

因此，时常想，从 1945 年毕业以来，并没有为资产阶级服务很多，对自己是资产阶级知识分子，而且立场未变感到委屈，同时觉得"改造"摸不到边际，因而对思想改造产生厌烦情绪。

（2）对政治统帅业务不理解：弄不清政治怎样统帅业务、指导生活，因而把它们之间的关系看成是对立的，总觉得只有一分时间，学了政治，就要少干工作，二者之间有矛盾。自己觉得出身不好，政治上不会有多大前途，因而只求过得去，只求不受批判，而把绝大部分时间放在业务上，并且认为政治进步也要落实在工作上，否则是空的，这样，也同样能为人民服务。

3. 由于不问政治而产生的后果：

（1）历次运动，都是抱着走过场的态度，只要不反到我头上，希望它赶快过去，可以安静下来搞工作，因而显得被动，提高不多。

（2）由于不关心政治，在激烈的阶级斗争中，可以无动于衷，对许多主要方针政策不深入钻研，反应太少，在与自己生活和工作有直接影响的时候，却产生了糊涂思想，例如：

a 在三年困难时期，领导上说造成困难的原因是自然灾害、修正主义的捣乱以及有些干部在工作中的缺点和错误。我却认为主要是工作中的缺点和错误，因而对这些犯错误的人，还产生了埋怨，觉得好端端的建设事业就被这些人搞坏了。

b 对三面红旗中的人民公社和总路线，似乎没有什么想法，但是对大跃进，就有意见，觉得乱哄哄的怎么能做好工作？在领器材时，总避免领大跃进的产品，我觉得它质量不保险。

c 在反修斗争开始时，我很担心，怕树敌太多，光剩一批穷朋友，抗不了美帝和苏修的联合压力。

（3）看问题不全面，常常把事情绝对化：例如认为做工作要集中精力，才能搞好，脚踏两只船是不行的。但我把它绝对化，不管什么人，什么时间，什么地点都是这样不能变动。对人和对事，也是好就是好，坏就是绝对坏，没有想到人在变，更不能主动地把坏事变成好事了。

（4）混淆二种矛盾：在处理问题时，很少分析矛盾的性质，究竟是人民的，还是敌我的，常常把不是原则性的小事牢记不忘，抓住小辫子不放，甚至把同志当作阶级敌人似的，不能采取正确的批评与自我批评方法，更谈不到去团结反对过自己而证明是错误的人了。

（5）长期地在工作上感到苦闷，没有能依靠领导和群众去解决：近几年来，我工作的主要内容是解决细胞分化中的核质关系和蛋白质的形成问题，它是生物学的主要问题，是探讨基本规律的，它可以为遗传、育种、生理病理等方面作出贡献，但是并不是海洋科学中的独特问题，也不是马上就可以直接应用的。我对它的前途有信心，对利用海洋生物作材料的优点也很清楚。但是在海洋所内，认识并不一致，有海洋所需要与不需要的矛盾，也有远近安排的矛盾。在这种比较复杂的矛盾中，我没有坚决依靠党组织，说明问题、请示办法，也没有同群众商量解决而是独自闷在心里，对领导上的态度是既然海洋所不需要，那么趁早调到别处去，对青年的培养则采取了谁愿学，我就教；谁不愿学，也不勉强。结果是领导上光说要发展，但对这项工作是怎样搞，似乎不很明确，青年同志则顾虑重重，对远景的信心也不很足。从工作本身来说，调离海洋所并不是有利的，而我不是下决心去解决矛盾，统一认识，而是采取了逃避现实的，对工作不负责任的态度。

（6）在培养干部方面，我注意业务多，仅仅在生活上照顾青年，使其安心学习与工作，很少从政治上关心他们，也不在政治上要求他们，因此，也影响青年在政治上要求进步。在工作忙的季节，我虽然不干涉青年参加政治活动，但是心里感到不愿意。

4. 个人英雄主义：

这是由于没有解决为谁服务所致。它是资产阶级名利思想表现的一种形式。在我身上表现得很突出：

（1）承担任务，不是首先考虑国家需要，而是考虑有没有把握，没有把握的最好不做，怕砸了牌子。即使非做不可，也是让别人去做，不肯毛遂自荐，万一失败面子上也好看些。

培养干部的出发点，主要并不是明确责任所在，也是怕培养不好，影响个人声誉。

（2）在协作工作中，过多地考虑个人特长的发挥，对待细胞分化这工作，认为是我的主要任务，它标志着我工作的水平，而船蛆防除、对虾培育、附着物防除等，其中胚胎分量很小，只是给别人打基础的，虽然同样能完成所承担的任务，但在感情上不一样。对前者，信心足，干劲大，能够顶住风浪，克服困难前进，而在后者，则稍有挫折就心灰意懒，不想干了。这里面，不仅表现出个人英雄主义的思想，同样说明我为生产服务的观点也还是不够的，因为毕竟后几项工作的成果是立即能为生产和国防所应用的。

（3）狭隘的男女平等思想：1956年评奖，领导上曾由于我得的奖金比娄康后多而感到意外，我对此就十分生气，认为这是对我的污辱。虽然后来仍勉强维持着胚胎组与生态组的协作关系，但是或多或少影响了一些对船蛆防除工作的积极性。

对于领导决定把我留在青岛工作一事，长时间来我认为是由于照顾关系，觉得很不光彩，时常想，为什么不能让娄康后跟着我跑？即使不这样，至少也要能各自独立，不然还算什么男女平等？在工作上的利弊，我也考虑过，但是为了争这一点，我就可以不顾大局，不顾集体。

（4）愿听表扬，受不了批评：谁称赞我几句，就会感到飘飘然，干劲也就大了。处理事情，顺我则行，逆着我则不行。不是从人民利益为准则的，这是极其危险的，谁摸到了我这规律，很容易发动我大干一番。只要满足我是"英雄"这一要求即行。

形成这样突出的个人英雄主义思想，最主要的是来自剥削家庭的影响。封建家庭的压迫，一方面促使我想反抗，同时也使我想要向上爬。当我背叛家庭后，就掉进了个人主义的泥坑中去了。求学阶段，在学校有老师捧，回到姑母家又有姑母捧，因而光愿听好的，受不了批评。解放后，由于放松了学习，没有得到纠正。

III "四清"运动中的收获

本所开展"四清"运动之前，由于各方面的宣传教育，思想上有了一点准备，打算好好投入运动，进行自我改造。但是究竟运动怎样搞，我又应怎样投入，思想上很模糊。工作队来所后不久，讨论了 1965 年工作计划，对胚胎组的方向，进行了辩论。党委也作了决定，我对领导上的决定，思想上是不同意的，认为这样做，对工作不利。因而心情很不舒畅，尤其对于由于照顾我本人和童所长而把海洋所不需要的实验胚胎组保留下来的决定更是想不通。对党委向从事这项工作的人员提出的既要安心又要做出成绩来的要求认为很难办到。因而曾一度工作做不下去，情绪平静不下来，运动也投不进去。

在运动开始前，我对社会上存在着尖锐的阶级斗争是有所认识的，但是阶级斗争在本所的表现是看不清的。在大字报阶段，揭发的事实确实使我很震动，事实说明了斗争的尖锐，和平演变的可怕，但是由于我脑中充满着方向和工作问题，根本没有心思考虑自己的问题，也没有心情去考虑别人的问题。

春节后，我带着"为什么我有非政治倾向"这个问题开始学习毛主席著作，从《中国社会各阶级分析》一文中得到了启发，从我对许多事情的反应来看，我的世界观基本上还是资产阶级的，我的立场还是摇摆的，因而肯定了改造的必要性。同时，改造也是有标准的，在正确处理人民内部矛盾中说得很清楚。共产党员十项条件中也规定得很具体，这些都是我奋斗的目标。以往我之所以感到改造摸不到边际，不是由于没有边际，而是由于我没有去摸。改造必须要主动，要自觉，才能收效。

改造立场、世界观，肯定必须学习，那么，做工作是不是可以没有政治挂帅呢？这方面的收获主要来自有关乒乓球队的报导。从这些报导中，我把政治和业务初步地联系起来了。我国乒乓球队是活学活用毛主席思想的典范，乒乓球的胜利也就是毛泽东思想的胜利。在他们的报导中，充满着为人民服务，实践观点，群众观点，不断革命观点和辩证唯物观点。学习政治，不仅仅是开会、谈理论，主要是把这些观点学到家，来指导工作。毛泽东思想既然可解决他们为谁打球的问题，为什么就不解决我们为谁服务的问题？政治和业务应该是统一的，它是灵魂，是方向，离了它就不能很好地工作！

从几次毛主席著作学习经验交流会上，我又得到了另外一个启发，待人接物，生活做人，都离不了毛泽东思想，它能使我们活得更有意义，工作更有劲头，情绪更觉舒坦。

由于初步解决了这三方面的问题，我初步扭转了政治、业务对立的看法，同时有了比较强烈的要求改造和学习的愿望。

对于工作问题上的苦恼，也逐渐地减少了，我们既然来自五湖四海，有着共同的建设社会主义的目标，那么，多么困难的事也就有了解决的基础。对革命事业的利弊，就是我们辨别是非的准则。虽然以后到底应该怎样办还没有具体解决，但是我有信心通过讨论，总会逐步得到解决的。从阶级斗争的严重性来看，这次运动是十分及时的。我以往那种不想过问政治的想法是很不现实的，阶级斗争存在于每个角落。你不找它，它可要来找你，与其被动地被拖进去，还不如争取主动地去掌握它。

另外一个收获是更清楚地看到了个人主义的危害性。从大量和平演变的例子中看来，资产阶级思想的侵蚀是无孔不入的，哪儿个人主义抬头，哪儿就有发生和平演变的可能，就有可被拉下水的危险，这是必须引以为戒的。

IV 个人优缺点

1．优点：

（1）愿意听党的话，跟着共产党走社会主义道路。

（2）待人诚恳，热心帮助人。

（3）事业心强，工作积极负责，能吃苦耐劳，能坚持并带领青年一起工作，共同前进。

2．缺点：

（1）把业务突出在政治之上。

（2）个人英雄主义。

Ⅴ 今后努力方向

1．加强毛主席著作的学习，除实验工作的旺季外，做到每天学，持之以恒，先学《为人民服务》和《纪念白求恩》，以解决为谁服务问题，再学《实践论》《矛盾论》等解决工作和思想方法。力求学通，做到活学活用。

2．经常想到六亿人民的利益，积极靠拢组织，争取（得到）帮助，将个人英雄主义转变为革命的英雄主义。

3．争取参加力所能及的劳动，一方面培养工农感情，另一方面锻炼身体，增强体质。

与在"高研组"会上的发言相比，这份书面的"自我检查"要慎重多了，更多了对自己的剖析，删除了关于他人的评述，譬如对张玺先生和毛汉礼先生等的评价。在这份"自我检查"后，填写着"小组鉴定"——优点：对党的方针政策一般能拥护，能跟着党走社会主义道路；对所负责专业事业心较强，能钻研业务，能坚持亲自动手做实验，对待研究工作能刻苦耐劳，在业务上对青年要求较严格；在运动中思想认识有提高，能比较认真地检查自己存在的问题。缺点：对党的方针和党组织，认识不够全面，有时有不正确看法；有重专轻红、纯技术观点，对政治学习不够重视，自我改造要求不严；群众观点薄弱，作风不够民主，不善于听取别人的批评意见。

在"小组鉴定"后，是手写体的签名："小组长 曾呈奎"，落款时间：1965 年 9 月 16 日。在曾呈奎名边，是曾呈奎的印章。在曾的印章下边，还有一枚印章："纪明侯印"。再下一栏是被鉴定人的意见："同意"和"签名"，时间是 1965 年 9 月 17 日。最后的"上级组织审查意见"一栏，写有"同意小组对吴尚勤的鉴定意见"，并盖有"中国科学院海洋研究所"的公章，时间为：1965 年 9 月 20 日。

　　1988 年 3 月 11 日，吴尚勤在赶赴山东日照的一养虾场途中，因车祸不幸罹难。过了几年后，当科学院院士开始增选时，有些老师议论，若吴尚勤还健在，以她在学术界的声望，她应该能当选院士的。不过更有老师说，吴先生如果健在，恐怕也很难当选，就凭她的性格，估计也很难有人替她说话。

张玺的自述与检讨

1950年夏天，作为原北平研究院动物学研究所所长的张玺带领着原班人马来到了青岛，与从老山东大学出来的童第周、曾呈奎一起，创建了中国科学院水生生物研究所青岛海洋生物研究室。

张玺来青岛工作并非他的本意，是服从新中国成立后科研部门统一布局和建设的需要，张先生的夫人和子女都没有来青岛，他是孤身一人率领着老部下们来青岛创业的。对于新中国的海洋科学，张玺的贡献为人称道的是贝类学，他还组织领导了我国海洋无脊椎动物的调查，摸清了我国海域蕴藏的无脊椎动物资源。

关于张玺先生，我更多的是从他的助手和学生那儿了解的。前几年，为了撰写《张玺传》，我曾去天津拜访过张玺先生的后人，也见到了张玺先生当时尚健在的二儿子——也已经是九十多岁的老人——从老人的讲述中，只能说得到了张玺先生零星的印象。

张玺雕像

其实，最初我并不知道张先生，而是在采访几位老先生的过程中，突然发现，张玺是个绕不过去的人物，作为"创所"的负责人之一，张先生尤其在贝类学上，属于开宗立派的人物。他当年带来的助手后来大多成了学科上的权威。我在 1997 年接受了一个任务，为病中的一直管理海洋所生物标本室的老先生马绣同写一篇"特写"。为了写马先生，我采访了贝类学老专家齐钟彦先生，并阅读了马先生的档案。结果我发现，若要写马先生，先要弄明白张玺先生，因为马先生是张先生一手带起来的助手。而齐先生更是张先生的"嫡系"弟子，当年协助张先生撰写了有着奠基意义的《贝类学纲要》。于是，我又阅读了张先生的档案。

在张玺的档案里，张先生在"自述"中记录了一件事——张玺是 1921 年赴法国留学的。那时，在法国的中国留学生之间碰撞着各种各样的思潮，那是一群有着格外敏感的爱国心的热血青年。在里昂的咖啡馆里，张玺曾听过周恩来慷慨激昂的演讲，他是带着好奇心来听这些年轻共产党人的演讲的。在纷繁多样的主张中，张玺没有走革命的道路，而是决心踏踏实实地学到一门学问。像张玺这样的选择，在当时，被称为科学救国派。不过，

张玺与家人

张玺在法国留学时

张玺在昆明时的实验室

张玺与同事们

在后来"知识分子思想改造"运动中，张玺先生解剖自己的思想时，曾说过这样的话，他在法国留学时因为自己是"公费生"，便感受不到"勤工俭学"同学的艰难，也就缺少对"革命"的向往——当时在法国"勤工俭学"的青年大多选择了走上共产主义道路。

张玺在法国呆了11年，其留学经历在他的后半生中成了"检讨"的重要内容。从他的档案中不难看出，张先生的"自述"主要围绕其留学和在1949年前在北平研究院任职的人与事，他的最详细的一份"自述"是写于1956年夏天的《自传》——

自　传

I　简介

我1897年2月11日生在河北省平乡县东田固村一个耕读传家的旧礼教家庭里，自八岁时起在原籍私塾和高等小学堂里念书，至十七岁时在高小毕业后在家耕读了一年，到十八岁时（1915年）离开家乡到保定甲种农业学校及育德勤工俭学留法班和直隶公立农业专

张玺手稿

门学校附设农艺留法班求学，前后三校共 6 年。这是我在国内求学时代。1921 年我（24 岁）到了法国：在里昂中法大学预备法文，在里昂大学学习农学、生物学，1927 年得到硕士学位后，又在里昂大学理学院和法国沿海生物机构研究软体动物，至 1931 年 11 月得到法国国家博士学位。三个阶段共用去 10 年半，这是我在国外求学时代。

1932 年 1 月我回国到了北京，进入北平研究院动物学研究所做研究和领导工作，一直到 1949 年北京解放后中国科学院成立，并在大学兼课。1950 年科学院调整机构时调我来青岛海洋生物研究室工作，至现在。这是我的经历。

总计我在国内外求学约 20 年，做研究工作 30 年，发表研究论文共 50 余篇，其中在法国杂志上发表了 8 篇，在美国和加拿大杂志上发表了 1 篇，其余的均在国内各有关刊物上发表。

以上所述，是我过去的将近 60 年的生活和工作的简介。

II 家庭出身和家庭成员

我于 1897 年 2 月出生在河北省平乡县东田固村一个耕读传家的旧礼教家庭里，祖父是清朝的武举，曾教过武学，吸鸦片，53 岁就去世了。当时我才几岁，刚记得他病时的情况。我父兄弟二人，叔叔考秀才未中，在家务农，父亲中了武秀才之后亦在家务农。家有地150—200亩，雇有一名或二名长工，忙时雇短工。我母亲生我兄弟四人一姐一妹，兄弟三人和姐妹均在30—40岁间夭亡，我母在48岁时去世。

二弟瑞，仅上过私塾，在家务农。我在国外期间，他在本村附近一个村镇上同姑丈等做粮店生意，不久吸上"白面"，后来在镇上做过精神官，1933年病故，无子女。

三弟珍，只上过小学，为人忠厚，能吃苦耐劳，在家务农，至抗战初期病故，有二子，现在原籍参加农业生产合作社。

四弟璸，由我供给在北京上中学和中法大学生物系，接受新思想较早，曾患过肺病，"七七"事变回原籍侍父病。1938年初他参加革命工作，同年加入中国共产党，曾任平乡县战委会组织部部长，第二专区文救会主席兼专区农会宣传部部长，不幸在1942年任巨鹿县县长时被伪军捕去。他仍与党有联系，后被迫到平乡县"新民会"里做伪事，曾得到当时平乡县委书记孙光瑞批准在敌人内部为党工作，经常给县委报告和敌人斗争的情况，终因势孤吃力，旧病（肺病）复发而亡。（根据他的一位战友现在中共河南省委书记处马任平同志给我的信说。）遗有二子一女，现在原籍，长子参加农业生产合作社，次子和女儿上小学。

继母杜氏生有一弟（名琇）二妹，二妹均已出嫁，琇弟初中毕业，现在原籍任小学教员，有子女六七个。

继母在平乡原籍居住，是一个家庭妇女，由琇弟和侄儿们供给食用。我仅在年节时汇给继母和琇弟侄儿们一些款。

我自1921年就离开原籍平乡，迄今已有30余年，仅在抗战前回过和看父病时回过两次家。抗战前我每月收入400余元，每月均汇往家中百十元以供养父亲（患半身不遂病数年和家中费用并还债）。1938年父病故后，我们兄弟们分居，当时我在昆明，家中来信说分给了我们全家四口（妻和二子）20 多亩地和闲院草房数间。我去信说不要，让兄弟们耕耘使用。家中财产与我无关。

解放后琇弟来信说政府给我名下房地若干，我去信说不要，但弟侄等收下耕耘住用，后来政府认为不合理又收回去了。

以上所述，是我的家庭出身和我与老家的关系。

我现在的家庭成员如下：

郭月梅，爱人，现年 62 岁，家庭妇女，无文化，爱劳动，在北京家中培养长孙昆生上小学，拥护政府政策，参加街道各种政治活动。自抗战以后家中未雇过人，做饭拆洗等工作均由她一个人做。肯劳动，抗战时期在昆明乡间居住，四季种菜，足够家中食用，有余，现在北京庭院中仍栽种着各种各样的东西。

张振东，长子，1915 年生，云南大学医学院毕业，现任保定河北医学院病理学副教授，两年前申请入党，今年三月被批准为候补党员。

张振西，次子，1918 年生，云南大学工学院毕业，曾去法国实习二年，解放后回国，现任天津大学水能利用学副教授，民主同盟盟员，今年春假已申请入党，学校初步决定选派去苏联进修一年，现在正准备俄文。

杨彩琪，长子媳，1921 年生，初中程度，在家教养子女兼任学校家属委员会副主任。

刘育兰，次子媳，1919 年生，天津护产学校毕业，现任天津公安医院护士。

张昆生，长孙，1945 年生，北京市后广平库小学学生，少先队员。

张仲生，次孙，1947 年生，保定北关小学学生，少先队员，兼中队长。

张元春，长孙女，1948 年生，天津大学小学学生。

张继春，次孙女，1949 年生，保定河北医学院宿舍（居住）。

张纪生，三孙，1953 年生，天津大学幼儿园。

张建生，四孙，保定河北医学院宿舍（居住）。

张小蕙，三孙女，1955 年生，天津大学宿舍（居住）。

III 求学和服务时代

一、求学时代

（1）私塾和高小

少年时在家乡私塾读了几年五经四书，在学中读死书，死读书，受的是一种封建的思想教育。14 岁时（1911 年）考入平乡县城内高等小学，在校三年颇知用功，毕业成绩尚佳。高小毕业后，以家中经济困难无力供给我上中学，只得在家耕读，农忙时种地，秋收后自学，但是升学的志愿并未打消。1915 年夏去邢台投考第四师范（公费）未被录取，适保定直隶公立农业专门学校附设甲种农业学校在邢台招生。以此校不但费用少而且有奖学金，乃决定报名投考，幸被录取。

（2）保定甲种农业学校（1915 年 8 月—1919 年 6 月）

在校四载，为了奖学金颇为努力，每学期都得到免费生，解决了经济上的困难。在此时期正值日本帝国主义要独占中国，俄国伟大的十月革命运动获得胜利之际，促进了 1919 年反帝反封建"五四"爱国运动的爆发，当时我和许多的爱国同学如陈鸣岐（即生物地学部副主任陈凤桐）等均参加了学生运动，初步地意识到非"科学与民主"不能救祖国，激起了我要以勤工俭学的道路到法国去学习科学、好把祖国建设起来的态度。

（3）勤工俭学留法班（1919 年 9 月—1921 年 7 月）

1919 年夏在甲种农校毕业后考入保定育德勤工俭学留法班，在班内以学习铁木工、法文和机械学为主。教机械学的是现在任清华大学副校长的刘仙洲先生，他热心提倡勤工俭学教育，当时天津河北工学院请他任比留法班工资多、名位高的教授他坚辞不就，使我们青年大为感动。1920 年夏毕业恰遇家乡大旱，父叔二股业已分产，家中经济更为困难，无法筹措赴法旅费，找工作亦找不到，正在无路可走之时，母校直隶公立农业专门学校亦成立了农艺留法班，一年毕业，并规定考试名列甲等前五名者每月津贴 50 元保送出国。因此又在母校农艺留法班学习一年。在此一年过的是借债典当生活。1921 年夏毕业时列为津贴生并保送法国里昂中法大学。因家中亲友和母校老师（王炳文先生现任北京农业科学研究所园艺系主任）的帮助，勉强凑出路费，才得以到了法国，同船的有同班同学周发岐、杨堃等。

（4）法国里昂中法大学和里昂大学（1921 年 9 月—1931 年 11 月）

我们出国时有 150 余人，其中有自费生、半公费生、公费生。由国民党反动派"元老"吴稚晖率领于 1921 年 8 月 13 日由上海乘法国邮船四等舱西渡，至 9 月 25 日到马赛登陆。由上海到马赛中途经过许多英、法殖民地，回想到祖国不强被人割据不能翻身之耻。

由马赛到了里昂中法大学，正遇着国内军阀代理人驻法公使陈箓与法帝国主义者勾结把一部分进步的勤工俭学学生（他们认为是"危险分子"）强迫送回祖国的时候。我对这些同学表十二分同情，因为我们同行的人中有一部分不是里昂中法大学当局批准的公费生，要我们交饭费，否则亦有强迫送回祖国或被赶出校外的可能。

所谓里昂中法大学实际是一个学生公寓，在里边食住预备法文，然后再进入里昂大学各院校。中法大学代交一切费用。当时的中法大学校长是吴稚晖，副校长是大汉奸褚民谊，秘书是汪逆走狗曾仲鸣。我们一部分人（21 人如周发岐、夏康农等，他们称我们为欠债者）为了争公费生待遇，曾和他们作过激烈的斗争。我得到公费待遇以后，又有国内保定农校的津贴，一直在法国过了 10 年半（周发岐、王炳文可作证明）。

1921—1922 年在中法大学预备法文，曾听过法国共产党员嘉香的公开演讲。当时对共产党并没有正确的认识，只不过是一种好奇心而已，因为自己想以"科学救国"而不想搞政治。

1922—1927 年进入里昂大学求学。为了应付保定农校的津贴，不得不先学习农业课程（如应用动物学、农业地质化学、农业植物学等），后来又学普通动物学、植物学和比较生理学至 1927 年得到硕士学位。

1927—1931 年在里昂大学理学院动物研究室做研究工作，以软体动物后鳃类为题，到法国数个海滨生物研究站做试验。1931 年 11月得到法国国家理学博士学位。

在法国求学期间，我曾和留欧同学组织过中国生物科学学会（林容、朱洗、贝时璋、周太玄等）和新中国农学会（林容、齐雅堂等）。在预备博士论文期间（1929 年）曾出席过在西班牙举行的国际海洋水力会议。我在这个大会上曾宣读一篇研究论文，并到南非洲参观一趟。

1931 年由于周发岐（他先回国在北平研究院和中法大学工作）的介绍，北平研究院邀我回国到动物学研究所工作。正在印刷博士论文之际，日帝侵我东北"九一八"事变消息传来，我心中甚为愤恨，曾和一些爱国的同学组织过宣传大会向法国科学家和同情我们的学生宣传日本帝国主义吞并中国及全世界的阴谋。12 月回国，一到上海看见反动政府毫无准备抵抗日本之意大失所望。

二、服务时代

1932 年 1 月到了北京，进入北平研究院动物学研究所做研究和领导工作一直到 1949 年北京解放。北平研究院是留法派的大本营，主要负责人均系留法同学，经费很少，人员不多，工作不易展开，全院人员最多时仅百余人，而动物所从未到过 20 人。

1932—1937 年间在北京，一方面在北研动物所任研究员，同时也在大学兼授动物学和海洋生物学课（如北京农学院、山东大学、中法大学、中国大学）。

我曾到过厦门、烟台、威海、青岛等沿岸采集调查，当时最感痛心的就是沿海重要地区均为外人占据。我也曾代表北平研究院和伪青岛市政府沈鸿烈榷商组织了一个胶州湾海产动物采集团，由伪港务局派汽船和水族馆人员参加。二年共做了四期采集调查，我领队三次（张凤瀛领队一次），每次伪市长沈鸿烈招待北研工作人员一次，最末一次还照过一个合影。在北京曾同杨钟健、裴文中、张春霖等在《世界日报》上创刊过"自然"副刊，当时的思想情况只是"为研究而研究，为科学而科学"，虽然也想过联系实际，但是在旧社会里是不可能的。对国事虽然亦关心，如对一二·九的学生游行很表同情，对冀察政务委员会的亲日和特务宪兵 13 团迫害学生亦极痛恨，但自己并无反抗他们的行动，主要原因是怕对自己不利，没有斗争性。

1937 年"七七"事变，抗日军兴，由于蒋政权的消极抗战，华北各地相继沦陷，北京被日寇占领。当时日法尚未冲突，我在中法大学暂时教书和动物所同事把重要图书一起运到中法大学整理装箱，由海运经越南至昆明。由北京到天津下车搭船，日寇宪兵和汉奸大事搜查、欺压凌辱，由海防登陆过越南时，法帝国主义者对我们的搜查欺压亦不亚于日寇和汉奸。

到了昆明以后，物资缺乏，人力短少，工作进行甚为困难。为了研究湖沼动物方便起见与云南建设厅合组一个水产试验所，在昆明湖西岸与北研动物所在一块，由我兼任所长名义，进行云南湖泊动物的研究，同时在中法大学和云南大学兼课。动物研究所陆所长病故以后，1940 年起动物所由我负责，同时中法大学附中校长宋甄甫因婚姻纠纷不得已离开昆明，我以中法大学兼任教授名义代理了他半年校长职务。

为了保持所得工资不随通货膨胀化为乌有，曾同李枢（云南大学教授）在昆明买过二亩多地，同周法岐（当时中法大学理学院院长）托北研同事刘为涛在四川（刘的家乡古宋县）买过两丘地，并和刘为涛由黄明伦（堂弟之谦的同学）买过一次货物缝纫针。这些行为虽然由于当时社会环境所迫，但都是地主富农和资产阶级的表现。

八年抗战使我最感兴奋的就是德意惨败、苏联出兵打败日寇关东军，致使日本无条件投降和毛主席亲身飞到重庆协商国事。这种为国为民的伟大精神，使每一个爱国人都受到感动。使我最痛恨的就是反动政府的贪污腐化不抗战而镇压进步人士，特务横行，在光天化日之下打死闻一多教授，使文教界更加痛恨。

1946年9月随北研返回北京。日本投降，重返旧地，感到无限兴奋。但因国民党反动政府在美帝协助下想控制全国，勾结敌伪军破坏"停战协定"，向解放区进攻，挑起内战，研究工作不能展开，只是整理在云南搜集的研究资料。

初返回北京时整理旧存动物标本，据所中旧工人说，鱼类标本一部分流散在东城椿树胡同"世界社"里。当时张春霖（现在动物室）和武兆发（现在北京师大生物系，当时他在该社"先进生物室"）均在该社工作。张、武均系旧识因而去访，并参观该社的研究室，因而结识了该社负责人唐嗣尧。该社曾印发刊物一种《世界科学》，内容完全是自然科学，看不出有何政治色彩。因张春霖的关系，唐嗣尧曾发给我一张《世界科学》的特邀编辑聘书。后来听人说唐嗣尧是国民党特务，他办"世界社"出版《世界科学》作掩护伪装进步。他请我吃过饭，并在一个年会（？）上合过影，但我始终未给他写过文稿，以后就断绝往来。

1948年底，北京在人民解放军团团包围和人民要求和平解放的压迫下，终于在1949年2月解放了。北研在高教会领导下进行工作，动物学研究所仍由我负责，一直到中国科学院成立所属各单位调整，1950年10月调来青岛本室工作至今。

Ⅳ 学历和经历表（略）

Ⅴ 社会关系

尹赞勋　男，54岁，解放前在地质调查所工作，解放后曾任北京地质学院副院长，现任中国科学院生物地学部副主任、九三学社中央委员、北京市人民代表，与我系同乡同学（小学、里昂大学），常往来。

王炳文　男，70岁，解放前在河北农学院、河北农业试验场工作，现任华北农业科学研究所园艺系主任，河北省人民委员会委员。自1915年在保定甲种农业学校和留法班均听过他的课，我1921年出国时有困难，他曾以经济帮助和精神上鼓励我出国，迄今往来未断。

刘仙洲　男，66 岁，解放前任清华大学教授，现任该校副校长，系我 1919 年在保定育德勤工俭学留法班的老师。热心学术，往来迄今未断，常鼓励我多做学术研究。

周发岐　男，54 岁，解放前在中法大学任职、北平研究院化学研究所任所长，现任北京工业学院研究部主任。在昆明任中法大学理学院院长时，他曾参加过国民党，但未听说他有任何活动。要求进步，已申请参加中国共产党。保定农艺留法班同班同学，法国里昂中法大学、里昂大学同学，北研、中法大学同事。他比我回国早，在我未回国以前他曾把我的胞弟璜和长子振东叫到北京上中学，代我培养他俩。常往来。

刘为涛　男，54 岁，解放前后均在四川大学任教。1921 年同船去法国，里昂大学同学，在北平研究院和中法大学同事。要求进步，数年前即争取入党。在昆明时为了保持所得工资价值我和周发岐曾托他共同在四川古宋县（刘的家乡）买过两丘地。解放后不大往来。

杨堃　男，54 岁，解放前后均在昆明云南大学任教。政治情况不了解。1919 年保定农艺留法班同班同学，法国同学。回国后不常往来。

齐雅堂　男，54 岁，解放前在北京中法大学任教授兼生物系主任，现任广州农业部热带植物研究所形态室主任。保定农校同学、法国同学，中法大学同事，不断往来。

夏康农　男，53 岁，曾任中法大学生物系主任，现任北京中央民族学院副院长。民主人士。1921 年同船去法国，里昂大学同学，北京中法大学同事。

汪德耀　男，53 岁，解放前任厦门大学校长，现任该校生物系主任。1921 年同船去法国，在法国同学。1932 年回国，曾在北京农学院生物系任教授，在北研动物所兼任研究员一年。1932 年冬我曾代他在农院生物系授动物学课半年。

徐廷瑚　男，70 岁（？），解放前曾任过伪实业部司长、北平研究院秘书长，后来去台湾化学肥料公司任经理，国民党党员。保定农校师生关系，北平研究院同事。他去台湾后即失联系。

刘厚　男，65岁（？），抗战前曾任南京伪实业部技正，解放前任天津伪华北垦业农场场长，与国民党头子吴稚晖、李石曾接近，解放前逃往台湾。1929年在法国里昂大学同学，同时他兼里昂中法大学秘书。解放后失去联系。

陈凤桐　男，63岁（？），解放前在解放区工作，解放后任华北农业科学研究所所长兼中国科学院生物地学部副主任。"五四"运动时在保定甲种农业学校同学共同搞过学生运动。1949年2月北京解放，他首先代接管北研动物学研究所，后来曾谈过几次话，对我的思想认识和工作上有很大帮助。

范秉哲　男，52岁，解放前任云南大学医学院院长，昆明解放前携眷去法国巴黎。他在昆明是一个名医，与云南伪当局相识甚多。法国里昂同学，云大同事，解放后无联系。

赵明德　解放前任云南大学附属医院院长，昆明解放前去越南西贡做大夫。云大同事，次子振西的连襟。解放后无联系。

李枢　男，52岁，解放前和现在均在云南大学医学院教书和医院做大夫，从前不问政治，现在不了解，法国同学。1939年在昆明时曾和他共同在西山根下买过二亩半地盖草房数间，1946年离开昆明前即卖去。

林容　男，55岁，解放前和解放后均在北研植物所，现任科学院植物所副所长，盟员，留法同学，北研、中法同事。

刘琪谔　男，58岁，解放前任北研植物所所长，现任中国科学院森林土壤研究所所长，留法同学、北平研究院同事。

张春霖　男，59岁，解放前在伪北京大学和"世界社"工作，后来在师范大学教书。解放后任师大生物系主任，现任中国科学院动物研究室研究员。我和他在法国相识，抗战前他在静生生物调查所工作时有往来，抗战期间无联系。胜利后至现在时常往来。

顾光中　男，52岁，解放前在中法大学、贵州大学任教，现任贵州师范学院副院长，民盟盟员，今年春天已被批准入党。自 1932 年至 1940 年和我一起在北研动物所做研究工作。后来又在中法大学同事，在那时他曾经常对我宣传解放区或延安的广播消息，对我的思想上有一些好的影响。

李石曾　解放前任北平研究院伪院长，现住国外，国民党反动派的"元老"。他任北研伪院长将近廿年，我和他见面不过数次，在他的 60 寿辰论文集中，我曾作过一篇《中国海产动物研究之进展》。解放后无联系。

李书华　解放前任北平研究院伪副院长。全国解放后逃往外国。国民党反动派中央委员（？），1921 年在法国里昂中法大学见过。自 1932 年到北平研究院至解放前一个时期内，在业务工作上经常联系。1950 年春他由巴黎来过一信，说想回国来教书，我曾把他要回国的意思转告陶（孟和）副院长，并回信劝他早些回国来为人民服务。以后再无音信。

庄子毅　男，62 岁，解放前任昆明中法中学校长，现任山东泰安中学教员。国民党党员。抗战前他任烟台芝罘中学校长，我由北京到烟台采集动物标本时，常住芝罘中学，因而与他相识。抗战时昆明中法中学校长缺人，他那时在成都一个中学教书，我向中法大学董事李书华介绍他当校长。

朱弘复　男，47 岁，解放前在北研动物所任研究员，现任中国科学院昆虫研究所副所长，九三学社社员。他系刘仙洲先生的女婿，因而相识，我向院中介绍他来动物所工作的。

沈嘉瑞　男，52 岁，解放前在北研动物所任研究员，现任中国科学院动物研究室研究员，民盟盟员。由我向北研介绍来动物所的。

李万新　女，43 岁，抗战前在上海教中学，抗战期间去延安。现任林业部基建局副局长，中共党员、九三学社社员。1932 年北农生物系师生关系。当学生时思想进步曾被反动派逮捕过。她处境困难我对她求学和找工作上均有些帮助和鼓励。解放后曾会见数次，对我思想转变帮助很大。

尹儴余　胞妹丈，42岁，抗战期间参加革命工作，在朝鲜参加过抗美援朝工作，现在河南公路局工作。解放后曾有信联系，他的女儿曾来北京看过我，并住了一个时期。

张之谦　男，42岁，是我的一个堂弟，解放前在贵州遵义、贵筑做过伪警察局长及江西伪鄱阳税务局副局长。解放后留用为税务员。1950年秋调浮梁税务局工作。1951年春他的爱人周隽珍来信说之谦以历史不清楚被公安处捕去，现在内蒙农场受劳动改造。他的家中经济困难，当他在南京伪警高学校求学时我曾供给过他一些零用的钱。他被捕后，我曾写信给他爱人转告他好好交代问题。他的爱人在江西卫生所工作，1953年夏来信说，因四个小孩均病向我借钱我汇给她20万，以后又要过5万。之谦由内蒙来过信，我也未复过他。

黄明伦　男，伪警高毕业，抗战时期在昆明任第二区伪警察局长，与北平研究院宿舍很近，因堂弟之谦的介绍相识。1939年他曾向我说现在有人去沪购做活的针，你若有存钱我可以让他们替你捎带一些来。我和同宿舍的刘为涛同事每人给他500元。后来他说越南物资被扣，不能运来了。我1946年离开昆明即无联系。

张光浩　男，34岁，系青年知识分子，解放前找不到工作在北京一个磨面庄（余庆源）上为人写账。为了支持这个米面庄和稳定个人的位置，曾由他的亲戚马绣同介绍，要我加入了约合人民币50元的资金。解放后他考入税务学校，现任上海市蓬莱区税务分局人事科副科长，中共党员。

瓦内（Vaney）　法国里昂大学动物系主任，师生关系。曾指导我博士论文，解放后未通信，听说现在已退休。

钩洛里（Caullery）　巴黎大学教授，法国科学院院士，在法国时相识，曾由他向法国科学院及其他生物杂志上介绍论文。解放后无联系。

马场菊太郎　日本东京文理科大学动物系教授，有名的软体动物后鳃类专家。抗战前常通信交换刊物及标本，以后失去联系。

VI 参加过的学术团体和党派组织

我在解放前只参加过学术团体，未参加过任何反动组织，解放后参加了民主党派九三学社。

法国动物学会：1928 年里昂大学动物学讲师白劳斯先生介绍。

中国生物科学学会：1924 年同留欧同学朱洗、周太玄等在法国时组织的，抗战后无形取消。

新中国农学会：1924 年同留法同学林容等共同组织的，抗战后无形取消。

中国动物学会：1934 年参加的，曾任过该会理事长及总编辑。

中国科学工作者协会：1948 年在北京由周岐发介绍填表参加。

中国海洋湖沼学会（1950 年 1 月北京）：曾任北京和青岛分会理事长。现任总会理事长。

青岛科联：曾任秘书长（1951—1955），现任副主任委员。

九三学社：由严济慈、朱弘复介绍 1951 年 10 月填写入社申请书，1952 年 5 月被批准为社员。1953 年 1 月总社委我在青岛市委统战部领导下发展组织吸收 12 人，6 月成立直属小组任副组长兼组织委员。1954 年成立筹委会任副主任委员，1955 年成立分社仍任副主委。1956 年 3 月全国社员代表大会被选为中央委员。

VII 思想转变过程

在解放以前，因为有些自己相信的人参加了革命，并且有的同事常对我说共产党好，我认为共产党是一切政党中最进步的，但是到底怎样进步，我并不知道。解放以后，进行了时事学习和一些政治理论学习，同时我亲眼看到人民解放军纪律严明英勇善战，一举渡江南下，在一个极短的时期内，把蒋匪帮残余赶出了大陆，此后不久又在政治经济和文化各方面都取得了伟大的成就，人民生活逐渐改进。通过这些理论学习和许多活生生的事实的教育，使我对党有了一个初步的正确认识。

通过有关抗美援朝的文件学习和人民志愿军击溃美帝的辉煌战果，证明了过去认为中国需要依赖美国才能搞好，完全是一种亲美崇美恐美的错误思想。

1951年学习有关土改的文件并在青岛附近村镇参观了审判地主恶霸大会，看到农民对地主的愤恨控诉，使我们体会到恶霸地主在反动政府统治下如何残忍地剥削农民。

通过1951年夏季中国共产党的三十年的党史学习，使我了解到这卅年是光荣的、伟大的卅年。这是中国共产党、中国工人阶级和中国人民在毛主席英明领导下，向帝国主义侵略者及其走狗的英勇奋斗，经过许多艰难曲折，克服自己队伍中的各种机会主义倾向和各种错误，终于战胜了敌人而取得胜利的卅年。这个伟大的胜利鼓舞了全世界劳动人民向帝国主义作斗争的勇气和胜利的信心。

1951年冬结合镇压反革命的学习，我们进行了忠诚老实的检查，我认识到每一个国家干部都应当向政府和组织上忠诚坦白交代一切，分清敌我站稳立场，使我对组织上更接近了一步。

在"三反"开始的时期，我曾耐心地检查了自己的一切，自以为一生做研究工作，是一个品质清高思想进步的学者。后来经过党的启发和同志们的帮助，使我认识到自己的资产阶级的腐朽思想。通过"思改"批判了资产阶级思想危害的严重性，认识到工人阶级的大公无私，初步学会了使用批评与自我批评的武器，但同时亦产生了一种自卑感的副作用，直到最近才渐渐克服过来。

"三反"、"思改"之后，深深地体会到：政治水平若不能提高，业务工作就不能搞好，学术不能脱离政治。1952年参加了九三学社，在总社和市委统战部的领导下，开始过组织生活，继续进行思想改造，加强岗位工作。通过一系列的政治理论学习和党的总路线总任务的学习，使我了解到社会主义社会的美好前途和自己应该努力的方向，对自己的工作加强了信心。当时曾考虑过是否可以申请入党，但是觉得自己政治水平太低，年纪又大，没有条件。

通过 1954 年的普及，宪法草案初稿的讨论和修改，以及最近《1956 年到 1957 年全国农业发展纲要》的草案学习，我亲眼看到经过各阶层认真反复讨论修改，最后才决定公布，使我更感到民主集中制的优越性，自"五四"运动以来几十年来梦寐以求而在旧中国决不可能实现的自由民主得到实现了。

1956 年 1 月我参加了中国人民政治协商会议第二届全国委员会第二次全体会议，听到了周总理的政治报告和郭沫若院长的"在社会主义革命高潮中知识分子的使命"的报告，在大会之后的晚会上毛主席和中共中央负责人和每一人亲切地握手会谈。这些报告和会谈给了我很大的启发和鼓舞。

在党的全国性的会议上毛主席号召党内外知识分子要更加团结一致，为迅速赶上世界科学先进水平而奋斗，今春就在国务院领导下组织了全国科学家搞出了 12 年的远景规划。为了社会主义建设，党和政府这样重视科学和团结知识分子，在中国是史无前例的。我深深地感觉到中国共产党真正是先进科学家的光荣归宿。

回忆我在北平研究院动物研究所将近 20 年的工作经历，全所人员最多时期亦没有到过 20 个人，经费少得更是可怜。现在拿海洋生物研究室作一个对比，在短短的 5 年间由 30 人增加到 120 余人，已超过北研动物所的人员 6—7 倍。经费每年用不完，现在科学规划，只要有需要和可能，经费没有限制的，这是我在解放以前旧社会里梦想不到的。

我细心地检查了自己的优缺点，同时也征求了一部分同志对我的意见，作出了以下的鉴定：

优点：1 工作踏实，不急躁，不冒进。

2 对人诚恳直爽，对干部关心。

3 要求进步，能虚心接受群众意见。

缺点：1 工作有时比较保守，计划性较差。

2 对年轻干部督促不够，不够全面。

3 缺少政治锻炼，斗争性不够强。

自从学习了周总理的"关于知识分子问题的报告"之后，我深切地感到必须加速改进自己，为响应党的"向科学进军"的号召而加倍努力，尤其是民主党派的知识分子在社会主义革命和建设中，走路慢的，走曲路的，就要落后于群众。周总理报告中指出知识分子进行思想改造的三条途径，正是知识分子向共产党员转变的三条基本途径。自从看到了去年11月《青岛日报》登载的我三十五年前的老师刘仙洲先生，在65岁的高龄还光荣地参加了中国共产党，我从前认为年纪大不能入党的错误看法已被打破。我热诚地愿意接受中国共产党的纲领和党章，在党的直接督促教育之下，克服自己的缺点，提高政治觉悟和思想水平，在发展祖国科学的伟大事业以及社会主义建设各项工作中贯彻党的政策，贡献出一切力量，争取做一个光荣的共产党员，向着共产主义的光明大道前进。

1956 年 7 月 15 日

在经历了知识分子思想改造等运动后，张玺向党组织提交了入党申请书，这份《自传》当是入党申请书的正式书面文本。

这也是张玺在20世纪50年代对自己剖析最详细的一次。在之后"反右"运动中，张玺再一次经受住了"考验"，这从1957年9月组织上给他的"鉴定"中可以看出来：

张玺鉴定材料

姓名：张玺，字：尔玉。

性别：男。

出生年月：一八九七年二月生。

民族：汉族。

籍贯：河北省平乡县人。

家庭出身：富农。

本人成分：职员。

何时参加何民主党派：一九五二年参加九三学社，现任九三学社中央委员，青岛分社副主委。

文化程度：理学博士。

现任职务：中国科学院海洋生物研究所副所长、省政协常委、市人民代表、中国海洋湖沼学会总会理事长、科联青岛分会副主委。

社会经历：一九一五年至一九一九年在保定甲种农业学校求学。一九二〇年九月至一九二一年七月在保定直隶公立农业学校专门留法班学习。一九二一年九月至一九二二年十月在法国里昂中法大学学习。一九二二年十一月至一九二七年七月在法国里昂大学理学院研究。一九二七年十一月至一九三一年十一月在里昂大学动物研究室工作。一九三二年一月至一九四九年十一月在北平研究院动物学研究所任研究员兼所长。一九三三年十月至一九三九年十月在中法大学兼任教授。一九三九年十月至一九四六年七月兼任云南大学教授。一九四六年十月至一九四七年七月兼任北京大学动物系讲师。一九四九年十一月至一九五〇年七月为中国科学院北京动物研究所负责人。一九五〇年八月任中国科学院海洋生物研究室副主任。一九五七年九月任中国科学院海洋生物研究所副所长至今。

家庭情况：

爱人：郭月梅，现理家。

长子：张振东，现在保定市河北医学院任副教授，中共党员。

次子：张振西，在天津大学水利系任副教授，盟员。

家庭生活均以工资收入来维持，在生活上较富裕。

主要社会关系：

李书华，伪北平研究院副院长，国民党中央委员，与张玺长期在业务上有联系，解放前逃往国外，一九五〇年春曾由巴黎来信，表示要回国教书，张曾回信劝他早日回国，后无音信。

张之谦，系张玺堂弟，解放前做过警察局和税务局副局长，解放后被捕劳改，一九五三年张之谦的爱人向张玺来信求助，张曾帮助她人民币二十五元。

齐雅堂，现任广州林业部热带植物研究所形态室主任。同事关系。

解放前后的政治态度：

解放前：一九二一年至一九三一年在法国留学时，曾接触过共产党，因为想以科学救国，对政治不感兴趣，并没有正确的认识。一九三一年"九一八"事变时，该在法国极为愤恨，和一些爱国同学组织过宣传大会（仅自己交代，尚未查证）。一九三二年回国在上海任教，做研究工作，曾对进步学生李万新（当时被反动政府逮捕过）在学习和找工作上进行过帮助和鼓励（已证实）。"一二·九"学生运动时，他表示同情，愤恨反动政府的迫害，但无实际行动。抗战期间赴昆明作研究和教学工作。

日降后，任北平研究院动物研究所所长时，对当时北平研究院院长、国民党特务头子李石曾、李书华极力拥护，并在李石曾的六十寿辰论文集中写了一篇科学论文，在论文的序言中，赞扬过李。该在青岛进行生物采集时，曾与匪市长沈鸿烈的关系密切，在一起照过像，并赞扬过沈对采集团的协助。根据查证的材料看：张主要是想巴结当时的国民党要人，维持其研究工作地位，并未发现有政治性的活动。

解放后：初期思想落后，名利思想较严重，当组织决定由北京把他调到青岛工作时，他反对，并组织了数人联名向上级请求留在北京成立分研究所。因未达其目的，到青岛后对政府不满。抗美援朝时，有变天思想，曾企图辞职回家。土改、镇反运动时，持中立态度。"三反"运动及思想改造运动时，态度尚老实，能接受群众的意见，运动中批判了资产阶级的腐朽思想，具体检讨了自己的宗派主义、个人主义的思想。总路线学习时，对资本家的破坏行为表示愤恨。统购统销时，对棉布计划供应表示拥护，但对吃粗粮有些不满。

三大社会主义改造及肃反运动中，表现积极拥护，其政治觉悟有了很大的提高，因此在一九五六年七月写了书面申请，要求党支部接受他入党。

"鸣放"中表现积极，自始至终坚持正义，有力地批驳反党反社会主义论点。五月八日，由中共青岛市委宣传部召集党外人士座谈时，张说"在海洋生物研究所的党群之间未有墙和沟"，他的讲话并在五月十日的《青岛日报》上发表了。

当海洋生物研究所鸣放开始，在大字报上出现了谩骂党污蔑党的内容时，张即表示非常气愤。当时正当该所邀请党外人士给党提意见帮助党整风，召集了民主党派座谈会，张即首先发言驳斥了大字报骂党是"地下党""走狗党"，并说任何人对个别党员有意见，应当对具体人提出正当的意见或批评，绝不能谩骂，这真是岂有此理，我坚决反对……

在六月二十五日下午该所民主党派（民盟和九三）联合召开的反右派座谈会上，张在会上曾表示储安平所说的"党天下"是不对的，但储提出的十二个副总理，没有党外人士他感到有些对。因为的确没有一个党外人士副总理，在这一点上他曾受到了储的影响。

当陆侃如反党反社会主义言行在各方面揭发以后，张因配合苏联专家去烟台做配合工作，后因要在九三内开展对右派分子陆侃如的斗争时，才去电催他回青，并担任了九三学社青岛分社的整风委员会主任委员。但在他刚回青岛时，由于对九三学社青岛分社主委（青岛市右派首脑，储安平右派集团主要成员）陆侃如所犯错误的性质开始认识不足，因而对领导九三青岛分社的反右斗争表现有些犹豫，经中共青岛市委书记孙汉卿同志找他谈话以后，态度有了很大转变。具体地参加了山东大学所组织的对陆侃如的全校性辩论大会，对陆的右派丑恶面貌有了较深刻的认识。因而态度较前更加积极，而随着斗争的发展，认识的提高，在此期间领导九三整风委员会，以及在山东省、青岛市人代会上向陆侃如开展面对面说理斗争中表现坚决。对斗争的认识和决心也逐步上升，日益高涨。对九三分社整风领导工作中的一些重大问题都能及时向党请示，征求市委统战部的意见，本人也更加向党靠拢。

根据以上情况来看，我们认为张应确定为左派。

工作能力：

该专长于原索动物及软体动物学，特别是对软体动物的后鳃类有研究。在研究方面达三十余年，先后发表了五十余篇论文，对胶州湾、烟台、厦门的海产无脊椎动物和云南省的部分水生生物（淡水）均进行过研究。解放后在党的领导下其研究取得进展，现正进行着海产无脊椎动物分类的分布、船蛆、凿石虫、扇贝、牡蛎等，有害贝类和经济贝类的生态、培植研究工作，并获得了一定成就。一九五五年七月份曾著《中国北部海产经济软体动物》，此书出版后反映较好，对今后教学及提供海产经济价值上有些贡献。

代表性：

该在生物学界有三十年的研究历史，资格较老，在研究软体动物方面是我国最早系统开始的一个。在国外时曾组织过中国生物科学学会和新中国农学会，亦出席过在西班牙举行的"国际海洋水力会议"。解放前曾在伪北平研究院及云南大学做研究工作。解放后在党的领导下发挥了他的专长，对贝类学进行了研究，获得了一定成就，系我国仅有的贝类学（即软体动物学）专家。在全国科学界中有一定的代表性。

有何政治历史问题，结论如何：

目前尚未发现有政治历史问题。

安排使用意见：

该系我国软体动物学专家，有一定的研究能力，并获得成就，为此拟安排为全国政协委员。减去省政协常委职务，保留市人大代表职务。

中共青岛市委统战部（章）

一九五七年九月二十八日

该份鉴定在1965的"四清"运动中又被中央宣传部干部处"抄"用（1965年9月13日）。

张玺政治排队资料（1959.8.26）

张玺，男，科学界，中国科学院海洋研究所副所长，二级研究员，1952年参加九三学社，现为九三学社中委、青岛分社副主委、中国海洋湖沼学会总会理事长、全国人大代表、省政协副主席、青岛市科技协会副主席。政治态度：原左派，现左派。

该解放后，在抗美援朝运动中有变天思想，土改、镇反持中间态度，"三反"及思想改造，态度尚好，主要是三大社会主义改造中，表现积极拥护，政治觉悟有很大提高。

该在鸣放反右中态度积极，听党的话，能大胆地驳斥反党反社会主义言论，如在座谈会上说"海洋所没有墙和沟"，并能对谩骂党的大字报进行驳斥。反右斗争中，开始在斗争陆侃如时，有些犹豫，经教育后，表现坚决。但在交心运动中表现一般。该曾提出申请入党，对入党问题较关心，自今年参加巴基斯坦国际科学年会回国后，感到组织对他很信任，比过去更靠拢组织。在本所的老科学家中政治上提高较快。该专长于原索动物及软体动物学，从事研究工作达卅余年，著作论文50余篇，如1955年曾著《中国北部海产经济软体动物》，此书出版后反映较好，对教学及水产工作有所贡献。但该虽为我国国内研究贝类最早的学者，但在科学界的学术地位并不高，业务知识范围较狭窄，所用分类方法较旧，对学习苏联重视不够，活动能力不够强，表现较保守，近二年来工作成绩一般。整风以后，在政治上进步较显著，能靠拢组织，听党的话，故其政治态度仍为左派。

中共中国科学院海洋研究所委员会

1959 年 8 月 26 日

张玺副所长在高研组上的检查（记录稿）

我体会"四清"运动是社会主义革命，这场革命已深入知识分子中，牵扯到政治思想与业务工作中。我认识到这是资产阶级知识分子下决心投入革命中改造自己的大好时机，因此必须与旧的世界观决裂，改造世界观。

首先拿出勇气揭开自己的思想盖子、业务底子，我衷心欢迎同志们批评揭发。近几年来，我怎样对待党的方针、政策和工作态度？走的什么道路？思想生活是否适应社会主义要求？对青年的影响怎样？对自己实事求是有一个正确估计，找出问题所在。在这次运动开展之前，认为在党的教育下，已十多年了，听党的话走社会主义道路已不成问题了。"四清"开展之后，同志们以大字报揭发了许多问题，使我大吃一惊，与自己过去的估计恰恰相反，大字报揭发的问题，对同志们提出的意见有好多接受不了，认识不到。第一阶段只看到有些不符合实际情况的支流问题。不看主流，本质的，因而睡不着觉，后来到济南、北京听了些报告，有了比较正确的认识。理解到任何一种革命，必须发动群众，要群众们提意见百分之百都正确，那是不现实不切合实际的要求。对待自己的错误不检查这于自我改造没好处。

对所里的问题，自己是业务副所长之一，这是关系到要办社会主义的研究所，还是办资产阶级的研究所，这是两种世界观，两条道路的斗争问题。我们所里旧的习惯势力相当浓厚，我分工南海分所及无脊椎室，贯彻党的方针政策我也负有重要责任，在室内老一套，改进很少，到南海所一年二三次，没解决什么问题，南海所成为一个没有专家的资产阶级路线的所，这是我的影响，在领导方法上没有贯彻党的领导。民主集中制方面，在无脊椎室内计划是按专家路线提出来的，不能发扬民主，在所务会议上当然也按室的意见，因而，对执行上存在着严重的三脱离，既脱离实际脱离生产脱离群众，总之脱离了国家的需要。也就是，把旧的一套，完全搬到新社会来，没有贯彻领导、专家、群众三结合。在室内我抓了两方面工作，一是附着生物，自己不参加实际工作，空头领导，形态实验室，这个室一直方向不明确，我认为形态发展为整个室的，有的人主张形态应为生产服务，我认为结合不上，此问题一直未解决，直到工作队来才解决了。

大跃进时成立了养殖组，本来搞得不坏，又结合生产，但遇到困难就下了马。对扇贝与牡蛎的研究本来可以结合生产，也未很好研究，没有为生产服务。对分所的工作我管生物方面，对珍珠贝的研究中，对珍珠贝的渔场调查，与插核问题，就拿海洋的框框去调查，费了一二个月的时间，只拿到一二个珍珠贝。当时不了解什么道理，这次在北京开会才了解调查的地方不一定有珍珠贝，有的地方未去调查，对插核问题，在湛江搞，湛江地方认为不宜产珍珠贝，要我们到实验场，结果我们在海军码头附近搞了，但养出来很少。珍珠养殖工作没有搞样板田。

我个人本身这几年，不亲动手，对青年指手划脚，原来一套落后了，新知识未增加，感到年龄大了，有高血压，社会活动多，以此作借口，这是资产阶级本性，自己不是不能做工作，自己光挂名，挂得南北都有名，真正与青年合作，自己做得很少，自己看看稿子就署名，把自己的名字写在前头，在运动以前未感到这是一种错误，运动以后才知道这是一种剥削，因为剥削是资产阶级本性，所以看不到。

个人认为研究贝类不一定在本所本室。感到动物志的编号到底怎么搞没有谱，因而按外国的框框去搞，想早搞出来，认为动物图谱是普及工作，就赶紧搞，而这个工作在我所是可少搞或不搞的。自己只考虑个人需要，没有远见，没根据室、所的安排。

培养青年接班人问题，自己是个人名利至上，只专不红，还愿有一个名位，因此，对青年可塑性很大，自己有意无意影响他。阶级斗争的特点是和平演变，毛主席也谈过，阶级斗争，特别是意识形态的斗争还是长期的、尖锐的，有时还是激烈的，资产阶级用他自己的世界观改造世界，影响青年。自己不认识到这一点，从各方面影响青年。如谢玉坎，他在分所搞的一套跟我在这相似，说明我在影响他，我带头集体写书写文章，主要是为了个人名利。对喜欢的青年是只要业务好就行，不管他政治如何。如1958年写《贝类学纲要》，出版社要我们出版，我与齐钟彦想赶快搞出来，就与孙自平商量，把娄子康（右派）找来当助手，因而，让他搞了几个月。认为写书稿费可图，都有利。

对原行政干部J……（略）

为了使干部安心工作，他要求的问题就多方帮助他。如：研究生庄启谦，提出调爱人来青岛，我就向党委强调，要把其爱人从辽宁省大连调来，不管她政治、业务如何。还有一人的弟弟会画，要我把他弟弟介绍给分所工作，我就介绍给邱所长说，用临时工可考虑。这样与党的方针政策相违背的，去年夏天强调子女下乡后，我才认识这一错误。

思想作风与生活方式多吃多占，铺张浪费也是资产阶级表现。例如，器材科JYX把公家的铝锅和电炉直到大字报后才交回了，感到这不仅是浪费电也是特殊化。只顾高级人员烟票交给J分给大家吸了，去年夏天我到医院看病，还坐小汽车。1964年水产部与国家科委去湛江视察珍珠贝，住了羊城宾馆，每天20元，实在太贵了。虽说当时不得已，但的确太浪费了。其他方面在湛江买过虾仁，在青岛买过花生仁也是违背政府的政策。

认识最困难，实践也不容易，有的事马上可以改，如挂名问题，思想意识改造长期的，自己世界观还是资产阶级一套，因而改造时要下痛心，资产阶级有两面性，自己是被迫改造，旧势力是很不容易打退的，不警惕常常会恢复旧的作风。我应该违背自己的本性，抛弃自己资产阶级世界观是脱胎换骨，不痛下决心是不行的，自己要革命化，劳动化，投入到三大革命运动中去，千条万条党的领导是第一条。千万不要忘记阶级斗争，千万不要忘记自我改造。

1965 年 4 月 22 日

自我检查稿（此件为打印稿）

（1965 年 5 月 12 日）

张玺

同志们：

自本所的"四清"运动开始以后，我外出开会时间占得不少，缺少了很多课，现在补得还不够。在外边开会也受了些教育，因为现在开会也务虚革命化批判资产阶级思想，但是对自己的具体问题联系得很不够，提高得就不多。所以我对这次伟大的社会主义教育运动，体会得还是很肤浅的。今天我向全室同志做一次检查，希望同志们对我进行帮助分析批判。

我想检查一下近几年来（1）怎样对待党的方针政策？以什么样的态度和动机对待党交给我的任务的？在工作中走的到底是社会主义道路还是资本主义道路？这是一方面。其次是在（2）思想作风、生活方式，是否都与社会主义革命的要求一致？（3）对青年一代的影响又是怎样？对自己作一个实事求是的估计，找出问题所在，才会有改造的迫切要求和自觉革命，最后定出努力方向。

在未开展"四清"运动以前，自以为在党的教育路线培养下已经十年多了。听毛主席的话，跟着党走社会主义道路，也就是"听、跟、走"的问题，基本上解决了，没什么问题了。还是背的一个进步包袱的。但是"四清"运动展开以后，根据同志们对我提出的大量大字报一看，确实使我大吃一惊，震动很大，与自己以前对自己的估计，恰恰相反，"听、跟、走"的问题并未解决。

同志们写出的大字报水平是很高的。我对大字报提出的问题，限于自己旧习惯的牵制，不是一下子就认识的，第一个阶段只看些支流，不看主流，只注意某些小问题，不看全面，甚至感到有的不完全符合事实，以至夜间睡不好觉。后来经过23条的学习，梁部长又对我谈过话，后来到济南听了省委宣传部张副部长的报告，学习讨论，才逐渐以正确的态度理解大字报的作用，体会大字报对自己的帮助很大，认识到大字报与人为善使人改过的伟大意义。任何一种革命，必然是群众运动。要在"四清"运动这场两条道路斗争中改造自己，就必须面对群众，闭门思过是改不了的。那种希望群众的意见百分之百的"恰如其分"是不切实际的。革命就是要革掉旧的东西，非社会主义的东西，兴无产阶级思想，灭资产阶级思想。如果自己还是恋恋不舍那些丑恶的东西，那只是自寻烦恼，对自己的改造是绝对不利的。

现在根据以下几方面来做检查——三方面和努力方向：

（一）

办社会主义研究所还是资产阶级研究所？这两种思想，两条道路的斗争，也是两种世界观的根本分歧。

资产阶级思想与旧的习惯势力在我所的科学研究队伍中占有相当的位置。我是本所的业务副所长、室主任、研究员并兼南海分所所长职务。在政治上党和人民给我很高荣誉：如全国人大代表、中国海洋湖沼学会理事长、国家科委海洋组、水产组成员等。如何贯彻党的方针政策是负有重要责任的。

在所内工作计划没有贯彻科学研究为社会主义建设、为生产服务、为工农兵服务，而是严重地脱离生产、脱离实际、脱离群众，三脱离的。脱离国家的需要，为科学而科学。完全把旧社会那一套"北平研究院动物所"的研究方向搬到新社会里来了。1958年养殖组搞了不久又下马了；牡蛎扇贝也未真正结合生产。

在工作方法上：没有实行党的领导、专家责任制、群众民主三结合的方法。没把国家需要，党的指示，群众意见放在第一位。没有能站得高，看得远，站在中国看到世界，一切从全所全国科研出发，对室内学术方向也没好好考虑（全室各组——此为钢笔加写）如何发展，

而只是从自己专业贝类学方面着眼。（青岛搞区系分类、广州搞生态生理、北京搞淡水陆生——此为钢笔加写）

对所、室没负起应负的责任来。就是开所长办公会和所务会议时也没提出过高明的意见，没有好好考虑自己有那样大的责任。认为上有党委领导，所的业务方向有曾所长向党策划。对室内领导只是主持室务会议听听汇报，很少到各组了解情况解决问题，一切由组长去管理。就是由自己直接去抓的两个试验室：附着物推到黄修明同志身上，形态试验室推到梁羡园同志去管，自己过问很少。形态试验室完全自由化，没按形态方向去搞而是搞分类工作（柱头虫等）。拿个人的兴趣替代党的方针，也就是挂羊头卖狗肉，表面内部不一致的。去年上半年总结时就提出如何改进，我个人还坚持形态为分类服务的方针，想为中国动物志形态服务，计划 1967 年出版，虽然计划向科室内谈过。钉螺工作与动物所合作也是一种自由化，党委提出才停止。毛主席说："资产阶级、小资产阶级，他们的思想意识是一定要反映出来的。一定要在政治问题和思想问题上，用各种办法顽强地表现他们自己。"所内室内其他同志的资产阶级各种表现，或多或少自己都是有责任的，表现出官僚主义作风。

南海分所在 1962 年以前是中南分院的一个独立的所。组织上派我兼任该所所长，怕我不愿接受，裴副院长说，你夏天在青岛，冬天去广东，春秋还可在北京住，不必搬家，希望我对南海所能起些学术方向性的作用。1962 年合并为本所分所时党委孙所长又让我仍兼所长职务，希望能起一个好的桥梁作用。我兼南海所后每年去两三次不等，邱所长和青年都是非常欢迎我去的，希望我能在所的方向任务方面起些指导作用。现在看起来南海分所基本上按照总所方向去搞的，虽然没有专职的专家，由于我的影响把分所也弄成一个无"专家"的资产阶级专家路线，也是三脱离，辜负了党的信任和希望。拿生物室来说，珍珠贝的研究本来是一个联系生产的项目，可是迷信洋框框，把珍珠贝的渔场调查，按照海洋普查的框框硬套，费了许多人力物力在北部湾搞了一两个月之久，结果只采到两枚珍珠贝。珍珠贝插核试验，因依靠谢玉坎为组长，对工作计划没能严格执行，未达到预期的结果。去年春季湛江工作站要珍珠贝组的干部下去劳动一个月，我当时强调总所所长办公会曾决定上船的时间也算劳动，工作站就没让珍珠贝上船的青年去劳动。这是不重视政治的严重表现，也就是把本所的框框硬套在分所。

分所与总所的关系：分所对本所是有些意见的，有些问题是误会，如人员、经费等问题。我既担任桥梁的作用，就应当把这些矛盾正确的处理了它，但在某些问题上没能好好解释说明，把问题推到两边书记身上。

对外单位的关系：如上海、浙江、厦大、广东等有关单位和专家，我在外边开会时都向我分别提出意见说，我所对标本、文献等不愿给用，青年人说我们所的专家多，标本你们留下有何用等。这些问题自己是有责任的。

（二）资产阶级的思想作风

1. 求名利

没从广大劳动人民的利益、对社会主义建设有贡献、人人称赞、代代相传的真名出发，而只是追求个人名利。自己是一个研究员，近几年来自己不亲自动手，对自己培养的青年只是指手画脚地指导一下。原来那一套旧的本领，现在不适用了。自己坐不下，不亲自动手，没实践，因而新的知识增进得就很少。自己常原谅自己，年纪大了，社会活动又多，所里开会也不少，白天勉强支持八小时，到晚上就不能搞工作了，又有高血压，左眼底出过血，看显微镜很困难，但是为了追求名利，自己仍以科学界的"权威"、贝类"专家"自居。有些工作借指导某些青年搞科研、写论文为名，让青年出很大劳动力，自己也挂上空名，美其名说是与青年合作的，自己实际工作很少，甚至只是修改稿子，进行一些加工，虽然不是自己把自己的名字列在前面，但自己并没勾在后边，从中剥削他人的劳动果实。有时自己不在所中，文章可就出来了。集体写专著或论文时，也是把我列在第一名，其他人按工龄或等级排列，不管出力多少。在"四清"运动以前，我根本不认识这是一种剥削。自己反以为"专家"带着青年一块出文章，这也是师傅带徒弟的一种办法，我常对他人宣扬这还是一种好办法，青年并不吃亏。这完全是由于剥削阶级的偏见，经常歪曲社会的历史，如同剥削阶级地主说地主不承认剥削雇工、资本家的厂主不承认剥削工人的说法有何两样呢？但是真正青老合作还是一种很好的工作方法。老专家或者成熟工作者在工作中解决一些关键性问题，时间不一定与青年费得一样多。青年并不要求与他们拿出一样多的时间来。可是自己并没有尽了应尽的责任。有时他人代写，自己出名。例如：在武汉召开的中国海洋湖沼学会学术会议上理事长的发言稿和中国动物学会30周年纪念会《中国软体动物研究三十年来的发展与成就》。

名利思想还表现在其他方面：

（1）国内外刊物上或论文的文献上，看见有自己的名字就很高兴。

（2）社会团体或国家机构的成员，如全国人大代表、海湖理事长、国家科委海洋组、水产组、中国动物志委员会、九三中委等，都是沾沾自喜，内心也是非常高兴。

2. 脱离政治

（1）用行政干事姜某某而不用岑某某同志。岑是一个党员，而姜是一个团员。若以政治为标准的话应该听党的话用岑，但是自己向党提出要用姜某某，强调他是男同志好跑跳，又是本室的老干部，情况熟悉，在肃反运动时组织还派他出去，是一个可靠的干部，所以先征求党委同意留他。自己业务副所长，不好过问，以后向人事科提出要把姜某某留做本室行政干事。有一天人事科朱同志说市委要叫姜某某到崂山县去工作。我驳朱说，市委哪里知道姜某某的名字，还不是你们提出他的，强调把姜留在本室作行政干事。可是姜某某在本室任行政干事期间做了不少坏事。姜走后，我回所才知道他的行为。

（2）为了使干部安心工作，免除顾虑，庄启谦同志的爱人林惠琼同志不问德才如何，再三要求党委和人事科调来本所。

（3）我曾向郑重同志提出把陈木同志的爱人调来。

（4）还有梁羡园同志的弟弟是一个未考上大学的社会青年，去年春受梁的托向南海分所介绍临时绘图工作。在广州选出三种图交邱所长，用临时工时可试他，政治如何由他调查。虽然未成功，但影响青年上山下乡的政策。去年暑期在九三动员成员子女上山下乡时我才体会到这与党的方针政策是背道而驰的。

（5）张福绥同志的内弟（不知他的名字）据说是齐鲁大学脊椎动物研究生，毕业已十余年了，教过生物，现在师范学院教外文，学院领导同意他外调工作。去年春张向我提出介绍南海分所。我以他教书多年了，与分所业务不合适，拒未介绍分所，可是答应他有机会向其他生物系介绍。去年夏，动物学会30周年遇见傅桐生（东北师大生物系主任）先生向他提了一下，傅问你认识他吗？我说不认识。傅说你不认识不要介绍。

3. 责任心不强

无论对本所、本室、分所的学术方向、具体安排，很少用脑子详细考虑，是思想上的懒汉。遇事很少去细心分析，常把事情看得很简单，常孤立地看问题，把事情常推到旁人去办，严重不负责任，政治没有挂帅。

4. 脱离群众，家长式的作风

有权威思想，常摆老资格，学术不民主，自以为是，固步自封，独断专行（如钉虫、柱头虫等工作）。只喜欢听好话，听旁人说自己进步的话，不耐心听反对自己的话，常打断旁人的话。

在室内只和几位组长商谈问题，依靠他们，很少对广大青年谈学术问题。

在室内学术方面主要依靠学术秘书刘瑞玉同志，贝类组依靠齐钟彦同志，甚至一些零星事情都交给他代办。

对能为自己服务的青年就使用他，不一定都是德才兼备的。这些青年也常利用我的名义为所欲为，例如某某某同志在广东对珍珠贝方面的问题。（以他的意见说成我的意见，压人。）

5. 多吃多占，铺张浪费。

周总理在人大报告号召我们坚持实行勤俭建国方针问题时说："实行这个方针，不仅是为了节约人力、物力、财力，而且也是为了开展兴无灭资的斗争。勤俭朴素，艰苦奋斗，是无产阶级的优良作风；铺张浪费，追求享受，是资产阶级的腐败作风。我们发扬无产阶级优良作风，使这种作风形成社会风气，就可以抵制资产阶级思想的侵蚀。这无论对于社会主义革命和社会主义建设，都是十分重要的。"

自己最大的浪费是对研究所、研究室在学术方面没有贯彻党的方针政策，如以上所说的三脱离、贝类养殖又下马等，只做些不联系生产的工作。因而人力、物力的浪费是不可估计的。

所、室其他人的浪费不是和自己完全无关，现在只检查自己的。对于我来说，表现在以下几方面：

（1）烟票：自己不吸烟，国家发给的烟票，自己只买过一两条（过春节），其余的都给九三学社的两位同志和本室青年分用了（姜某某管）。自己不用，就应该把烟证退给公家，而自己却未如此办，这是不对的。

（2）借用公家电炉和铝锅：1961 年在市场上买不到，器材科（姜元希同志）主动地给我代借了一个电炉和一个铝锅，为了因开会吃饭晚热热菜和早晨有时下点挂面吃。后来买到锅时就先退还了。电炉一直使用到大字报揭发批判时才交还公家。电炉虽然不是整年用（冬季、出差不用），但也浪费了不少的电。

（3）困难时期有很长的时期在休养所取饭，但交给油、菜票证很少（只一两个月）。这都是多吃多占例子。

（4）困难时期在湛江分所的同志代买过一次对虾，还代制成虾干；在青岛买过花生米。这对自由市场的泛滥，有一定影响。这犯了国家制度。

（5）1964年春季同水产部去广东沿海鉴定珍珠贝育珠技术时由湛江回到广州。省水产厅预先代我们定好房间，有12和20元两种，他们把20元的房间让我年纪较大的住。我和张福绥同志就住一夜，第二天有了较廉的房就搬了。这类房间是部长级的，自己住觉着很排场了。

（三）干部培养

把青年领导到只专不红的资本主义道路上去。对研实使用多培养少。要求不严格，技术不过硬。对研究生只订一下学习计划，提出论文题目，检查不够，关心不够，不辅导。任其自流，注意的只是外文、论文。

宣扬个人名利思想：

1．对某些研究实习员让他们先写一两篇一般性的、水平不高的文章，在《生物学通报》或一般性刊物上发表，鼓励他们名利双收。

2．对一些见习员或技术员让他们做些工作，从稿费中给他们（编文昌鱼：徐凤山、崔可铎）津贴，例如抄贝类图谱文稿的同志。我虽然未直接对他本人说给津贴，但是我确对编写图谱的同志说过，找见习员抄稿，将来抽出一部分稿费给他们。

3．1959年（？）编写《贝类学纲要》时，我向孙所长提出需要一个人协助编写（原稿是山大教课时印出来的讲义），孙所长同意娄子康。当时他虽然劳动改造一个阶段回所，但尚未摘右派帽子，就留下他帮助编写贝类学，不管对他改造有无利益，只要能为自己服务就行。书出版后，都有名利。

其他青年帮助编写也分得一些稿费。

青年可塑性很大，自己的一言一行，都会有意无意地影响青年，况且用以上的行动向青年灌输资产阶级名利思想，鼓励多写不结合生产的论文发表，讲物质刺激，不讲政治挂帅，把青年领向资本主义道路上走，与党争夺下一代。

毛主席说过："在我国无产阶级和资产阶级之间的阶级斗争，各派政治力量之间的阶级斗争，无产阶级和资产阶级之间的意识形态方面的阶级斗争，还是长时期的，曲折的，有时甚至是很激烈的。"

无产阶级要按照自己的世界观改造世界，资产阶级也要按照自己的世界观改造世界。这不是向无产阶级争夺下一代吗？

（四）努力方向

从以上各方面情况，可以说明，反映在我身上的阶级斗争是严重的。自己的立场还没得到彻底地改造，工作方法、世界观还是资产阶级的，"听、跟、走"还是没有解决的。认识了这些根本性的问题，必须认真地在社会主义教育运动中接受教育，进行改造。总理在人大三届首次政府工作报告中指出："资产阶级有两面性，既有被迫接受社会主义改造的可能性，又有强烈要求发展资本主义的反动性。对来自旧社会的知识分子来说（我在法国受资产阶级教育11年，在中国旧社会工作近20年），是要违反我原来阶级本性的。无产阶级世界观和资产阶级世界观是根本对立的，抛弃资产阶级世界观而树立无产阶级世界观，是一种脱胎换骨的改造。不痛下改造的决心，就不可能全心全意地为社会主义服务，不可能在工作中作出对人民更大的贡献。因此必须彻底背叛自己原来的立场和世界观，一定要按总理指出的知识分子改造的两个根本途径实行。按毛主席指示积极投入三大革命运动中去进行彻底改造。在学习主席著作中，特别注意（1）克服资产阶级的个人主义名利思想，（2）在工作上克服三脱离。在培干上克服只专不红的思想。在三结合（领导、专家、群众）上要记住：千条万条，党的领导第一条，千难万难，依靠群众就不难。另外还有两个"千万不要忘记"：

1. 千万不要忘记阶级斗争！（提高警惕，克服麻痹思想！）

2. 千万不要忘记自我改造！（活到老，改造到老，老当益壮。）

在这份"检查"后，张玺还写了一份"自我检查"（在档案中是手写稿）——

题目：近几年来的成绩和"四清"运动的收获

存在的问题

优、缺点

今后努力的方向

一、近几年来的成绩和"四清"运动的收获

我是一个旧知识分子，解放后十余年来，在党的正确的"团结、教育、改造"政策下，在党和同志们不断批评和督促下，经历了多次政治和思想运动，特别是这次"四清"运动受到了深刻的教育。通过自己的政治实践、社会实践和业务实践，一步步地改造有机的思想，逐渐走上了社会主义的道路。

毛主席在《关于正确处理人民内部矛盾的问题》里说："我国知识分子的大多数，在过去七年中已经有了显著的进步。他们表示赞成社会主义制度。他们中间有许多人正在用功学习马克思主义，有一部分已经成为共产主义者。"这对我来说，是一个极大的鼓舞，也是一个很大的鞭策。这是党对知识分子的"团结、教育、改造"政策的伟大胜利，也是毛泽东思想的伟大胜利。

1. 最近几年来，我在本所党委的领导下，在出成果出人才方面作出一定的成绩，培养了各级的科技干部。自己社会活动虽多，但仍能抓些时间与某些同志合作，作出了具有一定水平的软体动物研究论文和专门著作，扩大了祖国贝类科学工作者的队伍，并帮助本院动物研究所培养了一些研究淡水和陆生软体动物的青年。通过几年的调查研究，基本上掌握了我国经济软体动物的资源情况，为我国贝类科学研究打下了广泛的基础。这些成就都应归功于党的教导和有关同志的共同努力，也就是领导、专家、青年三结合的结果。

在业务行政方面，我和其他同志一道协助党委贯彻了党中央的"调整、巩固、充实、提高"八字方针，把无脊椎动物研究室的一百余人整顿成七十余人，把南海分所1961年的三百余人整顿为一百余人。

我对这一正确的方针，从未怀疑过。对南海分所的工作，我主要是制定和掌握生物研究室的任务方向，进行珍珠贝和附着物方面的干部培养，调查了解珍珠贝养殖场对科学工作者的要求和存在的问题，我曾同有关单位到广东沿海各地珍珠贝养殖区进行调查研究。

在学术团体、民主党派和国外（巴基斯坦、越南、苏联）学术活动各方面，都能按照党的指示完成任务。

2. 在我国连遭三年自然灾害的同时，赫鲁晓夫修正主义集团又给我们造成严重的困难，当时思想上有些波动，怕中苏破裂影响社会主义阵营的强大。由于党给我各种机会尽先参加反对现代修正主义的报告会和学习会，通过一系列的学习讨论，使我搞清马列主义与修正主义的根本分歧，用毛泽东思想武装了自己的头脑，在现代修正主义掀起猛烈的风暴面前，能够基本上站得住、顶得住、经得起考验。

在暂时困难期间，党对知识分子在思想上及时地进行形势教育，在生活上加以各种照顾，我从内心里感激党对知识分子无微不至的关怀，在生活上加以各种照顾没发生怀疑，更坚定了信心，紧密地团结在党的周围，在这场严重的考验中我又得到了锻炼。最近形势的学习，我进一步认识到美帝国主义的本质，约翰逊就是今天的希特勒，他积极推行独霸世界的反革命全球战略，是世界宪兵，世界反动势力和殖民势力的主要堡垒，当代侵略和战争的主要根源，全世界人民最凶恶的敌人。我们必须毫无保留地援越抗美，因为它侵略越南，就是侵略中国。同时反帝必须反修，因为苏联现代修正主义集团执行的是"三假三真"和"四联四反"的反马列主义政策，起了帝国主义和各国反动派所不能起的作用，它企图苏美合作主宰世界。

3. 在"四清"运动中，我主要有以下两点体会：

（1）对大字报的认识：在未开展"四清"运动以前，自以为在党的教育培养下已经十六年了，特别是自1956年向党写过入党申请书之后，就以共产党员的标准要求自己，现在虽然差得很远，但听毛主席的话，跟党走社会主义道路，至少应该没有问题了。可"四清"

运动展开以后，据对我提出的大字报来看，"听、跟、专"的问题尚未完全解决，思想有些波动。我对大字报所提的意见，不是一下子就认识到的。起初只看些支流，不看主流，只注意某些小问题，不看全面，甚至感到有的不符合事实，不能接受。后来学习了23条，听了梁部长的讲话和省委宣传部张副部长的报告，并认真地进行了学习和讨论，才逐渐以正确的态度理解大字报的作用，从思想上体会到大字报的作用，从思想上体会到大字报确是本着"知无不言，言无不尽，言者无罪，闻者足戒，有则改之，无则加勉"的精神写出的。任何一种革命，必然是群众运动。要在"四清"运动这场两条路线的斗争中改造自己，必须面对群众，在短短的时间内，写出大量的大字报。因此若希望群众的意见百分之百的"恰如其分"是不切合实际的。社会主义教育运动是兴无灭资，如果自己还对丑恶的东西恋恋不舍，那只能是自寻烦恼，对自己的改造是绝对不利的。如果没有大字报的揭发和批判，就不可能在短短的时期内把从前积累下来的种种错误和缺点，迅速地加以认识并逐步加以改正。对大字报有了正确的认识之后，我在所内九三小组认真地检查了自己的缺点和错误，在同志们进行帮助的基础上，加以补充整理，最后在全室人员大会上做了一次自我检查，群众比较满意。在九三小组上积极地帮助别的同志初步运用了"批评和自我批评"的武器。

（2）对阶级和阶级斗争有了进一步的认识：在党的教育下，通过听报告学习和参观阶级教育展览会，虽然也对阶级和阶级斗争问题有所认识，但是认识不够全面。只认识到敌我矛盾是阶级斗争，人民内部的阶级斗争，只是在工商界和文教艺术界有，对科学研究中的阶级斗争认识不清。通过这次运动，我才从思想上认识到在科学研究单位，以至在我们自己身上都有社会主义和资本主义两条道路的斗争。自然科学没有阶级性，但是自然科学工作者是有阶级烙印的。毛主席说"无产阶级要按照自己的世界观改造世界，资产阶级也要按照自己的世界观改造世界"这个哲理，在"四清"运动中揭露的许多事例中得到了进一步的证明。资产阶级知识分子在科学研究上的三脱离和干部培养上的只专不红，都足以说明他们是要按照自己的世界观改造世界的。

二、存在的问题

在主观愿望上我是坚决听毛主席的话，跟着党走社会主义道路的，可是检查过去几年来的工作和思想作风时，在执行和贯彻党的方针政策方面还存在着以下几方面的问题：

1. 在所的研究工作上，我是为科学而科学的，没有很好地贯彻科学研究为社会主义建设服务，而是脱离生产、脱离实际、脱离群众。把旧社会资产阶级那一套科学研究方法硬搬在新社会里来了。1958年本室成立了一个养殖组，养殖过贻贝和幼苗培养，并获得了初步成果，但是由于我重视不够，不久项目就下马了。

在工作方法上，我没有真正地贯彻党的领导、专家责任制和群众民主相结合，没有能站得高，看得远，站在中国看到世界，一切从全所全国科研出发。对室的学术方向也没有从全室各组如何发展好好考虑，而只从自己的专业着眼，想成为一个永垂不朽的中国贝类学的奠基人。

对室的领导工作，我只是主持室务会议，听听汇报，很少到各组了解青年群众的工作情况。

我兼南海分所所长后，每年去两三次不等，分所书记和青年都是欢迎我去的。他们希望我能在所的发展方向和任务方面起些指导作用。现在看起来，南海所的工作，由于我的影响基本上也有三脱离的倾向。拿生物室来说，珍珠贝的研究本来是一个密切联系生产的项目，可是迷信洋框框，把珍珠贝的渔场调查，也按照海洋普查的框框硬套，费了许多人力物力在北部湾搞了一两个月之久，结果只采到两枚珍珠贝。

2. 在干部培养方面是只专不红或重专轻红。党要我们按照毛主席提出的五个条件培养又红又专的接班人，可是我呢？没能按毛主席的指示去办，而以重专轻红的指导思想培养干部，认为红是党支部和人事部门的事情，把青年领到只专不红的资本主义道路上去了。

对研究实习员使用多培养少，没有要求他们经常按照三敢三严的精神去做，对研究生只订一下学习计划，提出论文题目，检查不够，不辅导，关心不够，多少任其自流。注意他们的知识外文和论文，而对马列主义的学习则很少过问，认为这是人事部门的事，对某些高级研究实习员则让他们先写一两篇一般性的、不一定联系生产的文章，在《生物学通报》或其它刊物上发表，认为这是培养青年写作由浅入深的起点。但实质上是引导他们走向名利的起点。

最大的错误是我没有贯彻好党的阶级路线，自己依靠的青年不一定都是德才兼备的，依靠的标准是只能为自己服务就行。

青年的可塑性很大，自己的一言一行，都会有意无意地影响他们，鼓励青年多写不结合生产的论文，灌输资产阶级名利思想，不讲政治挂帅，把青年领向资本主义道路上去。这也就是按照自己的资产阶级世界观培养青年，向无产阶级争夺下一代。

3. 我对党的方针政策积极拥护，但遇到具体问题，有时认识不清，检查出来的有以下几个问题：

（1）我对党的"调整、巩固、充实、提高"的方针是积极拥护的，学习周总理报告有关方针是毫无疑问的。但在贯彻时，本所人事部门要本室精减人，我口头虽然同意，但在思想上总是感到人数减得太多了，只是从人数上考虑，而忽略了八字方针的全面意义。

（2）在多次的学习会上我是反对"三和一少"的修正主义观点的，但是当有人提出"支援古巴（大米）恐怕卡斯特罗将来像纳赛尔那样忘恩负义"的看法时，我也同意。就是说本国有自然灾害，粮少，卡斯特罗是否可靠还不知道，应当少支援些，或者不支援，这是一种狭隘的民族利己主义思想，没有站在马列主义立场上看问题。革命胜利了的国家特别是社会主义国家，应当充分发挥国际主义精神，支援一切反对帝国主义的国家。任何一个国家革命战争和反侵略战争，既为本国本民族的利益而战，又都是对其他国家革命斗争的支援，都是对已经胜利了的国家的支援。只要当时卡斯特罗反对全世界最凶恶的敌人美帝国主义，我们就应该支援他，这是社会主义国家义不容辞的责任，援助别人，也就是援助自己。

（3）在暂时困难时期，对"三自一包"的问题，我在任何场合都是反对的，但仔细检查起来，对自由市场并不那么反对，因为它对自己方便。例如我在青岛曾买过花生米，这对自由市场的泛滥有一定影响。

此外，在世界形势问题上我存在着侥幸麻痹思想，认为美帝国主义在朝鲜战场上是我们的败将，现在我们比以前更强大了，我们有伟大的国家、伟大的人民、伟大的解放军、伟大的党和伟大的领袖毛主席，美帝国主义不敢进攻我国。这是忘记了毛主席指出的"捣乱、失败、再捣乱、再失败、直到灭亡——这就是帝国主义和世界上一切反动派对待人民事业的逻辑，他们决不会违背这个逻辑的。这是一条马克思主义的定律"。

在思想作风上还存在着资产阶级个人名利思想和封建式的家长制。

（1）追求名利

没从广大劳动人民的利益，对社会主义建设有贡献，人民称赞，代代相传的真名出发，而只是追求个人名利。自己是一个研究员，近几年来未能亲自动手，对自己培养的青年我只是原则地指导一下。原来那一套旧的本领，现在不适用了。自己社会活动多，坐不下，时间很少，没实践，因而新的知识增进得就很少。自己常原谅自己年纪大了，社会活动又多，所里会也不少，白天勉强支持八小时，到晚上不能搞工作了，又患高血压，眼底出过血，看显微镜更困难。但为了追求名利，自己仍以科学界的"权威"自居。有一些工作借指导某些青年搞科研写论文为名，让青年出很大劳动力，自己挂空名，美其名说是青老合作，实际自己工作很少，剥削了他人的劳动果实。与青年集体写专著时，也是把我列在第一名，其他人员按工龄和级别排列，不管出力多少。在"四清"运动以前，我根本不认识这是一种剥削行为，反以为"专家"带着青年一块儿出文章，这也是师傅带徒弟的一种方法。我还常对他人宣扬说这是一种好办法，青年并不吃亏。这完全是剥削阶级的偏见，实质上这与地主不承认剥削雇工、资本家的厂主不承认剥削工人的说法是一致的。但是真正青老合作还是一种很好的工作方法。老专家或者成熟的工作者在工作中解决一些关键性问题，青年多花一些时间作些初步的调查工作，双方互相结合取长补短，对工作还是很有利的，可是我并没有尽到应尽的责任。

（2）封建式的家长作风

无脊椎动物研究室的组领导，有不少是我的老同事或学生，因此，不知不觉地常以封建式的家长作风对待他们。有权威思想，摆老资格，自以为是，固步自封，不善于团结对自己有意见的人。只喜欢听好话，听人说自己进步的话，不耐心听反对自己的话，甚至常打断旁人的话。这完全违反了毛主席的教导：好话，坏话，正确的话，错误的话，都要听，尤其是对那些反对的话，要耐心听，要让人把自己的话说完。

三、优、缺点

优点：

1. 服从党的领导，拥护党的方针政策。参加社会活动工作较多，在历次运动中立场坚定。

2. 要求进步，积极参加政治理论和时势政策的学习。在暂时困难时期，拥护三面红旗，经得起考验。在现代修正主义掀起猛烈的风暴时，能基本上站得稳。

3. "四清"运动态度比较端正，积极参加运动，认真批判检查自己身上的缺点和错误，并积极向一切不利于社会主义的错误思想作斗争。

缺点：

1. 在科学研究上是为科学而科学，有三脱离的现象，在培养干部上重专轻红。

2．在思想作风上，还存在着资产阶级个人名利思想和封建式的家长作风，不善于团结对自己有意见的人。

四、今后努力的方向

从以上各方面的情况来看，可以说明，反映在我身上的两条道路斗争是严重的。自己的立场还没得到彻底改造，工作方法、世界观还是资产阶级的，"听、跟、走"还没有完全解决，认识了这些根本性的问题，就必须按照周总理提出的知识分子改造的两条根本途径努力进行彻底改造。

毛主席在《关于正确处理人民内部矛盾的问题》里说："广大的知识分子虽然已经有了进步，但是不应当因此自满。为了充分适应新社会的要求，为了同工人农民团结一致，知识分子必须继续改造自己，逐步抛弃资产阶级的世界观，而树立无产阶级的、共产主义的世界观。世界观的转变是一个根本性的转变，现在多数知识分子还不能说已经完成了这个转变。我们希望我国的知识分子继续前进，在自己的工作和学习的过程中，逐步地树立共产主义的世界观，逐步地学会马克思列宁主义，逐步地同工人农民打成一片，而不要中途停顿，不要向后倒退，倒退是没有出路的。"我一定要继续按照毛主席的指示加强改造，逐步地树立无产阶级世界观。

为此，我今后要加强学习毛主席著作，活学活用，学用结合，急用先学的方针，带着问题学，逐步解决下列问题：

1．为了解决科学研究方向的三脱离问题，必须认真地学习毛主席的《实践论》和《人的正确思想是从哪里来的？》两篇哲学论文。因为实践才是一切知识的源泉，要做好任何工作，必须从实践出发，大兴调查研究，坚持理论联系实际的原则。

2．为了正确分析国际国内各种矛盾和正确处理各方面关系的实际问题，学习毛主席的《矛盾论》和《关于正确处理人民内部矛盾的问题》。

3．为了克服资产阶级个人主义名利思想和重专轻红的思想，要不断学习毛主席的《纪念白求恩》和《为人民服务》。

4. 树立领导、专家、群众三结合的工作方法，必须要记住：千条万条党的领导第一条，千难万难依靠群众就不难。

5. 通过这次"四清"运动，必须牢记两个"千万不要忘记"：（1）千万不要忘记阶级和阶级斗争，提高警惕，克服麻痹思想。（2）千万不要忘记自我改造，干到老，改造到老，老当益壮。

在"小组鉴定"一栏指出了张玺在自我检讨中所列的自身的优点和错误。标明时间是：1965 年 9 月 12 日。小组长签名是一枚印章的印，印名是：郑执中。在被鉴定人一栏是张先生自己的签名。后边是"中国科学院海洋研究所"的公章，写有："同意小组对张玺的鉴定意见。"时间是：1965 年 9 月 20 日。

在张玺的一份档案材料上盖有"绝密"字样，是当时组织上给他的鉴定，看时间应该是"四清"运动后的鉴定。在这份《张玺材料》上写道：

张玺，男，1897 年生，汉族，河北平乡人，家庭出身：地主，本人成分：职员，1952 年参加九三学社，1949 年 11 月北京解放后留用，现任全国人民代表，九三学社中委、青岛分社主委，中国海洋湖沼学会理事长，科联青岛分会副主席，海洋研究所副所长兼南海分所所长，无脊椎动物研究室主任，二级研究员，原政治态度中左。

一、历史表现

该社会关系及个人历史比较清楚，未发现重大政治历史问题，本人曾交代：1946 年 9 月认识世界科学社负责人唐嗣尧，唐曾发给张一张《世界科学》特邀编辑书，经查证：唐系军统特务，"世界科学社"是为进行特务活动而作掩护的，但名单中未有张的名字，为此，张未参加"世界科学社"。

解放后，张在抗美援朝运动中，曾有变天思想。"土改""镇反"

持中立态度，"三反"及思想改造，态度尚老实。1957 年整风反右中，表现积极，能主动批判储安平"党天下"及所内一些反党分子的反动言论，反右斗争初期对斗争其老朋友有些犹豫，经教育后尚能认清，表现较好。整风后在政治上划为左派，1963 年市委统战部决定改为中右。

二、现实表现

1. 对党的领导的态度：

该对党的领导一般是拥护态度，但在某些问题上有不满情绪。

（1）三面红旗在公开场合发表的都是正面言论，没有起坏作用，口头表示拥护，如他表示"形势好转的主要原因是由于党的英明领导，三面红旗的正确和贯彻了各项方针政策所取得的"，但当九三成员问他时，他却打着哈哈说"党的领导嘛！"表现了半信半疑的态度。对国内外形势的认识该发表了不少正面言论，在一些会议上还常常教育别人要正确认识，但在某些重要问题上，仍保着怀疑动摇态度。如他说："东风压倒西风是肯定的，西风比以前弱了，我们更加强大了，修正主义危害性虽大，但并不是不得了，世界革命大旗在我们手里。"有时他又表示："我感到越学越糊涂，刚弄清一个问题，遇到另一个问题就又糊涂了。"

1963 年组织要他通过与苏联专家联系寄去关于国际共产主义运动总路线的建议，他表现犹豫动摇，开始迟迟不寄，并说："四国渔委会时，我还要跟古教授（苏专家）见面呢。"后见我国再次广播，才寄出。

在形势学习中，他说"我不亲美，但也恨不起来"，"我们同印度打仗，一下就打到新德里，但同美国打，怎么能打到华盛顿"。他担任九三学社主委，在九三的党员几次叫他去市委统战部汇报，他都不愿去。

（2）该对党的科研方针在和个人利益不冲突时，能够积极拥护，对自己抓的几个组的工作尚能注意督促检查，但一与个人名利相抵触，就不能接受，在科学方针上不是全心全意。如他为了个人名利，1963 年对海军交给的任务，态度很不积极。

三、"四清"运动中暴露的问题：

1. 在人事问题上和我们党争领导权。

在做法上，张采取了培植亲信，扩大建立他所需要的研究组，以作为他的政治资本。如自 1950 年以来，张玺就培养了一套忠实为他服务的人马，这些人都是剥削阶级家庭出身，社会关系复杂，思想落后。如齐钟彦（副研，贝类组组长）、娄子康（右派，已摘帽子。研实）等十余人。张对其亲信业务上大胆使用，外出为他们吹捧，生活上对他们照顾有加。去京讲课，向新华社吹嘘娄是一个有才的青年。为梁羡园提职问题多方游说，将梁与人合作的一篇论文通过答辩达到了提升助研的目的。研究室业务会，如果他的亲信没有通知到，他就大发雷霆。一次为贝类组调出人员，他发火说："齐钟彦这个人不争气，我为他创业，他却不能守业。一次他为了要留一个他认为听话的干部当行政干事，竟对人事科同志发脾气说'是你领导我，还是我领导你！'"

2. 散布资产阶级思想影响。

张在工作上是不负责任的，长期不亲自动手，热衷于追求个人名利，向青年散布资产阶级个人主义思想，以物质刺激拉拢青年人，无偿地占有别人劳动果实。他的工作大部分是出差、视察、开会，别人写文章他挂名拿钱，解放以来他积极鼓励手下的研究人员忙于编写论文，甚至在 1963 年还组织大量人员编计划之外的《中国动物图谱》等。这些东西，他自己从不动手，只签上名，就可以分得多半稿费，很多稿件根本不仔细审查就寄出，甚至错误百出的文章也不惜为了几元小利而挂上名。平时对青年灌输的是资产阶级名利的思想。如 1964 年为了《中国动物图谱》能早日出版，到处拉拢人员，对见习员刘某某说"抄一张稿子八分钱"，鼓励刘多抄多拿钱，还利诱一些同志的家属为其抄稿。由于他散布的这些毒素，对青年影响很坏。

这次运动中，张初期对大字报抵触情绪较重，见大势所趋，才作了检查，检查一般尚好，也开始注意抓业务工作，但该人言行不一致。五月初，该室庄启谦、娄子康接到自然科学名词编辑室来函要求他们校正软体动物名词，张不向工作队及党支部汇报，竟然命令庄启谦停止二天鉴定急用的中越合作标本，而鉴定名词。运动后期，张玺仍持有不满情绪，如说："党的方针政策我们不能掌握，如果我们掌握了说你篡夺领导权，过去室的专职书记没有，叫室主任抓，我们一管就放毒""过去有些人因为没有升级就对我这个室主任有意见，因此运动中有些故意为难。"

四、综上所述，解放以来，张玺在政治上有一些进步，对形势学习比较关心，可以跟着党走社会主义道路。口头上拥护党，但内心有怀疑与抵触，其资产阶级世界观没有得到很好改造，资产阶级思想对青年影响较大。其业务专长为软体动物，但学术水平不高，长期以来没有接受新的东西，在动物学界及所内威信不高，群众对他期望不大。

根据以上表现，其政治态度原为中左，现拟划为中中，并建议保留全国人民代表大会代表职务。

中共海洋研究所委员会

1965 年 8 月　日

张玺先生于 1967 年 7 月 10 日在青岛去世。在采访齐钟彦先生时，老先生曾伤感地回忆起张玺先生最后的日子：

张先生最初住在科学院青岛疗养所里，张先生来青岛时家并没搬来，他的夫人和子女都在北京。"文革"开始后，疗养所不让住了，他们要给张先生在外面找一间小屋让他一个人住。我找到了当时管房子的人（齐先生充满感情地说到了一位已退休的老工人的名字），我说，这怎么行呢？张先生一个人怎么生活。后来他们给张先生安排了一间房间，既当办公室又当卧室。在 1966 年时，张先生的工资就停了，一个月只发 15 元生活费，这怎么能够呢？张先生对我说，告诉北京家里吧，让他们给他寄点钱来。我说，别告诉，那会牵连他们，我们这几个人的工资还没有停，从这儿解决吧。后来我们的工资也停了，只发一点生活费。就这样大家也过来了。张先生后来不能说话了，晚上我们几个人轮班在这儿陪他，马绣同先生一个，刘瑞玉先生一个，再就是我，三个人轮流。到了 1967 年，张先生就病逝了，走时一句话也没留下。张先生的身体没有别的毛病，就是血压高，要是没有"文革"，他的性格该是个活大岁数的人。

毛汉礼的入党申请书

当年在生物楼二楼的走廊上，有一位老先生给我留下了深刻印象，这就是毛汉礼先生。毛先生属于那种人还未到声音先到的人，往往是人还没出现，他带有浙江乡音的嗓音已经回响在走廊上了。生物楼二楼主要是我们海洋地质研究室的办公室，但也夹杂了一间属于物理海洋研究室的，毛先生有时也会出现在二楼走廊里，往往是有事情。毛先生习惯边说边走，毛先生走路很快，说话也快，也显得严厉。在 1980 年代初，海洋研究所只有两位科学院的学部委员，曾呈奎先生之外，就是毛先生。因为毛先生的女儿在我们研究室，因此有一年春节，我跟随一位老师到过毛先生家，让我惊讶的就是毛先生的传统：喜欢穿中式棉衣，喜欢用毛笔写字……

后来在参加《中国海洋志》的编写中，因为我承担了"人物篇"的编写，有机会看到多位老先生的档案，其中，在毛汉礼先生的档案里，很"别致"的两页用毛笔书写的入党申请书。毛先生的入党申请书共有两份，第一份入党申请书是用毛笔写的，写在

毛汉礼像

海洋所的办公信柬上，竖行直写，简短地写满两页：

敬爱的海洋所党委：

我是一个从旧社会过来的知识分子，今年六十岁。我自一九五四年在敬爱的周总理的直接关怀下回到祖国怀抱以来，多年来，在党组织的教育和培养下，使我逐步懂得了一些革命的道理与共产主义事业的伟大远景。尤其使我敬佩感动的是：在中国共产党的英明领导下，经过短短的二三十年的时间，我们祖国已由过去贫穷落后的半封建半殖民地国家，转变为今天初步繁荣昌盛、欣欣向荣的社会主义国家。对于曾从旧社会过来的知识分子来说，这种转变是无时不忘的。近十几年来，我们国家经历了无产阶级"文化大革命"（林彪及"四人帮"的阴谋篡党夺权的种种罪恶)以及以华主席为首的党中央一举粉碎"四人帮"以来所实施的一系列伟大的战略部署，更使我从内心深刻体会到，中国共产党真不愧是伟大的党，光荣的党，正确的党。我感觉到我以能在这样伟大、光荣、正确的党的领导下生活和工作而自豪，而信心百倍。

我认识到：

"中国共产党是无产阶级的政党，是无产阶级组织的最高形式，是由无产阶级先进分子所组成的，领导无产阶级和革命群众对于阶级敌人进行战斗的朝气蓬勃的先锋队组织。

"中国共产党在整个社会主义历史阶段的基本纲领，是坚持无产阶级专政下的继续革命，逐步消灭资产阶级和一切剥削阶级，用社会主义战胜资本主义。党的最终目的，是实现共产主义。"

目前，我们国家正在党的英明领导下，为在本世纪内实现四个现代化而努力奋斗。我虽然年已花甲，且身体不太好，但在这样的党的领导下，为这样宏伟的目标而奋斗，我感到自豪，感到无限兴奋。"人老心不老"，决心以有生之年，为实现祖国的四个现代化，特别是实现海洋科学的现代化而贡献我毕生精力。

由于我是从旧社会和长期（七年）在资本主义社会（美国）生活过来的旧知识分子，身上还有不少旧社会旧的、非无产阶级的烙印，我竭诚要求党组织对我进行严肃的批评教育，帮助我进一步改造世界观，早日实现光荣地参加党组织的愿望。这是我最大的愿望。

毛汉礼敬书

一九七九年九月十日于青岛

1984 年元旦刚过，毛汉礼又写了一份长长的入党申请书，是钢笔抄写在普通信纸上，共 34 页。

一、自传

我于 1919 年 1 月 25 日（农历 1918 年 12 月 28 日）生于浙江省诸暨县保安乡毛家园村一个农民家庭。我家自我有记忆之日起，祖父、父亲均为自耕农，还租种地主土地，学校放暑假时，我经常也参加田间劳动。父亲去世时，弟弟只有十来岁，不能劳动，所以有几年曾雇工劳动，有剥削行为，因此我弟弟定为富农成分；1954 年我回

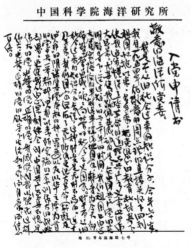

毛汉礼手稿

国填家庭成分时，就以弟弟成分作为家庭成分，也填了富农。其实，我父亲去世时，我在内地上学，和家庭音讯断绝，到1946年"还都"回老家后才知道这一情况。1964年"四清"运动时，问及我的家庭出身，"四清"工作组对我说：以你的情况应定为"自耕农"（中农），但家庭成分对像你这样的人来说，关系不大，主要看你自己的表现，我看不改算了。我六岁上学，读私塾（当时村中无学校），读了四年，所以论语、孟子、大学、中庸等书我都念过。村里有了初级小学，我又读了一年初小。十一岁考上离家十五里一个镇上（枫桥镇）的高小，为了节省费用住在一个亲戚家里，十三岁高小毕业。

根据我家当时的经济条件，我只能念完高小，要读初中，最近的公立初中在绍兴，离家七十多里，必须住读，而当时情况，自费住读绍兴初中（当时为浙江省立五中）每年费用约为一百二三十元，折合当时三四十石谷子（当时每石谷子约售三四元银币），我家是绝对无力负担的。但由于我家上辈几代人无人读书，祖父、父亲、叔父都只粗识文字，勉强记记账，远达不到写信读报的水平，因此便想让我多读几年书，家里有个"读书人"。这样，我便试考绍中，结果以入学成绩最好，得以享受浙江省教育厅设置的"清寒助学金"（后改为"优秀学生奖学金"），每学期可得三十五元（二等）到五十元（一等）补助。这样我读初中大部分学费靠助学金，每年家中负担三四十元（折合谷子十石）勉强可以支付，实在不够时，只好卖点零星土地或树木等补足。1932年到1935年的绍兴初中三年和以后1935—1938年金华中学（原浙江省立七中）到高中毕业就是这样主要靠奖、助学金，部分家中负担度过的，这实际上是靠老百姓的血汗（通过税收）供我念完中学。由于我每学期必须拿到奖、助学金（条件是班上成绩在前三名，第一名享受一等，二、三名享受二等），而我的天赋只有中等，因此我必须加倍用功，争取高分，以保持奖、助学金，所以我在中学时代以及以后上大学，全是"一心只读教科书，两耳不闻窗外事"，根本不过问政治，甚至对日本帝国主义的侵略，也麻木不仁地认为这是政府的事，学生的唯一职责就是读书。

1938 年高中毕业，当时沿海许多地方都遭到日帝的侵占，浙江省也有不少县、区沦陷，当时浙江大学已经内迁（由江西而广西）。本来，像我的情况，即使大学不内迁，我也念不起，所以我原先的愿望也只是高中毕业后考上当时的"铁饭碗"单位及海关、邮局、铁路等当个小职员，每月收入三四十元就满足了，可是由于大片国土沦丧，这些单位原有人员都无法全部安插，当然不会再招新生了，因此就在我毕业那年，参加了全国大学联合招生，第一志愿就是浙江大学（因为相对说来，广西比四川、云南等稍近一些）。我明知即使考上也念不成，四年的生活费用且不说，仅仅路费我就无法负担，不得已投考了当时浙江省财政厅的练习生考试，结果两者都被录取，由于当时我没有能力上大学，于是我一面写信到浙大请求保留学籍一年，一面去财政厅当练习生，月入四十元，省吃俭用可节余三十五元左右。干了半年多，觉得这一工作没有"出息"（没有前途），这时手边已积有两百元左右，很想继续求学。正巧，有位邻村老乡要去贵州投靠亲友（他有个亲戚在贵州当个营长之类的小军官），家中同意我和他结伴同行去广西上浙大，由于路费不多，几乎全靠步行（当时腐败的国民党修的铁路很少，我们只坐过几段火车），差不多走了两个多月左右才到达广西宜山（当时浙大所在地）。到了宜山，我请求入学，浙大查核属实（曾申请过保留学籍一年），又念我千里迢迢步行来上学，同意我注册入学。但当时（1939 年）日帝对广西采取"疲劳轰炸"办法，而广西当时又无防空设备，任敌机每日在领空中盘旋，甚至投弹，老百姓成天"逃警报"。浙大也几个月不能上课，于是决计再内迁贵州。我入学不久，学校就宣布迁贵州，学生自己设法去贵州报到。我便和几位同学又从广西宜山步行到贵州。第一年在贵阳附近的青岩上学，二到四年级（1940—1943 年）在贵州遵义，我读的文学院史地系地理组，因此，我的理科（数、理、化）基础是很弱的，至今是我工作上最大困难。我在大学四年（1939—1943 年）也全享受公费（不缴伙食费，虽然长期吃不饱，但也饿不死）。这时国民党反动派的贪污腐化变本加厉，日帝侵占了大半个中国，弄得民不聊生，情况十分危急，浙大的学生运动也一浪高过一浪，连连爆发，可是我还是个不问政治，不参加任何政治性活动的学生，一心想着"读书救国""科学救国"而闭门读书。

1943年夏，我在浙大史地系毕业，留校当研究生兼助教，除继续读书外，我的任务是每天观测几次气象。当时我想跟涂长望教授学气象，但不久涂教授离开浙大，我又感到浙大的地学方面的书刊资料有限，想到藏书完备的前中央研究院气象研究所（在四川北碚）读些书。当时浙大校长竺可桢兼气象所所长，我便将此意陈于竺校长，他立即同意，还设法让我乘坐了去重庆的"黄鱼车"（免费搭乘卡车），所以我便于1943年秋到了北碚，以后我没再回浙大。1944年竺校长因公赴重庆到北碚休息，他问我学习情况并问到我愿返浙大还是留在北碚，我表示愿留北碚，他立即委我为气象所助理员，并说："这儿条件好，环境清静，正好做点学问。"这样，我便从1944年四、五月份正式进入前中央研究院气象所工作。当时同事的有郭晓岚、叶笃正、顾震潮、朱育崑、黄仕松、陶诗言等。这时气象所总共只有十几个人，除了我们六七个青年助理员外，上边只有三个高研（其一是当时代所长赵九章），每人一个房间（卧室兼工作室），各人均在自己房间读书、工作，间或去图书馆借书、查资料，还没有实验室。青年助理员们的共同理想是出国深造，还认为这是唯一的正途。回忆当时过的生活简直是"修道士"式的生活，也就是大家都很少过问政治。

1945年抗日战争胜利前夕，国民党蒋介石准备摘取胜利果实，美帝帮他"培养一批建国人才"好为他更有效的服务，便由美国救济署资送我国农、工、矿方面的大学毕业生去美国进修，于是气象所的郭晓岚、叶笃正、黄仕松等几位离开了，只剩下我们三四个助理员了。我想只有更加努力学习，（特别）是英语，争取下一次出国的机会。1945年8月日帝宣告无条件投降，9月3日包括中国在内的盟国接受日寇投降，气象所也准备秋后"还都"（回到沿海地区）。我于 1946 年春回到南京，这时所本部尚未迁回。夏天，蒋介石政府的教育部招考公费留学生（"建国人才"的留学生），去各国留学，多种专业都有，名额之多（一百四十名）更是空前的。我当然报名考试。当时共有五千余人报考，也就是三四十名中录取一人，竞争之激烈可以想见。我可以报考自然地理学、气象学、海洋学三个专业，考虑到海洋学国内尚无此项专业，很多人不熟悉，可能报考的人数较少些，也就是录取的希望较大些，于是我决定报考海洋学。这便是我最原始的报考海洋系的思想。秋天揭榜，我竟侥幸录取了。1947 年春，教育部举办了这一期留学生的讲习班（约两个月），内容是学习英语会话和外国的礼节，请了名教授讲演，也有一些国民党的显要人物作报告。当时的教育部长朱家骅和每个学员作了 3—5 分钟的谈话，冠冕堂皇地勉励大家，早点学成归国，为"建国大业"多作贡献。

我是 1947 年 8 月从上海乘轮出国的，经赵九章所长介绍到美国加州大学的斯库里普斯(Suripps)海洋研究所跟当代知名海洋学家斯凡德鲁普(Sverdrup)所长做研究的。到所不久，斯凡德鲁普所长退休回到祖国挪威去了，我便跟着蒙克(Munk)教授学习。他主要进行波浪预报方面研究，需要较高数学基础，我不适于这方面的研究工作，同时由于经济关系，我参加了"加州外海沙丁鱼渔业资源变化"这一课题的研究，正在作"加州外海的海流系与混合扩散"这一研究。经与导师蒙克教授商量，向他说明我的情况，他同意我的论文题目与研究计划（其后一二年蒙克教授本人也改搞大洋环流的理论研究了）。我们这批公费留学生原讲明公费期限是 3—4 年，要求攻读博士学位，但国民党反动派在解放战争中节节溃败，1948—1949 年间其反动巢穴一再搬迁，迁到台湾，性命难保，早就把我们这批穷学生置之不顾了，所以实际上我们只领取了三个学期（即 1947 年秋，1948 年春、秋）的公费，以后就只好半工半读了。从 1949 年起，作为斯库里普斯海洋研究所的"半时研究助教"(Halftime research assistant)，即拿助教一半的工资，月入约一百七八十元，比公费稍稍多一点。这样，我便靠"半工半读"，参加"沙丁鱼资源变动"这一研究课题，把研究成果作为我的论文材料。（这种方式是美国培养研究生常用的方式，实际上是当一名进行课题研究的"临时工"。）1951年8月我完成了博士学位工作，立即向移民局要求发给准许离境证明，以便购买船票回国。孰知移民局竟以"中美两国虽未正式宣战，但存在交战状态"的借口，竟不批准离境，违则坐牢。我认为这种拒绝离境的决定毫无道理，在正直的美国老师的帮助下，雇请律师与美国联邦政府（移民局）进行合法斗争，长达三年之久。直到1954年8月初，我突然接到准许离境的通知，不胜惊喜，立即购买船票启程回国。回国后才知道这是周总理在日内瓦会议上与美国力争的结果。回忆在美国长达七年的时间内，仍是搞我的研究，不过问政治。虽然爱人范易君在解放后的家信中，报道了一些新中国蒸蒸日上的动人情景，坚定了我要回祖国的愿望，但对于中国共产党还是了解得很不够的。

我是在1954年8月底回到祖国怀抱的，在新中国的教育部留学生学习班学习了两个月后分配到中国科学院，又由院分配到海洋所（当时的海洋生物研究室）工作。从那时（1954年12月）迄今卅年来，我一直在海洋所。它几乎是我有生的一半岁月，我和大家很熟悉，当然大家也相当熟悉我。我的工作简述如下：

我到所的第一项工作便是参加了张孝威教授领导的"烟台鲐渔场调查工作"（1956年）。同年，我以半年左右的时间参加了我国的"十二年科学规划"的草拟工作。规划决定我国的海洋科学研究应有一个较大的发展，并应从单一的海洋生物调查研究转入包括海洋科学为主要领域的综合调查研究，并从综合调查着手。在1956年我所（当时的海洋生物研究室）接受了相当大量的水文、地质、化学等专业的大学毕业生，并着手改装调查船"金星号"，于1957年下半年从"金星号"出海调查，我开始参与领导该项工作。从1958年下半年开始了我国对黄海、渤海、东海、南海的普查工作，我担任技术指导。从1958

年下半年到 1961 年夏天海洋普查的专题报告定稿的三年中，我脱产
参加了全国海洋普查工作，长驻塘沽。1961 年夏，我回到所里，开
始了"在海洋普查报告的基础上提高一步"的工作，一面招收研究生
（四名），一面进行较小范围的专题调查研究（长江口及杭州湾环流
形式与混合扩散的研究）。这项工作约进行了两年半左右，到 1964
年开始""四清"运动"，在一年左右的时间里，领导和同志们帮助
清理了我的思想，使我认识到自己在思想深处不但存在着大量的资产
阶级思想，还有封建思想的残余，决心痛改前非，并见诸行动：（1）
1965 年"四清"一结束，我立即要求去嵊山（浙江）渔场蹲点；（2）
主动把我的独生女儿送到最艰苦的边疆去锻炼（参加青海省建设兵团，
虽然当时来招兵的负责同志和文登路办事处的书记、主任登门并说兵
团生活太艰苦，像你家情况，报个名就有了影响，暂且不去，实在要
去，等几年再说，可是我还是坚持让孩子去了）。

　　1965 年我刚从嵊山渔场回来不久，"文化大革命"就发动了。
1966 年 6 月 24 日青岛市万人大会上被张敬焘点名为"反动学术权威"，
从此在整整十年浩劫期间，一直处于被专政状态中。对这场浩劫，我
始终不理解，为什么采取这种破坏、蹂躏以及摧残个人和整个国家的
办法？我深深感到悲痛。但对广大群众，即使有些行动过火的群众，
我还是谅解的。因为，（1）他们认为这样做也是干"革命"；（2）
有些人的行动不完全是自主的，背后有人指使，是被迫的。大多数的
群众只是跟错了人，做了错事，犯了些错误而已。

　　由于十年浩劫的创伤，受到较长时期的精神和肉体的摧残，我原
来强健的身体被折磨垮了。在 1977 年 7 月 29 日夜晚，心脏病突发，
当时还不知道患了致命的"心肌梗塞"，次日去医院，医生都说"捡
了一条命"。多亏那时"四人帮"已打倒，我才能住进医院，1978
年 3 月我到疗养院。

　　我又到了新的转折点上了，那就是当我在疗养院接到让我出席全
国科学大会的通知。在医生陪同下，我抱病参加了大会。在会上听到

邓小平同志的开幕时作的报告，激动的心情久久不能平复，从此我的精神状态有了大幅度的转变，顿时感到自己的病情减轻了，心情舒畅了，信心增加了。十年来的抑郁、消极失望的"旧貌"，一抹而为舒畅、积极、信心百倍的"新颜"。后面我还要详述我在这一转折点和三中全会以后的思想转变。

1978 年底从疗养院转到科学院疗养所，1979 年春回所。在青疗期间，新到任的党委书记王鹤冯同志通知我，院部任命我为海洋所副所长，望我好好疗养，早日恢复工作。我对党、对院部予我的信任，十分感激。但当时我的体力还很不好，顽症在身，只怕难当大任，所以我向王书记表示，我愿意以一名高研人员尽量再为海洋所多做点工作，至于副所长这一领导任务，我怕力不从心，难以胜任。但王书记说，这是院部任命不可推辞并嘱我在全所大会上表态。记得当时我只说了一句话："我一定竭尽全力当好曾所长的助手，当好党委的参谋。"其后我是这样说的，也是这样做的。当然离"好"还差得很远，这点我有自知之明。

1979 年春我回所迄今（1984 年初），我扪心自问是在"尽力而为"，坚持上半天班，遇到重要会议或其他重要事务（如接待外宾）我总是勉力参加。近几年来，由于党对我的信任，让我多次出国参加学术会议和参观访问，（1979 年赴巴黎，参加政府间海洋学委会，接着参加在澳大利亚召开的大地测量与地球物理学的大会，虽然随身携带氧气袋，可是心情是既兴奋又充满了信心。）但我深深感觉到，当前我国海洋科学研究上存在着的大问题，正如赵紫阳总理所说，是"低水平的重复劳动"，这就是最大的浪费。如何打破和改变这种局面，关键的问题是提高工作人员的水平。这些年来，我总想在培养海洋科技干部方面做一点力所能及的工作，当然我也做了一点工作，但离党和同志们对我的要求还是远不相称的，但我有决心，要在我今后的余年，发挥"余热"，为我党和我国的海洋科研事业作出较大较多的贡献。

二、我的思想转变过程与入党动机

我是从旧社会过来的人，又到美国学习工作了七年，思想上受到了西方社会的影响，因此对党、对共产主义的认识，是经历了漫长的过程的。大体上，我的思想发展经历了如下几个阶段：

（一）我的中学时代（1932—1938）和大学时代（1939—1943）以及在中研院气象所工作（1943—1947）这些年代，都是在国民党统治的旧中国度过的。其间经历了第一次国内革命战争、抗日战争和解放战争。当时虽也看到了国民党统治的黑暗、腐败和无能，还看到了旧中国的贫穷、落后，被帝国主义欺凌、侵略，民不聊生；但由于长时期不关心政治和社会上的政治斗争，所以对如何使中国强大起来这一问题没有正确的认识。当时社会上有"科学救国"的思潮，它引起了我的共鸣，我觉得中国之所以落后，就是科学技术不发达，自己能够做的就是好好读书，作为学生，好好读书就是救国。另一方面又由于受到当时各种宣传的影响，我非常欣赏美国的科学技术，一心想先在学业上打好基础，然后再到美国深造，学点科学技术上的知识本领。就在这种思想指导下，我虽对国民党的腐败统治不满，但对共产党更一无所知。（例如：我在遵义念大学，压根儿也不知道"遵义会议"。）

（二）我是抱着"科学救国"、学习科学技术的目的去美国的，去之前对美国的那套"政治民主"和种族歧视很不了解。但到美国后，随着在那里生活时间越长，从实际中，越深刻地感到美国的社会是个非常虚伪的社会，所谓"政治民主"、"两党制度"等等都无非是一种伪装用来欺骗人民大众而已。实际上尔虞我诈勾心斗角、相互倾轧，完全是个金钱万能的社会。尤其是，美国表面上禁止种族歧视，事实上，不但黑人，就是华人的政治地位和社会地位都十分可怜。华人在美国被看成低人一等，甚至还不如战败的日本人。即使很知名的中国学者也只是在学校里、单位里有地位，在政治上、社会上并无立足之地。因此当时我唯一的愿望就是早点学成，尽快回到祖国的怀抱。

新中国成立后，尽管自己对共产党和新中国了解很不够，但总觉得中国经过了一百多年的内忧外患，终于站起来了，有了个强大的、统一的中央人民政府，这些都使我很兴奋，从爱人的家书和一些朋友处听到关于祖国正在突飞猛进的消息，我就下决心把自己在美国学习到的一点点知识，尽快地贡献给祖国的建设事业。虽然当时我对如何建设新中国，建设怎样的新中国等等认识还是很模糊的，但我要回国参加建设的决心是坚定不移的。经过和美帝长达三年的法律斗争，最后通过周总理在日内瓦会议上与美帝斗争，我在 1954 年 8 月底终于回到了朝思暮想的祖国。

（三）回国后亲眼看到了共产党在短短几年内把国民党时代遗留下的民生凋敝的烂摊子变成人民生活安定、社会繁荣，多种建设蓬勃发展的新社会，真感到由衷得高兴。尤其是当时的社会风气，给我留下深刻的印象，完全做到了"家不闭户，路不拾遗"的好现象，不禁使我由衷地爱戴和敬仰共产党。但对什么是共产主义，基本上还是不认识，仅是一种感恩戴德的思想罢了。

特别使我难以忘怀的是：1956 年全国制订十二年科学规划，我不仅参加了这一规划的制订，还受到了毛主席和周总理等党和国家领导同志的接见。这次会议使我深感党确实是在扎扎实实地领导我们建设国家。因此，我要以自己的科学知识为我国建设服务的愿望终于有了实现的良好条件。以海洋科学来说，旧中国连一个研究小组也没有，而在制定科学规划之后，不仅成立了海洋所，还有了自己的调查船，海洋所的科研工作，正在日新月异地不断发展。

我在海洋所从建立到发展的那几年里，对党的事业，党的方针政策逐渐有了认识，也慢慢懂得了我们党所以能领导我国各项事业蓬勃发展的原因。这一方面是通过自己在工作和生活中的亲身感受，另一方面也是通过几年的政治学习，尤其是从当时党委书记孙自平同志的身教、言教中使我感受到很大的启发和教育。

孙自平同志不仅经常同我谈心，启发我正确对待各项政治运动，帮助我认识党的各项政策，叮嘱我多多学习政治理论，使我逐渐认识到党的光荣、正确、伟大。特别是他对海洋科研事业的高度责任感和事业心，对老知识分子在政治上和生活上的无微不至的关怀，使我深受感动和教育。他时时、处处以身作则、吃苦在前、享乐在后、克己奉公的优良品质和作风，让我亲眼看到了共产党人的高贵品质，也找到了自己在思想上、作风上、实际行动上的差距。

尤其是在"四清"运动中，我受到了更多的教育，开始认识到有必要认真对自己的思想做一番清理，也认识到应该以更高的标准要求自己，否则很难在工作上作出成绩。虽然这之前我是做过一点工作，但对自己的要求不是高标准的。因此当时我一面接受同志们的批评，作了自我检查；另一方面决心以实际行动来回报党对我的期望。因此，首先，我积极响应党"下楼出院"的号召，主动要求去嵊山渔场蹲点，其次是送独养女去青海支边。这对我来说是个思想上的转折点。

（四）正当我对党有了一定的认识的时机，"文化大革命"开始了，正如大家知道的，我受到的冲击和折磨是较大的。因此我的思想又逐渐消沉，随着长达十年的浩劫，我已到了极其消极的程度，一方面我对为什么要搞这样的运动，始终想不通；另方面，十年间听到、看到许许多多老干部、老同志、高级知识分子受到残酷折磨，有的致伤致残，有的含冤死去，整个国家的建设遭到严重的破坏、摧残、挫折，所有这一切使我非常痛心。这时，我对党又开始怀疑、动摇，甚至对我国今后的事业失去了信心。这种颓唐不安的心情一直延续到1978年科学大会之前。

在粉碎"四人帮"之后，我对"文革"的认识有了改变，对在"文革"中，曾对自己有过火的行动的同志们，不该责怪他们，他们也是认识不清，有少数人可能是"奉命整人"，也是不得已，不能责怪他们。在十年浩劫期间，使我思想消沉的另一因素是由于长期的折磨、摧残，使我身心受到严重创伤，1977年7月29日心肌梗塞，经过抢救总算没死，但我认为自己已是有毛病的垂暮之人，无所作为了，加之整个国家遭到严重破损历历在目，使自己愈加悲观失望。

（五）1978年我刚从医院转到疗养院不久，接到通知，要我去北京参加全国科学大会，这对我是个极大的激励也可说是我生命中的新的转折点。随医带病去参加了这次盛会，会上听到了邓副主席的报告和郭沫若同志"科学的春天已经到来"的讲话，首先是激动，因为党中央和"四人帮"完全不一样了，我们知识分子再也不是"臭老九"；其次是重新焕发了我的斗志，党中央十分重视科学事业的发展，十分重视我们知识分子的作用，并把发现和培养人才作为今后的重大任务，这把我从悲观失望中挽救过来，要像郭沫若同志说的那样为科学的春天的到来贡献自己的力量。

特别值得一提的是，1978年12月三中全会后的一年对我的思想发展起着极其重要的作用。在三中全会上，中央确定了解放思想、开动脑筋、实事求是、团结一致向前看的指导方针，作出了把工作重点转移到社会主义现代化建设上来的战略决策，提出了必须完整地、准确地掌握毛泽东思想的科学技术等等，所有这一切标志着党重新确立了马克思主义的思想路线、政治路线和组织路线。事实也正是这样，在三中全会后的一年期间，我们的党在工作中已改变了徘徊前进的局面，又领导全国人民在建设社会主义中国的大路上奋勇前进了。从全国来看，我们党又成功地在很短的时间内解决了十年浩劫中遗留下来的大量问题，不但全国安定团结的局面又重新出现，而且各项建设事业又走上了发展的道路。从海洋科学事业来看，我们不仅有了新的科学发展规划，而且发展的速度比我想象得还要快，不仅是经费、对外学术交流以及人员培养都是如此。大量事实再一次教育了我，使我确实感到我们的党是伟大光荣的。

更使我想不到的是就在那一年，组织上任命我为副所长，它不只是使我感到了党组织对我的非常信任，而且也使我感到自己的责任重大。我深感要领导好全所的研究工作是很不容易。虽然我回国已廿多年，也受到了党的不少教育，但我由于根深蒂固的旧社会和西方社会给我的影响，自己的毛病还很多，尤其是在党的方针、政策理解上，与群众的关系上，工作作风和方法上，离党对我的要求还差得远。既然党信任我，我就该向自己提出更高的要求，要很好地完成党交给我的任务，我必须很好地了解、掌握党的多项方针政策，要像孙自平同志做我的工作那样，以身作则、克己奉公。

就当我对党有了新的认识，想提出参加组织的要求时，不由得我想起了竺可桢老师当年是如何要求入党的。竺老为了我国地学事业的发展，作出了卓越的贡献，但他并不以此为满足，不断地在政治上提高自己，严格要求自己，时时想着参加组织这件大事。果然在他垂暮之年得偿宿愿，成为光荣的共产党员，我一定要向竺老学习，要像他那样对自己提出更高的要求和标准。

有的党员干部从我的谈话中了解我的思想情况，从政治上启发我，帮助我，提高了我对党的认识。通过这一系列的帮助和我自己的学习，我对党有了更进一步的认识，在 1979 年 9 月 10 日我第一次向党提出了要求入党的申请书，此后在 1981 年和 1982 年又写了三次申请书，表达我要求入党的愿望。

我的入党动机

当前，我们党正领导着全国人民为实现党的十三大确定的在"不断提高经济效益的前提下，力争到本世纪末使全国的工农业总产值翻两番"的宏伟目标而奋斗，并以此为基础，把我国建设成为现代化的、高度文明、高度民主的社会主义国家。党将领导我们向着共产主义这个人类社会的最高理想迈进。共产主义事业是人类最壮丽的、最伟大的事业，我们当前所进行的社会主义建设事业也是为实现这一最高理想而奋斗的一部分。我作为一个从旧社会过来的知识分子，能在党领导下参加到这一伟大建设事业中去，贡献出自己的一点知识和力量，感到无上光荣和自豪。

虽然，我是从旧社会和在西方世界生活过来的人，过去受了封建思想和资产阶级思想的熏陶，但回国卅年来，在党的教育和关怀下，又通过政治学习和许多优秀共产主义战士高尚品质的耳濡目染，所以在为发展我国海洋科学事业的工作过程中，我逐步认识到、了解到党的政策和方针，并通过客观世界的改造逐渐改造了自己的世界观。亲眼见到在短短的卅年间，在伟大的中国共产党领导下，我们国家从贫穷落后的半封建半殖民地的旧中国，变成今天这样初步繁荣昌盛的社会主义国家，特别是国际地位的日渐提高、强大，真使我这个曾久居海外的中国人扬眉吐气。回国卅年来，我认识到我们党之所以能在短短时间内领导全国人民取得这一伟大胜利，主要是因为中国共产党是无产阶级的政党，是以马列主义毛泽东思想武装起来的，是由无产阶级先进分子所组成的党。我们党的指导思想是马列主义、毛泽东思想，我们党所进行的事业是伟大的、正义的，"没有共产党，就没有新中国"。没有最优秀的共产党员组成的共产党，不会有新中国的今天，更不会有新中国的明天。所以做一个共产党员，不仅意味着光荣，而且意味着要有崇高的理想和高尚的情操。

是党把我从一个旧知识分子培养成为有一千多工作人员的研究所的领导之一。我自任以来，就感到自己责任重大。只有直接在党的领导教育下，向优秀共产党员学习，尽自己最大的力量，在有生之年，为革命事业多作贡献。为此，我决心以党员的标准严格要求自己，接受党的考验，完成党交给我的任务。

我志愿加入中国共产党，首先是因为我觉得中国共产党是伟大、光荣、正确的党，我愿意为党的伟大事业终身奋斗。

我志愿加入中国共产党，还因为我认识到党的理想是崇高的，只有加入党，为党的崇高品质而奋斗，才是真正光荣的，才是真正崇高的人。

我志愿加入中国共产党，是因为我认识到只有经常不断地受到组织的教育和督促，自己才能较快地提高自己的政治觉悟，不断地克服自身的缺点和改正自己的错误，才能把党的事业做得更好。

我志愿加入中国共产党，不仅是为了获得党员的权利，更重要的是我愿意遵守党的纪律，执行党的义务，宣传党的路线，为党的最终目的而奋斗。

我志愿加入中国共产党，决心向竺老那样的优秀党员学习。竺老为海洋科学事业的发展，鞠躬尽瘁，把毕生精力奉献给党的科学事业，我也要争取成为这样一个合格的光荣的共产党员。

我的优、缺点和今后努力方向

我的优点并在今后必须继续发扬：

（1）忠心耿耿的对待党的事业。

1954 年回国以来，我是一心一意地想为祖国的海洋科学研究工作做点工作的，在具体行动上也是尽了最大努力来完成党所交给我的各项任务的。不论是在实验室内进行，或是指导研究工作，或是出海任工作队长，参加海洋普查技术指导，以及到生产第一线蹲点，我都能自觉或主动服从组织决定，积极努力完成任务。粉碎"四人帮"以来，党让我参加所里的领导工作，扪心自问，尚能做到认真负责，尽力把工作搞好。当组织决定让我分管培干工作时，我认识到这是党对我的信任，所以在实际行动中做到了严格执行党的政策，并尽力想法实施，做到发现"人才"，大胆培养，大胆提拔，几年来为党培养了一批优秀的科技人员，他们已成为我国海洋科学战线上的骨干力量。

（2）心胸比较宽广地对待十年浩劫中犯错误的群众。

在十年浩劫中，我遭到无情的残酷打击，身心受到严重摧残，一度情绪悲观消极。但自三中全会以后，由于党落实政策，纠正了十年浩劫中出现的错误，使我受到深刻教育。自觉地学习马列理论和毛泽东思想以及党的各项政策和决议，使我的政治觉悟逐渐提高，逐渐认识到党的光荣和伟大，从而使我更加热爱中国共产党，在行动上尽量按共产党员的标准要求衡量自己。因此我能比较心胸宽广的对待十年浩劫中出现的一些问题，具体表现在"文革"中对我进行过火行动的群众，不但不责怪他们，反而谅解他们中的绝大多数也是"四人帮"的受害者，真正的坏人是极少数。在我担任领导工作后，做到了团结一切可以团结的人，做到了团结那些曾经反对过自己，而且实践证明是犯过错误而肯改正的人。

（3）热爱党的海洋科学事业，热心培养新生力量。

我愿将我的毕生力量贡献给党的海洋科学事业，一定是坚定不移的。即使在最黑暗的"四人帮"统治期间，我虽意志消沉，但在梦寐中也没有忘记这一党的事业，所以在1973年，上级没有正式安排我的工作，但当我知道，编写《港工技术规范》是敬爱的周总理亲自抓的项目之一，我就自告奋勇参加了这项工作，主动承担了这一项目的"顾问"。为了编写规范，尽管在炎夏，我每天加班到深夜，一口气翻译了40万字书稿，为我国海港建设贡献了自己微薄的力量。近年来，党中央"海洋科学要为祖国四化作出切实贡献"，我更是尽我的力量多干点工作。

我深切感到，要把我国海洋科学事业搞上去，关键是培养人才，扶植新生力量。在培养中青年科技干部方面，自问是千方百计，尽力而为的。无论是招收研究生还是室里的工作人员，我把发现人才、培养人才作为头等大事。邓小平同志在全国科学大会上的报告中指出："我们的科学家、教师发现人才、培养人才，本身就是一种成就。在科学史上可以看到，发现一个真正有才能的人，对科学事业可以起到多么大的作用。世界上有的科学家，把培养和发现新人才，看作是自己毕生科学工作中的最大成就，这种看法是很有道理的。"这段话对我的教育和启发特大，所以这几年来，我是大力按照邓副主席的教导执行的。

（4）肯承认错误，能进行自我批评并主动改正。

党章要求一个共产党员要切实做到批评与自我批评。在党的会议上一般能坚持正确意见，对一些不良现象能开展批评，对于自己的错误和缺点，一旦发现也能进行自我批评。我自信在这方面是作了努力的。平时，我还尽力协助支部做些群众的思想工作，一般都能收到较好的效果。群众对自己的批评，基本上我是肯接受的，并注意改正。

（1）我的缺点并在今后必须努力改正

长期以来我存在着严重的主观主义和家长式的工作作风。我的这一缺点，经过组织不断的耐心的教育，近年来也有了一些改进，但远远没有根除。有的群众反映，毛汉礼同志一旦发了火就不讲理。我这一缺点主要表现在：

（I）我说了算：具体表现是在一室领导工作，在召开室务会上，往往是自己事先拟好了议题，大部分时间是自己一人发言，不是发动群众充分讨论。某些重大议题，没有广泛征求群众意见，使得群众心情有些不愉快，这样不能充分调动大家的积极性，有时还起了负作用，给工作带来了一定的损失。对于出现的不同意见，不是以理服人，而是自己拍板，这样当然引起有些同志的不快，影响了工作。

（II）以老师、领导自居，发号施令：我在对待我的学生和室里的年青同事，很多方面不能平等对待。在我思想上就认为我是老师，我是领导，全得听我的，我不会害你们。因此在安排工作和学习上，甚至生活上，经常出现命令主义。要办的事，立即得照办，决不能打半点折扣，弄得好多人十分怕我，动辄"训人""剋人"，甚至有人被我剋得掉泪。这样有损人家的自尊心，也给工作带来一定的损失。

（III）官僚主义严重：有时不作调查研究，随便批评，挫伤了群众的积极性。我有个最坏的大毛病就是"印象病"。我认为好的就一切好，不好就一切不好。对于出现的问题常常不耐心调查研究而是凭主观想象。在1982年安排一位同志出海问题上就是一个教训。因我对这位同志印象不好，他在做出海准备工作中把手挤坏了，我知道后竟怀疑他是不是出海故意伤坏自己的手指，不管三七二十一便当场训了这位同志，使他很伤心。事后我才了解到确实不是有意的，而是不小心挤坏了自己的手，这时我才觉得不安和歉疚。在室务会上我主动检查了自己的主观错误。这样的错误肯定造成了不良影响。

党章规定：党的各级干部要具有民主作风，密切联系群众，正确执行党的群众路线，自觉地接受党和群众的批评和监督，反对官傲主义。

通过学习和同志们的帮助，现在我认识到，自己以上的缺点是封建残余和资产阶级的思想作风。中共中央关于整党的决定中指出：现在，在党的不少组织和党员中，仍未清除十年动乱流毒的影响，违反民主集中制的现象相当严重，一方面有些领导干部凌驾于组织之上，集体领导徒具虚名，实际是个人说了算。对照我的所作所为，就是党决定中指责的那样。通过学习和反省，我认识到我身上这些错误和缺点的思想根源，是由于封建主义思想的遗毒太深，家庭出身的关系，表现出小生产者家长式的作风。党要求每一个共产党员和干部，不论职位的高低，都是人民的勤务员，都是人民的公仆。领导与被领导者是工作的分工，但都是为人民服务的。在这个问题上，我违背了党的教导，把党和人民对我的信任，交给我做领导工作，当成了自己发号施令的本钱，实际就是背离了党的利益，以共产党员的标准来衡量，就是党性不纯的表现。对我这个积极要求入党的人来说，应该时时、处处、事事，按党的标准严格要求自己。

从一个共产党员的民主作风来说，也不仅仅是让人讲话的问题，而是要主动自觉地听取群众的意见，接受群众的监督并把它当作自己履行的义务。在各种场合，要发扬党内民主，同样如此。我认识到共产党人讲民主，是从历史唯物主义出发的，历史是人民创造的，人民群众才是历史的真正主人。十一届六中全会通过的《关于建国以来党的若干历史问题的决议》在论述党的群众路线中指出："党是无产阶级的先进部分，党是为人民利益而存在和奋斗的。但是党永远是人民的一小部分，离开人民，党的一切斗争和理想不但都会落空，而且要变得毫无意义。"我认识到只有在思想上牢固树立了这样的观点，民主作风才能生根。否则，思想深处总觉得自己高明，把群众看成愚昧的、落后的，甚至眼睛朝天，心目中根本没有群众。我的家长作风便难根除。

我还深切体会到，我们党是有实行民主集中制的优良传统的，可是也曾屡次受到干扰和破坏。陈独秀、王明、张国焘等人都是搞家长制的。从遵义会议到社会主义改造期间，党中央和毛主席一直比较注意实行民主集中制，党内民主生活也比较正常。但从五十年代末以来，党和国家民主生活逐渐不正常，"一言堂"、个人崇拜、个人凌驾于组织之上一类家长制现象逐渐滋长，尤其在十年浩劫期，党内民主和人民民主遭到肆意践踏。积几十年正、反两方面的经验，特别是十年浩劫的沉痛教训，的确使我深刻认识到民主作风的重要性了。

总之，我那种不讲民主的家长作风，给党的事业造成了无形、有形的极大损害。现在我已认识到，民主集中制实行与否不只是个人存在的作风问题，而是关系到党的事业的成败的大问题。

（2）计较个人得失和一次违犯外事纪律

党章规定：一个共产党员，不能为自己谋私利。通过党章的学习，检查了我自身的毛病，我认识到，尽管受了党多年来的教育，但自己思想上存在着个人主义，必然表现在行动上，往往为了个人的一点小事，别人没有办成，便大发雷霆。例如，一次一室工会发电影票，给我发错了，我便大发脾气。为了一点小事发火，在群众中造成不良影响。作为一个再三向党递交过申请书的我来说，实在不应该，事后虽作了赔礼道歉，恐怕也难挽回影响。更严重的是，在 1981 年第一次赴美归来，自己违犯了外事纪律，这是不应该的。此事我当即向院部外事局汇报事情经过（带了两块手表，只报了一块，另一块未报关，被查出）。外事局领导听我汇报后，即指出说："这件事组织上知道了便是，就到此为止，不要扩散。"我今后应接受教训，严格遵守党的一切规定，更好地学习党的规章制度。回所后我将这件错事向一室支部作了汇报。作为我这个所级领导，本应该主动向所党委直接报告并做检查，以取得党委对自己的直接帮助和教育。这正说明了自己的组织观念不强，对错误的认识不足。违犯外事纪律和不能正确处理个人和国家利益，是通过同志们的帮助和党的教育，才使我认识到自己犯这个错误的严重性，身为党的一员领导干部，辜负了党的信任、培养和教育。这是贪小利，如果不引起重视，可能会导致更严重的不良行为和影响。我决定深深记取这次教训，不辜负党和人民对我的期望。因为我要争取当一名光荣的共产党员，要全心全意为人民服务，在对待个人和集体关系上，一定要把个人利益放在后面，我既是个领导干部，应该以身作则做到吃苦在前，享受在后，而自己却在某些问题上往往先替自己打算，甚至违反纪律，这哪配当共产党员？因为一个党员违反党的纪律是决不容许的。我保证今后不再触犯党的任何纪律，严格要求自己，成为一名光荣的共产党员。

特别是关于整党的决定中指出："整顿作风就是发扬全心全意为人民服务的革命精神，纠正各种利用职权，谋取私利的行为。"以上我身上出现的问题，正是不正之风的表现，是利用党和人民给予我的职权和工作条件，为个人谋取私利、显威风，而不是为人民谋利益。我坚决记取教训，加强学习，从思想上根除我种种劣根性，争取作一名合格的共产党员。

（三）我今后努力方向

（1）我深深体会到我的马列主义、毛泽东思想以及党的基础知识是很不够的，因此，我决心今后努力学习，尽快提高自己的理论水平，同时要认真学习党的各项方针、政策和决议，提高自己的政治觉悟。当前，尤其要学好《邓小平文选》。自觉地遵守和执行党的各项政策和决议。经常开展批评与自我批评，虚心听取群众的意见，坚决克服主观主义、家长作风、官僚主义和利己主义。

（2）积极当好新的领导班子的参谋，多为他们出好主意，帮助和支持他们搞好本所的工作。领导班子要"四化"，我是衷心拥护的，但我认为单是拥护还是不够的，必须在今后的工作中，当他们碰到这样或那样的问题时，要尽自己的最大努力支援他们、帮助他们。要以满腔热情支持他们，坚决做到和新班子言行一致，表里一致，坚决服从一切安排。

（3）积极参与对科技人员的培养工作。这早已是我选定的最最主要工作，以后我更要把这项工作搞好。首先带好研究生，同时对现有中青年科技人员多想办法、多出主意，认真培养。尤其在海洋所必须大力加强技术系统力量，要帮助新领导班子制订各种规章制度，调动一切可以调动的力量，为祖国四化献出我的余年余热。

（4）我退居二线后，还要积极参与研究我所的一些管理的科学方法（科学学），同时对自己的专业工作认真进行总结。期望在近几年内完成一两本关于水文物理方面有分量的专著，把我的后半生毫无保留地奉献给党的海洋科学事业。

申请人：毛汉礼
1984 年 1 月 3 日青岛

这份申请书的最后一页写着："1984 年 1 月 5 日收"。这应该是党支部收到的时间。也就是在写了这份申请书后，毛先生终于入了党。印象中就是在那一年的夏天，七一前夕，在青岛的一家剧院礼堂里，海洋所举行了新党员入党宣誓仪式，其中就有毛先生。

1954 年 12 月，毛汉礼在"自传"里写道：

我出生于浙江诸暨县的一个偏僻和贫瘠山区的农民家庭。我的家乡——毛家园——住有大约百来家人家，除了属于本村农家的一百四五十亩的水稻田和一些生产量不高的旱地外，大部分土地是属外村地主占有，而由我村农民耕种的。当时乡村中，封建地主对绝大多数贫苦农民的欺压和剥削，真可说无所不用其极，简直是无孔不入的；最最凶恶的一种，是地主们利用他们的特权地位，学得些反动的文化，把持乡村的一切公私事务，以"调解纠纷"等等为名，来迫害一般一字不识的贫苦农民，藉以达到其收高额佣租和高利贷以外的无所不包的剥削和欺压。我的祖父，在年青时候就是在这种封建地主恶毒的剥削和欺压中喘息过来的，常常衣食不周，但靠着他的辛勤劳动，节衣缩食，便由贫雇农渐渐上升到中农。尤其在他中年以后，由于家中劳动力强——祖父、父亲和两个叔叔的关系，有了点积蓄，加上我的祖母、母亲和两个婶婶的养鸡、养猪等副业的收入，我家便从破落地主手里用高价买得了几亩田地，这样，在我六七岁的时候，在我们那贫瘠的山村里，我家就可称得上"小康"的富农之家了。不过祖父曾深切体验到恶霸地主们利用文化无理地迫害和仗势的欺压，而回顾自己和家人都没受过文化教育，因此，决心培植我——长孙进学校，好替家庭出口气。当然，这就是封建思想光耀门楣的表现，于是我就开始做学生了；单凭家里的收入，是绝不够维持我到城市去升大中学的，所以，除了念小学外，我的大部分学费是依赖当时所谓"公立案"学校的各种补助（清寒奖学金等）。这些补助是凭我在校里埋头用功的优异成绩获得的，虽然如此，家里还得千方百计的撙节来补凑一部分。当时的生活情况，是相当艰苦的，记得每次从家乡去绍兴或金华入学，都是父亲肩扛行李，陪我步行到几十里甚至几百里外的学校去。

在这种家庭环境中成长起来的我，思想意识上是受到两方面的影响，一种是积极方向的，就是有反抗封建恶势力的正义感，另一种则是消极方面的，就是在我的思想意识上感染了一些旧社会的名利思想影响，认为只有读书升学，才是"光门耀祖"的唯一法宝。必须承认，这种封建主义的个人思想意识，直到现在还没清除，要在今后工作学习中切实改造的。

正因为家庭经济不够供应我求学的全部费用，因此我在中小学的十多年里，只是专心注意两件事，一是尽量争取学习成绩的优良，以保住我获得奖学金的资格；一是最大限度的节约，除非必不可省的费用，其他尽可能减少，这样十分艰苦才算把高中念完。我得坦白承认，在这多年里，对课业以外的任何政治活动，我一概漠不关心，也不敢轻举妄动，惟恐有失学之虞，所以当时完全谈不到政治意识。

1939年我考进了浙江大学，离开老家，步行到广西入学，后来因战事紧张，又随学校撤退到贵州遵义，靠着反动政府那些吃不饱饿不死的"公费制度"，在长长四年里，一直和饥饿作斗争。当时开始了初步认识到反动政府的腐败和无能，周围所接触的是成千成万终年累月挣扎在饥饿线上的学生们，同时却看到和听到贪官污吏、官僚资本家和发国难财的少数人们的穷奢极欲。而抗日战争，蒋军的节节失利、战线愈向后缩，种种不合理的现象却愈演愈甚。记得在大学二年级时，因为最大的官僚资本家孔祥熙牵着哈巴狗坐飞机逃难的行为，引起了以昆明为首的全国大学生义愤填膺的"倒孔运动"。虽然反动政府曾密令各地爪牙严厉禁止，并加以威胁恫吓，但浙江大学同学们仍坚决主张响应这一运动，当时竺可桢校长主持正义，不顾当地军警的威胁，率领同学游行示威。因为这次的游行，校方在反动政府的高压下，只得开除了几位前进的同学，但竺校长仍是严正地拒绝了遵义警卫司令到浙大抓人的无理要求，并以辞职作正义不屈的抗议。在这次运动中，竺校长主持正义实事求是的作风和一部分同学不顾个人牺牲——被开除了学籍，向恶势力斗争的精神，对我的影响很大，使我对反动政府有了更进一步的认识。此后虽有同学中的反动分子几次三番利诱我加入伪三青团，我都坚决拒绝。不过，当时我还是意图以超政治靠进行学术研究工作，作为以后努力的方向，现在知道，那种超政治的学术研究工作是绝不可能的。

浙大毕业后，竺校长介绍我去前中央研究院气象研究所做研究工作，在政治认识上面我比大学时提高了一步，因当时反动政府用提倡科学研究工作做幌子，所以在名义上也有一个全国最高的学术研究中心——中央研究院。但实际上，这个全国最高的学术机构是根本不具备学术研究条件的，除了雇佣了可数的工作人员外，没有什么研究经费、研究设备、更谈不到什么研究计划，而我这一初出学校进到研究机构的人，没有领导就无所适从，除了凭个人兴趣胡乱看了一些书外，简直什么研究工作也没有做，开始认识到没有领导和全盘计划，仅凭几个人钻牛角尖，是不会有成绩的。

我曾为抗日战争的最后胜利而兴奋过，满以为在抗战期间反动政权下的许多不合理和倒行逆施可以不再继续下去了，可是，事实上呢？却是随着胜利复员而出现的，是大小官员史无前例的贪污行为，尤其是四大家族的"劫收"，"刮民党"不遗余力地搜刮民脂民膏，而广大人民在一场空欢喜之余生活却每况愈下，我也和一些小职员一样，天天为着物价飞涨而担心温饱。就在这时候，反动政府又来了一套骗人耳目的新把戏，就是以"建国需要"为名，举行了各种公自费留学生考试（实际上他们是想藉此培养少数替他们服务的"高等"知识分子，同时藉此使一些有名位思想的大学毕业生得遂所愿，也缓和一下这些人对反动政府的不满看法）。我在当时认为留学是最理想的出路，学得技术不愁衣食，同时我也很醉心"科学救国"的理论，尤其是考取了"公费"（事实上我也只有考"公费"，"自费"是拿不出来的），更是莫大荣幸。因此在那一二年内，专心专意从事参加留学生考试的准备工作。这是我个人名位思想中了反动政府的计策，现在是安然回到了祖国，否则岂不是终生抱憾？我必须深刻检讨，要在今后工作中，向大公无私的中国共产党和群众虚心学习。

1946年，我考取了伪教育部的公费留美，1947年8月10日离国抛家，远渡重洋。抵美后，进入加州大学海洋研究所研习海洋学。美帝给我的第一个印象，就是生产力之高和物质财富之多，这就不免使我炫惑于帝国主义所惯用的口号——资本主义的自由竞争了，认为祖国要强大富裕，也只有走"自由竞争"这条道路，对他们表面上科学研究工作的飞跃发展，尤为仰止。因此觉得只有一心一意地研究科学，学习技术，回国后学以致用，才是唯一救国之途。当时美帝又正勾结反动政府，虽向革命力量无情迫害和极力摧残，而对于我们这批留学生是相当笼络的，因此，对美帝的凶恶真面目一时认识不清。1949年4月以后，祖国大陆陆续解放，美帝无法再奴辱已站起来的祖国人民，便利用所有的宣传工具——报纸杂志和无线电等，尽力攻击毁谤伟大的新中国，后来竟因其诬蔑和疯狂呓语的失效，干脆脱下假面具，明目张胆实行武力侵略朝鲜，为侵略祖国的跳板。这时，美帝的伪善面具和侵略祖国的野心才算认清了。美帝对中共领导的几大运动——土地改革、抗美援朝、镇压反革命、思想改造、三反五反、第一个五年计划等，真是极尽能事不嫌其详的歪曲。留学生中有些和祖国失去联络的，难免不受其影响，并引以为自危。我因藉爱人范易君经常不断的报导和暗示，得悉消息，认识了中共及其领导的中央人民政府全心全意为祖国人民服务的伟大精神，政治认识又有了一些提高。更从爱人范易君的来信里知道祖国埋头建设一日千里的情况，得知在惊天动地的伟大建设热潮中，人民政府正在真正的大力提倡科学研究工作，我的生平夙愿——为科学工作而努力，一定得以实现，并相信祖国的科学事业可以突飞猛进，因此在 1951 年 9 月底学业告成后，立刻准备返国，投身到祖国建设事业中。不料晴天霹雳，在我申请返国时——1951 年 10 月初，竟遭美帝移民局的阻挡，主要原因是美帝在侵朝战争中遭到惨败，恼羞成怒，竟敢悍然不顾人道主义和国际信义，公然下令阻禁留美中国学生——所有学习自然科学的，并促使其特务机构——联邦调查局、中央情报局等对我们坚决返国的中国留学生加以监视，甚至迫害，如拘禁、罚款等。在这样险恶的环境下，只有更增加我们对他们的仇恨，加强我斗争的勇气，因此我始终不懈地和美帝政府坚决斗争，一面雇请律师向其法院控告其联邦司法部部长违反人道主义和国际信义，甚至触犯美帝自己的宪法，无理阻禁中国留学生回国的自由权利。经过足足两年多的斗争，虽在 1953 年 9 月美帝自己的法院（高等申诉法院）也认为移民当局的阻禁命令是违法的，应该无效。可是蛮不讲理的美帝司法当局竟连他们自己法院的判决令都拒绝接受，不肯取消禁令。不得已又联合其他几个急图返国的留美同学联名去信联合国大会主席潘迪特夫人，请她主持正义；一面又请美国境内开明进步人士主持公道。但都无结果。在这时，我深切体验到个人和祖国是分不开的，我个人尽了最大努力，甚至冒大不讳也毫无结果，直到今年五六月间，日内瓦会议召开后，我国代表团据理力争，并正式严正地提出留美中国留学生被扣的问题，美帝才迫不得已地吞吞吐吐在几千名被阻禁的中国留学生中释放了一二十名，这是祖国伟大力量表现之一。大概也与我几年来不断地斗争的主观努力有关，算是在 7 月 24 日接到了释放的通知，我便兴奋地不顾一切地在 8 月 5 日离美归国，8 月 7 日平安回到了祖国的怀抱。

自返国到今天只有三个月，从和我爱人范易君的谈话里，从和许多师友及党团员同志的来往过从里，从我在北京高教部留学生招待所的学习管理中，从我们能接触到政府机关工作人员的工作态度里，从我由广州、经上海、南京到北京、青岛的耳闻目睹的伟大建设事业里，以及从报章杂志上所刊载的党和政府的各种重要文件里，我才真正分清了敌我，明白了世界上两大阵营——以苏联为首的和平民主阵营，和以美帝为首的反动侵略阵营，有着本质的不同。回忆过去帝国主义及其走狗反动政府祸国殃民、绝灭人道的罪行，真正体会到祖国的伟大和可爱，中国共产党和中央人民政府大公无私和艰苦卓绝的为国为民的可贵精神；同时我自己也深深感觉到自己的缺点很多——如个人主义的名位思想，超阶级超政治的不正确态度，过去很严重，现在也没有完全肃清。我立下决心，保证今后在工作中、学习中，努力提高自己的意识，改造自己的缺点，当依靠组织、领导，按照国家的计划，在海洋物理学的科学研究工作中，尽我的一份力量，牢牢记住斯大林同志说的："一个（农业）科学工作者应该从他的（农业）科学的工作来认识党的伟大。"

毛先生在"四清"运动中的检讨在档案中没看到有打印稿，只有一份手写稿，这一点与张玺先生不同。

自我检查

一、收获和成绩

几年以来，在党的教育和培养下，在九三组织和同志们的帮助下，并通过各种政治学习，我的政治思想和认识水平，和几年前，特别是和 1958 年"双反运动"以前相比，有了一些提高。总的说来，对党的方针政策一般是拥护的，对党的领导一般是接受的，并愿意接受改造和走社会主义道路。

对三面红旗,曾有过很多模糊和错误认识,如认为:许多地方大炼钢铁花了很大力量,结果什么也没有炼出来,是得不偿失;人民公社办得过早过多,超出了大部分农民的觉悟水平;农村干部水平低;公共食堂办糟了;总路线的"多、快、好、省"有矛盾,等等。其后(1960年在塘沽)通过系统的学习,我纠正了这些错误看法,正确地认识到:三面红旗是照耀我国社会主义革命和社会主义建设事业的灯塔,是完全正确的;在具体贯彻执行中,可能出现一些偏向和缺点,但那只是局部的和暂时的现象,而且是一经发现,都很快得到了纠正。划清了这一界线以后,我对三面红旗的伟大意义,认识比较正确了。

在三年特大自然灾害所造成的困难时期,我基本上经受住了考验,虽也曾有过一些模糊的认识(如认为:全国极大部分地方都发生了灾害,人为因素可能很大等等)和抱怨,但并未进行投机倒把和贪污盗窃等违法乱纪行为,对当时党提出的生产救灾号召是拥护的。在困难时期,尚能始终坚持工作,没有完全被困难吓倒。

对于反对现代修正主义,最初的认识也是模糊的。如将一小撮现代修正主义分子和广大的苏联人民混为一谈,因而错误地认为反修即是反苏,觉得一反修,社会主义阵营力量就减弱了,东风是否再能压倒西风将成问题了。通过九三分社组织的形势学习会(1959年10月)半个月的座谈讨论,纠正了我这种错误认识,正确地理解了一小撮赫鲁晓夫现代修正主义分子,同广大的苏联共产党员及广大的苏联人民是不能混为一谈的,必须加以区别,反修不等于反苏;同时也初步认识了:东风是指全世界百分之九十以上要革命的人民而言,东风和西风是指的革命与反革命的力量,而并非指某些国家而言。

在八届十中全会提出"永远不能忘记阶级和阶级斗争"以前,我对阶级和阶级斗争的认识是十分模糊的,甚至错误地认为:在我们国家里,地主已没有土地,资本家也没有生产资料,阶级和阶级斗争已经消灭了;即使有,也只限于一小撮牛鬼蛇神的阴谋和破坏活动,我们已有了坚强的人民民主专政，可以高枕无忧了。自八届十中全会敲了警钟以后，经过长时间的继续学习，认识逐步有所提高；最初认识到农村里确实还有阶级和阶级斗争存在；其后又认识到城市里也有；通过"四清"运动和参观阶级斗争展览会，才深深体会到：即使在我们周围，在本单位，甚至在自己身上，也存在着大量的阶级斗争，特别是意识形态方面的阶级斗争，有时并且是十分尖锐的。

通过1958年的"双反运动"，我才开始认识到自我改造的重要性。此后几年，对于接受党的领导，参加各种政治学习和政治活动等方面比1958年以前，有了点滴进步。但听说广州会议摘去了资产阶级知识分子的帽子之后，又有些自满，对自我改造又放松了，亦即是出现了"反复"。

这次"四清"运动，历时较久（前后达八个月），矛盾揭露得比较彻底，问题分析得比较深入，自己受到了很大的震动，思想斗争得比较厉害，是我一生中所受到最深刻的一次教育。对这次运动的认识，我是逐步提高的；对运动的态度，亦是逐渐端正过来的。在运动开始之前，我对这次运动的伟大意义，根本没有多大认识，甚至错误地认为，像我们这样的科研单位，不会有多大问题（自己更不会有问题），运动没有多大搞头，因此认为这次运动与己无关，最多是洗一次"温水澡"。直到工作队来了以后，认识仍然是十分模糊的，甚至还有些顾虑（如在贴大字报以前，曾对人说"贴大字报也要实事求是"等话）。大字报出来了，思想上受到很大的震动。当时虽也认识到这次大字报质量高（提的问题集中、深刻、尖锐），但因当时思想上准备不足（还错误地认为：自己的主要问题是思想作风和态度问题），一下子接受不了，因此心情很沉重。经过半个多月激烈的思想斗争，才认识到极大部分大字报所揭发的问题是客观存在的，才从思想上承认下来。春节后去济南学习，听了领导同志有关二十三条和周总理的《政府工作报告》座谈讨论后，开始认识到"为谁服务"问题是科学战线上两条道路斗争的大是大非问题，亦是资产阶级知识分子当前所亟须解决的首要问题。回青后，通过了几乎连续不断的 2—3 个月的座谈、讨论、自我检查，工作队和党委领导的启发，以及同志们的帮助和分析批判，特别是痛苦的"挖根"工作，清理了一下自己的思想，才比较系统地认识到自己错误的严重性以及产生这些错误的思想根源。这时对错误是比较清楚地认识了，同时我也认识到，如再不改正，发展下去确是十分危险的。但在短期内又产生了一股"小逆流"，即自己认为"一无是处"，从而失去信心，心情比较消沉。此后一段时间内，我带着这一问题（即：如何真正认识自己的错误，对待和改正自己的错误），比较认真地学习了毛主席著作（主要是《正确处理人民内部矛盾》和《为人民服务》两篇），又听了陈兰花等八位同志学习毛主席著作的报告，将自己的思想同主席思想以及八位同志的思想对比对比，觉得自己实在太渺小了，并体会到，只有放下错误包袱，自己才能轻装前进，心情乃由消沉而转为开朗，并初步尝到认真学习主席著作的"甜头"。最近，通过市政协举办的时事形势学习座谈会，我又进一步体会到，思想上长期解决不了的问题，只有通过认真钻研主席著作，对照主席思想，才能得到比较彻底的解决。如"对美帝为什么恨不起来"这一问题，我一直没从思想上得到解决，通过这次较认真细致地研究主席的《丢掉幻想，准备斗争》和《别了，司徒雷登》两文以及同志们的帮助后，才得到了比较彻底的解决。

以上是我几年来，特别是这次"四清"运动以来，政治思想方面大致的转变情况。

这几年来，在所党委的直接领导下，我多少做了一些工作。总的说来，自己认为：我对人是比较热忱和坦率的，对工作是比较认真负责的，做事也是比较大胆泼辣的，对计划工作和领导上交代的任务，一般完成得还比较好。在多数情况下，工作情绪比较高（但有时要闹点别扭），也有一定的工作效率。几年来，对于培养干部（特别是关于训练基本功方面）、建立物理室一组的研究基础，稳定研究秩序以及进行黄、东海环流的研究方面，我也做了一些工作，收到一定效果；对全所服务性工作，一般尚勇于接受任务且能按时完成，但小事不愿做。

二、存在问题

几年以来，在党的教育和培养下，我在政治思想方面虽有些微提高，但这点进步，同党和形势的要求相差太远。几年来，我虽也做了点工作，但这点工作，同党和同志们的要求，远不能适应。

在这次"四清"运动中，通过大字报的揭发，同志们的帮助和领导的启发，比较清楚地认识到：这几年来，我的错误很多，面很广，不少错误的性质很严重，有些并已产生了严重后果。通过群众的帮助和启发，以及自己的思想斗争和思想清理，并进一步认识到：我犯错误之所以这么多、面这么广、性质又这么严重，决不是偶然的，而是有其总的思想根源的。这就是：由于长期以来，我没有进行认真的自我改造，没能"大破大立"，因此我的政治立场没有多大转变；即是说，在我的头脑中，还充满着旧的思想意识，最主要的有：封建思想的残余，严重的资产阶级的个人主义名利思想，个人英雄主义思想，"专家"思想和"权威"思想，科学研究上的崇美思想和恐惧改造思想的残余等六项。而这些作为阶级的意识形态，一定要在各个方面用各项办法顽强地表现出来；因而，在政治问题上，对党的方针政策的一些具体内容，特别是同个人利益抵触的，有怀疑、不满和抵触；在工作问题上，工作方向不对头，走错了道路；在工作思想问题上，则是看不起群众，不走群众路线，作风粗暴等等。根据这样的认识，综合我近几年所犯的错误，主要可分为三个方面，即：（一）对党的领导的态度问题，（二）科学研究上走什么道路问题（即"为谁服务"问题），（三）思想作风和其他方面的问题。

（一）对党的领导的态度问题

党是领导我国一切事业的根本力量，方针政策则是党的生命线，对党的领导的态度，主要表现在对党所提出的重大方针政策的态度。通过这次"四清"运动，认识逐渐提高。现在我已清楚地认识到，这几年来，我虽主观上认为自己是拥护党的领导的，但事实上，我对党所提出的一些重大方针，当它们同自己的切身利益相抵触时，是有距离和怀疑的，甚至还有不满和抵触的。因此，我在这方面问题是很严重的，最突出的几方面是：

1. 对三面红旗的态度

前面谈到，通过 1960 年初塘沽的反右倾学习，我对三面红旗的认识和态度，基本上端正过来了；但在接触到一些具体问题时，又有模糊和怀疑了。例如：我曾怀疑大跃进的成绩，曾说："大炼钢铁说是取得了那么大的成绩，为什么现在连锅子、铲子，甚至钉子都买不到呢？"还说过："大搞超声波，没搞出什么名堂来，倒拆毁了不少仪器设备"等等。这些论调，和右倾机会主义者的一些反动言论不谋而合。在参加了反右倾学习后，还有这些论调，可见我的思想和他们共鸣，实质就是阶级立场问题，所以错误是严重的。

2. 对三年自然灾害的态度

在三年特大自然灾害的困难时期，我虽基本上是经受了考验，没有"为非作歹"，并能坚持工作，但对"困难要多久才能恢复"这一点却没有信心，情绪显得低落，也有过抱怨和错误的想法看法。例如：我曾说："现在许多人连饭也吃不饱，能说大好形势吗？"；又如，当时青岛是重灾区，条件比其他地区更差些，因而我就埋怨青岛市政和市场管理水平低，想调上海工作。又如：觉得开辟了自由市场买点小菜方便了，因而便欣赏它说："自由市场也有一定的积极意义。"这和资产阶级大反复时期向党提出"三自一包"的反动论调，如出一辙。通过学习，我已经认识到这不是认识模糊说错了几句话的问题，而是反映了阶级斗争的大是大非问题，即：只顾到个人方便，欣赏自由市场，而没有再想想听任自由市场的自由发展，将使社会主义的集体经济被资本主义个体经济所冲垮。这岂不是两条道路斗争的大是大非问题吗？

3. 对八字方针、十四条和七十二条以及政治挂帅的态度在三年自然灾害之后，党及时提出了"调整、巩固、充实、提高"的八字方针，这是发展我国建设事业上的积极方针。我却错误地认为八字方针是纠偏，是权宜之计。而对于根据八字方针和当时具体情况提出来的科学战线上的重大方针政策（十四条和七十二条），又采取自由主义方式，随取所需，甚至严重地曲解附会。例如，错误地认为十四条和七十二条主要也是纠偏，意谓大跃进时期以大搞群众运动的方法办科学这条道路行不通，以后又要"正规化"了，又说："过去是三敢多了些，现在主要是三严，严字当头。"更严重的是，我将这一些曲解附会在工作中予以实施，造成很大损失（这点以后还有检查）。对政治挂帅，我以前还认为自己是接受的，没有什么抵触似的。但通过运动中经过大家的分析批判，说明我对这一重大的根本方针的接受是完全空洞的、抽象的，而在具体工作中却是抵触的。如我在培干工作中，一直采用"以专代红"的办法，这不是实质上取消了政治挂帅吗？又如，我曾说："红不落实到专上是没有基础的，是空的"，"政治是空的，业务是实的，是真本事。"在学习了《愚公移山》一文后，我曾对几个青年人说："你们的两座大山，一座是外文，一座是数学；你们的上帝就是勤学苦练。"这些话说明我脑袋里没有无产阶级的政治，而片面强调业务上的过硬，这已不是一般的重专轻红问题，而是根本上要不要无产阶级政治领导的大是大非问题了。而且，对青年人说这些话，实质上就是灌输最可怕的毒素，危害性很大，这也同培养无产阶级革命接班人是背道而驰的。

4．对于对外政策总路线的态度

在这方面，我也有过一些错误的想法和言谈。例如，我曾说："反帝、反修和反对各国反动派同时进行，我们恐怕吃不消，应有主次先后。"又说："我们还不富裕，对外支援，不能太多，应适可而止"和"我们交的尽是穷朋友、小朋友"等等，这和资产阶级"三和一少"的反动谬论不谋而合，也是反映了阶级立场的原则性错误。通过这次"四清"运动和最近市政协的时事形势学习，我清楚地认识到，现代修正主义、帝国主义和各国反动派本质是一样的，他们相互依赖，狼狈为奸，非同时反对不可。并且，只有尽最大努力支援全世界一切要革命的人民，同他们结成最广泛的国际统一战线，世界革命才能取得彻底的最后的胜利。

此外，我还赞扬过美帝的反动头子、全世界人民的头号公敌肯尼迪，说他"年青有为，一下子就制服了赫鲁晓夫"，（指赫鲁晓夫在加勒比海危机中的投降事。）还说，"尼赫鲁的反华是因为他吃了美帝120吨小麦，只好充当美帝反华的马前卒子了"，并说："尼赫鲁比印度反动派里的其他人还好一些"等等。这些都是十分危险和反动的论调，说明我没有从阶级本质来观察和分析问题。因为只要认识到这两人是美帝和印度一小撮大资产阶级的代表，就能彻底认识清楚他们是什么样的人了。现在已认识到，反动家伙越狡猾越伪善，危险性也就越大，就越应仇恨才对。

5. 对党委和党支部领导的极其严重的错误认识

党委是集体领导，是组织领导，党委委员和书记都是党委集体的成员，只是职务上的分工不同罢了。过去我错误地突出了党委书记的地位和作用，将书记突出于集体领导之上，认为只有书记才是党委领导，其他成员如副书记、委员，只是书记的副手和助手。这种错误的看法，违背了党委集体领导的原则，是十分错误和危险的，因为这样就容易产生"个人崇拜"和"个人迷信"的歪风。同时，正因我有这种错误的看法，而我所党委书记又是分管物理室的副所长，加之孙所长性情温和、说话委婉，我觉得他水平高，从而形成了我对我所党委成员中只听孙所长的话，也只向他请示、汇报这样的错误行动，是和党委集体领导的精神完全是背道而驰的。

党支部是最重要的基层领导，是党的方针政策得以贯彻执行的基本保证。由于我错误地理解了七十二条中关于研究室主任责任制的精神，把自己置于物理室党支部之上，这是极端严重的错误。同时，因为没有接受支部的领导，常常独断专行，使工作中产生原可避免的一些错误，其后果更为严重，今后我一定要在支部直接领导下搞好工作。

6. 对党所交给任务的态度

我回国以来，党对我高度信任，给我高职厚禄，并对我耐心教育和培养、深切关怀和无微不至的照顾，真是恩重如山。党希望我为祖国的海洋科学事业作出点成绩，培养一些又红又专的青年来。可是几年来，我却没有把主要精力放在亲自动手做研究上，而忙于一些日常的业务行政工作。在别人写好的论文上，做些文字修改和翻译工作等（关于搞翻译，下面另有检查），这不但是辜负了党的期望，对一个研究人员来说，也是严重的失职行为。此外，我又一心追求抽象的、空洞的提高，引导物理室（特别是一组）青年搞"三脱离"（脱离生产、实际和群众）的研究，把这个组的科学研究，引向资本主义道路。在干部培养方面，我不是用政治挂帅，而是用物质刺激办法，把青年人引向"和平演变"的道路，这些都是我严重地背离了党交给我的任务，并给党和革命事业带来了巨大的损失。

而更严重的是，在1964年八、九月间，即在"四清"运动前仅仅几个月前，在一次室务会议成员的生活会上，因有人对我硬性培干的方法提出了一些批评，摸了我的"老虎屁股"，我竟勃然大怒，狂妄地说："物理室副主任我不干了。"这实际上是与党闹对立，甚至明目张胆地要与组织较量了。在党的教育和培养了十多年后，我竟因一事不合心意就放肆地说出这样的话来，活生生地证明了周总理在《政府工作报告》中所说的"资产阶级有强烈地讲资本主义道理的反动性"这一论断的千真万确。

此外，对党提出的知识分子上山下乡这一号召，我原则是拥护的，但一接触到个人问题时，也有抵触情绪。这也说明了资产阶级知识分子不但把知识视为私有，即连子女也是视为私有的，而且阶级本能还强烈地要求子女走自己的道路，做自己阶级的接班人。这明显地是和党争夺下一代，也是尖锐的阶级斗争。通过这次"四清"运动，我对这一问题已有了比较正确的看法：应该听党的话，让自己的子女走上党所指引的道路。有了这一点思想准备，保证可以跟着党走。当然，还有待进一步努力，从勉强跟着走而转为完全自觉自愿、积极拥护。

（二）在科学研究上走什么道路的问题

科学战线上两条道路的斗争，首先反映在"为谁服务"这一问题上。社会主义的科学研究，是为社会主义的生产建设和国防建设服务的，理论必须联系实际，一切研究工作必须按计划进行，一切研究工作人员，必须全心全意地为人民服务，这是社会主义的科学道路。反之，为少数人的兴趣、名利服务，亦即自由化和私有化的道路，则是资本主义的科学道路。以此为准则，来看看这几年来我在研究工作上的所作所为，错误是十分严重的，主要表现在如下三方面：

1. 引导物理室（特别是一组）走"三脱离"的科研道路

1961 年我从普查办公室回来后，在科学研究上一味追求空洞的和抽象的提高，曾说过："现在（物理室）一组的主要任务，是在普查报告的基础上提高一步，说出几句有水平的话来。"因此，在制定年度计划时，总是从十年规划中挑选一些比较容易"出成果"（写论文报告）的三脱离课题，而对于一些最基本的"铺路石子"的研究课题和任务性较强的课题，总不愿搞。例如：1963 年国家科委海洋组提出"水文预报方法研究"这一重要项目，并要求我们室（一组）重点搞，我就借口条件不成熟，不愿搞，想推出去，实在推不了又想拖。1964 年虽将它列入年度计划，但仍未认真对待，仅在几个研究题目的末尾，拖上一条尾巴——"……及其预报方法的研究"，真如大字报所说是"挂羊头，卖狗肉"。这样当然搞不出什么成绩来。又如：对全所的重点题目——"舟山渔场的调查研究"，我也很不积极，甚至连总题目的几个负责人之一也不乐意承当，觉得老开会，费时间，因此一心想推出去。反之，对于三脱离的"杭州湾混合问题的研究"这样的题目，认为有"水平"，却安排了较多的力量进行。在我的资本主义学术思想主导下，使一组其他同志也受到影响。因之，搞三脱离的研究课题，几年来已相效成风，使有一定研究力量的（物理室）

一组，没能做出像样的成绩来。这是一项重大的损失，是我对党和人民犯下的一大罪孽。

2. 培养只专不红的"白色接班人"

直到"四清"运动之初，我还错误地认为：几年来自己在科研工作上做得不多，但在培养干部上还是尽了力量的，觉得有些"苦劳"，而把培干工作也视为我的"老虎屁股"，别人碰不得。通过同志们的揭发和群众的分析批判，我才清楚意识到：这几年我在培干工作中所走的道路，正是和党所要求的又红又专的道路背道而驰的只"专"不红的"白专道路"。由于方向错了，因此我在这方面费得心思越多，做得工作越多，错误也就越大，危害性也越严重。现在检查起来，我在这方面的错误是很严重的，其中最主要的是：（1）招兵买马，拼凑班底，试图建立一个以我为中心的水文动力学班子；（2）以软硬兼施的办法，强烈地推行这一计划的实施，而这实质上是把青年引向"和平演变"的道路。更严重的是，我强硬地推行了这样的错误的培干办法，使物理室一组的政治空气十分淡薄，这实质上就是向青年人灌输"三过"（政治上过得去、业务上过得硬、生活上过得好）思想的毒素，对青年起了不小的腐蚀作用。通过"四清"运动，现在青年同志们已在和这种错误思想划清界限，但思想上的消毒工作还很艰巨。这一事例表明：政治方向错了，工作不但不会有成绩，而且将导致极严重的不良后果，这个教训我将永志不忘。

3. 我自己的严重突出的名利思想

这几年，物理室一组已有一定的研究力量，计划任务又很重，我作为一个高级研究人员，正应该以主要精力，亲自动手做研究，并和青年同志们一同工作，来很好地完成科研任务。可是我没这样做，主要是浮在上面，指手划脚，发号施令，事实上成为脱离群众的"梁上君子"，最后只是把青年同志已写好的论文报告，在文字上修修改改，而自己也挂上个空名，以取得"名利双收"，这实际上就是一种剥削行为。这种做法，不但使研究工作受到严重影响，对我自己来说，长期不亲自动手，更是十分危险的。"学如逆水行舟，不进则退"，如不猛首回头，急起直追，照旧下去，那将不堪设想，"冒牌科学家"这张大字报值得深思和警惕。

1956—1958 年我曾以极大精力，长期从事业余的大量翻译工作。这虽在 1958 年的"双反"运动中进行了分析批判，但现在来看，当时对于这一错误的性质，还认识得不够，以至在 1963 年底和 1964 年初，又仍以三四个月的业余时间，进行了大量的翻译。通过这"四清"运动，我认识到这样大量搞翻译，就其性质来说，已不只是一般性的个人名利思想问题，而是和农村大量搞"自留地"、市里搞"地下工厂"同样性质的错误。也就是说，错误的性质已转化为两条道路斗争的大是大非问题了；私人搞翻译这一资本主义的个体经济在猛烈冲击着社会主义的集体经济——计划工作。这个教训，也必须牢牢记住，只有这样，才能保证旧病永不再犯。

4. 严重的铺张浪费和"二万五事件"

党一再教导我们要勤俭办科学，少花钱，多办事，而我却没这样做，并造成了严重的铺张浪费。在仪器设备的购置方面，我有着浓厚的五"贪"（贪多、贪大、贪新、贪全、贪洋）思想，因而，造成物理室大量盲目采购和严重的积压浪费。另一严重错误是，仪器设备买来后，我很少过问，甚至像价值昂贵到五万多元用外汇买来的罗伯茨海流计也无专人负责，以至部分被二组在海上丢失，零件又散失很多，这是严重的对国家资财不负责任。1964 年七、八月间（一组混合实验室）所发生的"二万五事件"是物理室在器材设备上存在着严重问题的一次大暴露。这是一次严重的责任事故，而我又是这一事故的直接的主要负责人。我在这一事故中的主要错误在：（1）事前，不惜冒巨大风险，为了急于取得我想要的观测资料，以技术上尚未过关，价值两万五千元左右的整套浮标设备进行冒险。（2）更严重的是，事后对这样大的损失，不感痛心，反而认为在所难免，并还想冒更大的危险，去杭州湾再干。此外，我这种严重的铺张浪费思想还有意无意地影响了别人，物理室不少人在添置仪器设备时，都有大手大脚的通病，这和我严重的铺张浪费思想密切相关。此外，在出海用船方面，过去由于订出海计划没有走群众路线，订得不够深入细致，并且各实验室、各研究题目各自为政，没有通盘计划，造成巨大浪费，主要也是我的错误。

（三）思想作风和其他方面的问题

1. 思想作风问题

我在思想作风方面错误也是极其严重的，过去总这样原谅自己：这是个性和脾气问题，不是什么大问题。通过这次"四清"运动，现在认识到思想作风问题，特别是严重的思想作风问题，不是什么脾气问题，而是阶级立场问题。因为一个人的思想作风问题，正是他们阶级立场通过意识形态反映出来的，因此思想作风也是有阶级性的。思想作风直接关系团结，并且影响工作。我在思想作风方面的错误主要表现在以下各方面：

封建式的家长作风，独断专行，自己说了算，有事不和群众商量，严重地脱离群众。这样使物理室（特别是一组）同志们的心情很不舒畅，严重地挫伤了他们的积极性和创造性，使工作蒙受损失。同时，由于不走群众路线，使一些本可避免的损失终于发生了。再读毛主席在《农村调查》序文中所说："群众是真正的英雄，而我们往往是幼稚得可笑的"；又说："和全党同志共同一起向群众学习，继续当一个小学生，这就是我的志愿"等语，我真惭愧不已。今后，我决心学毛主席的榜样，虚心向群众学习，甘当群众的小学生。

"权威"思想和特权思想。我的"权威"思想和特权思想都很严重，前者突出地表现在经常盛气凌人，好发脾气，这是唯我独尊，不以平等待人的表现，严重地影响了团结和工作。例如，我和海洋学院赫崇本同志的关系就因为我对他的态度不好，对他不够尊重，从而两人关系一直不正常，也影响了两个单位之间的合作关系。今后，我决心主动和他搞好关系。特权思想最突出的表现是出差时住房子要高级的，出门要乘小汽车。冬天办公室的炉火要别人代点等等，这是不以普通劳动者自居，而是把自己放在不恰当的位置，也是阶级本性的反映。这些错误应尽快改正，并时时警惕，以免重犯。

2. 其它方面的问题

我除了有上述种种严重错误外，我还有性质极严重、影响极坏、危害性极大的一项错误，就是不时地向人家宣扬美帝的物质富裕和生活方式。例如，我曾说："在美帝最怕的是失业，只要不失业有工作，一般工人生活也很好，很多工人都自己有小汽车。"还说："美帝的桔子真多，真便宜，两三分钱一磅，一买起码五磅十磅……"等等。我回国十多年来，经过党长期的教育培养，今天，美帝不但仍霸占着我们的台湾，并正在世界各地到处犯下滔天罪行，而我对美帝不是痛恨和仇恨，却赞扬它的物质富裕和生活方式，这是什么问题？经过这次"四清"运动和最近的时事学习，我清楚地认识到，我之所以对美帝不恨，正是因为自己受美帝精神文化侵略的遗毒太深，又在美帝长期生活过，因此，在我的思想深处，有很多所谓"美国文明"的东西，如物质富裕、科学发达、"民主自由"、工作效率等等。对这些"美国文明"的东西，我只看到它们的表面现象，没有看到它们的本质。这些所谓美国文明的本质是什么呢？毛主席在《别了，司徒雷登》一文作了一针见血的分析，主席在这篇文章里指出："美国确实有科学，有技术，可惜抓在资本家手里，不抓在人民手里，其用处也就是对内剥削和压迫，对外侵略和杀人。"事实正是这样。我所宣扬的美帝那套，不全是少数资本家对内剥削和压迫，对外侵略和掠夺来的吗？《哈瓦那宣言》中说："美国资本家每一千元的利润就代表了拉丁美洲国家一条人命。"美帝今天还在世界各地疯狂残暴地侵略、杀人和掠夺，对这些血淋淋的事实不是痛恨反而赞扬，这是什么样的阶级感情呢？再说，资本主义制度和社会主义制度是针锋相对截然不同的，对帝国的制度不憎恨，也就是对社会主义制度不热爱，这一憎一爱有着明显的阶级性。通过这些分析，我更深切体会到：只有通过认真积极的自我改造，根本转变了自己的阶级立场，才能真正地彻底地痛恨美帝，仇视美帝和蔑视美帝，彻底消灭世界上的一切资本主义制度和剥削制度而贡献最大力量。

三、优缺点

1. 优点

（1）对党的重大方针政策一般是拥护的，对党的领导一般是接受的，并愿意走社会主义道路。

（2）愿意学习并进行自我改造；通过这次运动逐步深入，思想觉悟和认识有所提高，态度有所端正。

（3）对人比较热忱坦率，对工作比较认真负责，做事也比较大胆泼辣。近几年来在培养干部、巩固物理室一组的研究基础和稳定研究秩序，进行黄、东海环流研究等方面做了一些工作，且也有一定效果。

2. 缺点

（1）对党方针政策中某些同个人利益相抵触的地方有怀疑、不满，甚至有抵触情绪。组织纪律性欠好，思想意识上两条道路的斗争问题还没有解决。

（2）学习和自我改造不够主动积极，有时还有些放松；在这次"四清"运动之前，对运动的伟大意义认识不足，在运动初期则有模糊和错误思想，甚至有所顾忌。

（3）科学研究和干部培养工作走错了方向（在科学研究上引导物理室一组走三脱离的道路；在培养干部方面，不是以政治挂帅，培养又红又专的干部，而是"以专代红"，培养只专不红的干部）；资产阶级的个人名利思想比较严重；作风粗暴。

四、今后努力方向

（一）突出政治，加强改造

政治立场的根本改造，是我的当务之急，为此必须大破大立，兴无灭资，用无产阶级政治——毛泽东思想红旗来代替我满脑子的资产阶级思想和封建思想残余。从现在起，我决心积极认真、持续有恒地坚持毛主席著作的学习，从主席著作中，去找立场、观点和方法。针对我当前的主要问题（改造立场观点和意识形态），在最近一两年内，除认真学习所党委布置的有关文章外，拟反复认真学习《为人民服务》《关于正确处理人民内部矛盾的问题》《农村调查》序言等七篇文章，决心使自己的思想意识，在短期内有较大转变。要坚持天天读（半小时），越忙越要读，遇到困难时更要多读。

（二）坚决拥护党的领导，全心全意走社会主义道路

认真学习党的有关指示和文件，《红旗》杂志上的重要文章，《人民日报》的重要社论，以正确理解党的各项方针政策，坚决听党的话，接受并要争取物理室支部的直接领导，跟党走社会主义道路（思想上一时还没有完全想通的要勉强跟着走，逐步做到自觉自愿地跟着走）。在科学研究工作中，必须时时记住全心全意为人民服务，为生产服务，为国防建设服务这一观点，并时时警惕"三脱离"的旧病复发。

（三）经常参加体力劳动，坚持亲自动手做研究工作

过去我连最轻微的体力劳动也很少参加，今后应坚持经常参加一般的体力劳动，并希望组织上给我下乡劳动锻炼的机会，以培养劳动人民的阶级感情，做一个实实在在的普通劳动者。在研究工作中，必须彻底改变过去高高在上、发号施令的坏作风。坚持亲自动手搞研究，和群众一起，亲临第一线（包括"蹲点"）从最基本的工作做起；并应努力刻苦钻研，提高业务，切切实实地做出点成绩来，有所作为，有所贡献。

（四）放下架子，虚心向群众学习，甘当群众的小学生

过去，我根本不懂群众的伟大力量，从来很少和群众商量办事，今后应认真学习毛主席虚心向群众学习的精神，真正理解"群众是真正的英雄，而我们自己则是幼稚得可笑的"这一真理，决心眼睛向下，放下臭架子，甘当群众的小学生。只有先做群众的学生，才能做群众的先生；并决心要把自己的一点点知识，无保留地传给青年，为党为人民多培养几个又红又专的红色接班人。 （完）

在毛先生的档案中，扎眼的还有关于对他历史问题的"复议"和处理等报告。其中一份是"关于毛汉礼同志政治历史问题的复议意见"：

中共中国科学院海洋研究所革命委员会核心领导小组于一九七二年三月一日对毛汉礼同志结论称："经审查，毛汉礼在伪浙大、伪中央研究院气象研究所和美国学习期间，未发现政治历史问题。毛汉礼于一九五四年回国后，在一九六五年"四清"运动前，对我国外交政策等方面说过一些错话，以及在科研工作中贯彻执行修正主义路线，无产阶级"文化大革命"中，对其进行批判是应该的，必要的。但由于极"左"路线的干扰，混淆了两类不同性质的矛盾，将其长期揪斗，是错误的。

现经复议认为：

一、原结论："毛汉礼在伪浙大、伪中央研究院气象研究所和美国学习期间，未发现政治历史问题"。经复议，毛汉礼同志在伪浙大、伪中央研究院气象研究所和在美国工作期间历史是清楚的，未发现其有政治历史问题。毛汉礼于一九五四年归国参加新中国的建设，同当时美国政府实行的强行扣留我留学生的政策进行了英勇不屈的斗争，根据中共中央组织部（79）组通字53号文件，结论为爱国的革命行动，是光荣的历史。

二、原结论：毛汉礼于一九五四年四月回国后，在一九六五年"四清"运动前，对我国外交政策说过一些错话。一九六五年八月做的鉴定材料（内部）中称：毛对党的重大方针政策抱怀疑不满，抵触情绪。毛在当时对于一些社会现象的看法并非完全错误，不应认为毛对党的方针不满，如认为"总路线多快好省都搞是做不到的"，"大跃进的东西质量不好"，"我们国家把大国（指苏美）都得罪了，交了几个小国家（指越、朝、阿）这几个国家都是揩我们油的"，"如果原子弹是纸老虎，为什么我们还花那么大力量去搞"。鉴定材料把这些问题看成是污蔑党的领导和怀疑社会主义制度也是不对的。如说"前几年中国的困难，就是毛主席动脑筋动得少了点"，"周总理到阿联没有受到热情接待，就是因为周总理的口袋里的支票开不出那么多"，"因为现在生活在我们社会里，并不是那么公平合理的，一个人总得学会吃亏"，说毛在青年中竭力宣扬帝国主义和资本主义，如"在美国只要找到工作，工资多得很，什么汽车洋房有的是，即使失业领救济金也比我们干部生活好"，"肯尼迪就是年轻有为，很有办法，赫鲁晓夫就是被他制服的"。"鉴定材料"还称：一九五七年整风反右时，散布了一些反动言论，如说"党支部不懂海洋学，对海洋学发展抱有宗派"，"我国上自中央，下至各单位制度都没有建立起来，有的单位怕犯错误，不求有功，但求无过，遇到问题研究研究，请示请示，只起传达作用"，"有一部分人靠党吃饭，必须全党帮助毛主席，才能维持毛主席的帽子"等等。上述言论是毛汉礼在我所和山东省宣传会议上发言时讲的，是毛汉礼谈的自己的看法和认识，有的看法虽不妥，但不能作为散步反动言论写在鉴定材料中，又依此在内部定"中右"，这是不妥的，应予平反。

三、一九七二年结论中称毛"在科研工作中贯彻执行修正主义路线"是依据海洋所党委一九六五年的"毛汉礼鉴定材料"。其中称："政治是空的，业务才是真本事，一心不能二用，你们要好好读书"，"学毛选不是吃头痛药，可以马上见效"，当有人学"愚公移山"联系思想时，他说"还是给我联系外文过关吧，你们现在每人头上都有几座大山，XX 是数理山，XX 是英文山"。"鉴定材料"还称：毛在工作中为国防服务的课题不愿搞，片面强调理论研究，在科研上走资本主义道路。这类问题是毛汉礼在"四清"运动中自我检查的，同时毛汉礼在当时抓对青年干部的培养，抓基础理论研究是对的，原结论认为其执行修正主义路线的提法是错误的，应予推倒。

中共中国科学院海洋研究所委员会（公章）

1980.5.24

中共中国科学院海洋研究所委员会
关于对毛汉礼同志的处理情况报告
（80）海党字第 031 号

国务院科学技术干部局：

根据党的十一届三中全会精神和中共中央组织部（79）组通字 56 号文件精神，我所对毛汉礼同志的问题重新进行了复查，现将情况报告如下：

毛汉礼，男，一九一九年生，汉族，家庭出身富农，本人成分职员，浙江省诸暨县人，一九四三年由浙江大学毕业，一九四三年至一九四七年在伪中央研究院气象研究所工作，一九四七年去美国加利福尼亚大学斯克立普斯海洋研究所学习，一九五一年为该所副研究员，一九五四年回国分配到我所工作，"文化大革命"前为物理研究室副主任、三级研究员，青岛市九三学社分社委员。

毛汉礼同志在"文化大革命"中长期受批判，所党的核心领导小组于一九七二年对毛汉礼同志的政治历史问题作过结论，粉碎"四人帮"后曾召开全所大会对其平反，一九七八年安排为海洋研究所副所长。

经复查，一九七二年的结论不符合三中全会和中组部（79）组通字第 53 号文件精神。如称："毛汉礼，在伪浙大、伪中央研究院气象研究所和美国学习期间，未发现政治历史问题"和"对我国外交政策等方面说过一些错话，执行修正主义科研路线，无产阶级'文化大革命'中，对其进行批判是应该的，必要的。"同时，在其档案中还发现所党委于一九六五年写的"毛汉礼鉴定材料"（内部材料）中说"回国情况尚未搞清（系指不知为什么从美国回国）"和"实为右派按日内瓦会议后回国的不划右派而划为中右"的结论，据此，经所党委研究讨论决定：

毛汉礼同志的历史问题，毛在伪浙大、伪中央研究院气象研究所和美国工作期间历史是清楚的，未发现其有政治历史问题，从美国回国参加社会主义祖国建设这段历史，根据 79 年 53 号文件精神作为"是爱国的革命行动，是光荣的历史"，要向本人宣布并列入个人档案材料。

撤销中共中国科学院海洋研究所革命委员会核心领导小组一九七二年三月一日关于毛汉礼同志在"文化大革命"中的结论。

根据中央（79）65 号文件精神撤销中共中国科学院海洋研究所委员会一九六五年对"毛汉礼鉴定材料"中定为中右的结论，对鉴定材料中不实之词应予推倒。

毛汉礼同志问题复议之后，由所党委书记白学光同志找其谈话，宣读了中共中央组织部（79）组通字 53 号文件，说明了所党委的复议意见并征求毛汉礼同志个人意见。毛汉礼同志心情激动，一再表示：感谢党的英明，向前看，团结起来搞四化，将自己的余生贡献给四化建设。

附件：关于毛汉礼同志政治历史问题的复议意见

1980．7．9

我刚参加工作时，毛先生还是我们研究所的副所长，之后不久，他就退了下来，由他的学生接任"物理所"的副所长。但因为毛先生是学部委员，也就是后来的院士，所以毛先生仍旧上班，仍旧风风火火地奔波，再后来，就是听到了毛先生去浴池洗澡时突然去世的消息。到了 1990 年代，我翻看毛先生的档案时，真是感慨万端，因为毛先生在生活中一直是很强势的印象，但在档案里的毛先生，却为了一次次思想上的"过关"不断地检讨和自我批评着，与生活中我见到的毛先生形成了巨大的反差。

档案"干净"的曾呈奎

关于曾呈奎先生，若从官方的介绍里，可以简单介绍如下：

曾呈奎（1909—2005），海洋生物学家，福建省厦门人。

中国科学院资深院士，第三世界科学院院士，海洋生物学家，藻类学家，中国海藻学的奠基人。曾任：山东大学系主任、海洋研究所副所长，中国科学院海洋研究所所长，中国海洋湖沼学会理事长，国际藻类学会主席等。逝世前任中国科学院海洋研究所名誉所长，中国海洋湖沼学会名誉理事长，山东省科协名誉主席等职。

1931 年毕业于厦门大学植物系获理学学士学位；

1934 年毕业于广州岭南大学研究生院获理学硕士学位；

1942 年毕业于美国密执安大学研究生院获理学博士学位和拉克哈姆博士后工作；

1943 年在美国加州大学斯格里普斯海洋研究所任副研究员，负责海藻研究工作，特别是琼胶及琼胶海藻的资源及增养殖的研究；

1946 年底回国在山东大学植物系任教授、系主任兼水产系主任和海洋研究所副所长；

1950 年，他和童第周、张玺教授共同组建了新中国第一个海洋

1998年秋采访曾呈奎先生

研究机构——中国科学院海洋研究所（前身为中国科学院水生生物研究所海洋生物研究室），历任研究员、副主任、副所长、所长，名誉所长。中国科学院院士、第三世界科学院院士、中国海洋湖沼学会名誉理事长、美国俄亥俄州立大学名誉博士；第三届至第九届全国人大代表。

　　曾呈奎从事教学和科研达67年之久，取得了许多科研成果，单独或合作发表论文报告约300篇（中、外文），主编或合编的著作有九部。

　　上边的介绍，可以看作曾呈奎先生的人生履历和学术贡献的官方认定。若在网络上，关于曾先生则是毁誉交加，呈现复杂甚至评价两端的现象。
　　曾先生是长寿的人，在1980年代的海洋所里，尽管曾先生只是担任名誉所长，但由于曾先生是学部委员，在学术界和社会上享有很高的地位，更由于曾先生对工作的投入，在海洋所的大院里，在生物楼上，很容易见到缓步前行的曾先生。即便在他晚年，尽管被"官司"缠身，但曾先生依然平静地上班下班，我与曾先生只近距离接触过一次：带一位摄影记者给曾先生拍照。在曾先生凌乱的办公室里，老人很热情，也很客气，招呼我坐他身边，说我们一起拍一张。这让我有些受宠若惊，毕竟我们之间的距离太过遥远，但也看出，曾先生待人之道。

为撰写《中国海洋志》的人物篇，我有机会打开曾先生的档案，与那些老先生们厚厚的档案卷宗不同，曾先生的档案显得单薄，只有很少的一些填表，最显眼的是一份打印稿：

曾呈奎小传（初稿）

曾呈奎，男，汉族，1909年6月生，原籍福建省厦门市灌口镇。1931年毕业于厦门大学植物系，获理学学士学位。1932年入广州岭南大学研究院，于1934年毕业，获理学硕士学位。1940年赴美留学，1942年毕业获密执安大学研究院理学博士学位和拉克哈姆博士学位。1943年在美国加州斯格里普斯海洋研究所任副研究员。抗日战争后，1946年曾怀着赤子之心回国，在山东大学植物系任教，系主任兼山东大学海洋研究所副所长。在实践中，对国民党政府，深有感触，思想逐渐倾向革命，同情人民的解放事业。解放前夕，国民党政府组织去台，他依然舍离家眷亲属，而留在大陆参加社会主义建设，为人民服务。解放后，在党的教育下，世界观有了较大转变，认为只有"社会主义才能救中国"，忠实为社会主义建设事业贡献力量。1950年担任中国科学院海洋生物研究室研究员、副主任，同年加入中国民主同盟。1958年担任中国科学院海洋研究所研究员、副所长。1978年担任所长，1979年当选为中国科学技术协会委员，连任中国海洋与湖沼学会理事长，《中国大百科全书》海洋卷主编，1980年当选为中国民主同盟中央委员，1981年当选为中国科学院学部委员，同年被加拿大聘为"卓越访问科学家"讲学和做研究工作半年，1984年担任中国科学院海洋研究所名誉所长，山东省科协委员会主席，1985年当选为第三世界科学院院士，1986年第二届国际藻类学会当选为学会主席，曾还当选为第三、四、五届全国人民代表大会代表，第六届山东省人民代表大会副主任，全国侨联顾问，山东省侨联主席等职务。

曾是我国著名的海洋生物学家，是世界公认的藻类学家。他知识渊博，理论知识雄厚，在藻类学研究中有独到的见解和发现，成绩卓著。他最早从事我国底栖海藻分类区系的调查研究，对开发我国海藻资源起了重要作用。从30年代发表的《厦门的海藻及其经济海藻》的论文以来的五十余年中，致力于海藻学的研究，共发表论文报告200余篇，为国家培养了大批藻类学人才。同时主编或合编的论文集有：1962年的《海带养殖学》和《中国经济海藻志》，1980年的《香港及中国东南海洋植物》及1983年的《中国常见海藻》及《中美藻类学术讨论会论文集》，1986年的《海藻栽培学》等。特别是对我国藻类学的研究，多有建树，他首先阐明了我国紫菜生活史，荣获1956年国家科学三等奖，成功地解决了紫菜丝状体大规模栽培，解决了半人工和全人工的采苗及栽培方法，为我国紫菜人工栽培事业发展奠定了基础。在海带生物学的研究中，取得卓越成就，为我国海带人工栽培事业的建立和发展奠定了基础，提供了丰富的科学依据，使我国海带生产产量跃居世界首位，荣获1978年全国科学大会的奖状。进入新时期以来，他提出和阐明了我国海洋水产生产必须走农牧化的道路，对我国海洋水产增养殖事业的发展起了重要作用，获得"六五"期间攻关成果奖。

曾已年逾古稀，仍忘我工作，誓为实现海洋水产生产农牧化而贡献力量。

中国科学院海洋研究所
一九八七年三月二日

在曾先生的档案里，最老的记录，有一张"材料登记表"，在这张表的右边空白处，醒目地留着一行毛笔字："退后请存档"。表上注明是：

1955 年 9 月 16 日填，这也是曾先生的档案中难得一见的那个年代的 "证据" ——在这张表上，注明着曾先生的 "主要问题"：

1. 曾参加国民党，在美国留学时曾被美国政府电召到白宫，他曾供给中国东沙群岛等有关材料，给美国在我国登陆参考。在前山东大学任教和总务长时与美军来往密切。青岛解放前夜，在山东大学反对学生罢课举行民主活动。

2. 其前妻及小孩、兄弟，全家均在台湾，海外关系极为复杂，与帝资国家的人员曾有过联系的近百余人，其中一部分现仍保持着密切的联系。

3. 解放初期，曾趁我人事制度不严和党团员力量薄弱环节和各种制度不健全之机，拉拢一些历史有问题的人到海洋生物研究室工作。同时对党员亦有些拉拢现象，如中共党员徐恭照、姜元希结婚时，给礼物。姜元希因犯有错误没被提拔时，曾对此大为不满。一九五四年美国领导学术团体召开会议，邀曾参加，曾表示欲参加，当有些研究员不同意参加，他表示不满。一九五二年一个青年团员分配到海生室工作，他以主任身份拒绝不要。

在曾先生的档案中，更多的是关于工资和津贴的呈报表之类，如 "两院" 院士享受省政府津贴的呈报表，列有他的 "突出成绩"：

曾呈奎是我国著名海洋生物学家、藻类学家。他在海藻资源调查和分类区系研究方面，发表了 100 余篇具有国内外先进水平的学术论文。并编著了《中国经济海藻志》《中国常见海藻》；在海带栽培生物学研究方面，创造了夏苗培育法、海面施肥法，并完成了海带南移闽、浙实验，合作出版了《海带养殖学》；在紫菜生活发育史研究中，提出了紫菜壳斑藻阶段的大量培养方法；在海藻比较光合作用研究中，提出光合生物的进行途径；首次报导了我国西沙群岛原绿藻；提出了

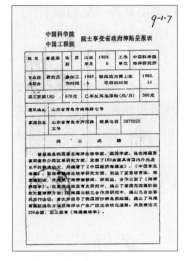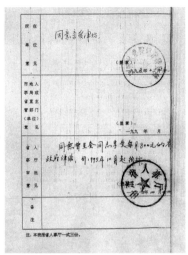

曾呈奎津贴表

马尾褐藻胶提取方法及海洋水产应走农牧化道路。共发表论文 200 余篇，还出版有《海藻栽培学》。

此表是 1995 年 12 月填写的。在次年的 4 月 24 日，山东省人事厅批示：同意曾呈奎同志享受每月 800 元的省政府津贴，自 1995 年 10 月起执行。

曾先生的档案袋里，是我见到的这些老先生的档案里最简单也是最干净的，说"干净"是说没有那些"思想检查"和"自述"之类，若仅仅看档案，看不出曾先生在过去年代里的遭遇和波折。但是，除童第周先生之外，在海洋研究所的这些老先生里，曾先生又是存世各种资料最多的一位，当然也是名声最大的一位。事情总是有两面，对于曾先生来说，其名声最大一面的反面，就是关于他的"谤言"也最多，甚至于到了诉讼的程度，尽管官司最后没有在法庭上成为"现实"，但在"民间"，关于一桩涉及科技成果著作权的纠纷及种种流言在曾先生的晚年始终伴随着他。尽管档案里没有任何这方面的片言只语，但在互联网时代，与"干净"的档案相比，网络上的曾先生呈现出非常复杂的现象，尤其是许多对曾先生来说，"不干净"的材料就很容易搜索出来了。

档案中没有曾先生当年在"思想改造"及历次政治运动中的"自述"，但在网络上却很容易搜到他的自述，当然，这已经不是为"思想改造"而写的自述了。尽管在网络上容易搜到，但还是抄录一份曾先生的自述。这份"自述"系出自《中国科学院院士自述》（上海教育出版社 1996 年版）一书中：

> 我 1909 年出生于厦门市一个华侨世家。上中学时看到劳动人民饥寒交迫，便决心升大学，研习农业科学，使农业增产丰收，使人民温饱、国家强盛。为此，我给自己取号"泽农"，以明心志，终生矢志不移。

> 1926 年复，我考入教会学校福州协和大学。由于我参加收回教育权的爱国运动，1926 年底被校方开除。1927 年复，我转入厦门大学植物系学习。在修藻类学课时，对海藻这类低等植物产生了浓厚的兴趣。我看到人们在海边采集海藻、培养赤菜，便萌生了把经济海藻变成像陆地上的庄稼一样在海洋里种植以取得丰收的想法，从此，我立志献身于海藻科研事业，以此实现"泽农"宏愿。

> 从 1930 年开始，我便着手于开展海藻调查。此后 10 年，我除了在厦门大学、山东大学教学，在岭南大学研究院攻读硕士学位外，从北至大连，南至东沙群岛和海南岛的中国沿海进行调查，采集了数千号标本，积累了大量资料，为我国的海藻研究奠定了初步基础。

> 1940 年，我获得美国密执安大学研究生院奖学金，8 月间去美国攻读博士学位。1942 年 5 月获得理学博士学位后，我又获得密执安大学克拉哈姆（Rackhm）博士后奖学金，前去加州大学斯格里普斯（Scdpps）海洋研究所研修物理海洋学和海洋化学。这期间由于美、日处于战争状态，美国国内琼胶奇缺，遂被定为战略物资。1943 年美国政府指示研究琼胶原料的生产和加工方法，我代表斯格里普斯海洋研究所参加并负责主持了这项研究工作。

> 1947 年 1 月，我回到山东大学，组建了植物系和水产系，并任

两系主任;还和童第周教授共同创建了山东大学海洋研究所,任副所长。1950 年 8 月,我和童第周、张玺共同组建了新中国第一个海洋研究机构即中国科学院海洋研究所的前身——中国科学院水生生物研究所青岛海洋生物研究室,任研究员兼副主任。截至 20 世纪 70 年代末,我和助手们对包括我国沿海在内的北太平洋西部的海藻进行了调查,弄清了我国沿海海藻的分布和区系特点及北太平洋西部海藻的区划,为我国的海藻研究和开发打下了坚实的基础。从 20 世纪 70 年代起,我还进行了西沙群岛的海藻调查研究工作,与海洋动物的调查一起获得了国家自然科学奖三等奖。

20 世纪 50 年代初,我和助手们从紫菜生活史研究入手,找到了养殖紫菜的孢子来源,奠定了紫菜人工养殖的理论和实践基础。紫菜生活史的研究工作获得了国家自然科学奖三等奖。我们还首次建立了用文蛤壳作为培养丝状体基质的紫菜育苗模式,后被广泛用于实验和生产育苗,一直沿用至今。20 世纪 80 年代,继而与助手们进行紫菜生活史的研究,其成果获得了中国科学院自然科学奖二等奖。

20 世纪 50 年代初期,我和助手们还开展了海带生活史和海带幼体生长发育所需环境条件的研究,弄清了培养海带幼苗所需的温度范围、光照时间和强度、营养盐的种类和量等。由此我们创造了海带夏苗培育法,并用适当的低温、营养、水流和光照等培育海带幼苗的科学方法,到 10 月再把幼苗移入海面培养。这既避开了杂藻的威胁,又增加了海带生长期,使海带增产 50%。为了使海带能在贫瘠的海区养殖,我首先提出应在海水中进行局部施肥,并于 1953 年底设计了用陶罐进行局部施肥的方案:在陶罐盛无机氮肥,让氮溶液从罐壁的微孔中渗出,形成一个局部海水中含氮量经常较充足的环境,使海带吸收,同时减少肥料的无谓消耗。实践证明,这种方法最经济、最有效。

为了进一步扩大海带栽培面积,1955 年我组织科技人员正式开展海带南移栽培研究。经过对江苏、浙江、福建沿海海水水温的调查和化学分析,断定南方沿海可以栽培生产商品海带而且无需施肥。又经过实验，1957年夏完全证实这一结论。此后经过推广，海带在我国长江以南沿海大规模栽培起来，使我国海带产量大增，现已占全世界海带类总产量的80%以上。

我认为海藻除食用外，在工业等方面应用前途广阔，应当综合利用。1952年，我便开展了马尾藻褐藻胶提取的研究。1956年帮助青岛酒精厂建立了我国第一个生产褐藻胶的车间。此后，我们又进行了一系列海藻化学研究，对褐藻胶的提取方法、质量测定和应用范围进行了深入探讨，为我国海藻化学工业奠定了理论基础。

1953年我提出在海底营造藻林，1962年又提出"浅海农业"的概念，1966年组织了"耕海队"。20世纪70年代中期，我根据自己多年的科研和生产实践，总结了国内外海洋渔业生产的经验教训，参考了国际上大马哈鱼放流增殖的实例，全面、完整、系统地提出并反复论述了海洋水产生产农牧化的设想，并且领导了中国科学院在胶州湾和大亚湾进行的农牧化科学实践，积累了一些经验。现在国内许多地区广泛进行了海洋水产生产农牧化的科学实验和生产实践，取得了显著的增产效果。此外，我还在海藻光合作用方面做了一系列科研工作，1974年提出了光合生物进化系统的理论，1980年在我国西沙发现了原绿藻，1986年开展了大量培养微藻的攻关，利用微藻的高蛋白质代替进口鱼粉的研究。研究中期认识到微藻中的螺旋藻是比较理想的高蛋白质的藻类，但这种藻类温度的要求很高，所以将试生产从威海转移到惠阳。成功后，1992年在海南省三亚市建立了海王海水螺旋藻生产基地，还于1993年建立了南海海洋所的海水螺旋藻生产基地，以进行工厂化生产和产品的开发利用研究。

1989年我应日本海洋生物技术学会的邀请到东京参加了首次国际海洋生物技术会议，回国后与有关人员讨论了我国的海洋生物技术工作。1990年我招收了第一个生物技术方面的博士研究生，开展了海洋生物技术工作，特别是海藻基因工程的研究，为使高产的海带转化为"海洋大豆"的研究创造条件。总之，我至今已足足用了60余年的时间从事海藻的研究，目的就是使海藻研究在我国成为理论和生产相结合的海藻学，使海藻为我国人民乃至全人类服务。

在网络上，若"百度"一下主题词"曾呈奎"，在"百度人物"等等带有"盖棺论定"的人物介绍中，关于曾先生已经有很多介绍，但伴随这些正面介绍出现的，还有诸如《质疑"海带之父"曾呈奎》《资深院士曾呈奎剽窃案未了已病危法院接市委令拒开庭》等等负面的帖子。

曾先生应该说是1980年代后中国海洋科学界的一面旗帜，也是一个倍受社会尊敬的典型榜样，1989年被评为首届新时期全国侨界十大新闻人物。1991年11月，被山东省委、省政府授予"杰出贡献科学家"荣誉称号。1995年6月在北京举行的第十八届太平洋科学大会上被授予"烟井新喜志奖（Shinkishi Hatai Medal）"。1996年8月荣获香港"求是科技基金会"颁发的"杰出科技成就集体奖"。1997年9月荣获香港"何梁何利科技基金会"颁发的"科技进步奖"。2001年4月荣获美国藻类学会"杰出贡献奖"。

其实正是在曾先生获得山东省授予他"杰出贡献科学家"称号后，关于他的"质疑"逐步走向了"诉讼"。

关于曾先生的是是非非不是我所能评判的，更不是在这儿讨论的问题，我想说的是，从档案中呈现出来的，曾先生显然是无可置疑的"杰出贡献科学家"，如果要选择20世纪50年代以来作为"思想改造"中脱胎换骨的学术权威，曾呈奎无疑是一个典型。譬如在一些关于曾先生的事迹报道中，多强调一点，就是曾先生的几次人生重大选择：

> 在青岛解放前夕，曾呈奎是国民党政府所要争取到台湾去的科学家之一，但他相信共产党，坚决留下投身于新中国的海洋科学事业，这是他一生中的一次重大选择……1956年郑重向党组织提出入党申请。可是经过十年考验，到1966年曾呈奎的入党申请通过了基层组织讨论，并期待上级党组织批准之际，"文化大革命"却将曾呈

奎打成"反动学术权威"、"大特务",他受到了批斗和折磨。直到1980年1月8日,他才实现了20多年要求入党的心愿……

在曾先生去世后,更是在青岛掀起了一个学习曾先生献身科学和爱国精神的热潮,这是从青岛的主流媒体上看到的。但是,今天的读者,已不仅仅只是从"主流媒体"获取信息,与这些正面的"曾呈奎"始终相伴随的,是在网络上更容易引起人们注意的关于这位中国"海带之父"的另一种声音。从这个角度说,这也是曾先生的悲哀。但这种悲哀仅仅属于曾先生自己吗?

另外,关于曾先生有一则轶事不能不提,从这件轶事上也可看出曾老晚年是很知道自己的历史地位的。曾先生晚年一直住在一栋风格独特的小楼上,那栋楼上还住了几位在海洋科学界赢得大名的专家学者,如海洋地质学家秦蕴珊院士,还有齐钟彦先生等等。小楼不远处就是青岛百花苑,以前是德国人修建的公墓,"文革"时被"红卫兵"挖掘破坏了,后来被修建成了百花苑,安放"青岛历史文化名人"雕塑。入选的标准是在青岛生活居住过两年以上的现代著名文人和学者,当然也包括海洋科学家,文人如闻一多、沈从文、老舍以及20世纪50年代当过山东大学校长的华岗和晚年定居青岛的《铁道游击队》的作者知侠,海洋科学家有童第周、张玺、束星北等人,都是走进历史的人物。曾先生早晨时常散步走到百花苑,而且在苑中为自己选好了一块位置,说百年以后,自己的雕像就放在那儿了。曾先生是和百花苑的管理者说的,说者认真,听者也仔细,然后这话就传了出来。不过,百花苑里的名人雕像不是随便就可以竖立的,譬如当年也曾在青岛生活工作过的梁实秋就不能安放。再说,曾先生走后,直到现在,还没听说有再"入住"一批名人雕像的消息。

2009年6月18日中国科学院海洋研究所在青岛南海路7号举行了"海带之父"曾呈奎先生的雕像揭幕仪式,是为了纪念曾先生诞辰100周年。同时,由中国海洋湖沼学会设立并由海洋研究所具体承办命名设立了"曾呈奎海洋科技奖"，面向全国海洋科技工作者以及对中国海洋科学作出突出贡献的外籍专家……据说这也是我国首个以海洋科学家命名的科技奖项。曾先生的雕像为半身像，高92厘米，宽78厘米，为铜制雕像，雕像下端的将军红大理石底座高130厘米。整个雕像依照曾先生近80岁时的形象雕塑。海洋所准备将雕像安置在海洋生物标本馆一楼大厅内。

这则消息我是从当天的《青岛晚报》上看到的，南海路7号现在有了两尊铜制雕像了，生物楼正门门厅里面向大海的童第周先生雕像和这尊即将放置在生物标本馆里的曾老的雕像。当年的三位创办人，只有张玺先生仍然空缺了。不知道张先生将来有无可能以雕像的形式矗立在南海路7号。从职务上讲，他没当过正所长。从学术头衔上讲，他不是学部委员（也就是后来的院士），他死得太早，尽管他的学生说，若没有"文革"，张先生应该能活个大岁数。其实，作为三位创办人，都应该在南海路7号留有他们不朽的雕像。现在陪伴着童先生雕像的，是门厅墙上悬挂的院士们的大幅照片——已去世的是黑白大照片，如童第周、毛汉礼、曾呈奎；仍健在的是彩色大照片，如秦蕴珊、刘瑞玉……与这些陪伴童先生的院士们相比，张玺先生因为不够"格"，无影无踪。尽管当年是他带领着北平研究院动物所的同仁们来到青岛和童先生曾先生们"汇合"而有了今天的海洋研究所。另外，对于海洋生物标本馆来说，我私下里认为，还应该安置一尊雕像，是马绣同先生。我相信，这个想法，不仅仅是我一个人的。

张兆瑾的一张任命书

其实，即便在海洋地质学界，现在说起张兆瑾先生来恐怕知道这个名字的也不多了；从他的专业成果看，他实在算不上海洋地质学家。但是，从20世纪60年代初，一直到20世纪80年代他退休，他的身份都是中科院海洋研究所海洋地质室的研究员，在早期，还是海洋地质室的副主任，主任是北京中科院地质所的叶连俊先生兼任。也就是说，在张先生从中年到老年的二十年多年间，他的职业是海洋地质研究，而且还是研究室的实际负责人。但是，从后来海洋地质室的集体成果看，例如从20世纪60年代初就开始的渤海、东海地质研究等，后来都总结进《渤海地质》《东海地质》等集体编写的专著中，但张先生都没有参与其中，好像这些集体成果都与他无关。

若看一下张先生的介绍，除了他后来的职务身份，也实在与海洋地质不搭界，例如从网络上也很容易找到关于张先生的介绍：

张兆瑾（1908—2003），浙江江山人。1933年毕业于清华大学地质系。1933年至1940年在经济部中央地质调查所任技佐、技士。1940年至1943年为西康地质调查所地质师兼西康技艺专科学校地质系副教授。1943年至1949年任资源委矿产测勘处工程师、中国地质工作指导委员会高级工程师、地质部地质矿产勘探局南京办事处高级

工程师。1953 年至 1958 年任长春地质学院矿床学教授兼任中国地质
科学院地质研究室研究员。1958 年至 1961 年任中国科学院长春地质
研究所研究员。自 1961 年起任中国科学院海洋研究所研究员。主要
从事矿床学与矿床地质研究。

　　主要论著有：《中国锑矿之类别》（1937 年）、《中国钨矿之
成因及类别》（1937 年）、《中国锑矿之新分类》（1944 年）、《中
国锑矿区域论》（1951 年）、《记皖南铜陵、铜官山及狮子山铜钨、
铅矿在中国首次发现及研究》（1951 年）、《中国钨矿之成因分类
与大地构造及火成岩关系中钨矿带发展的规律性》（1957 年）、《中
国南部白钨矿床的工业类型及其意义》（1957 年）、《中国钨矿地质志》
（1966 年）、《浅海及其港湾油气寻找标志及其重要意义》（1980 年）、
《钨矿探讨及其展望》（1980 年）。

看这个介绍，确实与海洋地质学没有多少关系。

在我的印象里，几乎没听张兆瑾先生说过什么。矮矮小小的一个小老
头，戴着一副有着一圈圈波纹如玻璃瓶底的厚镜片的眼镜，走路有些蹒跚。
我参加工作初时，在海洋地质室里第一份工作是为地质室中级职称以上的
专业人员抄写《科技干部专业技术档案》，将近一百多人的研究室，中级
以下的人员很少，副研究员以上的人员更少，形成两头尖的纺锤形。当时
我经手抄写的有六七十份，地质室党支部郑书记（一位从海军航空兵转业
的团政治部主任）让大家交来写好的草稿，让我在正规印制的档案表上给
大家抄写。有少数几位老师的科技档案不是我抄写的，其中就有张兆瑾先
生。当时给我印象深刻的是，地质室的科技人员中，只有寥寥无几的几位
副研究员，譬如后来成为科学院院士的秦蕴珊、工程院院士的金翔龙，当
时都还只是副研究员。张先生自己拿着档案表交给郑书记时，我记得当时
老先生仍是没说什么话，只是悄悄进来，递给郑书记。郑书记递给我看，
让我把张先生的档案表放到抄写好的那摞档案中。张先生的科技档案填写
得密密麻麻，字迹非常小也非常工整。我很奇怪，这是张先生自己填写的

吗？不是，是张先生的孙女张英帮他抄写的。张英当时也在地质室，做临时工，其实是为了照顾老先生。后来张英转成了正式的职工身份，离开了地质室，去了生物室，我和她也成了在海洋大学读"夜校"的同学。张先生是地质室唯一的研究员，但是在我到地质室的时候，张先生明显已边缘化，虽然生活上得到照顾，职称上也无人可比，但在研究室的课题和业务上，明显已属于退休状态，尽管老先生还天天来上班，并没办理退休手续。不久，我开始抄写地质室的第一部研究专著《渤海地质》。此书是地质室20多年来工作的总结，也是"文革"后第一次出版专著，是集体编写的。当时负责最后统稿的赵老师把大家交来的一章章内容定稿后，再由我誊清在稿纸上，当时赵老师是地质室最年轻的副研究员，刚到50岁。有一次我问他，怎么没有张老先生的文章？赵答，他不做这些，他是做大陆地质的，搞锑矿的。后来和赵老师熟了，说话也随便了，就又问，张先生看上去没人理睬，显得和地质局室没有关系。赵老师说，当年不是这样的，主要是老先生不了解海洋地质，其实他不应该改行搞海洋地质的。

是的，后来了解多了，确实感觉张先生改行是个错误，但张先生改行不是自己选择的。1961年中国科学院长春地质研究所取消，人员分配来青岛海洋研究所，加强地质室的力量。张先生当时是长春地质所的研究员，是按照组织上的安排跟着大家一起来到青岛的。1965年从北京大学地质系毕业的苍先生后来对我说，他刚毕业来到地质室，第一项工作就是为张先生抄写《中国锑矿志》的书稿。不过，直到我1998年离开海洋所，张先生的书也没出版。1986年，我们在青岛承办了中国海平面变化研讨会，当时我跟着赵、苍几位老师在秘书组，来参加会的有一位是从福州来的老先生林观得教授。老先生个子高大，身板硬朗，西装笔挺，外边一件呢大衣。老先生自称是老"运动员"，当时我们几个很意外，这么大岁数的老教授怎么还是运动员呢？他一解释我们才明白，是说他在1949年后历次的政治运动中他都是被批斗的对象，所以自称为老"运动员"。林先生来青岛后第一件事就提出来要去看望张先生。当时我们几个年青人一愣，林先生要看望哪位张先生，原来是张兆瑾先生。当时我正好刚读了萧乾的文学回忆录，萧乾回忆当年在南方生活的情景时，提到了 20 世纪 30 年代在一所学校当教务长的林观得先生对他的帮助，说林先生是一位地理学家。看到从我正读的书中走出来的林先生要去拜访在我眼里丝毫不起眼的张先生，后来再看到张先生，我就想，这个小老头一定也有不简单的经历吧。

后来，我陆续地知道，张先生还是清华校友会的副会长，资格很老，在 1949 年前做了许多地质调查和研究工作，尤其在锑矿方面做了很多工作。和张先生有过一次"亲密"的接触，是给他陪了一晚上的床。有一次研究室的行政秘书找到我，让我和另一位年青同事一起到医院去给张先生陪床。张先生病了，住进了医院，当时是在急诊室。我们守护了他一晚上，第二天早晨张英来接替我们。那个晚上张先生始终昏迷，神志不清。早晨我们离开时，张先生睁开眼，摆摆手，表示谢意。就陪了张先生一晚上，很快张先生就住进了高干病房，张先生的级别不低，好像是"三级教授"，具体的我并不清楚，只是从老师们的议论中得到的印象。张先生住院了一段时间后，就很少看到他来单位了。渐渐的张先生就从我们地质室消失了，再很少听到张先生的消息。

在参加编写"所志"时，我第一次看到了张先生的档案，当时惊讶的

张兆瑾像（1949 年前）

张兆瑾像（20 世纪 50 年代）

是张先生年轻时是很帅气的，有一张他年轻时（相对于晚年）的照片，看上去和我见到的张先生南辕北辙……

为了编写"所志"，我查阅过张先生的档案，张先生档案中的一张《干部任免呈报表》引起了我的兴趣，只是薄薄的一张印着表格的纸，正反两面。此任免呈报表是 1978 年 3 月 14 日呈报、3 月 28 日通过"中共山东省革命委员会科学技术委员会党组"审批的，那一年张先生正好 70 岁。这张任免表上注明，张先生在 1966 年前担任海洋研究所地质室副主任，现在拟任的职务仍然是地质室副主任，任免理由是："该同志原系我所地质地貌

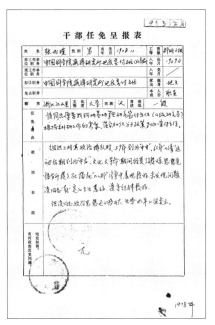

张兆瑾任命书

室副主任（4 级研究员），根据科研工作的需要、落实知识分子政策，拟任二室副主任。"二室也就是地质室。在任免理由的下一格，是"政治表现"，内中填写道：

> 组织上对其政治排队时，1959 年划为"中中"，1965 年"四清"运动后期划为"中右"，"文化大革命"期间经受了锻炼，思想觉悟有所提高。在揭批"四人帮"斗争中，表现较好，未发现问题。该同志有一定的专业基础，遵守纪律较好。
>
> 但该同志政治思想还不够开展，业务水平不很突出。

背面的表格里有张先生的主要简历：

> 1915.8—1927.1 在原籍、杭州、天津等地上小学、中学、大学。

1927.3—1927.5 杭州军政学校训练班学员。

1927.8—1928.7 广州中山大学。

1929.9—1933.6 清华大学地质系学生。

1933.7—1940.7 伪中央地质调查所技佐，技师。

1940.8—1943.11 伪西康地质所技师。

1943.12—1949.4 伪资源委员会矿产测勘处工程师。

1949.5—1953.3 南京矿产局工程师。

1953.4—1958.6 长春地质学院教授。

1958.7—1961.3 中科院长春地质所研究员。

1961.3— 中科院海洋所研究员兼地质室副主任。

从张先生的简历中不难看出，张先生到青岛海洋所来已经50多岁了，他的专业领域属于陆地地质学，海洋地质显然对他来说是个新领域。张先生的专业特长是中国锑矿，一部《中国锑矿志》成了他一生在编撰的专著，但即使到最后，这部难产的锑矿志也没有完成。《中国锑矿志》与中国陆架海的地质学显然有着一段不短的距离。张先生到青岛来，完全是从新开始。作为海洋地质室唯一的研究员，张先生显然没有在海洋地质领域建立权威，即便在地质室，他的权威也没建立起来。地质室的主任在1978年前，是由北京中科院地质所的叶连俊先生兼任的。

张先生档案中另一份引起我注意的是他的"自述"——是用毛笔小楷竖行抄写的：

一九〇八年十二月，我生于浙江江山清湖镇，父亲是个贡生，母亲是文盲。当时家中分得先祖遗下一百亩田地和十几间房子。一半田地是请长工耕种的，一半田地是典给佃户种的。我有七个兄弟和九个姊妹，一家大小有二十余口，在一个市镇上算是一个大家庭了。我对于家庭成分的划分，认识不够，只好假定称我幼年时期的家庭成分为

自述

张兆瑾

一九○六年十二月，我出生于浙江清湖镇，父亲是个商人，母亲是个农民。当时家中分得先祖遗下一百数十亩田地和一栋田屋子，平时吧是要靠佃户租的。我有七佃兄和九佃姊妹，一家大小有二十余人。只好算我家初中时期的家庭成份为富农了。土改后听说我们是南城本乡……我父亲虽不是个生产者，他却对地方教育和公益事业尽了最大的努力而捐助不少的钱，同时佃户……

来屠杀工人和学生的。这是我第一次参加了反帝及封建的爱国运动。我的性情很怪僻，不喜欢交际，又不善于交际，在大学念书期间自己做得很孤僻，根本无钱交际。在当时只有和同系同班的同学很知交。一九三一年九一八事变发生，我和曾毓曾组织了宣传队住京汉线定县石家庄向唐大民和青年学生宣传日本帝国主义侵略中国的野心和杀害我爱国青年的阴谋。还有一件事是值得我回忆的，是雨灾服务过清举大学民众，夜校成人班扫盲年班的教员，扫除了不少文盲。一九四年日寇陷吾乡，吾家房屋付之一炬，今存者三四间祠屋而已。我服务地质勘探将近十八年平常断接近的朋友，多年是

张兆瑾手稿

富农了，土改后听说划为半地主了。我家无人生产，仅靠田地收入过生活，而我兄弟姐妹每年教育经费的着落也是从田地中得来的。坦白地说，我们全家大小的生活和我们的教育经费，全由农民和雇工养活的和维持的。我父亲虽不是个生产者，他却对地方教育和公益事业尽了最大的努力而捐助不少的钱，同时佃户对他的感情很和谐。

一九二二年我毕业于县立高小，父亲在同年八月间去世。一九二六年我毕业于杭州中学，旋考入南开大学预科肄业半载，因用费过巨，家中无法负担，令予辍学南归。时北伐军已攻入江浙，我随大哥张寰由沪经甬转杭，无何与表兄姜天巢在杭会聚，遂赁屋于南城居住。不多时家兄和表哥应杭州女师之聘，担任教职，家兄因兼主事务，住宿校中。我和天巢住在一起，他便介绍我看过两册书，一册是资本论，一册是唯物史观。我看完那两册书之后，对于社会主义和共产主义，才有了初步认识，然而还是不十分了解。时东路军总指挥——现在的战犯何应钦——以杭州共产党猖獗，大举清党，设立清剿指挥部密布特务。在一个深夜的春天，天巢、兆庆、毛继和及我被捕解往司令部

去了，我们在司令部押留两三点钟，便释放回家，而天巢则被解往上海杀害了。

一九二七年我考入广州中山大学，目的为了减少家庭教育经费的负担。一九二九年暑假毕业，转考入清华大学本科，为的是中大教育水准不够高，读书环境不很好。一九三三年我毕业于清华大学地学系，从此结束了我的学生生活而和社会开始接触了。

自我毕业清大之后，参加了北京地质调查所工作，从练习员而技佐而技士，先后服务达七年之久。一九四一年八月离开地质所，转职于西康地质调查所，所长张伯颜不谙地质，所中一切调查计划由予负责。惟康所一切设备简单，经费时常拖欠，以至影响生活，工作无法展开。一九四三年一月应西康技专李书四校长之聘担任该校矿冶科地质副教授。一九四三年八月坚辞东下经赴贵阳，参加资委会矿产测勘处工作，嗣后随处迁渝，胜利后还都复员，东下去宁。解放后，我处两度改隶，而我仍供原职。现在直属地委会领导。我先后服务地质界十八年，始终没有离开过我的工作岗位。

我在中学读书时期，因为年纪很小，对于社会活动和政治认识根本就谈不到。当时我和石家珍、黄长波、高顺德三位同学最好，他们对于爱国运动都是很热心参加的同志。一九二四年五卅惨案发生，全国工人学生为死者复仇而罢工，那时我才开始认识了英帝国主义者是怎样凶恶地帮助中国军阀、官僚资本家和买办资产阶级来屠杀工人和学生的，这是我第一次参加了反帝、反封建的爱国运动。我的性情很怪僻，不喜欢交际，又不善于交际，在大学念书期间自己做个穷学生，根本无钱交际。在当时只有和同系同班的同学很知交。一九三一年"九一八"事变发生，我和曹禺曾组织了宣传队往京汉线定县石家庄间向广大人民和青年学生宣传日本帝国主义侵略中国的野心和杀害我爱国青年的阴谋。还有一件事是值得我回忆的，是两次服务过清华大学民众夜校成人班和少年班的教员，扫除了不少文盲。一九四一年日寇陷吾乡，吾家房屋付之一炬，今存者三四间协屋而已。

　　我服务地质机构将近十八年，平常接近的朋友，多半是地质界的同仁。我很少和同乡来往，为的是他们不是国民党反动派的走狗，就是特务头子戴笠毛森的徒子徒孙。记得有一次（忘记哪一年）劝告和说服一位朋友叫毛松钦，要他脱离了特务工作。他毫不考虑并接受了我的意见，后来就在杭州清波中学教书了。还有一个时期我常常和大哥写信说，一个人不要在老家靠祖宗遗产养活一辈子，更不要剥削劳动者的收获当作你自己的利润。这两句话可能引起了一九三九年他在老家加入共产党的动机。

　　解放前，我对于国民党反动政府一切欺骗、压迫、剥削、愚民的一贯政策；主观的，官僚的，贪污的，不为人民谋利益的作风，我早就痛恨在心，我同时还有更看不上眼的那些甘心为帝国主义作忠实走狗的人们。他们表面上装着假慈悲，藉救济物资为名，以获得自救自肥为果实。反而真正穷人得不到救济物资的援助，有钱有势有力有官的人员，都大发洋财了。我更恨特务分子到处横蛮、强奸妇女、烧杀掠夺、无恶不作。我更恨恶霸地主，藉封建势力压迫农民，高利贷剥削他人财产。然而我对于共产主义的了解不太够，我虽然接近共产主义的途径，我始终认为我的思想太麻痹，不勇敢，对于敌友的界线太模糊，对帝国主义和法西斯式的反动政府还存着几分恐惧。这是证明我立场不坚定、没有朝着向社会主义这条道路的方向迈进。

　　解放后，我经过了多次学习，深深地把我过去最容易犯的小资产阶级思想——一种封建社会的传统观念——渐渐地洗刷了。我更进一步认识敌友的界线，我稳定着我的立场，要搞好自己的工作，提高自己的技术，为人民多服务，在毛主席的领导下为新中国建设而努力。我更要勇敢地起来，去了害怕观念，为抗美援朝而努力，为反对美帝武装日本而奋斗。我还要为贯彻人民政府镇压反动党团及特务人员登记而协助检举。最后我还要为反封建反恶霸而斗争，为的是帮助人民政府早日胜利完成土改的工作。

从这份"自述"文中所说的时间和内容推算，应该是 1951 年在"土改"和"肃反"结束后张写给组织上的一份个人"自传"。

在"自述"之外，档案中还有一份"自述补充材料"——

一、抗日战争时期——从五四运动到九一八的漫长岁月里，日帝国主义侵略我国领土主权的野心愈来愈明朗化了，使我幼年的心境恨日仇日不断地增长起来。芦沟桥抗日战争爆发，我和全国人民一样的愤怒并主张中华民族各阶层各党派应加紧团结一致，并拥护枪口对外、同心一致地向侵略我国领土主权的日帝国主义者进攻。认为这次抗战关系着中华民族生死存亡的问题，主张与日抗战到底，决不能任意放弃一寸土地或中途和日妥协。抗战中在后方看得最清楚，蒋介石嫡系军队在前方作战是且战且退或战而退的战果，抗战不到四月就放弃上海、南京和武汉重镇，把大好河山断送给日本，把千百万爱国壮士和可爱的人民任凭日寇的屠杀和遭殃。在沦陷区或前方当友军和日寇作战时，蒋介石军队袖手旁观，粮尽弹绝也不加以支援。最突出的是对八路军作战的壮士甚至连医药援助都一点也不供给。其居心所在，爱国之士，众目共观。当时汉奸林立，特务横行逆施，物价高涨，一日三变，大有朝不谋夕之感。每念前方真诚抗日战士流血不退，而我在后方虽为调查矿产品资源而流过汗，对抗日战争的支援犹不及游击队中广大人民支援的力量为大。

二、解放战争时期——蒋介石统治中国二十余年，拥有大军数百万，装备充实，武器新式，且占有优势地理，在当时一切条件确比解放军优越。但民间遭受压迫与爆炸而形成的痛苦无以复加，民怨四起，敢怒而不敢言已非一日，多数青年很盼望及早能得解放。所以解放战争开始，我即以不愿与蒋匪帮政府共进退而决心静待着解放。在当时认识不足的是估计解放军的力量单薄，武器弹药不全，且无飞机掩护为忧，不免在作战时要受损失多一些。当东北解放军起义之后，我才初步认识到解放军作战力量虽然单薄，但有了广大人民的支援，蒋匪帮大部分官兵厌战不愿与解放军同室操戈，所以解放区域有了迅速的发展。淮海战役，蒋匪军虽然拥有数十万大军和美机援助，终于被解放军愈战愈强前仆后继的精神打得落花流水东奔西走。解放大军渡江南，我通宵未眠，迎接久待解放的解放军入南京城而欢欣歌舞。从此使我以前对解放军估计力量不足而没有认识到有了庞大人民的支援，能有排山倒海的力量，即有土枪土炮，亦易制胜装配齐全、武器新式的数量多于解放军之蒋匪军队。我在蒋匪统治下工作十余年，常受压迫与剥削，深感能及早得到解放，故在解放战争期中极盼解放军早日来临。

解放战争在短期内获得了彻底的胜利之后，蒋匪帮数百万大军全被消灭，中国人民才开始获得了解放。封建统治的旧中国死亡，快乐幸福的新中国——中华人民共和国诞生。我们幸福新生在共产党和毛主席领导下的新中国。在各项重大社会改革和政治运动中对思想上的表现和对自己的影响分别叙述如下：

（一）土地改革——我家虽然是个破落的地主，而我从小就长大在这个破落地主家庭中，当我脱离了学生的生活之后，也就是脱离了地主生活、依靠劳动收入而维持自己的生活了。从人民政府颁布了土地改革法令后，我非常拥护这个措施，并常写信给我家兄弟，勉励他们无条件地协助当地政府办理登记手续，他们都愉快地首先交出自己的土地证件给政府，然后协助政府办理各项登记手续。我家有我祖父至我兄弟三辈虽剥削佃农而过生活，但对佃农一般态度尚属不坏，从来也没对佃农刻薄虐榨，所以在解放后土改中，未受过佃农向我家斗争和结算事件发生。但我少时常喜与佃农接触，有时常见他们当中受到一些地主的残酷剥削与压迫，甚至于荒年交不出租的也让他和丰年交出一样的数量，佃农交不出，凶狠的地主就藉势压人，甚至逼得佃农卖牲口鬻子女以清偿地主租谷的。地主与政府勾结将佃农囚死狱中的事件也时有所闻。这样就使我对佃农抱不平之念，以终岁勤劳而不得衣食，且常受苛待。我乡土地改革中，地主被斗者不乏其人，我在南京工作时亦参加市郊地主恶霸斗争大会两次。佃农在大会中控诉地主惨无人道地残酷剥削与压迫，不仅怒发冲冠，认为打倒了这些地主和消灭了地主是刻不容缓的，站起了亿万佃农是对国家起了很大作用的。事实证明佃农得了地主的土地后，生产量有增无已，这是为了社会主义建设打下了初步的稳固基础。

（二）抗美援朝——抗美援朝的初期，我的思想有些模糊不清，认为南北朝鲜战争为什么要我们国家的力量参加呢？况且当时我们国家刚刚成立不久，一切经济和社会还没有安定下来，哪能有力量抗美援朝呢？这种认识不足的错误思想，一直等到我去北京参加第一次全国地质人员代表大会时听了首长作过几次报告才明白，抗美援朝的目的为了保家卫国，因为当时李承晚受了美帝国主义指使，使他出兵向北朝鲜进攻，企图占据北朝鲜后为美帝进攻中国大陆的跳板，况且朝鲜与我邻邦，有唇亡齿寒的密切关系。后来我又有估计自己过低、而估计敌人过高的错误思想，认为我们的一切武装器械和运输条件都比不上美帝及其附庸李承晚军队，可能估计我们的损失要大些。事实正是相反，从美帝登陆仁川，进逼鸭绿江畔被志愿军猛烈地迎头痛击打得落花流水一直退回三八线以南，我们消灭他有生力量，敌人有充实和优越的武器，亦不能发挥力量，反为我们增加了杀敌的力量。这是给我很大的教育，不要估计自己过低而长他人志气，灭自己威风。同时使我认识到美帝是个纸老虎。当志愿军需要知道本国新闻和书刊时，我就决心捐献两份报纸直到抗美援朝获得伟大的胜利为止。这充分证明我们有信心有力量一定能取得伟大的胜利。在捐献物资时，我亦尽了一些经济援助的力量以鼓舞志愿军能早日取得胜利。1951 年当我填写野外工作地区志愿时，我的思想毫不迟疑地填上去东北最前线工作，以示我决不因美帝任何细菌战而恐慌的表现。

（三）镇反运动——当抗美援朝开始不久之后，帝国主义所派遣的间谍和蒋匪帮所遗留下来的特务勾结地主反动阶级制造反动言论，抬高物价扰乱金融，杀害革命干部，焚毁公共场所，破坏厂矿生产，到处横行逆施，罪恶照彰。广大人民认为政府对这些罪人不加制裁和镇压，社会秩序和人民生活就得不到保障。镇反运动开始后，由于人民政府发动了广大群众，揭发了不少特务间谍。通过学习文件精神，我们单位也清出了不少的反动党团。我在学习中深深体会到政府的政策"镇压与宽大相结合"是英明的，坦白从宽，抗拒从严，隐瞒而被揭发的镇压法办，血债累累者枪决。这一个措施对反革命分子来说有了重大的教育意义，对一般群众来说，必须提高警惕，反对麻痹太平观念的思想。我更深深体会到人民政府确是为人民除害，从镇反运动中，从未冤枉一个好人，也未放过一个坏人，从坏人中教育他们，改造他们成为好人，应杀的就杀，该改造的就改造。此次镇反，为时亦不过晚，但对强固人民民主专政，安定人民生活，稳定物价与维护社会秩序，增强抗美援朝的力量实在是起到了很大的作用。

（四）三反五反——这个运动的提出，我认为是最适时最却（恰）当最正确的。我对这个运动的态度抱着衷心一贯的拥护，并认为只有协助政府把这次运动取得彻底的胜利才能保证稳定国民经济的基础。我当时抱有官僚主义的发展对贪污浪费关系不大的错误认识，而不明白官僚主义是贪污浪费的温床。"五反"只是限制资本家对国家对人民作出无底的剥削的一些不完全正确的思想，而没有想到资本家阶级立场针对着向无产阶级猖狂进攻，竟想把走向社会主义经济建设的基础重新卷入资本主义经济法则中去，为了想推翻以无产阶级为领导的人民民主专政。我在三反五反运动中曾领导小组工作，最初阶段因认识不足，以为贪污浪费官僚主义以及盗窃和破坏国家财产和事业的反革命分子，都应该受到人民的严格制裁，而没有好好体会到人民政府和党的领导政策以及治病救人和宽大与惩戒相结合的正确政策。在三反和五反阶段后半期深入斗争中，这政策使我才更深入一步地认识到，政策不仅教育了贪污分子，同时还大大地教育了全国人民，逐步地消灭资产阶级思想，树立工人阶级的品质，为实现我国过渡时期总路线打下了良好基础。

（五）思改运动——我是旧社会过来的，因此在思想上或多或少存在着一些非工人阶级的思想。在解放前，我的思想有两种表现：一种表现在学生时代，对政治极端关心，并常热烈参加每次爱国运动和向群众做宣传工作，向封建统治阶级和帝国主义斗争。同时还不断看些进步书籍，如《共党主义 ABC》、《资本论》、邵飘萍和鲁迅等文选，背上了一个自以为进步的包袱。还有一种表现在工作岗位上的纯技术观点和不闻不问政治的倾向，认为学好技术高超一切，写好文章可以成名。对反动政府的黑暗统治和残酷剥削影响到生活方面，认识虽然深刻，却敢怒而不敢言。虽然没有随声附和以及与反动政府作同流合污的勾当，可是已把进步包袱逐渐卸下。解放后，通过不断学习和斗争，受到了党和人民的教育，认为技术不结合政治，就要落后于发展的社会过程中，把个人利益放在第一位，是资产阶级的腐朽思想。同时我又检查出我在解放前的工作，有利于人民事业的不多，而深深体会到只是为少数统治阶级服务。通过思改运动之后，应加强马列主义学习，向群众学习，向苏联学习，形成我对国际爱国主义精神，工人阶级的道德品质的认识开端。同时，只有认为"个人利益应服从集体利益"，只有全心全意为人民服务依靠党和依靠组织，才能走向幸福的生活，只有提高政治水平，才能向资产阶级思想斗争取得彻底的胜利。

（六）总路线与宪法的公布——总路线的实施是人民民主专政取得了伟大胜利之后的一个迫切需要，而人民群众久已渴望要走这条路线。解放前，我们长期过着受着剥削和压迫的生活，解放后我们完全解放了，一切生活工作都是一年比一年愉快而顺利，我们都积极盼望向社会主义过渡，也就是全心一致向着这条无限幸福和无限快乐的路线前进。我初步认识到从中华人民共和国成立到社会主义建成是一个过渡时期，国家在这时期的总路线是逐步实现国家的社会主义工业化，逐步完成对农业手工业和资本主义工商业的社会主义改造。通过了一连串轰轰烈烈的土改、抗美援朝、镇反、三反五反、思改和恢复国民经济大规模的斗争，为有计划地进行经济建设逐步过渡到社会主义准备了必要的条件。投身于人民地质教育事业的我，跟大家一样地进行自我教育自我改造，向苏联全面学习，提高质量，保证第一个五年计划能提前完成。

1954年9月20日，第一届人代大会第一次会议通过了宪法。我们伟大领袖毛主席宣布了宪法以后，我和大家一样无比兴奋和快乐，这是解放以来一件最大的喜事，也是有史以来未有的创举。这个宪法巩固了我国人民革命的成果，是中华人民共和国建立以来政治上经济上取得的伟大胜利，并且反映了国家在过渡时期的根本要求和广大人民建设社会主义社会的共同愿望。我认为宪法是个武器，而武器是我们经常运用的。宪法离开了中国共产党领导下继续进行着革命斗争的人民群众是不会发生任何作用的。我们不仅要依靠既得胜利来争取新的胜利，而且也要用新的胜利来巩固既得的胜利。我们必须要学习改造，努力提高向社会主义的幸福道路上前进。

（七）肃反斗争——我国开始大规模建设中第一个五年计划的第三年，各机关建设部门及厂矿和文教单位中，甚至各乡村合作社内，经常有反动标语和反动言论出现，经常有破坏和焚烧以及暗杀革命干部事件的发生，愈来愈嚣张猖獗了。党中央布置的肃反斗争，我认为是最及时、最适宜和最英明的措施。从学习胡风反革命集团的三批材料中，我始终认为胡风集团并不是文艺思想上的问题，而是反革命问题。经过几次分析和学习，我认识到反革命分子的两面派和派进去、拉出来的技巧手段以及虚伪欺骗和假积极的卑陋行为，这给我一个很大的警钟。当胡风反革命材料未全公布以前，估计这些胡风反革命集团不过文艺界一些反革命分子而已，人数不会太多的。等到胡风反革命材料全部公布以后，想不到这个反革命集团分子分布的面遍及全国各种不同性质的单位里。通过学习之后，我对敌人有了重新的认识，不再单纯认为胡风反革命主要是反文艺界的改革。实则胡风集团早与帝国主义勾结与蒋匪帮联系而有计划有步骤想颠覆我人民民主政权。从学习胡风反革命材料的基础上，使每个人都擦亮了眼睛，在几次大会斗争中，群众检举了一批一批反革命分子，经过组织审查和确定，我认为都很正确地必须狠狠地打，组织上决不冤枉一个好人，也决不能放过一个坏人。在每次斗争大会上，领导再三交代了宽大与镇压相结合的政策，我自始至终拥护政府彻底干净全部肃清一切反革命分子，并主张不肃清决不罢休。只有这样才能保证社会主义建设事业顺利而迅速进行并能提前完成。这场斗争不仅教育了反革命分子，同时也教育大家今后要重视政治、提高警惕，不应存着太平麻痹思想，随时检查缺点改正缺点，否则便易为反革命分子有隙可乘之机，同时在斗争中"左倾"与右倾思想大有影响于集中斗争力量的。

（八）农业合作化运动及对资本主义工商业的社会主义改造——党和毛主席提出了这两个伟大的改革运动，我认为目前最适当最及时而刻不容缓的问题。大家都很清楚，我们早一天走到社会主义社会，便早一天得到幸福的生活。社会主义社会要消灭阶级和消灭剥削，决不许资本主义的存在。解放后农村中绝大多数的贫苦农多获得了土地，但部分的上中农或富农自发的趋向有增无已，因此小农经济（个体经济）的发展走向资本主义的路径，下中农以及贫苦受剥削者不乏其数，这不仅和社会主义经济法则相抵触，也对生产合作社造成了很大的障碍。为了保证全国各农村能组织一个半社会主义经济的生产合作社，尽量吸收贫农及下中农依靠中农与富农斗争。消灭剥削，把一般私有的生产资料和生产工具投入生产合作社发挥生产能量，逐渐从半社会主义经济走向国营经济的途径。只有涌起农业合作化的高涨，才能保证工业建设中生产资料的供给，特别是棉粮的供给。农业合作化同时必须对资本主义工商业改造，才能让它走向社会主义过程，不能任其自由发展而施行剥削或高利贷，必须实行公私合营，使资本主义工商业的经济变为半社会主义工商业经济，才能消灭剥削。惟有这样才能增加生产提高质量和减低成本，使城乡物资交流。我认为这两大运动的推进，不能有所偏重，应双管齐下才能保证社会主义建设取得伟大而迅速的完成。使人人有工作，人人爱劳动，变个体力量为集体力量，化个体经济为国营经济，使人民物质生活逐步提高。对我们来说，也要加倍努力学习，迎头赶上，否则培养出来的干部是不合国家和人民的要求。因为我们的质量不提高直接影响到重工业建设，也就会影响农业合作化。只有农业年年保证丰收，工业给农业的拖拉机，农业给工商业的棉粮，地质工作者给工业的钢铁煤油资源，给农业磷肥资料，保证加速五年计划的完成，只等待我们在不断努力向前推进！

张先生在""四清"运动"时的"自我检查"和组织鉴定——

干部鉴定

姓名　张兆瑾

地区、部别　青岛　中国科学院海洋研究所

职别　研究员兼地质地貌室副主任

填表日期　1965 年　　月　　日

自我检查

一、"四清"运动前后的认识和提高

多年来在党的培养教育关怀重视下，政治思想和业务工作上有一定的提高和进步，但提高不够显著和突出，对党和人民的要求还差得很远。从社教运动前后来对比，感到教育最深震动最大形势逼得最紧的是这次"四清"运动。感到阶级和阶级斗争以及社会主义和资本主义两条道路的斗争是普遍的，不仅在其它行业中有显著的存在，而且在科研单位中也是尖锐的、剧烈的，时起时伏的，曲折复杂的和长期存在的。"四清"运动以前，我的政治思想上和业务工作上对两种思想和两条道路的斗争则感到有些肤浅。就运动前后这种不同思想分别述之：

（一）"四清"运动前的情况

1. 政治思想上对党中央方针政策路线的认识

我自大跃进以后对三面红旗基本是拥护的，但对我的说服力还不够强，通过学习、听报告、参观访问实践以后，认识逐步提高，说服力更大，充分体现了大跃进迅速改变我国一穷二白的面貌。工农业生产率提高，带动了其它行业的提高，完成国家计划任务真是一天等于二十年。批判了右派分子随声附和于帝国主义、修正主义及一切反动派对我们的污蔑，说我们大跃进是大跃退，胡说多快不能好省，好省不能多快的鬼话。人民公社不是如敌人所说办得早啦，我认为办得及时，这是广大人民群众的要求，不是如敌人所说办糟啦，而是办好啦，这可以从三年自然灾害来证明绝大部分工农业生产量，不但没有减低反而提高，特别在耕地面积的扩大和水坝的建立上克服旱涝现象，变穷地为富地，体会了农林牧副渔和工农商学兵并举，发挥了集体力量和集体利益的伟大作用，开社会主义国家先例，创世界前所未有的奇迹。修正主义者对我们人民公社的集体利益和人民利益是反对的。大炼钢铁时期，几千万人上山下乡，做出不少奇迹，找出了大量钢铁资源，兴办了炼铁炼钢炉。敌人说我们得不偿失，我自己体会到炼钢又炼人，因为当时我为一个铁矿区做了一个从普查勘探到设计开采的计划。按苏联这个计划，必先完成普查后，再做勘探，完成勘探再做开采设计，而我们采用了多路多快好省同时并举，确实体现出有事半功倍之效。我初担任这项任务时，思想是紧张的，紧张的是山下炼炉已经做好等待我们炼钢铁的矿石原料，我就在这种形势压迫的情况下完成任务的。我以前不会炼钢，在此次大炼钢中使我懂得了炼钢的技术和方法。三年自然灾害期间，党提出八字方针政策"调整巩固充实提高"，敌人和反动派都异口同声说我们国家经济失调。事实上我们经济并未失调，我们的经济基本上是平衡的，尽管苏联撤走全部专家，逼我还债，党提出自力更生奋发图强的号召下，我们重点建设项目并未因此而停顿，我们还提前还债。修正主义和帝国主义给我们石油和原子核武器的威胁，我们大庆油田的解决和两次原子弹爆炸的成功，大寨面貌的革新和一万二千吨水压机的制出，都是全国人民响应党的号召走自力更生奋发图强的道路所创出的丰功伟绩，也是党的三大革命运动所获得的伟大胜利所促进的，解除了修正主义和帝国主义对我们的威胁。

我对三自一保和三和一少的看法，通过学习之前，认识不是很清楚的。通过学习之后，认为这对帝国主义、修正主义及一切反动派和资产阶级有利，而对无产阶级及国际共产主义不利。从自由市场和自留地来看，它们不仅在城乡有，在各行各业中也有，它们只会破坏集体生产，增进个体经济走私有化资本主义道路。通过我在城乡观察，自留地的庄稼比生产队集体经营要强得多；自由市场为暴发户追求利润，简直为投机倒把贪污盗窃分子开方便之门，和自负盈亏包产到户达到个体经济发展是一样的。对帝国主义、修正主义及一切反动派要和平共处，真是敌我不分丧失立场，我始终坚决反对。我认为这是投降思想，这种投降思想，也是怕战争，怕孤立，怕死的思想，应该认识到帝国主义的本质是战争的根源，以侵略奴役剥削而获得财富。修正主义的本质是反马列主义，不革命，投降帝国主义，联印反华，不支援少数民族独立和解放斗争，甚至一度在我新疆边境搞颠覆破坏活动。我不同意对少数民族国家独立和解放战争少支援，认为完全怕自己少吃少穿少用，贪图个人享受，不是站在国际共产主义立场，而是站在资产阶级立场说话的。

2.业务工作上我对科研方针政策的认识

"四清"运动以前，我对科研为无产阶级政治服务，也即业务服从政治，政治领导业务认识不清，科研为生产国防建设服务，科研与生产实践群众三结合的方针政策也是有些模糊的。四年来在党的领导下，在执行任务过程中，由于同志们的努力，在渤、黄、东、南诸海上是完成了一些工作的，也写出了不少报告和论文，总结了某些地区海洋地质地貌一些特征和规律。实验室内技术方法的建设也获得一些成绩，如地震仪的改装、重力仪方法的测定、铀方法的建立、光谱定量及化学全分析法的提出为今后科研取得精确数据更有利的条件。

3. 干部培养上的收获和提高

几年来我在党的领导下培养了一些干部，从外语学习上，我室研习员达到过关水平的占总数百分之七十以上，但是还要他们继续巩固提高。技术操作和分析鉴定方面，采用边工作边培养或送外单位进修培养，由不熟练到熟练，再由熟练走向精练，基本上达到目前需要的要求。专业方向的培养，在自力更生方针指导下，虽然成长不够迅速，但一般都有提高。总的来看，我室四年来由研习员培养而提升为助员三人，从见习员提升为技术员五人，这些收获和提高都是肯定的成绩。

（二）"四清"运动开展后的情况

政治思想上两种思想两条道路的斗争有所认识有所警惕。

"四清"运动开展以后，我受到一次最震动最深刻的教育是给我大字报上若干尖锐有力而直截了当的批评。我对大字报的态度抱有则改之，无则加勉的态度，虽然有少数大字报与事实不符，有些不快，从大部分来讲，基本上是正确的。在揭写评议阶段，我亦主动能向党委提出不少问题，并在小组上欢迎群众给我多提问题。通过 1965 年 1 月周总理在三届一次人代会上全文报告及 23 条的传达报告学习和讨论，并通过阶级展览会的参观，使我永远不会忘记在阶级社会里，资产阶级和无产阶级的斗争以及资本主义和社会主义两条道路的斗争确是长期存在的，时起时伏的，尖锐剧烈的，反复的，曲折的和复杂的。划清敌我界限爱憎分明是端正立场的重要问题，使我明确地加深了对无产阶级兄弟增加友爱感情，对帝国主义、修正主义、蒋匪帮、一切反动派以及地富反坏增添了阶级仇恨，对和平演变蜕化变质有所警惕。我在此次运动各阶段中，尚能端正态度积极参加，感到对自己缺点和错误，只要虚心接受批评，才能得到自我分析自我批评认真改造；对别人的错误亦能采取批评团结批评方式，和惩前毖后治病救人的态度。在清政治经济阶段中，对不犯错误的人，得到一次重新教育和重新改造人的机会；对犯错误的人，体会坦白从宽，抗拒从严，宽严结合不折不扣的伟大政策兑现，实在动人心弦。这次运动使我认识到在科研工作方向上以及制订各项计划上都有两种思想两条道路的斗争，只有依靠革命群众才不会迷失方向，才可能获得胜利果实，脱离党脱离群众则一事无成。通过"四清"运动可以加强团结巩固优点，克服缺点和改正错误。如我好发脾气的性格和处理业务上的问题，根据群众反映有了改正转变，通过这次运动，可以更好的纯洁党的队伍，加强革命斗争力量并有利于将革命进行到底，支援世界革命取得胜利的保证。通过学习主席著作、先进工作者报告会和座谈会，又一次使我对阶级友爱感情再提高一步，痛恨封建剥削阶级的危害性，认清资产阶级是没落阶级。

二、存在问题

我在"四清"运动中存在问题不少，有的属于小是小非问题，有所认识，逐步有所改正，有的属于大是大非问题，表现在两种思想两条道路斗争的原则性问题，虽然经过分析批判和自我检查得到一些提高，还需进一步继续争取改进的问题。

（一）接受党的领导问题是我当头突出的问题

1．方向问题。海洋所办海洋地质事业以研究海洋为对象，我则主张在过渡时期内应从陆地边缘做起到海洋，实现海陆兼顾两条腿走路的方针，没有得到党的支持。更突出的是赞成成立滨海砂矿和岛峡地质队调查，要各级抽人参加，遭到各级组长的反对。我不从党的需要和人民需要出发，凭自由爱好和兴趣提出采取绝对自由化，严重地违背了党对领导科学的方向。

2．干部调动问题。精简干部关系到贯彻党的八字方针的问题。我把干部据为私有，对首次干部下放农村的意义认识不够。把适合于下放干部的人，看成为已经通过一定技术的培养，并且认为他们在工作岗位上干得还不错，有些舍不得，建议党委免予下放。党委按原则办事，不接受我的意见，感到不快。我只图本位利益，不顾全局利益，说明我贯彻党的方针不是一心一德，而是勉强执行的。党为了实现调整巩固充实提高发动第二次精简时，我认为工作多年业务水平和工作能力不低的人有培养前途，反对精简，对一些自由主义和工作不够认真的人，也应采取一分为二的观点争取转变过来。自己不与党支部和各级组长商量，凭组长的提名通过党支部而没有得到我全部同意就决定，认为不合适。实际上我妨碍了人员外调，违背了党的方针政策，没懂得精简能保证科研战斗力量的加强。学习解放军，学习大庆之后，党又提出一线支援二线问题，我在执行过程中认为有些人事前没有由各组组长提出和室商量，个别人又未经室考虑研究，擅自由党支部提出送人事科，自己将本室的业务领导权摆得高高在上，有关室内人员调动不通过我就行不通。我对党支部意见不考虑，不重视，甚至在一次所务会议上对党委的态度不够端正，有埋怨情绪。支援名单公布以后，我仍对少数人支援二线有意见，认为不该下放外调的就不该调放，说明我和党有意见，不自量地把自己领导权摆在党之上，把地质室人员看成是我私有的人员，不愿调就调不动。

3. 跟党走的问题我经常在会上发言，拥护共产党，跟党走，走社会主义道路，口里讲到，而在实际行动上有些地方没有做到。如误解党不发展海洋地质事业，就不安于位，要求调动工作，只从表面现象看问题，不从实际看问题，造成思想上的错觉。我在这种错觉思想指导下，当党中央号召支援农业前提下，建议成立一个农业地质研究所，上书申请，未通过党委审查即发出上级领导单位。这种无组织无纪律的表现，企图建立一个大陆地质机构，有意分散力量，对党不满。我自己不爱海洋地质，反而使一些青年也不专心海洋地质，将引向青年走资产阶级老路而不自觉，说明我的思想行动和党背道而驰的。我有时确定室内一些重大问题，主观片面，自己说了算。如派选留学生一事，事前没有与党支部及人事计划两科商量，只从学科空白，力量薄弱而需要迫切的专业提出的。我重才不重德，不是选择德才兼优的。初报人员落空，补报人员虽经批准而放弃不学，也是落空，引起群众对我的指责。我有时对个别人提工资有意袒护，不接受党支部和群众意见，认为他们有一定工作能力，有相当业务技术，以往亦有一定的成绩，甚至在所长办公室也尽力为争提级根据。我坚决支持他们提级，错误地认为我支持的人不提级，别人就无法提级了。我固执己见，没有把党支部群众放在眼里，站在资产阶级立场看问题，不是和党大公无私相吻合的。还有一件事是干部重点培养名单提出的问题。名单提出之前，没有征求党支部和室秘书的意见，好像党支部不是领导地质室的，自己独断独行，提出在所培干会上通过，说明我对党的领导有距离。

（二）严重的资产阶级工作作风和思想作风

1. 专业化思想不落实问题（为谁服务）。我自 1961 年随着长春地质所合并到青岛海洋所到青岛以后，组织给我负责地质地貌室业务领导工作。我对海洋地质地貌工作态度不够热情重视，对业务不够专心钻研。几年来不亲自动手，不亲临第一线又未担任过研题，同志们对我意见不少。"四清"运动开展以后，给我在大字报上提得最突出的一条就在这方面。我虽然服从调配而来，但个人主义患得患失思想还相当严重，脑子里总以为海洋地质专业方向与我口径不合，年老体衰，脑力衰退，胃病缠身不能上船为藉口，存在做客思想，一心想调动工作。在党的不断教育关怀，重视信任下，我虽感到海洋地质地貌是重要的，责任是艰巨而光荣的，而我又考虑过去是搞金属矿床专业的，使我改行做海洋地质工作，自然会感到不学无术腹中空虚，感到心中无数，实难指导青年。1964 年 6 月以前，我在研究室内整日为了事务主义和文牍主义而工作。自己当一个研究员，究竟对党对人民事业发挥了作用没有？检查是没有起积极因素，反而起了些消极对待。我简直对党忘恩负义，对社会主义服务不够热情，我不但不能争取改一行，爱一行，钻一行，我不爱好海洋地质工作，反而对我以前所做而未做完的《中国锑矿志》一书继续大干起来。这本书的写出，虽然在指导找矿上有一定意义，实际上与海洋地质无关。我曾经为清抄草稿而拉见习员为我服务并许以该书将来出版后以钢笔一支为酬，当同志为商品交换，当同志为雇工剥削以物质刺激而引诱青年。我这种自私自利不良作风，给青年带来了科研不是为无产阶级政治服务的，而为资产阶级个人名利思想服务的。

2．工作作风问题。我对大陆地质感兴趣，对海洋地质有些格格不入。从个人兴趣出发，而不是从党和人民需要出发，因此我对海洋地质工作反映出两种态度：一种是热情支持，一种是机械地阻挠。如地震仪改装事一再强调要去和北京石油部联系，而不同意当石油部第一次答复不同意的情况下直接派人去西安石油仪器仪表厂联系改装事宜。虽然后来得到改装完成，受了我机械地阻挠时间，影响了工作；相反的，我对同一组内有关"胶州湾附近地质构造研究"计划工作上便热情支持，并亲自参加指导检查工作。从我处理这两件事的对比，说明我对爱好的或亲信的就大力支持，而对不爱好或非亲信的就无故阻挠；同时也反映出我重大陆地质构造，而轻海洋地震工作的表现。同样情况我支持雷州半岛风化壳地质工作计划很快就批，阻挠琼州海峡地质构造及北部湾铁锰结核体工作推迟执行。我不应该无原则同意无计划的计划工作，丧失立场；即使同意之后，也应对人对事一视同仁，不应有所偏重，犯了主观片面错误。从学术活动上看，我支持一些人写《辽东湾水下古河道》的论文并在论文答辩会上给以较高的评价，而不支持有人后写同一题目的论文在学会上讨论，认为题目重复，内容和前人写得差不多，质量也不突出，不提为妙，免生枝节，相形之下，显得我有抬高前文压低后文的作风。更突出的，我在一次提升助员论文答辩会上对某人论文答疑时间有限缩短，评价又高，而对某人答疑时间，无限延长，评价不高，自然会引起人们有过分抬高和过分估低，对待同志论文不平等的感觉。以上这些，都是站在资产阶级立场观点片面，不实事求是、不民主作风所造成的，应以为戒。

3．团结问题。我在处理若干问题上没有站稳立场，用辩证唯物观点和马列主义方法去分析问题，引起了领导与被领导间的矛盾，影响了团结。最重要的是我遇事不够冷静，好发脾气，对人不够尊重，摆架子，耍威风，甚至盛气凌人；同时不常相信群众，不常接受群众意见，自以为是，独断独行，如在室务会议上曾经几次大发脾气，给同志下不了台，以致开会得不够愉快；有时在各组办公室内对一些有缺点的同志提出过分的批评，实际上我对人严对己宽，批评发脾气是不解决问题的，恰恰是相反，引起一些人更大的矛盾，造成了更大意见的分歧。我自觉地认为发脾气没有阶级性的，不知不觉地自己已经成为当官做老爷的派头，更没有认识到发脾气是对不满情绪而发泄的。我这种不平等待人，看人低我一等的封建家长式的恶劣作风，严重地散失了群众的自尊性，因而脱离了群众影响了团结。更重要的是我对一些工作不了解，自己亦不深入群众，不深入实际，不调查研究，主观片面来决定一切，就会使自己感到自己明明不对的，看成是对的，别人明明是对的，看成是不对。必须指出，我对青年们生活上、政治思想上、业务工作上和学习上需要解决什么问题和要求帮助他们解决什么问题，经常关心爱护了解帮助和指导不够。对青年与青年间的矛盾以及青年与领导间的矛盾不主动采取批评与自我批评，是达不到团结愿望的，更不能希望彼此间的积极性能发挥出一支强大的力量。

三、优缺点

优点：

1. 拥护共产党，拥护三面红旗，愿意跟党走走社会主义道路。

2. 有大陆地质理论与实践基础。

3. 积极参加"四清"运动，能接受群众批评。在运动后期，不冷静性格有所转变。

4. 关心干部成长，特别对外语抓得较紧。运动后期改进业务工作如提出原则性问题深入了解并能接受群众意见，有事能与党支部及群众商量。

5. 能主动投入所内外体力劳动，积极工作，表现良好。

缺点：

1. 政治学习上联系思想深入实际不够突出。

2. 缺乏海洋地质理论实践钻研与锻炼。

3. 深入群众调查研究不够，虚心求教不够，不常接受群众意见，抓小失大。

4．组织领导观点比较薄弱，运动前，有时好发脾气有时不够冷静。

5．缺乏以身作则，带动青年工作，走又红又专道路，放松科研对生产实践群众三结合的联系。

四、今后努力方向

我生长旧社会四十年，在家受封建剥削阶级思想的影响，在校受资产阶级教育的陶冶，在工作上为资产阶级服务，沾染了个人主义自高自大惟我独尊的恶劣思想。解放后通过三反、思改、肃反、反右及"四清"等伟大运动有所改进，有所提高，特别通过"四清"运动检查和鉴定，初步认清了自我缺点和错误相当严重，不利于社会主义建设和自我进步，必须承认自己也有些优点，这是客观存在。以优点和缺点来比较，当然缺点比较严重得多，这就是给我提出了今后努力的方向。我最突出的存在问题是资产阶级自高自大惟我独尊的指导思想，一切对己不利就有些反抗情绪，如对党的态度和看法，把自己看成高高在上，一切依我意见行事，我愿干什么就干什么的自由主义化。我的私有化思想表现在我室的人员是我私有的，不愿外调，一有调动就有意见。最重要的是党和人民要我多钻研海洋地质方向来指导青年，而我对大陆地质恋恋不舍，怎能对海洋地质起一定发挥和指导作用？我对处理事情方面主观片面，影响了团结。思考起来这是严重错误的问题。在目前大好形势发展下，这种思想必须扭转过来，认识了资产阶级自高自大惟我独尊的思想，既不利于党，又不利于人民，更不利于社会主义建设。因此我感到不及时争取思想改造，就会给时代所抛弃，就会给革命群众所抛弃，党对我的期待是有限的，我要自觉地主动争取改造，不要强迫接受改造。通过"四清"运动，我要以党员条件严格要求自己，进行自我革命，做个彻底改造的革命派。我对改造有决心有信心，兴无灭资，树立为人民服务观点和党一条心，忠于党依靠党，坚决跟党走社会主义的道路。以雷锋的"毫不利己，专门利人"的思想为榜样，革了"我"字当头的命，首先突出政治，政治挂帅，加强时事政治学习，端正态度，每天抓一定时间读毛主席的书，听毛主席的话，按毛主席指示办事，要求做到活学活用，联系思想，联系实际，学用结合，立竿见影，学习《为人民服务》《纪念白求恩》《愚公移山》《关心群众生活，注意工作方法》《关于领导方法的若干问题》《党委会的工作方法》《实践论》和《矛盾论》等篇。此外还需要不断学习马列主义著作，目的要挖掉封建主义，修正主义和资本主义三个老根子，增加阶级感情，提高阶级觉悟。处处以毛泽东思想挂帅，依靠党依靠组织，依靠群众，才能做好政治思想工作，树立政治领导业务，业务服从政治的思想来钻研党和人民要求我的海洋地质专业，不知不解不能的必须求知求解求能，虚心学，钻进去，踏踏实实学到手，去指导青年领导青年。我决不甘心落后，坚决要把我自高自大惟我独尊资产阶级个人主义的腐朽思想投入到无产阶级革命红炉中锻炼。形势所逼，迫切改造自己，还需深入农村劳动，放下架子，与农民同吃同住同劳动，特别要和贫下中农建立阶级感情，阶级友爱阶级互助，这是我迫不及待的请愿。我要永远记住，我是剥削阶级，我再不能为个人名利干剥削阶级的坏事，更不许惟我独尊，因而狂妄自大忘记党的领导，再不许目空一切，脱离群众，坚决虚心向群众学习，向革命化道路前进，要求做到坚强的革命意志，顽强的战斗精神，火热的革命感情，严格的科学态度和艰苦朴素的作风。我决心树立无产阶级思想，将灭资革命进行到底，一辈子为社会主义事业服务到底，尽快争取又红又专的科学工作者，把知识经济毫不保留地交给青年，培养又红又专的社会主义接班人，为党的事业，为六亿五千万人民和全世界人民作出有利于科学革命事业的贡献，尽快地为攀上世界海岸地质科学高峰而奋斗。

小组鉴定

优点：

1. 对党的领导和党的方针政策一般表示拥护，表示愿意跟着党走社会主义道路。

2．在大陆地质方面有一定的专业基础。

3．对研究室行政事务工作有一定的责任心。

4．在"四清"运动初期，对运动认识不足，以后有所提高，对群众和劳动的态度有所转变。

缺点：

1．对贯彻党的方针政策缺乏实际行动，对党委领导有时有不满情绪。

2．运动中虽有提高，但对个人存在的问题认识较差，自我检查不够认真，自我改造的决心不大。

3．政治学习不够积极，联系实际、联系思想不够，缺乏批评与自我批评的精神。

4．工作态度不艰苦，对业务不爱学习；安心海洋地质工作的思想守旧；不能实际研究工作；作风不够民主。

小组长 曾呈奎

鉴定机关盖章

1965 年 9 月 16 日

现在来看，张先生在他那一代人中，晚年是幸福的，他的身份和生活都得到了很好的保障和照顾。但他又是不幸的，中年被生硬地改变了自己从事的学术生活，"转业"到一个陌生的领域。对于 20 世纪 50 年代毕业的大学生来说，譬如秦蕴珊、金翔龙等新中国成立后第一批地质学大学毕业生，从事海洋地质学是开垦一片处女地，但对张先生来说，从陆地地质转业到海洋地质，完全是被动的，对他的学术生命来说是重新开始。但张先生的生活可以重新开始，他的学术生活的重新开始却困难重重，既有他自身的原因，但更有环境和时代的原因。

张先生 2003 年去世了，他的孙女张英也因肾衰竭过早地去世了。现在地质室的年轻的研究生们，知道张兆瑾这个名字的，估计已经不多了。

孙自平的红色人生

在网络上"百度"搜孙自平的名字，符合我所说的这位"孙自平"的只有一条：

孙自平（1910—1968），原名凤春，又名孙紫萍。山东蓬莱县（今蓬莱市）湾子口村人。

1932年在本乡任教。1935年加入中国共产党。1938年参与组织蓬莱抗日武装山东人民抗日救国军第三军第二路。历任政治部组织科长、营指导员、团政治处主任、蓬莱县县长、山东水产局副局长、中国科学院海洋所所长兼党委书记。1949年后，主要从事水产行政、科研领导工作。

网络上的这条人物简介基本正确，但关于他最后的职务有不准确之处，他最后担任的是中国科学院海洋研究所的党委书记兼副所长。他没做过所长，在1983年前，像海洋研究所这一类的研究所，往往所长是德高望重的科学家，而党委书记一般由老干部担任。

在我刚参加工作的那几年，时常听老师们谈起孙自平。1985年跟随一位老师在山东半岛海岸旅行时，到了蓬莱，在游览蓬莱阁的路上，老师

青年时期的孙自平

指着一座抗战烈士纪念碑说，那上边的碑文是孙自平题写的，他抗战时在蓬莱当过县长。晚上在旅馆里，老师就谈起了孙自平，说"文革"时孙自平有段历史说不清，抗日战争时他和另一人到一个村庄检查工作，刚坐下，就被伪军围上了。门一打开，和孙自平同去的同志正迎着门，被乱枪打死了，孙自平在门后站着，躲过了乱枪，束手被俘了，当晚就押到县城里。地下党组织很快通过关系，赶在他被押送给日本人前，第二天就把他赎买了出来。此事成了他说不清的污点，批斗他的人问，为什么两个人去检查工作，一个牺牲了，一个没事，尤其是被抓了还能活着出来？当天晚上你在伪军那儿到底发生了什么？"叛徒"成了孙自平最大的嫌疑。很快孙自平就自杀了，以死抗争来表明自己的清白。老师谈了许多关于孙自平的故事，说孙书记当过中学校长，他介绍了许多学生到延安，他是因为身体不好，当时没去延安，他把自己的弟弟送到了延安"抗大"，他的弟弟后来成了中央的部级领导……孙书记平易近人，非常尊重知识分子，他在大会上大谈知识分子尤其是做专业研究的科技人员，不要把时间浪费在看报纸上，看看报纸上的标题了解一下形势就足够了，科技人员应该把精力都用到课题研究上……孙自平的这些言论后来都成了他不重视政治学习的证据。

孙自平的名字渐渐淡出了海洋研究所，在后来编印的海洋研究所的宣传小册子中，海洋研究所的历届领导的照片和简介中，都是以所长为主，譬如童第周、曾呈奎、刘瑞玉、秦蕴珊……作为党委书记的孙自平，在这种以介绍海洋研究所学术地位和科学历程的小册子和宣传页中，的确也没有再列出来的理由。但是，对于从海洋研究所建所时走过来的那代人来说，孙书记（孙所长）的存在却是非常重要的，这在张玺、毛汉礼等人的"思想检讨"中都有记录，尤其是毛汉礼先生，在"文革"后仍对孙书记感念有加。

作为海洋研究所一代知识分子"思想改造"的具体领导者，孙自平的"思想检讨"自然有着特别的意义，尤其是，孙书记本人内心还有着更深的隐痛——在他领导着知识分子在"思想改造"时，他更要面对组织上和他的同志们对他历史的疑问——被俘后是否变节？一个夜晚的被俘生活成了他在1949年后一次次要向组织上说明和求证的隐痛，而最后，在"文革"的"横扫一切"中，他在批斗他的群众面前终于以死来表明他的共产党人的气节，但在当时他的行为是自绝于人民自绝于党。将孙自平的"思想检讨"附录于这些知识分子的"思想检讨"之后，其意义勿需多言。

在孙自平的档案中，除了他的关于其历史问题的说明和组织上给他的鉴定外，最显眼的就是"文革"结束后组织上给他的"结论"和相关的文件，现一一陈列于后：

关于孙自平同志的结论

孙自平，男，1910年出生，山东省蓬莱县湾子口村人，家庭出身富农，本人成份教员，1935年9月加入中国共产党，从事党的地下工作，1938年2月入伍。历任山东抗日救国军第三军第二路政治部组织科长，第三军二营教导员，胶东八路军五支队五五团政治处主任，蓬莱县参议长，北海专区副参议长，蓬莱县县长，山东省水产养殖场场长，省水产局副局长，海洋研究所党委书记、副所长兼国家科委海洋组组员。

孙自平同志是中国共产党的优秀党员，他热爱党，热爱伟大领袖毛主席和敬爱的周总理，忠于党的革命事业，几十年来认真学习马列主义、毛主席著作，积极贯彻执行毛主席的革命路线，立场坚定，坚持原则，敢于同错误路线和错误思潮作斗争。几十年如一日一直是奋不顾身，积极工作，为革命事业作出了贡献。

孙自平同志热爱党的科学事业，认真贯彻毛主席的科研路线和科

孙自平和所长们

学发展规划。为了搞好科学管理工作，他积极钻研业务，努力学习科学知识，任劳任怨地为党的科学事业辛勤地工作，为发展祖国的海洋科学作出了贡献。

孙自平同志作风正派，艰苦朴素，平易近人，密切联系群众，遵守党的纪律。

由于林彪、"四人帮"反革命修正主义路线的残酷迫害，于1968年7月22日不幸逝世，孙自平同志没有问题。

中共中国科学院海洋研究所革命委员会核心领导小组

1978年7月5日

关于孙自平同志脱党、被捕问题的审查结论

孙自平同志，男，现年44岁，原籍山东省蓬莱县湾子口村，家庭出身富农，本人成分教员，1937年9月重新入党，1938年1月参加工作，历任八路军胶东三军二路政治部组织科长、营教导员，五支队团政治处主任、胶东公立理琪小学校长、县及专署的参谋长、中学校长、县长、山东水产养殖场场长，青岛科学技术普及协会副秘书长等职。现任山东省水产局副局长。

据本人交代：（1）1935年9月他在蓬莱县城东大皂许家村小学教书时，由慕湘同志介绍入党，同年冬因胶东党组织暴动失败，慕湘同志去太原后而失掉联系。但他在失掉联系后仍为党积极进行抗日救国等宣传工作，至1937年9月，在蓬莱县又经于眉同志介绍重新入党。这次审干中要求组织上查清他脱党期间的情况并恢复其1935年9月至1937年9月的一段党籍。（2）1941年在蓬莱县任参议长，当年冬被派至五区（敌占区）检查帮助工作。约于12月，他与一交通员同去该区王绪村工作。当日下午，交通员被伪蓬莱县大队之便衣队郝铭传部捕获后，当即带领敌人将他逮捕，押于蓬莱县乐家口伪军据点，次日晚即由分区委通过敌伪关系营救出狱。因为分区委对他被捕到出来的情况，了解非常清楚，所以没有对他进行审查，也未停止他的组织关系。

据现华北军区政治部组织部副部长慕湘同志证明："我于1935年秋介绍孙自平入党。后因同年12月间暴动失败，我去山西便失掉联系。"另据现在青岛疗养所休养之于仲淑（1936年组织"民先"时，于任民先队长，孙做组织工作），蓬莱二区大皂乡总支副书记张福善、丁善臣、中央交通部海运总局副局长于眉等同志均证明孙自平同志失掉关系后表现较好，仍积极开办夜校向贫雇农和学生谈论苏联工、农的情况，进行宣传教育；积极参加组织民先、战地服务团等，进行抗日救亡活动，在抗战开始发动部队时期，表现坚决。关于他被捕问题，现经青岛市副市长李慕同志和省委农村工作部副部长张竹生同志（以上两同志均系当时蓬莱县委负责人）证明：孙自平同志被捕后不久，即经县、区托地方工作关系——实际是两面派关系营救赎出。据当时了解，被押时间较短，并未发生自首叛变事情，因此未作处理。

根据以上情况，我们认为：（1）孙自平同志被捕问题，个人交代与旁证材料完全相符，被捕期间政治上没有问题；（2）孙自平同志1935年底是因暴动失败，领导人出走而被迫脱党的，他在失掉关系期间，仍积极为党工作。因此，决定恢复其1935年9月至1937

年 9 月的一段党籍。

中共山东省委员会
1956 年 4 月 25 日

在该文后，有两行手写笔迹："中央财贸部于一九五六年七月十八日批复'同意'。发文号'机综字 49 号'。"

我一九四一年被捕的经过

一九四一年在胶东北海专区蓬莱县参议工作（任议长），在当年冬天（约十一月）奉派至该县五区（敌占区）检查帮助工作，至该区不久（约十二月），即被伪军捕去，住一日被放回，具体经过是这样：

该区因系敌占区，又有伪军据点，故我区公所、区中队采取分散活动的方式。约在十二月某一天我与区助理员崔炎同志，和一交通员（忘记姓名）到该区南王绪村工作。在当日下午派交通员去南面某村送公文，不料这个交通在半路被蓬莱县伪大队之便衣队捕获，该立刻变节，带领伪便衣队来捕我与崔炎同志。那时我与崔同志，还有该村村长三人在室内，我与村长在地下谈工作，崔同志在炕上小桌上写东西，毫未发觉敌已来到距我四五尺近之门边了。突然叫喊声和枪声齐响，三个敌人随着枪声跳至面前抓住了我。在一秒钟内窗上玻璃哗啦碎了，窗外敌人已跳上了窗，跳进室内，另一个敌人举枪打中了崔炎同志鼻部，崔同志当时牺牲了。当时我们在该区活动因随时准备战斗，凡一出门枪既放在袖内，一到室内枪即放在身边，那天我与崔同志在炕上安一张小饭桌办公，文件包与手枪都放在炕上身边。因为村长来了，我到地下与村长谈话，崔同志仍坐在炕上。因为敌人是由我们交通员领着来的，所以丝毫没有发觉，直到敌人掀起门帘向我开枪时，我还未看见敌人，在听到枪响时敌人已跃至面前了，不但我来不及去炕上拿枪，在炕上的崔同志也未来得及抓枪，即被敌人打倒了。

敌人打死了崔同志，立刻把我拉至门外绑起来，用枪把等物狠狠地打我，逼我说出哪些村子有八路，区公所在哪个村，让我带路。他们想把区公所全部消灭，并且想发财，我当然知道区长等都住在哪个村子，但我告诉敌人区长已带区中队回根据地了。敌人知道我说谎，更厉害地打我，最后把我吊在门扣上要枪毙我。一个敌人拿着手枪对准我的头要开枪，被另一个敌人制止了。敌人见我不说，同时时间已近傍晚，于是敌人便拉着我北去乐家口伪军据点。到了据点后，天还不黑，把我押在一个炮楼子下面，夜里又有伪军问我哪些村子存有八路公粮，我说我才由根据地来，不知道。他威吓我几句，见我不说也就算了。

第二天即有伪军对我说："昨晚即有人来保你，你不要紧了。"这天夜里十时左右，一个伪军到炮楼下拿电筒照着我喊我出去。我到了院子，见到一队伪军站在院中。一个伪军队长高喊："还不把他绑起来。"于是，上来两个伪军把我绑住，开了大门，伪军和我一块出去。这时一个伪军低声告诉我："不是枪毙你，不要怕。"又走不远，我们的伪军工作关系乐家口商会会长萧XX、朱子耕和一个伪乡长（也许两个）三四人来接我。这时即把绑的绳子解除，随着伪军一同走到村外，伪军向天打了两枪，伪军即回去。朱子耕等把我送到北林院村，朱告诉我他们营救我的情形：

原来我一被捕，我们的分区委书记与区长即刻给朱子耕等我伪军关系送去了信，要他设法要出来，他们有责任关系（怕我政府责难他们）。他们立刻召集了会，研究了营救办法，当晚他们即见了伪便衣队长，要他想法放我。因为这些人（朱子耕等）他们都与蓬莱县伪军大队长郝铭传有密切的私人关系，有的与郝是八字兄弟，有的与郝是三番子弟兄，在地方上也有一定封建势力，所以伪便衣队队长及乐家口据点伪军队长们都很尊敬这些人。但是因为捕着我之后，伪便衣队长已用电话报告了郝铭传，说是抓住一个八路干部，这样一来他们就不敢放我了，后来朱子耕等为便衣队长想出一个应付郝铭传的办法，并向便衣队长等提出保证，万一郝铭传知道了由他们负责，同时以伪币三千元作报酬，商妥第二日晚上释放我。在第二日，伪便衣队长便按着朱子耕等的办法，用电话通知郝铭传，报告昨天捉的八路干部（指我）因挂彩后出血多已不能行动快死了，不能往城里解了，要求就地枪决。郝铭传同意他的请求。所以到晚上以拉出去枪毙为名，就地把我放了。

赎我之三千元伪币，是伪乡长由当地筹的，据说伪便衣队队员（近二十人）分半数，另半数由伪便衣队长及乐家口伪军队长分得。

在我出来第三天即找到了分区委，因为区委对我被捕一直到出来的经过情况了解非常清楚，所以没有审查我，也未停止关系，以上是我被捕的经过。

孙自平

一九五五年十一月卅日

一九四一年被捕经过补充报告

我于一九四一年十二月被捕释放后，次日即向分区委书记作了报告。分区委根据事实，对照我的报告，认为我被捕后没有发生叛党和失节的行为，所以没有对我停止党的关系。后来，我在该区继续又做了一时县工作，并养了一时期病（因被捕被打，吐血病犯了），就回到了根据地。分区委把情况报告县委，县委也未对我进行审查，这是当时的情况。

该区分区委书记李荷甫同志已牺牲，组织委员李同志（忘记名字）已病故，区长韩中一及其他区干部现都健在（以下一行字迹不清——作者注）……是他交代我的工作，我被捕后区里对他有报告，所以我原来写他的证明人，当时蓬莱县委负责人是张竹生同志，现在省委农村工作部工作，他能知道我被捕的情况，可请他证明。

孙自平

一九五五年十二月一日

我一九三六年脱党的原因及脱党后的工作情况

一九三三年后，由于我经常阅读进步书刊，思想觉悟不断提高，对社会不合理现象，对国民党统治十分憎恨，开始有了参加我党的要求，无论在校内校外，均不断地为党进行宣传。在一九三四年从朋友处知道慕湘同志在莱阳乡师上学时由于政治活动被开除，因之我估计他可能是中共党员，想找机会接近他。到一九三五年我得悉慕湘同志在家无事（教小学被解雇），便托朋友（我当时还不认识他）把慕湘同志请到我所在的学校教书（当时我在此校负责）。他来校后知道我的思想进步，并看到我做了不少的政治工作，如：给高级班学生经常的讲政治课，常年为雇佃农……（此下一行字迹不清——作者注）我入了党。在我入党时，党胶东特委上的李日三同志还与我谈过话，当时蓬莱党员极少，李日三同志经常由胶东特委来与慕湘同志联系，一九三五年冬我党于胶东暴动失败后，李日三同志不见了（据说暴动中牺牲），同时蓬莱国民党县党部要逮捕慕湘同志。慕同志得到消息便于一九三六年初离开了蓬莱，后来他在天津找到了党的关系。在找到关系前他在天津生活很困难，我还接济他，直到他去太原后，才失去联系。

自慕湘同志走后，我的关系已断绝，但是我对党的工作并未停止，并且更积极地进行：

一九三六年，我办的雇佃农夜校政治内容更加充实（注：我办的农校名为"民众夜校"）……（在此下一行手迹不清——作者注）宣传抗日救国时教新文学救亡歌曲等。并在雇佃农中（学生中亦有）组织救亡小组，积极向他们进行阶级教育、民族教育。

慕湘同志走后，当年春，我又把陈迈千同志请到我所在学校教书，那时党在国内领导的救亡运动高涨，我又与陈迈千、于仲淑发起组织小学教师社会服务团（后改名抗战服务团战地服务团），推动小学教师及社会爱国人士积极进行救亡活动。不久我参加"民先"，在"民先"区队部任组织委员（于为队长、陈为宣传委员）。至一九三七年我们的活动更紧张了，为了发动武装，抗战服务团和"民先"都有很大的发展，后来这部分人，便成了蓬莱人民抗日武装队伍的骨干。

我的弟弟孙晓风这时在蓬莱县中读书，受我的教育……（此下一行字迹不清——作者注）孙晓风由我的鼓励动员他同意到陕北学习。于一九三七年初由我和于仲淑同志介绍到北京于眉同志处，再由党介绍去了陕北，现在孙晓风同志任华东军区办公厅主任。我所教育和组织的佃雇农及学生，于抗战后大部参加了我们的部队。

一九三七年"七七"事变后，于眉同志由北京回蓬莱，他便领导我们继续开展工作，于当年九月间他介绍我重新入党（他回来很短的时间即介绍我入党）。以上是我脱党期间简单情况，于仲淑、陈迈千、孙晓风、于眉同志均可证明。李华同志也知道一部分情况。请组织上查对我脱党的情况，并请组织考虑是否可以恢复我第一次入党及脱党期间的党籍。

孙自平

一九五五年三月五日

在孙自平的档案中，最早的几份档案材料 20 世纪 40 年代在胶东根据地的鉴定书，如："在职干部履历与鉴定书"，注明单位是"北海中学"，职务是校长，姓名为"孙紫萍"，此表由"胶东区党委组织部印"，鉴定日期为"三十三年八月二十日"，此时间显然是"民国纪年"，应为 1945 年 8 月 20 日，也就是抗战胜利的时候。但个人填写的"填表日期"为"1944 年 9 月 1 日"。组织上给他作出的"鉴定结论"是：

（一）政治方面：

几年来政治上的表现可分为三个阶段：第一阶段是部队工作时期。该时期政治上的表现积极进步，但大多为热情和正义所支配，而政治上的认识和修养还是幼稚的。第二阶段是养病时期。该时期是半养病半工作，时间很长，曾办过理琪小学、干过参议会、到过敌区养过病，因此这时期政治上不开展，不进步，右倾情绪滋长甚重。第三时期是来北中时期。该时期政治上有很快的开展与进步，同时也达到了坚定的程度。

（二）思想意识方面：

这一年来党性的修养进步较快，对党的工作能唯慎唯谨的，实事求是地去做，自以为是的偏向不大，这是党性强的表现，但有时工作的忘掉参加小组会，有时对党指示的工作不能及时完成，对党文件学习不够，这是组织观念弱的表现、不够的地方。

自我批评还能虚心，对自己旧思想意识的斗争还能不放松，对同志的批评有时不及时，个别的不够耐心。

对学生各方面能主动及时关心爱护，对一般群众的利益疾苦，也能积极关心帮助。

（三）学习方面：

因为神经衰弱，思考减退，记忆力薄弱，每感工作时间与精力不够，其次是对学习的重要性认识不尖锐，以为工作第一，学习第二，于是把精力时间耗费在工作上，未能严格掌握学习时间，有以上原因，所以七年来学习最坏！简直除了看报及看点重要文件（这些也不够彻底）之外，别的理论书籍，几乎一无所学，因之学习之积极性、经常性及制度的遵守，都做得不好，只是工作上的学习还是细心地研究，但是早已感到自己极需要很好的学习，看到别人的积极学习，内心感到极其羡慕焦急！

（四）工作方面：

工作上的积极性和责任心都很强，对工作从不松懈马虎。

工作深入扎实，各项工作都能深入地布置，深入检查，对工作的计划性也很好，但有时计划不够及时。

工作经常性也很好，工作始终如一，从没有冷热之分，突击性也有，但因身体弱，个人在工作上的突击性较差，工作中的创造性有。

在学校学生及教职员中，都有威信，领导方式上，对领导骨干与群众相结合的作用认识不够很好，全是在领导方式上，有手工业的领导方法，不能大胆运用干部，唯恐别人干得不周密，因之包办代替。工作干得称职、适当。

（五）生活方面：

个性略强，态度谦和，在工作中的艰苦作风很好，模范作用亦佳，言语风度大众化，服装欠大众化，能很好地与别人团结合作，能够关心别人的生活及健康，能参加各社会活动。

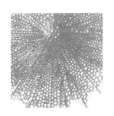

显微镜下的"微粒"

显微镜下的"微粒"

20 世纪 80 年代，我还是实验室里的学徒，一项主要工作就是在老师们的指导下，伏身在显微镜上，握一管细细的毛笔，挑选镜下托盘上的微体古生物标本，也就是一些只有放大数百倍到上千倍才能看清晰的"微粒"。这些微小的颗粒来自海底的沉积物，从海上采集回来后，经过处理，有一些"样品"就到了我的手里。于是，对照着老师们告诉我的标本照片或实物，我开始在镜下挑选"需要"的标本。譬如当时我挑选的是有孔虫，所谓有孔虫是单细胞动物中的一个门类，其中又分了若干的家族、科、属、种等等。具体的分类是门专业，在我当时工作的单位里，后来就有一位从事这项专业的老太太成了中科院的院士。我当时只是比照着"标本"，显然与学问关系不大，只是需要耐心和细心。一天下来，眼疼心焦，是必然的。最初我觉得好奇，为啥要挑选这些长相一致或相似的微粒。老师说，统计出它们在各个不同深度上的数量，可以找出当时环境变化的规律。当然不能仅仅依靠这样单一的方式，还要用上地球化学，还有氧同位素测量等等。总之，通过各种方式，得到过去的环境变化的记录。这个过去，是地质年代，与大陆相比，我们做的还是年轻的，是探究十多万年以来古海洋的演变，主要是气候的冷暖变化。

当时，最困惑我的就是，如何通过这样一粒粒肉眼看不清晰的颗粒，来找到十万年来地球冷暖变化的记录。老师们说的原理其实很简单，就是测量这些微小古生物钙质壳体上的氧 16 和氧 18 的含量变化，相应的就得出当时的气候是冷还是暖。因为对应气候温度的，是氧同位素的不同含量。从辽阔的海洋上，到海底的沉积物，再到我们的科考船，再到我们的采集管，再到我们实验室里的细细的铜筛，最后放到显微镜下载物盘上的就成了那些等待挑选的标本。然后是到精密的仪器上测量氧同位素。整个过程是越来越精细了，也越来越充满了"科学"的方法，整个过程也是一道流水线。最后我们课题组得出的研究成果就是对特定海域——譬如西太平洋十五万年来古气候古海洋变化的研究，然后是一条条曲线，通过各种方法，不同材料上得到的测量数据变化曲线，然后总结出古气候的变化曲线，这种曲线即便在我这样的学徒眼里也是有规律可循的。于是，便有了结论：譬如多少万年一个轮回，从冷到暖，对应着"冰期——间冰期"，再从暖到冷。地球就这样冷热冷热的变化着演变着，然后得出对未来的预测。当然这个未来不是五年十年也不是百年，而是地质年代，譬如未来的一万年两万年，等等。

这样说起来有些玩笑的成分，但千真万确，我们是认真的，是在从事着基础的学术研究。是否与现实相关呢？若说不相关，我们探寻的是自然的气候变化。若说相关，但显然与我们当下和明天的生活没有丝毫的关联。

20 世纪 80 年代初，我们在青岛承担举办了一次国际海平面变化的研讨会。在发言的专家学者中，有位南京来的老学术权威，指点着幻灯片上的数据曲线放言说，到 2010 年，中国的海平面要上升多少多少厘米，到 2020 年，又要上升多少厘米等。具体的数据我忘记了，但有一点记忆如新，就是 2020 年要上升 20 多厘米，2010 年好像是上升 5 厘米左右。当时会场上就有了议论，会下更是非议颇多。非议的缘由是老先生的预测的数据太具体，这个未来也太明确，尤其是大家基本上觉得自己能到时候验证。老先生当时已七十多岁，估计也就是与会的几位七十多岁的老先生看不到了。后来过了几年，媒体上有了报道，就是这位老先生的预测，并在媒体上也披露了他当时给上海的建议：就是不要再大兴土木了，更不要建高楼。

因为将来海平面上升 20 厘米，意味着大上海陆地的沉没。当时有老师在会下说，海平面的变化是多种因素造成的，不能只依靠几种方法就做如此大胆的结论。

转眼间 2010 年过去了，前两年我去上海，看到了简直让人窒息的高楼林立的世界，更别说刚刚结束的上海世博会的建筑群了。海平面的确在上升，但并非如老先生当年的预测。有一次我站在青岛海边的"海平面零点"的基准圆锥点前，想，这里就是中国海平面的 0 海拔，潮涨潮落，望无边的大海，其实别说海面上升 5 厘米，即便是上升 2 厘米，都是后果严重的变化。再过十年，就是 2020 年，那个时候，海平面会上升 20 厘米吗？

我的海岸旅行

第一次参加野外旅行是 1984 年初春，在上海崇明岛。

我们在崇明岛南门港的一个钻探井架边上安营扎寨，已经工作了一个多月，钻探的目的是获取地质样品。每天，我们从住宿的崇明县政府招待所出来，步行半个多小时，来到野外钻探工地上，然后从钻探的工人手里接过一节节"样品"，再搬入我们临时工作的一间工棚里，一溜儿排开，分别装好给各个专业带回去测试的样品。在我看来，我们的"分样"显然是以古地磁样品为主，因为一节节圆柱形的泥巴样品摆上工作台后，先要保证切出正方体形状的古地磁样品，在这正方体的四周切割下来的泥巴才成了别的分析项目的样品，例如：矿物、地球化学、粒度、热释光、孢粉、微体古生物……装入一个个塑料袋中，然后封口。我的主要工作就是给一个个装好样品的塑料袋封口。那种保鲜膜封口机，当时还是稀罕物，稍微用力多了，就把塑料膜烫糊了。

我们到崇明岛算是出野外，每天野外补贴是两元五角，若是在海上平台，还可以再高一点，具体高多少我已经忘记了，但好像是相差了几毛钱。这让几位老师耿耿于怀，说崇明岛不就是海上的大平台吗？一样都是钻探，凭啥到岛上就是两元五角！说归说，大家还是比较满意的，因为出差每天的补贴是一元八角。与出差相比，已经很不错了。当时我们住崇明县政府

1984 年春天我在山东半岛海岸。

招待所，一天的伙食标准是两元钱，在我这个第一次出远门的年青人来说，感觉饭菜已经很好了。每天的午餐和晚餐，都是一荤一素，荤菜往往是鱼，盘中几块鱼肉，我很好奇为啥我们吃的鱼只有头和尾，缺少了鱼身子。

　　在崇明岛一个月后，工作已经进展了一半多，老师们也轻松起来。因为钻探取上来的样品仅仅从外貌上看，"岩芯"的颜色就显示出了湖泊"沉积相"。Z老师说，这岩芯一层层的很清楚，也验证了卫星遥感照片显示出来的形态，当时这里是古太湖的边缘……Z老师越说越兴奋，Z老师几乎不动手参与分样，但他喜欢跑前跑后的看样品，往往从分好剩下的样品里摸一点，用手指搓搓，说，这是典型的湖相，或者说，这是典型的海相，等等。刚开始分样的时候，Z老师发过几次火，因为他发现怎么端回来的样品太稀了，起初说是刚开始，水分多正常，但接下来的怎么还如此。Z老师就去找了钻探队的人，但人家几句话给他顶了回来。还是张老师有经验，又去了钻探队。回来就和Z老师商量。Z老师最初很不高兴，说怎么能这样对待工作！但张老师说了几句，Z老师不说话了，只说，你看着处理吧。原来是钻探队的人嫌弃他们的作业补贴低，在消极怠工。但我们需要的样品不能消极怠工啊,最后张老师去和他们的队长谈判,按照钻探进度,以米来计量,每米增加补贴多少多少,这个问题才解决。当时我刚参加工作,还不懂这些,听得懵懵懂懂似是而非,现在印象清晰的就是,Z老师当时愤愤然扔下一句话,他们怎么能这样对待科学!然后就离开了房间。Z老师离开后,在场的老师和年龄比我稍大点的同事都笑了,说,他还和人家谈科学啊,人家就是来出力挣钱的。

记得是在一个星期日,钻探工作告一段落,一大早,我们租了一辆面包车,沿着江边,环绕崇明岛跑了一圈。每到一处,大家就下车,沿着堤岸,跟在Z老师和张老师身后。我们几乎是一路小跑,Z老师走路很快,我们要小跑着才能跟上。Z老师是北京大学地理系毕业,张老师是南京大学地理系毕业,一直从事的是中国海岸近15万年以来海平面变化的研究,野外调查对他们来说是家常便饭。Z老师一边沿岸观察,一边感慨:都破坏了都破坏了,可惜可惜!Z老师说的破坏是指崇明岛的江堤都被严丝合缝地用一块块的石头堆砌好了漂亮的堤坝,我怎么看怎么觉得这样没啥不好,但当时不敢说出来。后来跟着Z老师跑野外多了,我才理解他为啥要说这是破坏了……

从崇明岛回来不久,我就跟着Z老师又上路了,开始山东半岛海岸的旅行。Z老师带着我和W乘坐一辆北京吉普从青岛出发,沿着海岸跑,威海、烟台、蓬莱……我们旅行的目的是寻找"点",什么"点"呢?是为了将来在青岛召开的中国海平面变化研讨会和国际海平面变化研讨会的地质旅行做准备的,是我们先"踩点",以便将来引导与会的学者来现场看"海平面变化"的"证据"。当时我们课题组以Z老师为主,刚刚拿到了一个项目,就是"国际地质对比计划第200项"。这个项目是关于全球海平面变化研究的,而"中国工作组"的组长就是秦蕴珊先生,秦先生虽然看上去已经白发苍苍,其实也才五十多岁,当时担任我们海洋研究所的党委书记和副所长,是我们研究所海洋地质学的学科带头人,刚刚拥有博士生导师资格。Z老师担任"中国工作组"的秘书长。这个项目的中国工作组的秘书组就自然落在我们海洋研究所,再具体点就是海洋地质室我们的课题组里。我们所在的办公室位于"生物楼"的二楼 211 房间，因为办公室已经人满为患，经过打报告到所里特批，在对面的"水族楼"的二楼又临时给了我们一间办公室，也是 211 房间，大家开玩笑称之为"P 办"。当时 P 办里放进了三张桌子，两张新买的写字台，还有一

1984 年春天，赵松龄老师在山东半岛海岸。

张旧桌子——有三个抽屉的那种老式办公桌，是苍老师一直使用的。当时这三张桌子，分别是 Z 老师、苍老师和我使用。因为是"国际地质对比计划 200 项"，有大量的与外国学者的信件往来，英文就由刚从英国剑桥大学回来的苍老师负责了，Z 老师主要负责"中国海平面变化"的研究和项目的事务性工作，而地质旅行就是这些事务性工作的一部分。山东半岛海岸是我们的重点所在，因为届时带领来参加研讨会的学者们旅行也只有在山东半岛海岸旅行才方便。这个方便有两重意思，其一是，山东半岛的海岸地貌留下了适合"海平面变化"地质旅行的"景点"；其二是，在山东半岛海岸旅行对我们来说，接待起来也很方便。

我们乘坐北京吉普，跑遍了山东半岛的海岸。Z 老师带着我和 W，W 比我大了两岁，已经是很有野外经验的"老人"了，他喜欢摄影，带着一架照相机，我们在野外的照片都是他拍摄的。我后来跟着他，学会了暗房冲洗黑白照片。那个年代，我们主要是黑白摄影，彩色胶卷还是稀罕物。当时出野外，我们也会带上几个彩色胶卷。从我们研究所的库房里领彩色胶卷，需要找所领导签字，每次出野外，我们都会找秦先生签字。一个柯达彩色胶卷，用我们所内流通的课题经费"代金券"，需要 21 元一个，后来降到 19 元。在有了福日彩色胶卷之后，福日彩色胶卷当时用代金券是 17 元一个。Z 老师带着我们，乘坐我们研究所里的一辆北京吉普，从

青岛出发，沿着海边跑，一路直到荣成的成山头，也就是"天尽头"，然后烟台、威海、蓬莱……在从烟台到威海的路途中，Z 老师带我们重点勘查了"柳夼红层"。柳夼是一个地名，所谓红层是海边的一个"红土崖"，突兀地矗立在海边，与周边的海岸地貌明显不同。这样的"红土"如同黄土高原的黄土，是怎么形成的呢？风输送过来？这片海岸成了后来我们举办海平面变化研讨会的野外旅游线路的重点景点之一。那一周的旅行，给我留下了深刻的印象，跟着 Z 老师，对山东半岛的海岸地貌有了具体的认识，尤其是到了晚上，在招待所房间里，听 Z 老师聊天是很大的享受。他古今中外，天南海北，什么话题也能聊。有许多书，就是从他的聊天中我知道的，后来我去书店买回来读。

1985 年夏天，跟着 Z 老师，我们又去了无锡苏州，沿着太湖转了一圈，旅行的目的是为了看今天的太湖，以对比"古太湖"。当时我们所做的课题就是长江水下三角洲的古地理古环境研究，后来的课题成果收入在《东海地质》一书里。用 Z 老师的话说，古太湖的外围当时是在今天的舟山群岛，随着海平面的变化，海水入侵，才形成了今天的形态……后来我们从杭州一路南下，到了福建的厦门泉州，沿着浙江福建的海岸继续旅行。现在想想，当时我们真是"奢侈"啊，每到一处，雇一辆出租车，然后就开始沿着海边跑。那个时候的出租车还不普遍，像我们这样一天天包车的还不多。那次旅行给我最深印象的，就是江南的富庶，例如在杭嘉湖一带，吃饭已经不要粮票了，当时我们出差和出野外都要带着"全国粮票"，在山东半岛旅行时，每天吃饭都要交上粮票，而在苏州嘉兴昆山等，一大碗白米饭上来，管饱，不要粮票，还可以添饭，也不要钱。而在福建海岸，给我印象深的就是到处都是山区，见惯了山东半岛的丘陵，面对福建连绵的大山，那种浓厚的绿色，看得我眼睛都觉得疼。

20 世纪 80 年代中期的那几年，是我参加地质旅行最多的时候，尤其是跟着 Z 老师，我不仅开阔了视野，也学到了许多海岸地貌知识，对海平面变化有了深刻的认识。往事已经渐行渐远，但往昔的风景依旧挂在眼前。

"科学一号"船上的读书

记不清是谁说的话，大意是一个人在年轻时总有一次或几次难忘的经历会给他的生活和思想带来深远的影响，甚至改变他的人生道路。对我来说，几年前的那次海上长时间的读书生活就是一次终生难忘的经历，对我的思想和生活有着极大的影响。

在 1992 年 10 月 24 日的日记中，我写道：

午 2:00，青岛前海码头。简短的送行仪式后，我们在"科学一号"船上与码头上的人们挥手告别。没有特意来送我的人，遗憾吗？早晨离家时，妈妈和姐姐在阳台上为我送行。

舷窗外已漆黑了，船身有节奏地起伏。想想有点不可思议，这些天的紧张、浮躁和焦虑，一连几夜的失眠、噩梦，在这有节奏的轮机轰鸣声中全消失了。我一直担心自己会被拒绝上船，现在这一切担心都成多余。从春天到现在，我

《海上日记》书影

这是第三次上"科学一号"。今年大半的时间是在海上了。

现在想起来，能参加那次航行，实在是一个机遇。1992 年对我有着特殊的意义。春天，我两次乘"科学一号"参加了黄海、东海及冲绳海槽的考察。在黄海，我得到一个意外的收获，在我的船上日记中，我曾记录了这一收获的情景：

1992 年 5 月 31 日日记：

上午涌浪大，船晃。海上没有阳光，一片悲凉。作业顺利，大家都格外小心。因第一个航次临近尾声了，再有几天就到上海靠港了。近十点，在济州岛海域，我们进行海底拖网。网提上来时，满网石头。费了好大劲，才将石头倒在甲板上。我一眼看中一块石头，长条形，有一"刀把"。我拿在手里时，感觉告诉我，这不是石头，而是化石！我赶紧跑到水龙头前冲洗，原来是一只残损的"鹿角"！

"科学一号"船

这一片海域晚更新世末期曾为陆地，生活有猛犸象、麋鹿等动物。我想这应是一只麋鹿角化石。这实在是一个意外的收获！

夏天回到青岛后，我的腹部时常有痛感，我极担心自己的身体出了问题。到医院检查，也没发现病变，医生说这可能与海上生活劳累有关，嘱我注意休息。我知道自己的身体没大问题后，便去了北京。

我从北京回来后，"科学一号"欲进行西赤道太平洋考察。因一种"机遇"，我再次随"科学一号"航行了。当时我的腹部仍然时常有痛感，我很担心在上船前进行的体检时被亮出"红牌"。直到船开出港湾后，我悬着的心才踏实下来。我渴望这次长达 140 多天的海上生活，我想这会揭开我生活中新的一页。我精选了几本书带上船，准备在船上认真研读，其中有陈鼓应的《老子注译及评介》和《庄子今注今译》，许靖华的《地学革命风云录》，《查理士·达尔文和在贝格尔舰上的旅行》和达尔文的书信集及回忆录，房龙的《人类的艺术》等。我的潜意识里隐隐约约有一种感觉，这次经历会影响我将来的生活，因此，我特意带上船来有关达尔文航海生活的书籍。在我第一天的日记中，我还写道：

也许是尊崇达尔文的缘故，我总是想着达尔文的航海生活。尽管我知道，这是无法相比的，但对个人的生活来说，我还是愿意以达尔文的海上生活来影响我，对于现在的海洋考察，140 多天一个航次已是漫长的了。达尔文开始他的环球航行时是 22 岁，结束回到英国已是 28 岁。达尔文上船时对自己的身体非常担心，但他坚持进行了长达五年的航行生活。

1992 年 10 月 25 日日记：

"贝格尔舰上的旅行，是我一生当中的最最重大的事件，并且决定了我的全部研究事业。"在达尔文的晚年，他回顾 22 岁时乘三桅

军舰作环球旅行时，写下了
这一句话。

　　本航次是进行 TOGA
COARE 考察。对我来说，我
并不是一个参加者，而只
是一个"搭乘者"。TOGA
COARE 考察属海洋与大气物
理学领域，而我对大气飘尘
的采集则是从海洋地质学出
发。开始读达尔文的旅行日
记，有一幅他 28 岁时的画
像，他的热诚深沉的目光震
慑了我。他出海前写给姐姐
的信流露出他的忧虑，担心
不能出海的心情溢于纸上，

《海上日记》文字

我深有同感。这本书是 1958 年科学出版社第一版，需小心读，尽管
是精装，但书脊已脱落，内中有些页已斑驳散开。译者是周邦立，
1984 年我曾从图书馆借阅过他写的《达尔文生平》，也是科学出版
社版，硬面精装，封面上是达尔文画像，背景是一只三桅帆船。达尔
文不喝酒，我很高兴。船上的人少有不沾酒的，尤其是在单调孤独的
海上航行中。从 1984 年夏第一次出海到现在，我已适应了海上的考
察生活，每次参加海上作业，总有一种兴奋，但晕船时却极后悔到船
上来。回到陆地就忘记了晕船的滋味。晕船已能抗住，但喝酒却无力
承受。

　　领取本航次纪念封，正面印有一艘考察船和标题：

　　国际海气耦合研究实验纪念 1992.11-1993.2

　　背面：西太平洋海域"暖池"在全球气候变化中的重要作用早为
我国科学家关注，实验研究该海域海气交换及其对不同尺度天气系统影响是此次国际海气耦合实验强化观测的重要目的。

1992 年 10 月 26 日日记：

> 早餐后登上驾驶台顶，选好放置采集仪器的地方。
>
> 读达尔文在海上写给他父亲的第一封长信，关于晕船的描写引起我的回忆。从昨晚起，我的腹部时常发疼，这影响了我的心情。达尔文说得对，若不晕船，人们都会选择当水手的，船上是阅读和开阔视野的好地方。
>
> 午睡后开始读《地学革命风云录》。许靖华的"独白"有启迪心智的力量，他对"格洛玛·挑战者"号的航行（深海钻探计划）给予极高的评价：一条船带来了地学革命。这本书叙述的故事都是围绕这艘船和从事深海钻探计划的人物展开的。

那一次航行的最初几天，因是在开往考察区的途中，而且为躲避热带风暴，还在舟山群岛海域避风，这样我有了充裕的读书时间。常常是几本书交替着读，这也是我在船上的读书方式。几乎每天读几页达尔文的书信和日记，再读一段许靖华对深海钻探计划的描述。这样我就能延长一本书的阅读兴趣和时间，在船上是要给自己留好精神食粮的。每天还信手翻一段老子，不求甚解，只守一种心境。读达尔文的叙述旅行生活的信，产生了一种印象：不同的时代造就不同的人，19 世纪属于幻想、大胆进取的时代，那样的"浪漫"旅行今天已不复存在了。但那种浪漫旅行之艰苦也为今天的人所难以想象。贝格尔舰排水量是 240 吨，科学一号是 3500 吨，这种差别只有船上的人才能体会，更何况生活条件的悬殊。在日记中，我曾写道："读达尔文的食谱，我们的简直是太奢侈了。"从达尔文的信中也可看出他慢慢发展的对科学事业的挚爱和对宁静的蔚蓝色海面的热爱，以及他在海上的孤独、忧伤和对家乡的思恋。读着他的内心的流露，不仅启迪我的思想，也勾起一种忧郁。在这次航行最后的日子里，我不读达尔文的信了，因长期的船上生活，已使我的精神陷入极度的孤独和烦躁中。但《地学革命风云录》陪伴了我整个航次，也正是这次船上的阅读，加深了我对许靖华的理解和对深海钻探计划的认识，这影响了我后来的读书生活。许靖华在书中描述了地质学者的献身精神，并为初学者提供一个从事科学研究的范例。他认为科学是人类同自然搏斗的经验总结。"在科学事业中，既有嫉妒、自私、妄自尊大和渺小，也有豁达大度、质朴、虚怀若谷和公正无私。"他的客观态度也影响了我，使我少了年轻人的偏激和极端。

1992 年 10 月 27 日日记：

> 如果一个人能够在增加知识总量方面贡献无论怎样少的成就，这总是一种很值得尊敬的生活的使命。而一个人是能够去追求到这种尊敬的。我相信我已认识、理解了航行中的达尔文和他的思想的发展。从达尔文 1833 年 9 月 20 日写给他姐姐的信知，他开始吸烟了，也许是为了克服旅行中的寂寞和孤独吧。

> 午餐后至后甲板上，左边不远处的海面上耸立着一个不知名的小岛，整个一大块怪石被海浪撕咬得触目惊心。科学一号已驶往台湾外海。船上有人说我们好比囚犯将在拘留所里蹲上半年。人在船上能活动的空间太小了，四周是茫茫的水，海鸟的影子也难见到，怎能不孤独呢。

> 船身颠簸得厉害。在前俯后仰中读达尔文的家书。达尔文在航行的第五个年头写给姐姐的信中感慨他的怀乡的心情，他在船上时常生病，那时他们的船在太平洋上的澳洲海域。科学一号的第一个停泊港是巴布亚新几内亚的腊包尔港，也在澳洲海域，不知达尔文是否到过。根据计划 12 月 7 日我们将靠港。出海第四天，却感到已经很长时间了。

在"科学一号"驶往西太平洋的途中，我已读完了达尔文的书信。这种阅读有些快了，可他的书信实在吸引我。比起春天的两个月的海上生活，这次航行我的心情和身体都要好得多，一来那两个航次是我所在课题组的考察任务，海上进行了繁重的海底地质采样，二来少有读书的时间，而且在冲绳海槽还遭遇到大风。连续几天的大风，"科学一号"如一叶小舟在海上随风摇摆，大家的心情恶劣，晕船的人也多，到前厅打饭的人顿时少了。那时我的身体明显不适。这次航行，也许是"搭乘者"的缘故，心情轻松，身心负载皆少，除了风尘的采集，就是读书生活了。

达尔文的海上书信，对我的精神有极大的益处。他旅行尾声对家乡的怀恋，对海上生活的厌烦，对旅行的疲倦，对宁静生活的向往，对规律工作的渴望，在我，有一种深深的共鸣。读达尔文的"笔记"要比读他的书信吃力得多，他的"笔记"体现着他的求索态度和工作方法。他的"笔记"是他在旅行中的素描，一种资料的积累，最终成为他终生研究的"原始档案"。当然，有许多工作是浪费了他的精力和体力。在从事一项目标并不明确的工作中，最初的阶段难以避免徘徊和错误。而许靖华之所以要写《地学革命风云录》，也正是给初学者以经验。

我在船上的工作是进行海上风尘的采集，目的是通过对大气飘尘的采集，来揭示风对大陆物质"搬运"的影响和作用。我很高兴，在一种偶然中，我置身于这项极有意义的工作。我的这次航行从工作的意义上讲，与达尔文有关。因为对于海洋中的风尘，最早进行科学研究的可追溯到达尔文。1846年，达尔文在旅行中，对落在贝格尔舰上的大量风尘进行了研究，又对比从海底采集上来的沉积物，提出海底主要是由风尘铺成的结论。但我在挑选带上船来的书籍时，对"风尘"的考虑并不多，因为这只是一种海上的采集工作，只是我的任务，是需要"体力"来完成的。我之所以带达尔文的书，是因为达尔文的旅行和他的思想早已植根于我的头脑中，并成为我所尊崇的人！但我没想到的是，就是这次航行，最终造成了我对他的思想产生了怀疑。这种怀疑源于许靖华的《地学革命风云录》。尽管我仍然敬佩达尔文的旅行和他的治学精神和毅力，但我在接受了许靖华的观点后，将达尔文和他的思想分开了。我知道这种"分开"是矛盾的，但我仍然尊崇达尔文，否则，属于我生命中的美好的一部分也会被埋葬的。

1992年10月29日日记：

昨夜船晃了一夜。早醒来时，船已停，在剧烈摇晃，桌上的东西滚落地上，涌浪打在舷窗上如纯蓝墨水般颜色。在房间站立不稳，勉强洗漱。窗外恶浪滔滔，后甲板上正在作 CTD，已进入"调查区"。早餐打回稀粥咸菜。忆起王蒙的"坚硬的稀粥"，在船上这可是真理！

这里在台湾东南，水深近 5000 米，颜色深黛，已属黑潮流系。最早知黑潮名，是读中学时，买日本德富芦花的小说《黑潮》，知道这是一条太平洋的暖流。今日亲见。

午，至船驾驶台顶上，放置采集器在气象仪支架上。用特制的薄膜来"接"随风而来的飘尘。这样干净的海空，飘尘是感觉不到的。船自由摇摆，有一阵我感觉船顶欲与海面相接。后来得知，当时船晃幅 25°。极目远眺，海辽阔得让人难受，人真是渺小。

晚餐后坐在后甲板上。黄昏的海洋，没风，但涌仍大，船在"自由"摇摆。远处海天线上，厚重的云层重峦叠障，蔚为壮观，这在近海未曾见过。

在船上的日子，一般每天我都要读书，并作详细的笔记，这样也给单调的海上生活增添许多内容，使得心情保持一种平静和愉快。但在海况不好的日子，船晃得让人难受的时候，我就难以读书了。只好如躺在"摇篮"中，随风飘摇了。在海上采集飘尘也是困难的事情，因海上的天说变就变，一片云就是一种脸，船在这片云下，还是晴空万里，一阵风来，便是乌云压境，大雨滂沱。尤其在热带海域。

1992 年 10 月 31 日日记：

早只打回小米稀粥，香。船在颠簸中航行。想达尔文那一代人，环球五年，在贝格尔舰上该是怎样滋味。生活肯定无法与我们相比。达尔文上贝格尔舰要自交伙食费用，激励他的是对自然的热爱，是发展起来的献身科学的精神。而在我们这一代人中，缺少的正是这一种精神。科学已成了谋生的工具。记得爱因斯坦说过，大意是在健康的社会里，任何有益的活动都应当使人过一种像样的生活。

关于 TOGA 考察，"科学一号"是九艘定点观测船之一，是提供数据的整台"机器"上的一个"零件"，现代科学的发展，一切在目标明确的"组织"中进行。达尔文当年的目的就是为了创立"进化论"吗？其实他上船时的任务是考察贝格尔舰所到处的"博物"。晚读了几页达尔文的笔记。他的笔记就是纯粹的"笔记"，就是当时他认为重要的所见，尽管后来许多并无用处。

1992 年 11 月 1 日日记：

在 1832 年 11 月 1 日，达尔文在航海笔记中写道："这几天非常平静和愉快，好像静寂会缩短距离，时常想念家乡。"这种心情也适合今天的我，尤其在船顶看静寂靛蓝的汪洋时。打晚饭时，见一只海鸟在舷甲板外盘旋。青岛的海鸥是淡灰白色的，也没有这样大。在大洋上与在渤黄东海上不同，那里的颜色也不让人发愁，知道靠近陆地。而在这里，尽管知道菲律宾的岛屿就在"旁边"，可仍让

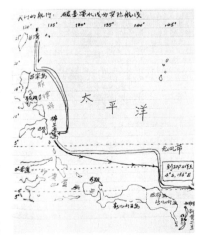

《海上日记》文字

人发愁。这种深厚的海水的颜色留存给人的印象过于强烈。想念青岛海边的黄昏。

读《科学史》，几页关于数学的介绍引起我的兴趣，如欧几里得几何、阿波罗尼的圆锥曲线以及九章算术。在中学里，老师在教公式时能讲些有关的历史多好，让学生知道来历及表达的内涵，这会增加学生的兴趣和求知欲望。任何一门科学，原本不是枯燥、只讲一些抽象的公式，是人们把它工具化了，割裂了它本身的美。科学是对自然美的一种反映，可现在，科学更多的只是知道"有用"，而勿需认识它的美。想起在中学时教我五年数学的老师，感谢她给我打下的数学基础，更多的是一种学习方法。也许因她的严厉吧，在怕她的同时，我的数学学得比理化要好。

1992年11月2日日记：

黄昏壮观。铅灰的云连绵在海天线上，一轮橘黄色的火球衬托其间，晚霞的余晖铺一道波光闪烁的金路直达"科学一号"。不远处便是写意的棉兰老岛。傍晚，透过舷窗看太阳渐入海里的情景，心灵颤动了。难怪诗人总爱写黄昏时的感情。中舱里不知谁在放磁带，是"二泉映月"，如泣如诉的音乐让人听了忧伤。

在实验室看墙壁上的世界地图。青岛远了，太平洋就在眼前。找到我们12月中旬才能靠港的腊包尔。巴布亚新几内亚的腊包尔，在新爱尔兰岛的南端，其下便是新不列颠岛，再往下是所罗门群岛，形成了一条长链，或说一串珠子镶嵌在赤道太平洋上。从这些名称上，可以想象他们被"文明人"发现的"故事"。

今天除读了几页达尔文的笔记外，没读其它书。达尔文无疑具有独特的品质，他的思想对于历史的进程有着极大的影响。现在，科学已"超越"了达尔文的时代和他的科学事业，已成为"职业"性的专业，使得个人就像是"科学一号"船上的零件一样，尽管不可缺少，但也是可替代变换的。达尔文的"故事"还能发生吗？

查阅日记，我看到在 1992 年 11 月的上旬，我已读完了达尔文的笔记。也就是说，在整个航次的十分之一时间里，我已读完原计划用整个航次时间来细读的几本达尔文的书。与此同时，《地学革命风云录》也已读完，这已是我第二次读了，在船上读此书比在陆地上要认真得多。正是因此书，使我"认识"了许靖华。但当时，我并不知道许靖华从深海钻探的科学实践中，得出了反对达尔文思想的态度。但在他的这本书中，已有所涉及，但还只是留下一个"疑问"，从而也给我留下了一个疑问。直到 1993 年的秋天，我在南京时，曾偶然听了许靖华的一次学术讲演，他在讲演中对达尔文思想进行了质疑和批评，这强烈地震动了我。我从一位古生物学家处找来许靖华的另一本书《大灭绝》，读后才理解了他何以反对达尔文的思想，并"清算"了我自己内心中的对达尔文思想的认识。后来，因一个"机缘"，我写了"关于许靖华和他的两本书"，谈了我对许靖华的认识和理解，另外，也是对海上这段读达尔文的生活打上了一个句号。但达尔文的回忆录依然是我的常翻书，他的《物种起源》仍摆在我的书橱里的显著位置。

在海上读完达尔文后，接下来的几天，我陷入一种浮躁中。我失去了刚上船时读书的心态，那几天我是为读达尔文而读书。这样迅速地读完计划整个航次要细读的书，出乎我的意料。这也看出海上的时间给我的感觉是多么漫长，一天要读好久的书才能把这寂寞单调的日子打发走。老子也不能使我的心灵平静，有时在后甲板看日出日落，想象着庄子的"逍遥"，但却无法从船上单调的生活中超脱出来。

从这以后，我开始无目的的读书了。每天除了几次上下船顶部采集风尘外，我在一种单调的生活中度过海上的日子。我带的书很快读完了，我发现我犯了一个难以弥补的错误，这就是我不该只带"阳春白雪"，其实我并不知道我对孤独的耐力和自己的毅力，人毕竟是陆地上的生灵。在大洋上这种如禁闭般的船上生活中，日子稍长也就失去了读书的乐趣，在周而复始的"摇篮"中，正是无聊乱翻书。幸运的是我在机匠阿林的船舱里寻找到"宝库"，在他狭窄的舱室里，有着颇为丰富的藏书，在以后的日子里，这成了我的精神食粮。在接下来的 100 多天的日记中，虽仍有关于读书的笔记，但已没有了起初读书的体会了。在最后的一段时间，陪伴我的是金庸的《鹿鼎记》，给我如箭的归心添了些许安慰。不过，这些已属于另外一个话题了。至今想起来，我却有一种怀恋这种在海上的读书生活，尽管那些日子给我的身心都带来许多的不适，但当这一切都透过时光老人手里的筛子随风而去，这些留在记忆的"滤膜"上的"风尘"，就成为我内心中永远的精神"标本"。

人生写一本寂寞的书

一位已逾耳顺之年的学者端坐在桌子前，戴着一副老花眼镜，一只手捧着一本未打开的大 16 开的硬皮书，一只手在淡蓝色的封面上磨挲着，又一页页轻轻翻览审视着，神情透着陶醉和遗憾。这幅"画面"是 1995 年秋天我在一位学者的房间里偶然看到的，原来这本淡蓝色封面的书是他第一本自己的书，"为写这本书，花费了三十多年。"他话语中含着感慨，"从开始搞这个专业到现在，成果都总结在这儿了。"他捻捻书页，"纸张再好一点就好了。"他欣赏着这本"处女作"，像是呵护着自己刚来到人间的孩子。这本书是关于海洋地质学的专门著作，除了极少数的专业人员，谁会来读《中国浅海沉积物地球化学》这样的书呢？用他写在书前的话说："力求突出总结自己所获得的第一手实际资料，不搞什么'旁征博引'，以奉献系统的、可靠的、可供比较的基本资料为宗旨。"其实这也是这一代自然科学学者所信奉的宗旨。这幅画面深刻在我的记忆里，让我心底深处时常抖动一下，也让我对人和书有了别样的感悟。

正因了这幅画面，当我接过一位名誉上已离休的老先生送我的一摞论文报告抽印本时，不由脱口而出："老师何不写一本总结性的专著呢？"老先生从事的是极专门冷僻的学问，钻研一种微小的单细胞动物——放射虫，孜孜讫讫四十多年，为中国海的这种单细胞动物建立起一个庞大的"家族谱系"，可谓从一滴水里看世界了。但这门学问在时下已被归入"黄昏学科"，后继乏人。在我的再三鼓动下，老先生下了编书的决心，几经波折，书稿终于完成了，且出版在望。我与老先生已相交十年，本来老先生把我看做"关门弟子"，我知道这要让老人失望的，何况我的生活选择毕竟与之相差甚远，这种"实验室里的寂寞"与"寂寞的读书"其实是两种不同的生活。因书中有我的一点劳动，也弥补了因辜负老先生的期望心中所存的不安。记得董桥先生曾说："作家是需要寂寞的滋润的。"而对于这些一生过着纯粹"实验室生活"的学者来说，选择纯粹的学术，这种寂寞，不仅仅是需要，而是生活中必定浸透着的深深的寂寞。老先生的这本冷僻专业的书出版后还会有年青人来研读吗？一想到这本还未面世的大书，眼前就浮现出那间宽敞而冷寂的"海洋生物标本陈列室"，老先生的"大书"在一行行排列拥挤的"学问"陈列橱中，其实只能摆放在其中一个不起眼的橱子一排排横格的一小格上。这些密集排列的橱子的每一小格，几乎都是一位或多位老先生一生的劳作啊。我想将来我肯定会好好收藏一本老先生的书，是的，是"收藏"。

冬天，一个没有阳光的日子，窗外刮着冷雨，为了几张"老照片"上的人物，我来到因放置一排排标本橱而显得拥挤狭窄的标本室，采访一位已和海洋动物标本打了六十多年交道的老人。老人春天时刚经历过一场大病，从秋天起又坚持着天天来守护这座他亲手建立起的"精神家园"。我进去时，老人正在一本打开的大书扉页上写着什么。听到我进来，老人把书放到一边，热情接待了我。仔细辨认着半个世纪前的那些老照片上的人物，那上面留下了他们那一代人的青春和理想，老人指着一张在船上的照片说："这是1935年我们第一次来青岛进行胶州湾动物调查时的合影。"介绍完老照片上的人物，老人用两手把那本大开本的书取回来，我看到在扉页上有一行端正清秀的楷书，是请某先生"指正"的，落款写"马绣同敬赠"。老人告诉我，一位台湾学者邮寄给他一本关于海洋珍奇贝类动物的图册，他这是回赠一本自己刚出版的新书。我看了一下封面，硬皮封面上印着：

中国动物志 / 软体动物门 / 腹足纲 / 中腹足贝 / 宝贝总科

　　我又特意看一下字数，印着 42 万余字。在这本"志"里，老人汇集了中国海所有形形色色的"宝贝"，这些"宝贝"在学术之橱里其实也只占了很小的一点空间，而要填满这一点很小的空间，老人已耕耘了半个多世纪。老人说："我让你看看他从台湾给我寄来的书。"老人兴奋着起身从橱子里略显吃力地端出一本厚重的印制精美的大书来，老人一页页翻着，为我介绍着这些罕见漂亮的各种各样的海螺，老人的脸上浮现出如儿童般的幸福。

　　如果说人生就是一本书，"这一代人"的书从表面上看显得单调贫乏，但内涵却丰富博大、耐人咀嚼。这实在是一种平凡而又伟大的人生写就的书。

寻访宋春舫

　　1996 年春季的一天，在一个有许多人参加的聚会上，当谈到一位历史上的人物时，我脱口说这位先生还活着，刚出版了一本书。这位先生就是宋春舫。

　　不久，我发现了我的无知和可笑，原来宋春舫早就去世了。我的错误缘于一则图书广告，在辽宁教育版的"书趣文丛"第三辑书目中，有一本是《欧游三记》，著者是"宋春舫等"。在这之前，我已读过这套丛书第一辑和第二辑中的几本，大多是一些文化老人的读书随笔，这给我造成了一种错觉：丛书第三辑的作者也该是健在的吧。于是，我放言宋春舫还活着，并承诺做向导带着那几位先生寻访老人现在家居何处。那几位先生一心想得到宋春舫的下落，他们只知道宋春舫是一位文学家，不知道宋春舫是否还在人间。那几位先生供职于青岛海洋水产博物馆。从他们的谈话中，我得知宋春舫是当年倡导修建青岛水族馆的发起人之一。这让我非常惊讶，宋春舫和海洋水产博物馆，二者之间隔得也太远了。若不是博物馆的一位老先生引领我来到如古城堡般矗立海边的水族馆楼内的一块石碑前，我仍会保存着这种隔膜的感觉。这块镶嵌在山墙中的石碑，刻着当年发起人和募捐人的名单。我看到在鼎力促成水族馆建成的名单中，宋春舫的名字赫然醒目。从这位老先生的嘴里，我了解到一段尘封的历史。原来在 1930

年，时任青岛观象台台长的气象学家蒋丙然和文学家宋春舫两位先生倡议建立青岛水族馆及中国海洋研究所。这一倡议得到了蔡元培、杨杏佛、李石曾诸先生支持，经他们多方奔波四处呼吁捐款集资，历时一年多的时间于1932年建成这座城堡般造型的青岛水族馆，旨在普及海洋知识，促进海洋科学研究。这座水族馆，从某种意义上说，是我国现代海洋科学的摇篮。因为1936年，在这座水族馆里，成立了国立海洋研究所。但紧接着"七七"事变，这个海洋研究所的工作并没能深入开展。但后来青岛成为海洋科学城，却与当年的这一段历史有着密切关系。老先生指着这块石碑说，这块石牌在"文革"时险遭毁坏，因为那上面的许多名字，都属于"另册"。他情急生智，找来一张毛主席语录贴在上面，从而把这块石碑保护了下来。今天这块石碑已成为历史的"碑刻"。老先生又引我来到大门外的墙基石处，指着一块表面已被挫得凹凸不平的基石说，那上面刻着"国立海洋研究所"及修建日期，"文革"时被青岛某海洋研究所的造反派跑来用锤子给敲掉了，造反派说"这里怎么能说是国立海洋研究所，我们的才是"。

青岛水族馆

青岛水族馆正面

水族馆近景

老先生感叹说，当年倡导修建水族馆的人几乎都去世了，只有宋春舫不知道下落如何。我说让我来联系看看吧。我想和"书趣文丛"的策划者联系一下，打听一下宋春舫现在居住何处。

我的寻访结果可想而知。当我得知出生于 1892 年的宋春舫早已于 1938 年逝世时，我很为自己的孤陋寡闻惭愧，同时，又为先行者感到遗憾。我曾特意询问过多位从事海洋科学研究的中青年学者是否知道宋春舫这个名字，遗憾的是很少有人知道宋春舫和中国海洋科学的摇篮有着密切关系，甚至有人根本不知道宋春舫为何许人。是啊，一个早已去世的戏剧家怎么能让现在的海洋科学家知道呢？当年倡议建立青岛水族馆和海洋研究所的蒋丙然、宋春舫两位先生，一位文学家，一位气象学家，不知道当时他俩是如何走到一起，怎么会想到建立海洋研究所的？蒋丙然先生作为气象学家已在中国的天文气象学史上留下了自己辉煌的名字。作为文学家的宋春舫身后却是寂寞的，我曾查过中国大百科全书中国文学卷，在现代文学家和戏剧家的人物条目中都见不到他的名字。后来我买到了一本《欧游三记》，其实这只是一本薄薄的小书，从出版说明中得知，这是宋春舫、邓以蛰、徐霞村三位现代作家、学者国外游记的合集。出版说明中列有三位先生的简介，我这才看到了有关宋春舫生平的介绍，尽管只是寥寥几行：

> 宋春舫（一八九二——一九三八），浙江吴兴人，剧作家、戏剧理论家、翻译家和国际著名的戏剧藏书家。早年留学瑞士，精通法、英、德、意、西班牙和拉丁等多种文字。返国后曾任北京大学、清华大学、山东大学（青岛）等校教授，为中国现代话剧运动的先驱者。著有《宋春舫论剧》一至三集，剧本《一幅喜神》《五里雾中》和《原来是梦》，游记《蒙德卡罗》，译、著小说集《一个喷嚏》和译剧《青春不再》等。

后来我得知，宋春舫在青岛还建有一座私人图书馆。这也是我国的第一座私人图书馆。宋春舫于1930年来到青岛。当时国立山东大学建校后，在梁实秋主持的图书馆里，宋春舫为图书馆主任。不久，宋春舫辞去了职务，在青岛市政府任参事，并在海滨开办了万国疗养院，后来于1931年开办了褐木庐图书馆。他的好友梁实秋、孙大雨等更是经常来借阅书刊。在梁实秋的笔下关于褐木庐曾有生动的描绘："我看见的考究的书房当推宋春舫先生的褐木庐为第一，在青岛的一个小小的山头上，这书房并不与其寓邸相连，是单独的一栋。环境清幽，只有鸟语花香，没有尘嚣市扰……我记得藏书是以法文戏剧为主，所有的书都是精装……也许这已经超过了书房的标准，微近于藏书楼的性质，因为他还有一册精印的书目，普通的读书人谁也不会把他书房里的图书编目。"从梁实秋的描述中，可看出褐木庐实在不是普通的书房或藏书楼。据说"褐木庐"三个字是西方几个戏剧家的首字母音译："褐"为高乃依，"木"为莫里哀，"庐"为拉辛。从这也透出"褐木庐"藏书的性质，自然多是与戏剧有关。宋春舫也因此被称为"世界三大戏剧书刊收藏家之一"。当年中华图书馆协会开会时，褐木庐图书馆是唯一的私人图书馆代表。

褐木庐藏书票

1998年是宋春舫逝世六十周年，又逢"国际海洋年"，在国际海洋年里追思这位中国现代海洋科学摇篮的催生者，怎能不让人感慨万千呢？斯人已去，遗踪何寻？陈子善先生曾写道："不知褐木庐旧址尚在否？听说宋春舫另一位好友闻一多的青岛故居仍保存完好，但愿褐木庐也有可能修复，让后世的爱书人能到此凭吊这位世界级的大戏剧收藏家。"作为一个青岛人，尽管我有时走过宋春舫开办褐木庐图书馆的临海那条蜿蜒曲折的山坡小路，但我并不知道褐木庐旧址的确切位置，也看不出哪一栋陈旧的小楼就是当年的褐木庐。"一多楼"早已成为山大校园里的风景，楼前是闻一多先生洁白的大理石雕像。褐木庐旧址又在哪儿呢？踯躅在这条小路上，不由地想到不远处的百花苑科学文化名人雕塑园内的一座座雕像。百花苑里安置着曾在青岛生活和工作过的科学和文化名人雕像，如沈从文、闻一多、老舍、王统照等作家和学者，再如童第周、赫崇本、张玺、束星北等海洋科学家。据说还要再往苑里增添"人口"，不知道宋春舫先生能否入住百花苑呢？

留恋之矢

想起来我仍感到遗憾，当初在暗房里冲洗标本图版底片时为啥不多冲洗一套呢？要是再有一套我就可以理直气壮地带走了，用不着像现在，每次打开书橱低格的橱门，那两大册暗红色的"硬皮书"便刺进了我的眼睛，扎得我心里微微一震，像是在提醒我，不该拿回来放橱里睡觉，本来就是半途而废，何不留下给用得着的人呢？不过这种情绪也就是稍一犹疑，心里便又释然了——我已练就了阿 Q 般的自我超脱法，能很快让自己从懊悔和自责中解救出来，反正也没有人再对这些感兴趣了，何必自寻苦恼呢？

这两厚册书是 1998 年的秋天带回家的，在这之前其实已有一二年我不再翻览了，一直锁在"生物楼 211 房间"属于我的那大半截资料柜里——当时我办理好了离开海洋研究所的手续（已经在《青岛日报》干起了读书专栏的编辑），把一些不舍得扔的书带回了家，其中就有这两大册书。我曾想把这两大厚册书从书橱里取出，眼不见心不烦，可我在狭窄拥挤的"书房"里打量半天，依然找不到合适的地方。实话实说，要是放到一个不容易见到的地方，我还心犹不甘，就像一个嗜酒的病人，遵医嘱不能沾酒，可仍愿意时常拿起酒瓶闻闻酒香。当然，这比喻有些不伦不类，可这两大册书对我来说无法放弃，尽管收藏已没有意义，但那是我生命的一部分，若是放弃了，也就埋葬了我生命的一部分，人生有几个十年，何况那十

年是我 20 岁到 30 岁的十
年——青春的十年，若是
遗忘或埋葬了这份记忆，
我还能说我曾拥有过幸福
的青春吗？

　　说起来这两大册"硬
皮书"不是真正意义上的
书，而是特制的大"笔记
本"，外边的硬皮面是我
拎着两大包复印和贴好的

《放射虫》封面

"笔记本"、照片到青岛海洋大学的印刷厂请那些中年女工特意给装订起
来的。硬皮面上印着烫金的两行字，分别印着：

RADIOLARIA
放射虫

　　唯一的区别是这两行字下边，一本印着：（Ⅰ），一本印着：（Ⅱ）。
　　可以说这两大册特制的书是我十多年"海洋科学生活"的最大的收获。
之所以将海洋科学生活打上了引号，是因为我总觉得将自己那段生活冠以
"海洋科学"之名显得夸大其词，称其量就是一个青年学徒在一家海洋科
研单位度过了十五年的光阴。俗语说光阴似箭，但那十五年对我来说，不
仅仅凝固成了青春的记忆，更成了比照我今后人生的标尺，让我在浮躁时
沉稳下来，让我在懈怠时清醒起来。作为一把有形的"标尺"，就是这两
大厚册书，我想。
　　RADIOLARIA，拉丁文，译成中文就是放射虫。
　　我的充满希望和寂寞的回忆啊。
　　是在 1988 年秋天，谭先生决定收我做他的"关门弟子"，要把他从
事大半辈子的专业传授给我。谭先生和我并不在同一研究室，我在海洋地

质室，简称二室。谭先生的名字叫谭智源，是七室也就是无脊椎动物研究室的研究员，当时已经办理了离休手续，但仍在工作岗位上。谭先生的专业是放射虫，属于原生动物的一种单细胞动物。我们课题组的一项分析内容涉及到放射虫，于是，便找到了谭先生，他是这一领域的专家。谭先生提出他年纪大了，手边还在忙着编写《中国动物志》的放射虫卷，需要一位助手。于是，我便来到了谭先生的身边。

谭先生给了我一本装订起来的稿本，第一页上写着标题：《放射虫》，我翻览了一下，原来是谭先生写的一本科普读物的手稿。通过这本未出版的小册子，我对放射虫这门专业有了粗线条的了解。

随后谭先生交代我一个任务，就是整理他的笔记——一本装订线已脱落的旧笔记本。我将旧笔记本上的内容重新工整地抄写在一本大笔记本上，我抄了几页后才明白，原来这是谭先生据以进行放射虫分类的检索提要，记述了放射虫家族的分门别类的特点和家谱体系，拉丁文的放射虫名后是谭先生翻译的中文，从亚纲、目、亚目、科、亚科，直到属，一一给出简明扼要的描述，并注明了图版照片的编号。谭先生让我一边抄笔记，一边核对两本装订好的照片簿，一本是泡沫虫类，一本是罩笼虫类，一面是照

《放射虫》内文

片——照片都有些发黄了，一边是属种名。这两本照片簿亦和旧笔记本一样，都卷起了边，蓬头垢面的。

整理好了笔记，谭先生捧出了几本已陈旧的外文大书，说他的放射虫家谱最初就来自这些德国出版的书。书后的图版照片让我感到了震惊，这些书都是 19 世纪末印刷的，但印制的图版之清晰和精美实在爱不释手。我恍然大悟，那两本照片簿就来自这些图版。谭先生说，他一直保留着当初反拍这些图版的胶卷底片，希望我再自己冲洗一套，以便将来鉴定放射虫种类时参考。说着，他从柜子里取出了一个小木盒，打开盖，里边是两个卷起来的胶卷底片。

当时我刚掌握了暗房冲洗照片，技术还很幼稚。正在职攻读博士学位的 YJ 自告奋勇愿意帮着我冲洗（其实他也是为了熟悉这一领域），这让

放射虫标本图片

我信心倍增。我们俩在我们地质室的电子探针实验室的暗房里一连干了三天，每天都是从上午干到太阳融入海天线上，终于冲洗好了这两卷底片，每张都放大到七寸，每张底片冲洗两张，也就是说冲洗了两套。每套共有98张，YJ操练"放大"，我承担"显影"和"烘干"，最后的剪裁又由YJ来操刀。当然我们冲洗的绝对不只是98X2张，因为还有许多报废的，譬如YJ"放大"出了差错，或我"显影"效果不佳。当然，报废的原因大多出自我的"显影"，要么黑乎乎一片，要么白茫茫一片。有时干得烦了，YJ就抱怨，早知道如此麻烦还不如只冲洗一张呢。当时为啥要冲洗两套，想不起缘由了，只记得到了最后，恨不得马上离开暗房。

我把整理好的笔记本交给了谭先生，临给他时我复印了两套，将复印好的"检索表"和冲洗好的照片装订了一套，即这两大册厚厚的"图文书"。另外的一套我没有拿去装订，而是叠摞整齐放进了资料柜里（后来我们办公室的硕士生大个子Y自费赴美国留学时，我应他的请求将这套未装订的图版送给了他，他的专业涉及放射虫，他以为到了国外会用上这套资料，事与愿违，他出去不到一年就改行学计算机了）。

在抄写笔记时有一个字眼总让我困惑，这就是"矢"——一个经常出现的字，譬如在描述某一类别放射虫特征时，有这样的话："骨骼仅由简单垂直的矢环构成，无次生环。""一个原始的矢向环。""具一简单矢环。"我问谭先生，矢环是什么意思？谭先生解释说，"矢"就是箭的意思，形容骨骼构成的"环"上分布着一支支"箭"。后来我看了相应的图版并从显微镜下看到了这些标本时，我对"矢环"才有了亲切的理解。

那一段时间我的心里充满信心，觉得拥有了锐利的武器，就像行走江湖的侠客，怀里揣着一本祖传的剑法密谱。这两册烫金字的大书摆在桌上，再守着一架崭新的德国产显微镜，别人进来见了，问一声："哟，你在看什么？"顿时自豪地答："看放射虫。"要知道我们办公室里只有我自己"看"放射虫啊。

那一阵我觉得自己终于找到了属于我的"草帽"——谁说现代人丢失了精神家园，我在显微镜下看到那一枚枚造型奇特的放射虫标本时，分明看到了一个波澜壮阔的世界——那儿升腾着太阳，飘扬着草帽……我喜欢心里哼唱着日本影片《人证》上的那首草帽歌："妈妈啊，你还记得那顶旧草帽吗……"伏在显微镜上看着镜中的"草帽"，感到了充实和激动。

后来我还是告别了显微镜下的世界，但从谭先生的那册未出版的手稿里我找到了寻梦的道路——将我的文学梦想和谭先生的严谨朴实揉和在一起，于是，便有了属于"我"的第一本小书——《放射虫：神奇的微观动物》（青岛海洋大学出版社 1992 年版）。这册小书既是我亲近"专业"的开始，也是我告别"专业"的结束。

在撰写这本《放射虫》小册子的日子里，除了谭先生外，我得到了好几位先生的热情鼓励和帮助，譬如一直"带"着我的苍树溪先生。我常常想，当年在生物楼 211 房间，若是没有苍老师的声音，该是多么乏味，那些年里"遭遇"苍老师和 YJ 博士等等，实在是我的幸运。另一位给我很大帮助的是邢军武，他的"存在"给了我很大的影响，他的博览，他的耿直，他对专业的投入，他对传统文化的浸染，他对朋友的热情，等等，都给了我对未来的信心和榜样的力量。他为这本小册子画了一幅精彩的人物肖像——放射虫之父赫克尔，并为整本书的"叙述"提出了很好的意见。后来我写过一篇特写《茁壮的碱蓬》，描绘了我眼中的邢军武，那也是我的第一个"长篇"特写。

这一切尽管都已成了往事，但却让我在一地鸡毛的生活中拥有了重温青春梦想的可能。

实验室里的"作家"

20世纪80年代"哲学热"时，我的办公桌上一边放置着一台显微镜，一边堆着一摞摞厚薄不一的哲学书：尼采的《悲剧的诞生》，黑格尔四册本的《美学》，叔本华《作为意志和表象的世界》……其实，这些书，我大多根本就没读下去，往往是翻了几页，就意味索然放下了。只有朱光潜的《西方美学史》算是读完了，但除了记住一些人名之外，也大多不知所云。但这些哲学书仍摆在那儿，煞是壮观。来到我们办公室的人，看到我桌上的书，大多要另眼看待这个年轻的实验员。说是实验员，就是一个最低级的技术职称，我的"实验"就是伏在显微镜上"挑选"微体古生物标本（一种我们从海底采集来的单细胞动物的骨骼"化石"），但我的心思显然不在这儿。当然，我对待工作还算认真，只是停留在完成我该承担的任务而已。更多的精力是放在那些大部头的社科文学书上，在实验室里，我沉醉在文学梦里。

在我还没发表一篇文学作品之前，我已经成了实验室里的"作家"。有时候来了客人，负责"带"我的C先生介绍我，不说是他的助手，而是说他是一位作家，或者再补充一句，将来他会成为作家的。C先生说这些话非常自然，甚至有些骄傲，仿佛他的助手将来成了作家是我们课题组的成果一样。但这样的介绍，往往让我羞愧难当。另一方面，也增加了我写

在生物楼211室

作的动力，压力和动力往往纠缠在一起。在我的文章还没变成铅字之前，我就给自己选了一个笔名：鲁帆。说选了一个是句实话，因为我给自己起了五六个笔名，想想看，既然要搞文学了，还能不起一个响亮的名字。鲁帆，顾名思义，鲁自然是山东，我是山东人嘛，而帆也好理解，当时我工作的单位是海洋研究所，时常出海，既然在海上那自然要扬帆远航了。尽管我们的海洋考察船早已经没有一点帆的影子。用这个笔名，开始了我最初的文学写作——其实就是写科学家的人物特写。

当时我们研究室的几位主要学者我都给他们写过，譬如《拓荒者的奉献》之类，但不是我主动要写的，都是接受的写作任务。用他们的话说，你不是搞文学么，又了解专业，就由你来写吧。其实，研究所里有专门从事宣传的，但那几位学者还是希望我写。于是，鲁帆这个名字就成了我的笔名。这个名字也给我带来了麻烦，一位专家英年早逝了，忽然间他成了献身科学的典型。那些年，时常有这样的典型轰动社会。描述这位科学奉献者追求一生的写作任务就落到了我的肩上。后来文章在科学院的一本杂志上发表了，自然引起了争议（又有几个"典型"没有争议呢）。当然不

出版的图书封面

是对我的文章，而是对这位专家的学术成果和人品道德等等。谁是"鲁帆"成了一些先生的疑问。后来得知是我，有几位先生非常痛心，尤其是"带"我的 C 先生，那些日子里，我简直不敢正面他的眼光。也就是那时，我尝到了接受写作任务的尴尬和无奈。有一次，负责宣传的 D 来找我，希望我写一篇关于学术权威 A 教授的特写。我答复说，A 肯定不同意写他的，因为 A 不喜欢人家宣传他。D 说，就是 A 让他来找我写的，说我写最合适……有过几次这样硬派的写作任务之后，我下定决心不再接受这样的任务。

后来，我主动为我们研究所的几位学者写过"大特写"。记得在《青岛日报》"独家采访"版面上刊载时，负责宣传的 D 很惊讶，说我们要想刊载这样长的文章简直是不可能，你怎么能发这样长呢？我回答：因为你们是在新闻版上，而我写的是刊载在副刊版上……那几篇超过万字的"大特写"是《老人与标本》和《潮涨潮落寻贝人》等，前者写的是一位和海洋生物标本打了六十多年交道的老技师，后者是几十年从事海洋贝类学研究仍默默无闻的老先生。还有一篇是为一位遭遇不公平待遇的学者鸣不平的《茁壮的碱蓬》，编辑在刊发时给改成了《海边，那丛茁壮的碱蓬》。不过，这些文章的署名已经不是鲁帆，而是"薛原"。这也是我真正文学写作的开始，也由此离开了实验室，进而离开了工作了十五年的海洋研究所，在一家媒体的纸上的"三味书屋"里找到了安身立命的家园。

一边做助手，一边做梦

把眼睛从显微镜目镜上移开，抬头望去，鸡鸣寺像一幅剪影贴在窗外，在湛蓝的天空下，显得分外寂寞。将近八年过去了，这幅画面依然清晰地浮现在眼前——1993 年 9 月起我几乎天天坐在南京鸡鸣寺下中国科学院地质古生物研究所大院内的那幢老楼（原"国立中央研究院历史语言研究所"）的三楼一间北向的房间里，守着一架显微镜，手握一管细细的小毛笔，从物镜下载着"样品"的托盘上，一枚枚往外蘸着选择出的微体古生物"标本"，与我在青岛汇泉湾畔中国科学院海洋研究所生物楼 211 房间里挑选的标本不同——在青岛我挑选的是被称为"有孔虫"和"放射虫"的微体动物标本，而在南京，我挑选的是"介形类"标本。写这些"术语"令门外人觉得费解，而门内人读了又会觉得我这样叙述实在小儿科，好在我写下的文字都是给门外人读的，我想说的是，我那年到南京的目的和我在青岛类似，只不过是空间位置的转换，工作性质则大同小异，都是给某一位专家做助手。

在青岛我主要是给古海洋学家苍树溪先生做助手，而到南京，是作为他的"代表"与几位古生物学家合作——我带着他写的介绍信到地质古生物所找他大学时的同学穆西南先生，我在南京的生活和工作就是穆先生给安排的。说是"合作"，是指我们的课题组而言，我的工作其实就是挑选

20 世纪 80 年代地质室的年青人

1984 年在青岛海边

1985 年与赵松龄老师在厦门

出标本，分别请几位专家鉴定分析。

现在想起来我那些年的行为有些"怪异"，身为"助手"却常常打着"专家"的幌子到处招摇，当然，没有撞骗。这要感谢苍树溪先生给予我的厚爱了。从 1993 年到 1994 年，我前后到南京三次，时间加起来超过四个月，这段在南京的生活给了我深刻的印象，也影响了我以后的道路，给我的读书生活带来了显著的变化。在南京除了呆在古生物所，再就是逛街了，确切说是在古生物所的周边闲逛，

1985年在福建海岸

尤其是成贤街上的几家小书店，更是我常逛的地方。

在南京虽是短期工作，但一如在青岛的生活，白天伏在显微镜上挑选标本，觉得累了，便移开目光，望一阵窗外的风景，再翻览几页摞在手边的闲书——我的桌上总堆叠着与专业无关的杂书。说起来身处自然科学实验室，却心有旁骛，按理"八小时内"不应该这样一心二用，我却悠然自得，这要感谢"生物楼 211 房间"的宽松环境了。譬如说有一年春天我心血来潮决定细读一遍《史记》。每天一进"211 房间"，把该干的活推到一边，坐下后便满脸严肃地啃着《史记》，苍先生来上班了，起初没注意我在读《史记》，他起身倒开水时发现我捧着的是《史记》，脱口而出：你现在读《史记》了，真是太好了，要是把《史记》通读一遍，你的收获肯定很大，恐怕还能影响你的做人。那一天苍先生一直沉浸在对我读《史记》的兴奋中，仿佛读《史记》的不是我，而是他自己一样。苍先生郑重其事地对他的一名博士生说，你该向小薛学习，读读《史记》，这才能提高自己的文化。这让那位正伏在显微镜上鉴定标本的博士生大发感慨：上班时间不干活看《史记》的反遭表扬，埋着头干活的反而成了没文化。

"生物楼 211 房间"的另外几位教授对我这位助手的态度虽不像苍先

生这般没有"原则",但也相差不大,几乎都认可了我在工作时间的闲读趣味。当然,实话实说,我也没耽误了课题组安排给我的任务。常常是我很快地干完活或每天一点一点按部就班地干,然后大块的时间便沉浸在读书和做笔记中。而苍先生与我聊天时聊得最多的并不是我们的专业,而是他当年在北京大学读书时的所见所闻,是他"文革"时铺纸临摹毛泽东的手书墨迹再在大楼外墙上拿着大刷子刷上"毛体"的语录,他曾从抽屉里翻拣出一叠发黄的白纸,上面龙飞凤舞的全是"毛体"书法,很得意地让我观赏。苍先生曾在英国剑桥大学做访问学者两年,他津津乐道的不是在剑桥的学术成果,而是他留在剑桥实验室的水墨画——临回国时他画了一幅山水挂到了实验室的墙壁上。有这样的"领导"可想而知我们房间里的气氛了。

在南京古生物所,虽然环境不同(地质古生物所建在民国时期原中央研究院的旧址上,走在几幢古色古香的旧楼间,看着门边挂着的铭牌上镌刻着"国立中央研究院社会学研究所"、"国立中央研究院历史语言研究所"和"国立中央研究院地质研究所",油然涌起历史的沧桑感),但我的行为和在青岛时没有多少差别。在"史语所"大楼三楼的那间办公室里,我跟随着古生物学家勾韵娴先生工作,勾先生也宽厚地容忍了我堆放在显微镜旁边的闲书,这些书都是我从成贤街上的那几家小书店里买回来的。

在我关于南京的回忆里成贤街占有重要的内容,从古生物所出来走不多远便拐进了这条不宽的街道,逛成贤街是为了几家门面不大的书店:东南大学校门旁边的几家小书店,再往前走,过了南京图书馆,便到了新知书店,这也是我逛街的终点。

从成贤街小书店买的书中有一套是 12 卷本的《沈从文文集》,扉页上留着我当时写下的笔迹:"一九九四年十月十二日晚于成贤街东南大学书店"。九四年秋天的南京之行是我第三次也是最后一次来古生物所工作,这套《沈从文文集》也是我在成贤街所买的部头最大的一套书。正是在东南大学门旁的小书店里我偶然翻拣到一本薄薄的 32 开本装帧朴素的小册子,这就是刚刚创刊的《书与人》杂志。回到宿舍,倚枕翻览这本《书与人》，一则关于"我与书"的征文启事让我的眼睛一亮，像是有一双无形的手，拨动了我心底沉睡的琴弦。

临离开南京前夕，我动笔写起了我与书的故事——《买书第一课》。正是南京的《书与人》杂志刊发了我的关于读书的"处女作"。

是南京开始了我的读书梦想之旅。

从南京回来不久，我伏首显微镜上的时间越来越少，我桌上堆叠的杂书却越来越多。后来，我渐渐离开了生物楼211房间，告别了挑标本的生活，读书与写作成了我生活中的主要内容，并最终因"书缘"而离开了工作十多年的海洋研究所，当了副刊编辑——一间报纸上的"书屋"成了我安身立命的家园。

2002年我的第一本关于书和读书的随笔集《滨海读思》由南京的东南大学出版社出版了，转过年来，又给我出版了第二本随笔集《留恋之矢》，这不能不说是南京——确切说是成贤街给予我的"书缘"。我没有理由不对南京道一声感谢，尽管这发自心底的感谢对古都南京来说显得微不足道，但对于我个人，却充满了回忆与憧憬。

渴望靠港

　　1995 年初春, 我刚过了 30 岁的生日, 因为对未来工作和生活的不确定, 突然有了感慨, 写下了这篇《渴望靠港》。

　　岁月忽悠便趟过了"而立"之年, 心底仿佛还没有实落, 抖一抖时间的筛子, 许多记忆已很淡漠了, 留在筛眼上的也无可留恋, 也许是自认为明天的日子还很长吧。知堂老人在《回想录》中写道: "凡是一条道路, 假如一个人第一次走过, 一定会有好些新的发现, 值得注意; 但是过了些时候却也逐渐地忘记了。可是日子走得多了, 情形又有改变, 许多事情不新鲜了; 然而有一部分事物因为看得长久了, 另外发生一种深切的印象, 所以重又记住, 这都是轻易不容易忘记, 久远的留在记忆里。"看来, 对自己生命中的一部分内容, 在不同的年龄不同的心态下会有不同的感受, 无论"新鲜"的印象, 还是已"熟视无睹", 恐怕都与自身的"状态"有关。这样想来, 尽管才过"而立", 但梳理一下"筛眼"上的印象, 也并非一味地沉浸过去。

　　在生活中给我最多新鲜感受的"道路"是 1984 年暮春第一次乘"科学一号"考察船参加海上航行时的体验, 晕船的滋味是我人生哲学的第一课, 我懂得了"陆地"对于人生的含义。当几年后我适应了这种已无新鲜感的生活时, 海上航行已成为职业的"操练", 但有一种感受却保持如初,

在"科学一号"船上（1984年）

这就是每一次出海，只要在茫茫无际的海水上经受几个夜与昼的颠簸，孤独中涌上心头的就是渴望尽快靠港。每一艘出海的航船，都有着它的目的港，航行中的生活在颠簸中磨炼着意志和耐力，海浪动摇了体力，海风吹糙了感情，船上每一个角落都弥漫着孤独，这也是塑造性格的地方。渴望靠港，既是希望尽快抵达目的港，更是渴望尽快把自己的双脚再踏在坚实温暖的陆地上。每一次结束海上生活回到青岛时，当"科学一号"缓缓地驶入港湾，我总喜欢站在甲板上瞩望伸展在海中的码头，如同大地母亲伸出的手臂，迎接归来的儿子，一股温暖的情波荡漾在心中。

　　给我最深感受的是在1993年的一次长时间航行中，最初几天的"新鲜"感后，伴随我的就是渴望靠港。在大洋上的颠簸中，这种渴望靠港的心情日益焦迫。为了心境的宁静，也由于尊崇达尔文的缘故，我几乎每天读几页达尔文乘贝格尔舰作环球航行时写给家人的书信和日记，达尔文在家书中曾说，若不晕船，人人都会选择当水手的。他说的实在正确，海上生活不仅会开阔一个人的视野，还会磨练一个人的体格和精神，也是读书的好地方。但体验告诉我，这种在海上漂泊的生活时间不宜太长，人的家园毕

在 "科学一号" 船上合影（前排右三为笔者）

竟是建立在陆地上。读达尔文的叙述旅行生活的信，产生一种印象：不同的时代不同的环境造就不同的人，那样的 "浪漫" 旅行已属于昨天的故事，但这种 "故事" 的精神是永恒的。贝格尔舰排水量是 240 吨，而我所乘的 "科学一号" 是 3500 吨，这种差别只有在船上生活的人才能体会，更何况生活条件的悬殊。在日记中，我曾写道："与达尔文的食谱相比，我们的简直是太奢侈了。"即便知道了这已是 "奢侈" 的生活，在海上的日子稍久，仍感到难以承受。在船上最 "痛苦" 的任务就是每天的用餐，那是一种真正的没有食欲，纯粹是为了身体 "理智" 上的需要。在这时，最怀念的就是陆地上的生活和家中的气氛。我从达尔文的书信中也找到了共鸣，这就是他在海上的孤独、忧伤和对家乡的思恋。但正是从这种海上生活的孤独中，激发了他对生活的热爱，并慢慢发展了对科学事业的挚爱。读着他的感情的流露，不仅在我的内心勾起一种忧郁，更启迪了我的心灵。

正是那一次长时间的海上生活使我拥有了精神陷入极度孤独和渴望的体验，并给我的 "青春" 划上了一个句号。那次航行归来，我再也没有出海，在一种平静中打发着不咸不淡、清汤寡水的生活。在如同流水般的日子里，有时一种向往海上生活的情绪会油然弥漫开来，没被腐蚀锈烂的船怎能总停靠在港湾里呢。生命之舟虽然已驶进了宁静的港湾，但这港湾与外面的海洋又怎能隔绝呢？岁月能趟过人生旅途中的一个个驿站，但岁月无法趟过大海，无法趟过刻骨铭心的海上生活。

恐惧与孤独（代跋）

从 1993 年春天自海上归来之后，我再也没上过船，不久便结束了之前十多年的海洋地质科考生活。转眼间二十个年头已经过去了，人到五十，回望从前，悚然一惊，记忆最深的还是海上的日子。在海上——作为科考队员我们乘坐的是一艘综合性海洋科学调查船"科学一号"——记忆最深的是恐惧和孤独。

1992 年初夏我们执行东海大陆架的地质采样项目。那年我们从暮春开始就在海上，沿着东海大陆架的作业区在海上走航，最后的作业区是在冲绳海槽的特定海域。几条测线跑下来，我们的采样非常顺利，海况也帮忙，海上风浪不大，适合我们在后甲板上作业。

但到了临近作业结尾，我们遭遇了风暴。先是预报说有台风要刮来，但又说，已经改了方向，不会影响到我们了。但很快我们就感觉到了风浪在增强，三千多吨的"科学一号"摇晃的频率和幅度明显加大，我们加快了作业的速度。但接下来的几天，我们无法作业了，海上的风浪已达到了 8 级，大风裹挟着暴雨，砸在我们的船上。从舷窗看出去，白浪滔滔，风雨交加。那几天我们躲在船舱里，感受着船体的摇晃，"科学一号"调整着航向迎着风浪在海上颠簸着。

连续几天下来，海上没有晴天的一点意思，浑浊的海天，只看到大雨砸在海面上升起的白烟。海风像是在嚎叫，海天交织在一起，撕扯着我们的船。在船上走路已经变得艰难，人随着船身的摇晃颠簸也跟着摇摆颠簸。从我们住的中舱到前舱大厅吃饭已经成了折磨，两舷已经不能通行，海浪一阵阵扑上来，溅起凶猛的浪花。即便到了大厅，打饭回来也难以下咽，整个人变得没有一点食欲。

大家期待着风暴过去，但是，到了晚上，风浪更咆哮了，雨也泼得更猛烈了，船身也摇摆的幅度剧烈了，那个晚上是我难以忘掉的一个晚上。我躺在窄窄的床上，用四肢使劲抵住舱壁和床梆，免得被甩到地板上。整个身子随着船身在剧烈摇摆着，感觉船身在吃力地抵抗着风暴的打击，一会被抛到了空中，一会又被抛入了深渊。窗外漆黑，只有海浪打在舷窗上的炸裂声，我盯着舷窗，担心海浪打碎舷窗玻璃……

到了凌晨，风暴更暴躁了，伴随着雷声，感觉雷声就在我们的船上轰响。风浪撕扯着桅杆，海浪鞭打着舷窗。随着一声沉闷的轰响，船身猛烈的摇晃了几下，我们听到了可怕的"折断"的一声！然后我们的船身就再没有恢复到正常的姿态，摇晃着再回不到平衡的状态。那个晚上我始终没敢闭眼，一直盯着舷窗！船舱地板上已经滚满了从我们的床上和小桌上甩下去的书本、杯子、饼干……后来想想让我们哑然失笑的是，那个晚上我们全船的人，没有一个晕船的。若在平常，遇到风浪，船身颠簸厉害时，我会晕船，即便是多年的海上生活已经锻炼得能适应风浪了，但遇到风浪时，还会感到不舒服。但在那个晚上，却没有了丝毫晕船的不舒服，因为整个人的神经都被紧张了起来，恐惧掩盖了晕船。

第二天上午，船身摇晃减弱了，但始终歪斜着，仍在摇晃颠簸着前行。我们这才知道，昨晚上我们遭遇了危险：船身摇晃幅度最大达到了左右摇摆36度——若摇摆到45度，整个船就翻了。难怪我们在床上也要使劲抵住才不被甩下来。

据说，那个晚上，船上有两个船员穿上了救生衣猫在上层甲板的救生艇下猫了一晚上没敢回舱室。据说，船长对他们的"偷生"行为进行了严肃的批评。据说，只有在船长下命令后才能有"逃生"的准备……之所以用"据说"，是因为作为考察队员，我们和船上的船员始终保持着客气的距离，对于船上的许多事务，像是"隔"了一层，许多船上的事务都是从船员们的讲述中听来的。后来，风暴停止了，我们恢复了作业，但进展并不顺利，因为整个船身始终是倾斜的状态，像是一个不良于行的人，歪着身子跟跄蹒跚走路。

我们的海上作业最后在磕磕绊绊中结束，在回来的航行中，"科学一号"依然是倾斜着航行。幸运的是，一路上再没遇到风暴。等到我们回到青岛，"科学一号"就进入了船厂检修。我们这才知道，我们的确是经历了一次危险——我们遭遇风暴的那个晚上，"科学一号"船底的 8 根龙骨，竟然折断了 3 根！

"科学一号"很快便修复了，到了秋天，我们又一次上船，那也是我的最后一次海上漫长的航行，在海上漂泊了一百四十多天，直到来年的春天才回到青岛。那一次航行留给我的记忆是无边的寂寞和孤独。如果说恐惧是海上生活最深的记忆，那么寂寞和孤独就是海上生活最难熬的感受。

那十多年里，作为考察队员，每次上船跟着出海作业时，船上生活的劳累并非不能承受，最折磨我们的还是船上生活的单调和孤独。我们出海的时间一般在一个月到两个月，这样的时间长度，往往到了寂寞难耐时，我们的作业也基本上临近了尾声，我们期待着靠码头和回来的日子。我最长一次的航行就是 1992 年秋天到 1993 年春天的那个四个半月的海上生活，期间只在南太平洋的岛国临时停靠了两次码头，也只是匆匆地补充一下淡水和必要的给养，因为蔬菜的价钱太贵了。

船上的日子是单调的，无风无浪的海上，我们的船也像是一叶小小的扁舟，在汪洋上随波漂泊。每天值班作业结束，大把的时间如何度过，在船上是一个大问题。尽管每次出海我都带足了书，但是，时间一长，读书也成了折磨，根本读不进去。只是渴望着靠港，渴望着回家。一天一天熬着海上无边的日子。若到了海况不好的日子，风浪中更是充满了渴望靠港的期盼，也更增添了内心的寂寞。

在那个难忘的漫长海上观测的航次中，最后能让我解脱寂寞的是平时在陆地上根本不曾翻阅的武侠小说。金庸的武侠小说成了我在船上最好的伴侣，每天晚上，一册在手，读得津津有味。金庸的全套武侠小说，我是在船上的一名船员的舱室里发现的，于是，这成了我最好的精神食粮，伴我度过了孤独的海上时光。而我带上船原准备仔细阅读的一些经典著作，却一直搁置在床头，随着海浪摇晃颠簸着，一页也读不进去。